KB272940

# 소설 예 禮記 기

상

## 하늘이 비를 내리지 않는데

김영수 저

명문당

# 소설(小說) 사서오경(四書五經)에 붙여

내가 〈논어〉를 이야기로 쓰려 했던 것은 세 가지 이유에서였다.

첫째는 쉬운 내용의 참된 가르침이 어려운 한문으로 되어 있기 때문에, 쉬운 우리 말로 바꿔 보려는 생각에서였다.

둘째는 가장 위대한 인류의 영원한 스승인 공자를 잘못 알고 있는 사람이 너무도 많기 때문에, 그런 사람들의 잘못된 인식을 바로잡아 주려는 생각에서였다.

셋째는 개인적 이기심과 가치관의 혼란으로 인해 갈피를 잡지 못하는 오늘날의 현대인에게, 옳고 그름을 판단하고 참된 가치를 일깨우는 올바른 양식의 기둥이 되고자 하는 이유에서였다.

수천년을 통해 내려오면서 우리 동양인의 사고와 행동을 지배해 온 〈사서오경〉은 우주원리를 밝히고, 그 원리에 따라 인간이 나아가야 할 바른길과 도리를 제시하여 주기 때문이다.

〈사서오경〉을 써나가면서 〈논어〉의 경우는 쉬운 내용이므로 한문을 우리말로 옮겨 쓰면 된다는 생각이 들었었으나, 〈논어〉에 담긴 가르침의 주인공인 공자가 과연 어떤 분이었으며, 그분의 생애와 그분이 살았던 시대적 배경과 사회적 분위기가 과연 어떠했던가를 정확히 하는 것이, 흥미와 함께 이해를 높일 수 있다는 것을 깨닫게 되어 〈논어〉와 공자의 가르침이 담긴 이야기를 포함시키는 방향으로 써나가게 되었다.

〈사서오경〉이란 이름은 사실 정확한 이름이 아니다. 〈사서삼경〉인 경우는 〈사서〉와 〈삼경〉이 전혀 다른 내용을 담고 있지만 〈사서오경〉의 경우는 그렇지가 않다. 〈사서〉 중의 〈중용〉과 〈대학〉이, 〈오경〉중의 하나인 〈예기〉 속에 들어 있기 때문이다. 그러므로 〈사서오경〉이라고 하기보다는 〈이서오경〉이라 불러야 옳다. 결국 〈사서삼경〉이란 고정된 관념에서 〈사서오경〉이란 부정확한 이름이 붙게 되었다고도 말할 수 있다.

그러나 또 어떤 면에서는 우리와 친숙해져 있고 이미 독립되어 있는 〈대학〉과 〈중용〉을 다시 〈예기〉 속에 되돌려 넣기 보다는, 〈대학〉과 〈중용〉을 독립분리 시키고 남은 그 〈예기〉를 포함한 〈오경〉이란 뜻으로 풀이해도 무방하다고 할 수 있다. 결국 〈예기〉 속에서 가장 중요한 〈대학〉과 〈중용〉을 뺀 〈예기〉가 〈오경〉으로 남게 된 셈이다.

〈사서오경〉 가운데 가장 쉬운 말로 되어 있고 가장 알기 쉬운 내용으로 되어 있는 〈논어〉가 모든 유교 경전의 바탕이 되어 있다는 것에 우리는 새삼 감탄을 금할 수 없다. 그와 동시에 참이니 진리니 하는 것은 바로 쉽고 가까운 곳에 있다는 것을 깨닫게 된다. 그것은 기독교의 성경에 있어서 가장 바탕이 되는 〈마태복음〉을 비롯한 〈4대 복음서〉가 가장 쉬운 말과 내용으로 되어 있다는 것과 너무도 흡사하다. 그 모양만이 아니라 그 속에 담겨 있는 깊은 뜻도 같다는 것에 새삼 진리는 하나라는 것을 우리는 느끼게 된다.

맹자는 이런 말을 했다.

"순(舜)은 그의 난 곳과 죽은 곳을 놓고 볼 때 동쪽 오랑캐의 사람임이 분명하다. 문왕(文王)은 난 곳과 죽은 곳으로 볼 때 서쪽 오랑캐 사람이 틀림없다. 땅의 거리가 천 리가 넘고 시대의 차이가 천 년이 넘건만 그들이 뜻을 얻어 나라를 다스린 것을 보면 하나도 다를 것이 없다."

공자와 예수의 경우도 맹자의 이 말이 그대로 적용될 것으로 여겨진다. 다만 두 분을 둘러싼 시대적 사회적 여건으로 인해 표현 방법에 차이가 있을 뿐이다.

〈논어〉 다음으로 쉬운 내용은 〈맹자〉다. 공자의 짤막한 말씀을 확대해서 설명하기도 하고, 공자가 드러내 놓고 하지 못한 말을 맹자는 드러내놓고 하기도 했다. 맹자가 산 시대는 언론자유가 보장되어 있던 백가쟁명의 시대였기 때문이다.

공자는 〈논어〉에서 임금이 묻는 말에 대해

"임금은 신하를 예로써 대하고, 신하는 임금을 참으로써 섬겨야 합니다."

라고 대답했는데, 맹자는 권위주의와 독재사상에 물들어 있는 제나라 왕을 일부러 찾아가서 이렇게 경고한 일까지 있다.

"임금이 신하를 손발처럼 아끼면 신하는 임금을 가슴과 배처럼 소중히 여기지만, 임금이 신하를 지푸라기처럼 여기면 신하는 임금을 원수처럼 생각합니다."

〈논어〉에는 없고 〈예기〉의 〈예운편〉에 나와 있는 공자의 대동사상(大同思想)을 바탕으로 맹자는 이런 말을 하고 있다.

"백성이 가장 소중하고 그 다음이 나라고, 가장 가벼운 것이 통치자인 임금이다."

중국 혁명의 아버지로 불리우는 손문(孫文)은 〈예기〉에 나오는 공자의 대동사상을 바탕으로 〈삼민주의〉라는 것을 창안했다고 한다.

그런데 혁명기나 개화기의 얼치기 지식인들은 공자의 케케묵은 봉건사상 때문에 중국이 병들었다며 공자를 배척하는 것이 보통이었다. 우리나라도 마찬가지였다.

그것은 공자를 간판으로 내세우고 있는 집권층들에 의해 공자가 잘못 인식된 때문이기도 했고, 흐려진 물을 보고 샘물자체가 원래 흐린 것으로 아는 것과 같은 지식인들의 속단과 과신에서 빚어진 현상이었다.

그것은 어느 목사 한 사람이 어떤 잘못을 저지르거나 또는 어떤 교회가 마음에 들지 않는 일을 하거나 했을 때, 성경의 말씀이나 예수의 가르침이 그런 결과로 나타났다고 판단하는 것과 같은 것이라 볼 수 있다.

누구나 손쉽게 구해볼 수 있는 우리말로 된 기독교 성경의 경우도 그러하거든, 하물며 한문지식이 없이는 알 수 없는 유교 경전이야 더 말해 무엇하겠는가?

그래서 나는 쉬운 〈논어〉나 〈맹자〉뿐 아니라 어려운 내용의 유교 경전, 다시 말해 삼경이니 오경이니 하는 것 속에 있는 내용들을 누구나 알 수 있게끔 하기위해 범위를 확대하게 되었던 것이다.

특히 〈예기〉의 경우는 따분한 설명만으로는 흥미를 느낄 수도 없고, 숨은 뜻을 밝힐 수도 없는 일이므로 대화체를 빌어 토론형식으로 현대적인 감각의 접근을 시도해 보았다. 그리고 지난날 집권층의 어용학자들이 공자의 말씀이 아니라고 부인하려 했던 〈예운편〉을 깊이있게 다뤄보려 했으며, 그와 곁들여 우리의 귀중한 종교적 철학적 유산인 〈삼일신고〉의 특강을 넣어두기도 했다.

유명한 종교개혁가 루터는 종교개혁의 가장 급하고 근본적인 문제로, 어려운 라틴어나 히브리어로 되어 있는 성직자만의 독점물이었던 성경을 쉬운 독일어로 옮겨 누구나 읽음으로써 성직자들의 예수를 빙자한 독재와 특권의식을 뿌리뽑고, 그들이 말하는 하나님이 얼마나 위장된 것인가를 신도들에게 알려 주려 했던 것이다.

외람된 비유일지 모르나 내가 이 책을 내는 나름대로의 보람이라면, 공자니 유교니 선비니 하는 것에 대한 그릇된 인식을 바로잡을 수만 있다면 그보다 더한 보람은 없을 것 같다.

예수도 석가도 진리를 말한 점에 있어서는 공자와 다를 바가 없다. 그러나 그 삶과 행동에 있어서는 서로의 차이가 뚜렷하다. 우리로서는 따를 수 없는 점이 너무도 많다. 그러나 공자는 그렇지 않다. 우리가 그대로 본받으면 되는 것이다. 독신생활도 필요없고 처자를 버리고 굳이 절간으로 들어갈 것도 없는 것이다.

〈맹자〉에 보면 이런 내용이 있다.

제나라 재상이 맹자를 보고 물었다.

"임금께서 몰래 사람을 시켜 선생님을 엿보곤 합니다. 과연 남다른 무엇이 있습니까?"

그러자 맹자는 이렇게 말했다.

"어떻게 남다른 것이 있을 수 있겠는가? 아무리 위대한 성인이라도 생긴 모양과 하는 일은 보통사람과 똑같다."

대승불교의 최고 경전이라면 〈유마경(維摩經)〉을 들 수 있을 것이다. 〈유마경〉의 주인공인 유마거사는 거사(居士)라는 그 이름이 말해 주듯이 아내와 자식을 거느리고 집안에 있으면서 도를 닦은 사람이다 작게 말하면 선비요 학자였고, 달리 크게 말한다면 공자와 석가같은 성인이었다.

불교에서도 공자를 이상적인 인물로 여기고 있었음을 알 수 있다. 공자를 알고 공자를 모방해서 〈유마경〉을 지은 것이 아니라, 이상형의 인물로 등장시킨 유마거사가 우리들이 흔히 말하는 한 선비에 지나지 않았다는 점에서 더욱 그러하다.

이 책을 통해 공자와 유교의 경전에 대해 잘못되었던 지난날의 인식에서 벗어나, 정치 사회 철학 종교와 같은 문제들에 대해 보다 깊이 있는 무엇을 얻게 된다면 그보다 더 다행한 일은 없을 것 같다.

　시간에 쫓기어 보다 완전한 책을 내지 못한 것을 못내 아쉬워 하며 다음 기회에 그런 것들을 보완할 수 있었으면 하고 바라마지 않는다.


김영수

# 禮記 제 1 권 차례


예기란 무엇 ———————————————————— 12

제 1 편 곡례(曲禮) ———————————————— 22

제 3 편 단궁(檀弓)(上) ————————————— 80

제 4 편 단궁(檀弓)(下) ————————————— 237

제 5 편 왕제(王制) ————————————————— 317

# 小說四書五經

## 禮記 I

# 〈禮記〉란 무엇

　오늘은 예기(禮記) 박사라 불리우는 대학교수로 정년 퇴직한 철이 할아버지가 일찍이 박사에게 배운바 있는 몇몇 젊은 교수와 동양철학을 전공하는 학생들을 위해 예기강의를 토론식으로 할 방침을 정한 후 첫 강의가 시작되는 날이다.

　박사는 모인 사람들을 바라보며

"새로 온 분들도 있고하니, 전부터 저하고 이야기를 나누셨던 분들은 되도록이면 새로온 분들에게 질문을 양보하시는 것이 좋겠습니다."라고 우선 양해를 구했다.

　그러자, 곧, 동양철학을 전공한다는 어느 학생의 첫 질문을 시작으로 강의는 시작되었다.

"〈예기〉란 책에 대해 먼저 알고 싶습니다."

"〈예기〉가 어떤 책이냐 하는 문제도 그리 간단하지가 않습니다. 쉽게 말해 글자 그대로 예(禮)에 대한 기록이라고 말할 수 있지요. 그러나 〈예기〉란 책이 전부 다 예에 관한 기록만은 아닙니다. 우선 사서오경(四書五經)하면 사서와 오경이 각각인 것처럼 알기가 쉬운데, 사서 속의 〈대학〉과 〈중용〉은 바로 〈예기〉 속에 있는 것을 뽑아낸 것이니까요. 〈대학〉과 〈중용〉은 유교의 중심사상이 들어 있는 철학서이지 예서는 아닙니다."

"언제 누구의 손으로 만들어진 것입니까?"

"공자의 제자와 그 후예들에 의해 쓰여진 기록들을 간추린 것이라 말할 수 있읍니다. 옛날에는 종이와 붓이 없어서 대나무쪽에 칼로 글을 새겨 가죽끈으로 엮은 것이 책이었으므로, 책을 만들기도 어렵거니와 보관하기도 여간 어려운 것이 아니었습니다. 그것이 전쟁으로 인해 한번 타버리면 그것으로 영영 없어지고 마는 것이 보통입니다.

2백 년이나 계속된 전국시대를 거쳐 진시황이 통일을 하게 되었으니, 귀중한 책들은 진나라 서고에만 있었다고 보아도 좋을 것입니다. 그 진시황이 자기 정책에 위배되는 것이라 하여 사상이나 철학에 관한 서적은 모조리 불태워 없앴을 뿐 아니라, 몰래 가지고 있는 사람을 극형으로 다스렸으니 책다운 책이 남아 있을 리가 없지요.

다행히 진나라가 일찍 망해 없어지자, 옛것을 되찾으려는 열기 속에서 학자들의 기억을 바탕으로 뜻있는 권력자들이 새로 책을 만들기도 하고, 몰래 숨겨진 것을 찾아내기도 했지요.

한(漢)나라 때 하간헌왕(河間獻王)이 공자의 제자와 그 후예들이 기술한 예에 관한 글 1백 31편을 찾아내었고, 그 뒤 이 글은 여러 사람의 손에 의해 더 보태지기도 하고 줄여 없어지기도 하던 끝에 한나라 말기에 마융(馬融)에 의해 다시 정리되었으니 이것이 오늘날 전해지고 있는 〈예기〉 49편입니다.”

“예에 관한 옛날 책으로는 〈예기〉밖에 없습니까?”

“아까 사서오경이란 말을 했는데, 오경 속에 있는 예서는 〈예기〉뿐입니다.”

“그럼 오경 이외의 예서로는 어떤 것들이 있습니까?”

“유교 경전을 말할 때 흔히 오경이니 육경이니 하고 말하는데, 가장 많은 수로 불리우는 것이 십삼경입니다. 그 십삼경 속에 있는 예서가 〈예기〉까지 모두 셋입니다. 그래서 이를 삼례(三禮)라 부르지요.”

“〈예기〉 이외의 다른 두 예서는 어떤 것입니까?”

“〈주례(周禮)〉와 〈의례(儀禮)〉입니다. 〈주례〉는 글자 그대로 주나라의 제도와 중요한 예를 내용으로 한 것이고, 〈의례〉 역시 글자의 뜻대로 의식에 관한 예를 내용으로 하고 있습니다. 〈주례〉는 주나라 왕조를 창건한 주공(周公)이 만든 것이 중심이 되어 있다고 볼 수 있지요. 그런데 〈의례〉는 훨씬 뒷날인 춘추시대 초기에 만들어졌다고 보는 쪽이 많지만 한나라에 들어와서 만들어진 것이라고 주장하는 사람도 있습니다.

조선시대 5백 년을 거쳐 아직도 우리에게 그 예풍을 전하고 있는 관혼상제는 모두 이 〈의례〉를 바탕으로 한 것입니다. 오늘날 가정의례준칙이란 것도 이 〈의례〉란 뜻을 따온 거지요.”

“사서오경이라 하는데 서(書)와 경(經)은 어떻게 다릅니까?”

“크게 다를 거야 없지요. 이름을 그렇게 붙인 것뿐입니다. 경은 성인의 글이란 뜻이고 서는 그냥 글이라는 뜻이니, 사서라고 하면 우리가 가깝게 자주 대하는 글이란 느낌을 주고 있지요. 〈예기〉에서 뽑아낸 〈대학〉과 〈중용〉 두 편을 〈논어〉·〈맹자〉와 합쳐 사서라고 하는데 이 모두가 성인의 글이 아닙니까? 또 사서삼경을 합쳐 칠서(七書)라고도 불러 왔습니다. 삼경이란 경이 서로 바뀐 것이지요. 사서삼경보다는 칠서가 더 가깝고 쉬운 느낌을 줍니다. 누구나 다 읽어서 배워야 할 글이란 뜻도 들어 있다고 할 수 있지요. 〈손자〉를 비롯한 일곱 가지 병서를 무경칠서(武經七書)라고 하지 않습니까? 이는 바로 유경칠서(儒經七書)에서 착상된 것이라 볼 수 있지요.”

“삼경이니, 오경이니, 육경이니, 십삼경이니 하는 것에 대해 알고 싶습니다.”

“지식에 대한 욕심이 많은 편이군요. 옛날 육당(六堂) 최남선(崔南善)은 너무 아는 것이 많아서, 초대강사로 초청받아 강연장에 나가게 되면 주최자측에서 제시한 강연 제목부터 설명을 하는 버릇이 있곤 해서, 그것으로 거의 시간을 보내고 알맹이 있는 결론을 내지 못했다고 합니다.

또 어느 대학 입학시험에 모르는 것이 나오자, 한 학생이 자세한 것은 사전에 있으므로……하고 엉뚱한 답을 썼다는데, 사실 자세한 것은 사전을 보는 것이 가장 정확하지요. 나도 가끔 기억만 믿고 강의를 하고 논문을 쓰는 경우가 있는데 뒤에 보면 그게 아닌 경우가 많아요.

아무튼 물어 왔으니 기억나는 대로 대답하겠습니다.

삼경 하면 지금은 누구나가 다 〈시경〉·〈서경〉·〈역경〉으로 압니다. 사서삼경을 칠서라고 부를 때, 칠서 속의 삼경이 바로 그것이니까요. 그러나 옛날에는 시대에 따라 사람에 따라 여러 가지 책을 삼경이라 불렀습니다.

맨 처음 생긴 것이 육경입니다. 공자가 손을 댔다고 하는 시·서·역·예·악·춘추의 여섯이지요. 그런데 공자가 그렇게 중요시하고 좋아한 음악에 관한 〈악경(樂經)〉이란 것이 점차 애매하고 모호해지고 말았습니다. 공자는 음악을 매우 좋아하여 그 당시 최고로 손꼽히던 악사들에게 음악의 원리를 일러준 일도 있었는데, 후에는 그토록 좋아한 소(韶)니 무(武)니 하는 악보가 전해지지도 않았고, 아악(雅樂)에 대한 이론이 전해지지 않았어요. 그래서 한나라 때는 육경에서 〈악경〉을 빼고 오경이라 불렀습니다.

그런데 오경 중에 예와 춘추는 각각 셋으로 나뉘어 〈주례〉와 〈의례〉와 〈예기〉 셋이 되고 춘추는 이를 주석한 〈좌전(左傳)〉과 〈공양전(公羊傳)〉과 〈곡량전(穀梁傳)〉 셋이 되었으므로, 결국 아홉이 되는 셈입니다. 그래서 구경이라 부르기도 했습니다. 여기에 〈논어〉와 〈효경〉을 하나로 묶어 구경과 함께 십경이라 부르기도 했는데, 〈논어〉와 〈효경〉을 독립시키면 십일경이 되는 셈입니다. 당나라에 들어와서는 이 십일경에 옛날의 사전(辭典)이라 할 수 있는 〈이아(爾雅)〉를 넣어 십이경이라 부르기도 했습니다. 그러다

가 송나라에 들어와서 〈맹자〉를 여기에 합쳐 십삼경으로 부르게
된 것입니다.”

“〈효경〉을 〈논어〉와 하나로 묶은 것은 무슨 이유에서인가요?”

“〈효경〉은 글자가 몇백 자에 지나지 않는 아주 짧은 내용이므로
독립시키기가 좀 뭣해서 그랬던 거지요.”

“그 이전에는 독립되어 있지 않았습니까? 그런 짧은 내용이 경으
로 독립되어 있던 것은 무엇 때문이었나요?”

“효도가 모든 것의 바탕이라고 한 공자의 말씀 그대로 그 내용은
비록 짧지만 중요한 것이라 해서 그랬겠지요.”

“간단히 말해서 〈효경〉은 어떤 내용이지요?”

“공자가 한가하게 계실 때 증자가 공자를 모시고 앉아 대화를 나
눈 데서 〈효경〉은 시작됩니다. 공자께서 증자에게, ‘옛날 어진 임
금이 천하를 평화롭게 다스린 아주 중요하고도 간단한 방법이 있
었는데 너는 아느냐?’라고 묻자, 증자는 모른다고 대답했습니다.
그래서 공자가 그 증자에게 들려준 약 10분 정도의 설명이 〈효경〉
의 전부입니다.

　그 내용 가운데 우리가 알아두어야 할 것이라면, ‘우리의 몸은
부모로부터 받은 것이니, 살가죽과 머리카락 하나라도 상하게 해
서는 안된다. 이것이 효도의 첫길이다. 가장 큰 효도는 우리가 떳
떳하고 올바른 사람이 되어 좋은 이름을 후세에 남기는 것이다.
그럼으로써 누구의 아들이라는 것이 함께 전해져 그 영광이 부모
에게까지 미치기 때문이다’ 하는 내용이라 할 수 있지요.”

“공자가 〈효경〉에서 말한 그 머리카락이란 것 때문에, 구한말 단
발령이 내려졌을 때 선비들은 차라리 죽었으면 죽었지 상투는 자
를 수 없다고 한 것이 아니겠습니까?”

“그렇게 볼 수도 있지요. 그러나 그것은 단발령이 일본을 본받는
것이라는 항일사상에서 나온 것이라고 보아야 할 것입니다. 고집

불통인 사람 가운데는 상투가 목숨보다 더 중요하다고 생각한 사람도 없지는 않았습니다. 왜놈들이 강제로 상투를 자르기 시작하자 목을 매어 죽은 일도 있었으니까요.

내가 〈예기〉를 강의하는 목적 가운데 하나는, 예라는 것이 그런 겉모양이나 형식이나 절차에 있는 것이 아니고, 그 속에 들어 있는 예의 참뜻을 살리는 것이 보다 중요한 것임을 알리기 위해서입니다.

공자가 말한 머리카락이니, 살가죽이니 하는 것은 우리 몸에서 가장 가볍게 여겨지는 것을 보기로 든 것입니다. 그런 것도 함부로 해서는 안된다고 했는데, 그런 가장 하찮은 것을 지키기 위해 하나밖에 없는 목숨을 끊으려 하다니 말이나 됩니까?

또 공자가 말한 것은 몸을 함부로 하여 다친다든가, 남과 싸워 머리카락을 쥐어 뜯긴다든가 하는 일이 있어서는 안된다는 것을 말한 것입니다. 옛날에는 상투가 너무 무겁고 굵은 경우, 보이지 않는 한가운데를 잘라내곤 했었습니다.  그것을 백회친다고 했지요. 그럼 그건 불효가 아닌가요? 그 이론대로 나간다면 손톱이나 발톱도 깎지 말아야 하지 않겠습니까?

이런 겉모양과 형식과 절차만을 중요시하는 것이 사람의 속성입니다. 그것은 유교만이 아닙니다. 모든 종교가 다 그렇습니다. 석가나 공자나 예수가 다같이 그런 형식에서 벗어나라고 외쳤지만, 그 단체를 통솔하고 이끌어나가기 위해 생겨난 최소한의 형식과 절차가, 나중에는 점점 강조되어 뿌리와 가지가 뒤바뀌어 잔가지와 잎만 무성하고, 뿌리와 줄기는 그것을 감당하지 못해 넘어지고 말게 된 것입니다.

예라면 케케묵고 번거로운 옛날 형식과 절차를 소중하게 여기는 것으로 알고 있는데 그것이 예나 지금이나 한결같은 인간의 공통된 병폐였습니다.

그러므로 공자도 그 당시의 그런 병폐들을 한탄하며 이런 말까지 했습니다.

'예라고 하니까 구슬이나 비단으로 폐백을 주고받고 하는 것인 줄 아느냐? 음악이라고 하니까 쇠북이나 북을 두드리는 것으로 아느냐?'

예의 근본정신은 생각하지 않고 겉치레만을 번드르르하게 꾸미려고 하는 당시 지도층들을 꾸짖은 것입니다."

"그럼 예의 참뜻은 어떤 것입니까?"

"공자가 주나라로 가서 노자에게 예를 물었다고 〈사기〉에 나와 있습니다. 공자가 물은 예가 무엇이었겠습니까? 결혼식을 어떻게 올리고, 장례식을 어떻게 치르고 하는 것을 물었겠습니까? 공자는 노자에게서 예의 참뜻을 얻어 듣고 크게 깨우친 바가 있었던 것입니다. 노자를 보고 나와 함께 갔던 제자를 돌아보며, '동물 중에서 용이 가장 뛰어나다고 한다면, 노자야말로 사람 중의 용이다' 하고 감탄했다고 합니다.

노자의 사상이 무위자연(無爲自然)이란 것은 다 아는 사실입니다. 예의 참뜻은 바로 그 '무위'와 '자연'에 있는 것입니다. 예는 자연의 이치란 말과도 같은 것입니다. 자연의 이치는 조화에 있습니다. 우주가 정상상태를 유지하는 것은 상반된 두 힘이 균형을 유지하고 조화를 이루고 있기 때문입니다. 원심력과 구심력이 균형과 조화를 이루고 있음으로 해서 파괴되지 않고 제자리를 지키며 돌고 있는 것입니다.

예란 바로 균형과 조화를 위한 사회적 자율장치라고 볼 수 있습니다. 충돌과 마찰, 시간과 물자의 낭비를 막기 위해 만들어진 것입니다. 요즈음 흔히 말하는 질서가 바로 예입니다.

그런데 예의 근본정신을 벗어난 형식에 사로잡혀 있을 때는 갖가지 부작용이 생겨나게 됩니다. 이 부작용을 가장 많이 일으킨 것이 유교를 중심으로 한 동양사회였습니다. 공자 당시에 이런 부작용은 이미 절정에 달해 있었습니다. 형식에 치중한 예란 것이, 그 형식이 또 다른 형식을 만들어내어 이른바 번문욕례(繁文褥禮)가 된 것이지요. 예의 혼은 없어지고 껍데기만 남은 것입니다.

〈묵자(墨子)〉의 비유편(非儒篇)에 나와 있는 내용은, 그 당시 선비로 불리운 사람들의 타락한 모습과 사치와 낭비와 허식에 차 있는 병폐들을 잘 지적한 것입니다. 묵적이 말한 그 선비는 공자가 가장 미워한 향원(鄕愿)이란 선비를 중심으로 한 것입니다. 공자는 그 향원을 가리켜, 거짓으로 참을 병들게 하면서도 남의 본보기로 자처하는 가장 해로운 존재라고 보았던 것입니다. 낮에는 점잖게 행세하고 밤에는 몰래 남의 담을 뚫는 좀도둑과 같다고까지 말했습니다.

공자의 눈으로 보았을 때, 뒷날의 선비란 사람들의 대부분이 향원에 지나지 않았던 것입니다. 묵적은 그런 공자를 알아 보지 못하고, 공자를 떠받드는 향원의 무리들만 보고 공자까지 싸잡아 욕을 했던 거지요.

안회가 어짊(仁)에 대해 물었을 때, 공자는 나를 이겨 예를 되찾는 것이라고 했습니다. 이른바 극기복례(克己復禮)란 것이지요. 그 예가 무엇이겠습니까? 그것은 곧 자연의 조화로 돌아가라는 뜻입니다. 인간의 육체적 욕망에서 완전히 벗어나 자연상태로 돌아가라고 한 것입니다.

극기복례를 하는 그날에 온 천하가 다 어질어진다고 했습니다. 어짊은 진리란 뜻입니다. 최고지선(最高至善)의 진리와 자연의 조화는 같은 것입니다. 나와 남의 구별이 없고 자연과 하나가 되는 것을 말한 것입니다.

안회가 구체적으로 어떻게 하는 것이냐고 묻자, 공자는 예가 아닌 것은 보지도, 듣지도, 말하지도, 움직이지도 말라고 했습니다.

그리하면 예 아닌 것이 무엇이 있겠는가. 공자는 이치에 벗어난 것을 예가 아니라고 말한 것입니다.

예의 참뜻은 자연의 질서에서 찾을 수 있습니다. 질서란 마찰과 충돌과 낭비를 방지하기 위한 제어장치입니다. 그것은 곧 경제원칙에서 말하는 최소한의 노력으로 최대의 효과를 얻기 위한 제도요, 형식이요, 순서요, 절차가 되는 것입니다. 서로가 다 편할 수 있는 최선의 방법이 예입니다.

외국 손님을 기쁘게 하기 위해서가 아니라 자기 위세를 돋보이려는 욕심에서 학생들을 동원하는 것이 예가 아닙니다. 억지로 웃고 허리를 많이 굽힌다고 해서 예가 되는 것이 아닙니다. 공자가 가장 부끄럽게 여긴다고 한 것이 그 억지웃음과 억지공경이었습니다. 마음에 있는 그대로 나타나는 것이 참다운 예가 되는 것입니다.

질서도 그렇습니다. 질서란 마찰과 충돌과 시간과 물자의 낭비를 막는 것입니다. 그것이 바로 예의 참뜻이지요. 그런데 질서를 지키자고 외치며 거리로 몰려나와 오가는 사람들을 불편하게 하기도 합니다. 자신은 교통방해를 하며 남들보고 교통질서를 지키라고 하는 것이 되고 맙니다.

줄서기만 하는 것이 질서의 전부로 알고 있는 새마을 지도자를 종종 보게 됩니다. 그렇게 시키고 그렇게 따라하는 바람에 버스를 타려고 기다리는 사람들이 큰길을 가로막고 서 있는 것이 보통입니다. 버스를 타기 위해 오가는 사람을 돌아가거나 그 사이를 비집고 가게 만들고 있는 것이지요. 하나만 알고 그 밖의 것을 모르는 그런 질서는 없는 것만 못합니다. 인위적인 질서가 아니고 이치에 맞는 자연적인 질서가 참다운 질서입니다.

자연의 이치를 생각하지 않고 겉치레가 예인 줄 아는 것이 어리석은 사람들의 생각입니다. 그런 사람들이 나라를 다스리게 되면 예가 본래의 참뜻에서 벗어나 고통과 불편과 낭비만을 초래합니다. 순리대로 돌아가게 하는 것이 예인데, 도리어 인위적으로 구속하는 것이 되기 때문이지요. 〈예기〉를 통해 우리는 그것을 알게 되고 배우게 됩니다. 그리고 시대에 따라 맞게끔 바로잡고 고쳐나가는 것이 예의 이치란 것도 알게 됩니다.”

# 제1편(第一篇) 곡례(曲禮) 상(上)

萬籟寂寥中, 忽聞一鳥弄聲, 便噢記許多幽趣.
"만뢰(萬籟)가 정적에 잠긴 속에서 홀연히 외마디 새소리를
들으니 더욱 그윽한 정취를 불러일으킨다."


무불경(毋不敬)


"곡례(曲禮)란 무슨 뜻입니까?"
"곡(曲)은 자세하다는 뜻입니다. 빈틈없이 최선을 다하는 것을 곡
진(曲盡)하다고 합니다. 구체적으로 하나하나를 빠짐없이 정해 둔
예절이란 뜻입니다."
"본문에서 보면 '〈곡례〉에 말하기를' 하고 쓴 것으로 보아 〈곡례〉
란 책이 있었던 것 같습니다. 〈곡례〉는 언제 누가 만든 책입니까?"
"공자 당시에 전해지고 있던 옛날 책의 한 편명(篇名)이라고 합니
다. 〈예고경(禮古經)〉이라고도 말하고 〈고예경(古禮經)〉이라고도
말하는데, 그 구체적인 것은 알지 못합니다."
"〈예기〉에 이 곡례편을 맨 앞에 실은 것은 특별한 뜻이 있어서입
니까?"

"그렇게 볼 수 있지요. 예의 가장 기본적이고 초보적이며 상식적
인 내용들을 담은 것이니까요."

"맨 첫장 첫구절이 무불경(毋不敬)으로 되어 있는 것도 역시 특별
한 뜻이 있다고 볼 수 있겠군요?"

"잘 보았어요. 무불경이란 이 세 글자가 〈예기〉 전편의 기본을 말
하고 있습니다. 예의 근본정신이 무엇이냐고 묻는다면 그것은 무
불경이다 하고 대답할 수 있지요."

"무불경을 구체적으로 설명하면 어떤 내용이 되겠습니까?"

"공경하지 않는 것이 없다는 뜻입니다. 공경이란 조심한다는 뜻입
니다. 조심이란 한자의 조심(操心)에서 온 말입니다. 마음을 놓는
것을 방심(放心)이라고 하지 않습니까? 그 방심의 반대가 조심입
니다. 행여나 실수하는 일은 없을까 하고 늘 살피고 생각하고 하
는 것이 조심입니다.

맹자는 이런 말을 했습니다.

'개나 닭이 밖에 나가 들어오지 않으면 찾을 줄 알건만 자기 마
음이 나가고 없으면 불러들일 줄을 모른다. 사람이 배우고 묻고
하는 방법 가운데 가장 중요한 것은, 나가고 없는 마음을 불러
들이는 일이다.'

즉 항상 방심하지 않고 조심하려고 노력하는 것이 수양하는
사람이 첫째로 힘써야 할 일이란 말입니다.

맹자는 인의예지(仁義禮智) 네 가지를 사단(四端)이라고 했습니
다. 사람이면 누구나 날 때부터 가지고 있는 사랑하는 마음인 인
(仁)과, 옳지 못한 것을 부끄러워하는 마음인 의(義)와, 공경하는
마음인 예(禮)와, 옳고 그른 것을 판단하는 마음인 지(智)를, 네
끝(端)이라고 한 것입니다. 끝이란 말은 뿌리니 실마리니 싹이니
하는 뜻을 가지고 있습니다. 그 실마리를 찾아 뿌리를 북돋우고
싹을 키워 나가면 아름드리 큰 나무가 되듯이, 어질고 의롭고 지

혜로운   위대한 사람이 될 수 있다는 뜻으로 쓴 것입니다.

이 네 가지 기능을 가지고 있는 이성이나 양심을 잠시도 놓치지 말고 꼭 간직한 채 올바로 키워 나가는 것이 바로 도(道)를 닦는 것입니다. 도는 바른 길이란 뜻입니다. 도를 깨우쳤다는 것은 사람이 걸어가야 할 바른 길을 직접 보고 알아 그 길로 걸어가게 되었다는 뜻입니다.

그런데 그 마음을 잃지 않는 것이 바로 공경하는 것입니다. 즉, 방심하지 않는 것을 말합니다. 방심하지 않는다는 것은 최선을 다하는 것입니다. 이 세상에서 최선을 다하려는 마음이 없이 저절로 뜻이 이루어지는 것은 없습니다.

공자도 그런 말을 했다고 〈맹자〉에 나와 있습니다. '잡고 있으면 내게 있고, 놓아두면 없어지는 것이 무엇인가? 그것이 마음이다.' 이 잡고 있는 마음이 글자 그대로 조심입니다. 조심이 공경입니다. 그것은 먼저 깊이 생각하고 행동하는 상태를 말합니다.

공자는 〈논어〉에서 이런 말을 했습니다.

'어진 사람은 아홉 가지 생각하는 것이 있다. 볼 때는 밝게 보기를 생각하고, 들을 때는 똑똑히 듣기를 생각하고, 얼굴빛은 온화하게 갖기를 생각하고, 태도는 공손하게 갖기를 생각하고, 말은 참되게 하기를 생각하고, 일은 실수가 없기를 생각하고, 의심이 나면 물을 일을 생각하고, 분한 마음이 생길 때는 다음에 있을 어려움을 생각하고, 내게 이익되는 것을 보았을 때는 그것의 옳고 그른 것부터 생각한다.'

중요한 것 아홉 가지를 들었을 뿐, 어느 것 하나 생각하지 않는 것이 없습니다. 이것이 바로 공경하지 않는 것이 없다는 것입니다.

공자는 용맹을 자랑하는 자로란 제자가 어진 사람이 해야 할 일을 물었을 때,

'내 몸 닦기를 공경으로 한다.
라고 대답했습니다.
'겨우 그것뿐입니까?'
하고 되물었을 때는,
'다음엔 내 몸을 닦아 다른 사람을 편안하게 해 준다.'
라고 대답했습니다. 자로가 또,
'겨우 그것뿐입니까?'
하고 되묻자,
'내 몸을 닦아 온 백성들을 편안하게 하는 일이다. 요순같은 성
인도 그렇게 못 하는 것을 안타까워했느니라.'
하고 대답했습니다.

내 몸을 공경으로 닦아 그것으로 천하를 다스리고자 하면서도 오히려 모자라 안타까워한 것이 요·순임금이라고 했으니, 공경 하나만으로 도를 깨우치고 천하를 다스렸다는 말도 됩니다. 천하 의 백성을 편안하게 해 주려는 한결같은 마음에서, 자기 아들을 제쳐두고 어진 사람에게 천하를 맡긴 것이 다 공경하는 마음에서 가 아니겠습니까? 천자의 소임은 천하를 바로 다스리는 것이며, 그것은 자기 당대로 끝나는 것이 아니라, 후계자를 누구로 하느냐 에 보다 더 큰뜻이 있는 것입니다. 그것을 소홀히 하지 않고 적임 자를 찾아 후계자로 만드는 일에 평생을 바친 것이 요·순임금이 라고 맹자는 말했습니다.

모든 일 하나하나에 정성을 기울여 최선을 다하는 것이 바로 공 경하지 않는 것이 없다는 뜻입니다."
"다음에 있는 엄약사(儼若思)는 어떤 뜻입니까?"
"엄(儼)은 엄숙하다는 뜻과 단정하다는 뜻이 있습니다. 바위 같은 무게와 흔들림이 없는 것을 말하며, 그 태도가 무엇을 생각하는 것 같다는 뜻입니다. 남을 위압하는 위엄보다는 자신을 굳게 지키

며 실수 없기를 생각하는 그런 모습을 말한 것입니다.

　공자는 어진 사람의 태도를 말하며, 위엄은 있으되 사납지는 않다(威而不猛)라고 했고, 제자들이 공자를 평할 때도 그렇게 말했습니다. 쉬운 예로 부처님 같은 그런 거룩한 모습을 가리킨 것이라 볼 수 있지요. 앞에서도 생각하는 것이 곧 공경이라 했습니다. 공경하는 태도가 바로 바로 생각하는 태도가 아니겠습니까?”

“다음으로 안정사(安定辭)는 말을 안정되게 한다고 풀이할 수 있을 것 같습니다. 안정이란 말을 보다 구체적으로 풀이하면 어떤 뜻이 되겠습니까?”

“〈대학〉에 이런 대목이 있지요. 그칠 곳을 안 뒤라야 정(定)한 것이 있게 되고, 정한 것이 있어야 고요한 것이 있고, 고요한 뒤라야 편안해지고, 편안한 뒤라야 생각하게 되고, 생각한 뒤라야 얻게 된다 라고 하는 말입니다. 편안한 것은 마음의 상태를 말한 것이고, 정은 확고한 신념을 가지고 있는 태도를 말한 것이라 볼 수 있을 것 같습니다. 결정된 바가 있으면 마음이 편안해지고, 편안한 마음의 상태에서만 올바른 결정을 내릴 수 있는 것이니, 하는 말이 풍기는 느낌이 조용하면서도 확고한 신념이 깃들어 있는 것 같아야만 그 말이 듣는 사람에게 믿음을 갖고 따르게 할 수 있습니다. 다음에 그렇게 해야만 백성을 편안히 할 수 있다는 말로 끝을 맺었습니다. 공경하지 않는 것이 없다고 한 것은 마음의 수양을 말한 것이니 몸을 닦는 수신(修身)을 말한 것이라 볼 수 있고, 백성을 편안히 한다는 것은 나라와 천하를 다스리는 뜻으로 볼 수 있습니다. 〈대학〉에서 말한 격물치지(格物致知)와 치국평천하(治國平天下)의 뜻이 이 짤막한 몇 글자 속에 다 들어있다고 보아도 좋을 것 같습니다.”

“다음 장으로 넘어가시지요.”

오 불 가 장
## 敖不可長

'거만한 마음을 자라게 해서는 안 되며, 함부로 욕심을 내서도 안 되며, 뜻한 것을 다 채우려 해서도 안 되며, 즐거움을 마냥 누리려 해서도 안 된다.'

"한문을 우리말로 옮겨서 읽는 것을 새겨서 읽는다고 했습니다. 그것을 새김이라고도 합니다. 또 우리말로 풀었다 하여 언해(諺解)라고 했습니다. 이 언해에는 마디마다 '토'란 것이 붙어 있으므로 언해를 토책(吐冊)이라 부르기도 했습니다.

잘 새겨 읽음으로써 첫 장의 무불경이란 뜻이 보다 구체적으로 나타난 것으로 볼 수 있습니다. 거만이란 무엇입니까? 공경을 벗어난 생각입니다. 예는 공경을 바탕으로 합니다. 공경은 자기를 낮추는 것입니다. 그것이 겸손이란 구체적인 태도로 나타납니다. 겸손은 비굴한 것과는 전혀 다릅니다. 편안한 마음과 따스한 태도로 설치거나, 덤비거나, 뽐내거나 하지 않는 것이 겸손입니다.

공자는 예를 알지 못하는 사람의 공손은 괴롭다고 했습니다. 그것이 바로 일부러 지어 보이는 비굴한 몸가짐을 두고 한 말이었습니다. 거만은 비굴한 것의 반대로, 자기를 돋보이게 하려는 마음입니다. 역시 꾸며서 보이는 것이라 볼 수 있지요. 그것이 도가 지나치면 교만이 됩니다. 거만이 뽐내는 것이라면 교만은 까불거리는 것에 가깝습니다. 거만은 자연스레 나타나는 위엄이 아니라 만들어 내보이는 위엄입니다. 무엇이든 꾸미는 것이 예가 아닙니다. 의식적으로 꾸며 보이는 거만이 점점 자라 무의식적인 것이 되면 그때는 교만이 되고 맙니다. 부귀한 사람이 교만하기 시작하면 자기도 모르게 실수를 저지르고 허점을 드러내 결국은 몰락의 길을 걷고 맙니다.

내가 남보다 낫다는 생각이나 나를 돋보이게 하려는 마음은 누구나 갖고 있습니다. 그러므로 그런 마음을 경계해서 자라나지 못하도록 하라는 것입니다. 그것이 커지면 남의 미움을 사게 되고 자신을 위태롭게 할 뿐입니다.

공자는 아무리 뛰어난 좋은 재주를 가지고 있어도 그 사람이 교만하면 재주 이외의 다른 것은 아무것도 볼 것이 없다고 말했습니다.

거만하지도 않고 비굴하지도 않은 것이 태연입니다. 공자는 어진 사람은 태연할 뿐 교만하지 않다고 했습니다. 태연한 이유를 공자는 이렇게 설명했습니다.

'어진 사람은 크고 작은 것도 마음에 없고, 많고 적은 것도 마음에 없으며 남을 깔보는 일도 없다. 이것이 바로 태연할 뿐 교만하지 않은 것이다.'

교만하지도 않고 비굴하지도 않고 태연한 것이 예를 아는 사람의 태도입니다.

함부로 부려서는 안 된다고 한 욕심은, 도가 지나치면 나쁜 것이 되는 것을 말합니다. 공자는 당연한 욕심을 하고자 한다는 뜻의 욕(欲)이라 하고, 떳떳지 못한 욕심은 탐낸다는 뜻의 탐(貪)이라 말했습니다. 욕심은 발전과 향상의 원동력이 되기도 합니다. 생명을 유지하기 위한 식욕이나 종족을 보존하기 위한 성욕은 누구나 가지고 있는 것이며, 없어서는 안 되는 것입니다. 그러나 필요 이상으로 재물을 모으거나, 능력에 맞지 않는 지위를 탐내거나, 아내 이외에 더 많은 여자를 거느리고 싶어하는 것들은 욕심을 지나치게 부린다는 것입니다. 세상이 시끄러운 것은 모두가 함부로 욕심을 갖는 것에서 비롯됩니다.

뜻한 것을 다 채우려 해서도 안 된다는 그 뜻은, 야망과 같은 것으로 볼 수 있습니다. 자기가 원하는 대로 안 되는 것이 세상입니다. 자기의 뜻을 채우기 위해 다른 사람을 희생시키지 않는 것이 예의 정신입니다. 경쟁상대가 생겼을 때는 양보하고 자제할 줄 알아야 한다는 뜻입니다. 여당과 야당의 마찰이나 근로자와 사용자의 분규가 대개는 자기 뜻한 대로 다 채우려는 데서 비롯되는 것입니다. 서로가 상대를 이해하고 양보하는 것이 바로 뜻을 다 채우려 하지 않는 예의 정신이요, 중용의 길입니다.

즐거움을 끝까지 다 누리려 해서도 안 된다고 한 것은 특히 우리 모두가 경계하고 마음 깊이 새겨 두어야 할 일입니다. 모자라는 사람일수록 즐거움을 끝까지 누리려 합니다. 아무리 좋은 것이라도 정도가 지나치면 반드시 폐가 붙기 마련입니다. 즐기는 데에 마음이 팔려 다른 것을 돌아볼 수 없기 때문이지요. 술이 술을 청한다는 말이나, 술이 사람을 마신다는 말들이 다 즐거움을 끝까지 누리려는 마음에서 생겨난 것이 아닙니까?

위에서 말한 이 모든 것은 정도에 벗어나지 않도록 하라는 뜻입니다. 그것이 예의 근본정신입니다.

사람은 즐거움이 극에 이르면 실수를 하기 마련입니다. 정도에서 벗어난 짓을 하게 되는 거지요. 그것을 미리 막기 위해서 그 정도를 제한한 것이 예입니다.

옛날 이야기를 하나 할까요?”

“어떤 이야기인지 듣고 싶습니다.”

모두 호기심에 찬 눈으로 바라보았다.

“여러분도 다 아는 이야기일텐데요?”

“아는 것이면 어떻습니까? 박사님이 하시면 더 재미도 있고 뭔가 달리 얻어 듣는 것이 있지 않겠습니까?”

“옛날 예법에는 임금과 신하가 술을 들 때는, 석 잔 이상 돌리지 않게 되어 있었습니다. 너무 즐긴 나머지 실수를 저지르거나 하면 뒷수습이 어려워지기 때문이지요.

그런데 춘추시대 5패의 한 사람인 초장왕(楚莊王)이 이 예를 어기고 술을 오래 마신 일이 있었습니다.

문무백관이 모여 술을 마시기 시작했는데, 해가 지고 어두워지자 촛불을 밝혀 두고 계속 마셨습니다. 임금은 자기가 사랑하는 후궁까지 불러내어 잔을 돌리게 했습니다. 벌써 즐거움이 극에 달한 상태에 이른 거지요. 이때 갑자기 회오리바람이 들이닥쳐 촛불을 모두 끄고 말았습니다.

그러자 아까부터 후궁의 아름다움에 마음이 끌려 있던 무장 한 사람이 그 후궁의 손목을 꽉 잡고 말았습니다. 술과 어둠과 욕정과 군중심리가 복합된데다가 여기서 말한 즐거움의 문제까지 곁들인 결과지요. 후궁으로서는 신하들에게 술을 따른다는 것이 못마땅한 일이었습니다. 임금의 명령이라 마지 못해 술잔을 돌리던 참에 억센 사나이의 손길이 어둠을 타고 덥석 손목을 잡았으니 얼마나 놀랐으며 또 얼마나 분했겠습니까? 그러나 머리가 빨리 도는 여자라 재빨리 그 사나이의 갓끈을 낚아채고 말았습니다. 범인이 누구라는 증거를 남기려는 거지요. 놀란 그 무장은 얼떨결에 손을 놓고 말았을 것 아닙니까? 그러자 후궁은 임금에게로 달려가 귀에다 대고 속삭였습니다. 범인의 갓끈을 잡아떼었으니 어서 불을 밝혀 범인을 잡으라는 거지요.

그러나 장왕은 불을 밝히지 말라고 명령하고, 모든 신하들에게 갓끈을 잡아떼라고 일렀습니다. 그리고 불을 밝혔으니 범인을 알아낼 도리가 없지 않겠읍니까?

그날 밤 그 후궁은 임금에게 앙탈을 부렸습니다. 자기가 재치로 잡은 범인을 일부러 놓아준 꼴이 된 것에 대한 불평을 늘어 놓은 거지요.

장왕은 이렇게 달랬습니다.

'임금과 신하는 밤에 술을 마시지 않게 되어 있다. 또 마시더라도 석 잔 이상은 마시지 않게 되어 있다. 오늘밤같은 일을 미리 막기 위한 예법이다. 그것을 내가 먼저 어겼으니 책임은 내게 있다. 거기다가 천하질색인 그대를 불러내어 술잔을 돌리게 했으니, 호랑이 앞에 토끼를 보낸 거나 다름이 없지 않느냐? 첫째는 내 잘못이요, 둘째는 그대가 너무 아름다운 탓이 아니냐? 남자가 술김에 어여쁜 여자의 손을 잡아보고 싶은 거야 당연하지 않느냐? 임금의 후궁이란 것을 깜박 잊게 만든 회오리바람이 죄를 범한 것이다. 그대의 자존심을 살리기 위해 무장의 목숨을 희생시킨다는 것은, 천하의 제패를 꾀하는 나로서는 할 수 없는 일이다.'

여자들은 자신의 아름다움으로 인해 저지른 남자들의 실수를 용서하고 싶어진다는 심리학자의 말처럼 절세미인이란 임금의 칭찬에 마음에 돌아선 후궁은 자신의 모자란 생각을 사과했다는 이야기입니다.

지금 말한 이 세 가지는 정도에 벗어나기가 쉬운 것이므로, 그것이 가져올 폐단을 막는 장치가 필요한 것이며, 그렇게 해서 생긴 것이 예요, 보이지 않는 마음이 정도에 벗어나는 일이 없도록 하는 것이 또한 예라는 것을 말한 것입니다."

압 이 경 지
狎而敬之

"그럼 되도록 알기 쉬운 말로 풀어서 읽겠습니다.

'어진 사람은 아무리 가까운 사이라도 상대를 공경하며, 두려워하면서도 사랑하며, 사랑하더라도 그의 좋지 못한 점을 알고, 미워하더라도 그의 좋은 점을 알며, 재물을 모아도 나눌 줄을 알며, 편안한 것을 편안하게 여기지만, 옮길 줄을 안다.'

대개 이런 뜻입니다."

"압(狎)이란 글자를 가까운 사이라고 풀어 읽으셨는데, 원래 압이란 글자의 본 뜻은 공경과는 거리가 먼 관계를 말하는 것 아닙니까?"

"그렇지요. 흉허물 없이 지내는 것을 압이라고 합니다. 친하고 가깝다는 뜻으로 친압(親狎)이라는 말을 씁니다. 지나친 농담을 주고받기도 하고 체면 같은 형식을 차릴 필요가 없는 그런 사이를 말합니다. 공경과는 거리가 먼 것처럼 보이는 그런 사이라도 그 정도를 벗어나서는 안 됩니다. 그것이 다정한 사이일수록 지켜야 하는 최소한의 예의입니다. 그것이 바로 공경하지 않는 것이 없다는 거지요. 농담을 즐기다 보면 상대를 모욕하는 말도 함부로 하게 됩니다. 나는 교수들끼리 농담을 하던 끝에 한 교수가 사표를 써내는 것까지 보았습니다. 상대의 말이 자기 인격을 모독했다는 거지요.

결혼한 부부보다 더 가깝고 흉허물없는 사이가 있겠습니까? 그런 부부 사이일수록 상대의 인격을 존중하는 마음과 태도가 필요합니다. 사랑 속에서도 서로에 대한 고마움을 잊지 말아야 하고, 농담 속에도 상대의 마음을 흐뭇하게 하는 슬기가 들어있어야 합니다. 일터로 나가 하루 종일 시달리다가 돌아온 남편을 대하는 태도나, 온 종일 집안일로 바쁘게 지낸 아내를 대하는 태도에는 위로와 격려의 눈빛을 잃지 말아야 합니다. 그것이 공경입니다. 손님처럼 서로 대하는 것만이 공경은 아닙니다. 말 한 마디로 천냥 빚을 갚는다는 말이 있듯이, 그 말과 태도에 상대를 인격적으로 대하는 그 무엇이 없어서는 안 됩니다.

부부싸움을 사랑싸움이라 하지 않습니까? 사랑이 지나쳐 상대의 인격을 무시하는 말이나 태도로 인해 빚어진 싸움이기 때문입니다. 친구 사이도 마찬가지입니다. 겉으로 보기에 흉허물없는 사이라 하더라도 그 한계를 벗어나지 않도록 조심하는 것이 공경입니다."

"두려워해도 사랑한다는 것은 어떤 경우를 말한 것입니까?"
"아버지와 임금과 스승을 보기로 들 수 있겠지요. 앞의 경우가 가까운 경우라면, 이것은 먼 경우라 말할 수 있습니다. 일정한 거리를 유지하면서도 마음으로 더 가까이 보살피고 돕고 싶은 것을 말한 것입니다.

여기서 말한 두려움이란 존경의 뜻으로 보면 됩니다. 존경은 하되 무서워는 하지 않는다는 그런 뜻으로 풀이해도 괜찮을 것 같습니다.

여기 나와 있는 여섯 가지는 앞에 말한 것과 마찬가지로 균형과 조화를 말한 것입니다. 속도를 조절하는 제어장치가 있어야 차가 달릴 수 있듯이, 한쪽으로만 치우치지 않는 조정의 능력이 없이는 세상을 바로 살아갈 수 없습니다. 그것이 곧 예의정신이요, 그 정신을 바탕으로 만들어진 것이 예법입니다. 그러므로 만들어진 형식보다도 그 바탕이 되는 조화와 균형의 법칙이 더 중요한 것입니다. 그 정신을 살려 그대로 행하는 것이 어진 것이 됩니다. 여기 있는 어진 사람의 뜻인 현자(賢者)는 착하다는 뜻보다 밝다는 뜻이 더 강합니다. 그래서 보통 현명한 사람이라고 풀어서 말합니다. 예를 자연의 법칙이란 뜻으로 보는 것도 이 균형과 조화가 예의 근본정신이 되기 때문입니다.

사랑하면 사랑에 눈이 어두워 좋지 못한 것이 보이지 않는다고 말하지 않습니까? 고슴도치가 제 새끼 사랑하듯 한다는 말이 있습니다. 또 사랑에 빠지면 곰보자국도 보조개로 보인다는 말이 있습니다. 연애결혼이 이혼율이 많은 것도 사랑만 하고 상대의 좋지 못한 점을 알아채지 못한 채 결혼한 때문이 아니겠습니까? 아이 싸움이 어른싸움 된다는 말도 다 그런 이치에서 생긴 말이 아니겠습니까? 그러므로 가정에서나 사회에서나 사랑하면서도 상대의 좋지 못한 점을 알고 있어야 하고, 미운 사람도 그의 좋은 점만은 인정할 줄 알아야 한다는 것입니다.

재물을 모으는 사람은 대개가 쓸 줄을 모릅니다. 재물을 더 늘리는 일에만 마음이 가 있기 때문입니다. 그러나 현명한 사람은 그 모은 재물을 좋은 곳에 아낌없이 나누어 줄 줄도 압니다. 모은 만큼 보람이 있는 거지요.

끝으로 편안한 것을 편안하게 여기지만 옮길 줄을 안다고 한 말에는 깊은 뜻이 있습니다.”

“깊은 뜻이라니요?”

“첫 장에서도 백성을 편안케 한다는 말로 끝을 맺었습니다. 여기서도 맨 끝에 있는 이 말은 정치와 관계가 있는 것으로 보아야 할 것 같습니다. 그래서 오늘의 세태를 놓고 잠시 생각한 것입니다.”

“그럼 편안한 것을 편안하게 여긴다는 것은 안정만을 바라는 보수주의를 말한 것이고 옮긴다는 것은 개혁을 말한 것입니까?”

“맞아요 맞아. 바로 그겁니다. 그런 생각을 나도 하고 있었어요.

좋은 것이 좋다는 말이 있습니다. 또 너무 좋은 일도 안 생기느니만 못하다는 말도 있습니다. 모두가 화해와 타협과 현상유지를 바라는 뜻으로 하는 말입니다. 그것이 바로 편안한 것을 편안하게 여기는 우리의 공통된 생각입니다. 편안한 것을 편안하게 여기지 않을 사람이 누가 있겠습니까?

그러나 흐르지 않는 물은 썩기 마련입니다. 세상은 알게 모르게 점점 바뀌어가고 있는데 귀찮다는 생각만으로 지금의 편안한 것만을 생각하게 되면, 그 것은 편안이 될 수 없습니다. 때에 따라 곳에 따라 형편에 따라 거기에 맞게끔 바꾸고 옮기고 하는 것이 조화와 균형을 얻는 예의 정신입니다. 안정과 질서를 무엇보다도 소중하게 여기면서도 개혁을 할 필요가 있을 때는 서슴없이 개혁을 단행해야 한다는 뜻입니다.

　다음 넷째 장은 네 마디로 되어 있는데 역시 하지 말라는 것입니다. 그럼 다음 장으로 넘어갑시다.”

## 臨財毋苟得

　“첫 마디는 재물에 다다라 구차하게 얻지 말라(臨財毋苟得)고 했습니다. 다다른다는 것은 무엇을 앞에 가까이 두고 있다는 뜻입니다. 견물생심(見物生心)이란 말이 있지요? 물건을 보면 갖고 싶은 마음이 생긴다는 뜻입니다. 재물을 앞에 가까이 두고 있으니 그것을 갖고 싶은 마음이 생길 것 아닙니까? 그것을 순리대로 해서 얻을 수 있는 것이라면 얻어서 나쁠 거야 없지요. 순리대로 해서 안 되는 것을 굳이 얻으려고 하는 것이 구차하게 얻는 것입니다. 그건 욕심이지요. 앞에서 욕심을 함부로 부리지 말라고 한 것이 바로 구차하게 얻으려 하지 말라는 것입니다. 그것이 도에 지나치면 염치없는 것이 되고, 때로는 다투고 빼앗고 하는 일까지 빚게 됩니다. 우리가 말하는 절도니, 강도니 하는 것은 법률을 바탕으로 하는 말입니다. 그러나 법을 떠나 예를 바탕으로 생각했을 때, 이 세상에는 절도보다 더한 절도도 있고, 강도보다 더한 강도도 많습니다. 여기서 말한 것은 충돌과 마찰을 빚는 꼴사나운 태도로 보이는 짓일랑 하지 말라는 뜻입니다. 그럴 소지가 있는 재물이면 생각도 하지 말라는 뜻도 담겨 있다고 볼 수 있습니다.”
　“그 한계가 모호하지 않습니까? 구차하다고 그 구차의 한계를 어떤 기준으로 정할 수는 없는 일일까요?”
　“그 정하는 기준이 바로 예란 것이 되겠지요. 그 한계와 정도를 제대로 알아 그대로 행하는 것은 성인이나 할 수 있는 일입니다. 그것이 바로 중용(中庸)이란 것입니다. 그 중용에서 벗어나지 않도록 하는 것이 예라고 할 수 있습니다. 복잡한 세상의 천만 가지 경우가 각각 다를 것이므로, 거기에 꼭 맞게 처신한다는 것은 정말 어려운 일입니다. 그러므로 꼭 맞게 하기가 어려우니까 맞게 하려다가 지나치게 되는 것보다는 차라리 미치지 못한 정도에서 멈추는 것이 현명한 것입니다. 그것이 바로 구차하게 얻으려 하지 않는 거지요. 그것이 사람에 따라 자제로 나타날 수도 있고, 양보로 보일 수도 있으며, 때로는 회피와 거절의 경우도 될 수 있지요.”

“옛날 사람의 보기를 들어 설명해 주실 수 없겠습니까?”

“우리 속담에 이런 말이 있지요? 아흔아홉 섬 가진 사람이 한 섬 가진 사람보고 그것으로 백 섬을 채우자고 한다고 말입니다. 가진 사람일수록 자기 욕심만 채우려 한다는 뜻입니다. 예수가 말하기를 부자가 천당 가기는 낙타가 바늘구멍 들어가기보다 더 어렵다고 했다지 않습니까? 균형과 조화를 이루는 것이 예의 근본정신입니다. 그런 정신으로 보았을 때 기업의 지나친 이득보다는 근로자의 이득이 보장되도록 해야 하겠지요. 그것은 기업윤리에 관한 문제입니다.

일본의 기업재벌에 마쓰시타(松下, 송하)란 사람이 있지요? 다른 회사는 불황을 벗어나기 위해 감원을 하곤 했는데, 그는 감원 대신 근무 시간을 줄이고 월급을 그대로 주었습니다. 있는 사람의 어려움보다 없는 사람의 어려움이 더 크다는 것을 몸으로 느껴 본 사람이 아니고는 그럴 수 없습니다. 앞에서 재물을 모으되 나눌 줄도 안다는 것이 바로 그런 것이 아니겠습니까? 불황을 순리로 넘기려 하지 않고, 근로자들의 딱한 사정을 외면한 채, 감원이니 감봉이니 하는 방법을 쓴다든가, 큰 기업보다 더 어려운 처지에 있는 하청 납품업자의 납품가격을 깎는다든가 하는 것이 다 재물을 구차하게 얻으려는 현명하지 못한 생각에서가 아니겠습니까? 백 섬을 채우고 싶은 생각에서 한 섬 가진 사람에게 손을 내미는 꼴이 되어서야 되겠습니까? 윤리란 바로 예의정신에서 나오는 것입니다. 조화란 상식과도 통하는 말입니다. 상식은 여론과도 통ㅎ하는 것입니다. 대다수의 여론에 따라 문제를 해결하는 것이 순리가 될 수 있지요.

　공자는 〈논어〉에서 이렇게 말했습니다. 법으로 다스리는 백성은 부끄러움을 모르고, 예로써 다스리는 백성은 부끄러움을 안다고 말입니다. 구차하게 무엇을 얻거나 벗어나거나 하려는 것은 부끄러움을 모르는 것에 해당됩니다. 결국 양심과 이성에 맞추어 행동하는 것이 예의 바탕이 되는 것입니다. 이제 됐습니까?
"네, 잘 알았습니다."
"공자는 〈중용〉에서 묻지 않으려면 모르되, 물을 바엔 완전히 알 때까지 물으라고 했습니다.

　그럼 다음으로 넘어갈까요? 두 번째로 어려움에 다다라 구차하게 벗어나려 하지 말라(臨難毋苟免)고 했습니다."
"어려움이란 어떤 것을 말한 것입니까?"
"구차하게 벗어나려 하지 말라고 했으니, 벗어나기 어려운 고비를 만났을 경우가 되겠지요. 독립운동을 하다가 왜경에 붙잡혔을 경우라든가, 배가 고파 죽을 지경에 이르렀다든가, 무슨 조건을 내보이며 말만 들으면 살려준다고 했을 그런 경우들을 들 수 있겠지요. 말하자면 떳떳한 일을 하다가 염려하던 일이 밀어닥쳤을 때 그것을 벗어나기 위해 비굴하거나 떳떳치 못한 방법을 쓰지 않는다는 것이 되겠지요.

　이 역시 어려운 문제의 하나입니다. 어느 정도가 구차한 것인가 하는, 정도와 한계의 문제가 있기 때문입니다. 의로운 일을 하다가 뜻을 이루지 못했을 때, 적에게 용서를 빈다든가, 아부를 한다든가, 부당한 요구를 들어준다든가 해서 목숨을 건지려 하지 않는 것이 되겠지요.

공자는 〈논어〉에서 이런 말을 했습니다. '뜻있는 선비와 어진 사람은 살기 위해 어짐(仁)을 해치는 일이 없고, 목숨을 버리고 어짐을 이루는 일은 있다' 라고 말입니다. 고문을 견디지 못해 동지를 판다든가, 고생이 두려워 뜻을 굽히고 마음에 없는 벼슬자리에 오른다든가 하는 것이 다 구차하게 어려움을 벗어나려는 생각 때문이 아니겠습니까? 친일파니, 매국노니 하고 불리운 사람 가운데는, 본의 아닌 이 어려움을 벗어나기 위한 구차한 생각 때문에 그런 일을 저지른 경우가 많습니다. 처음만 있고 끝이 없는 사람들이지요.

셋째로는, 기를 쓰고 이기려 하지 말라(狼毋求勝)는 것입니다. 한(狼)이란 글자는 독하고 사납다는 뜻입니다. 지고 이긴다고 승부욕에 너무 집착하지 말라는 거지요. 말하자면 깨끗한 경기를 하라는 것입니다. 심판을 매수한다든가, 부정선수를 쓴다든가, 흥분제를 쓴다든가 하는 것이 다 그런 것이 되겠지요. 결국 떳떳치 못한 일을 하지 말라는 것입니다.

마지막으로는 무엇을 나눠 가질 때 다른 사람보다 많은 몫을 차지하려 하지 말라(分毋求多)는 것입니다.

우리 속담에 남의 밥의 콩이 커 보인다는 말이 있지요. 똑같은 콩이 틀림없으리란 것을 뻔히 알고 있으면서도 남이 가진 것이 더 커 보이고, 좋아 보이고 하는 것이 사람의 마음입니다. 그것이 아마 생존경쟁에서 살아남기 위한 생물의 유전적인 본능일 겁니다. 그러나 그것이 결국은 충돌과 마찰을 빚는 원인이 되어, 서로가 얻는 것보다는 잃은 것이 많다는 것을 경험과 체험을 통해 배웠기 때문에 이런 교훈을 남기게 된 것입니다. 타율적인 법을 만들기 이전의 자율적인 겸양을 소중히 여기는 것이 바른 예의 정신이 아니겠습니까? 결국 예란 것은 수양인의 자제와 자율의 정신을 바탕으로 사회를 보다 안정되고, 즐겁고, 능률적으로 만드는 데에 그 목적이 있다고 보아야 할 것입니다.”

“예의정신이 강제적인 법 이전의 자율적인 질서유지에 있는 것은 틀림없는 일일 것 같습니다. 그러나 예가 자칫 형식으로 흘러 이른바 번문욕례를 낳고 만 것이 또한 사실이 아닙니까? 능률적이란 표현은 거리가 있는 것 같습니다.”

“바로 그겁니다. 예의 핵심이 형식보다 정신에 있다고 늘 강조하는 것도 그 때문입니다. 타율의 질서가 법이라면 자율의 질서가 예가 아니겠습니까? 타율보다 능률적인 것이 자율입니다. 전쟁을 할 때도 그렇고 형무소에 죄인이 없으면 흰 깃발을 꽂는다지 않습니까. 항복했다는 뜻으로 말입니다. 무엇이 무엇에게 항복을 한 것입니까. 타율적인 법률이란 것이 자율적인 예에 항복을 한 것입니다. 흰기가 뜻하는 또 다른 것이 있다면 어떤 것이 되겠습니까. 범죄를 저지르고, 그것을 잡아들이고, 조사를 하고, 고발을 하고, 재판을 하고, 변호를 하고, 징역을 살리고, 감시를 하고……. 이루 다 말할 수 없는 비생산적이고 소비적인 것이 바로 법률이 생기게 된 원인이며 그 결과입니다. 흰 기가 계속 휘날리게 된다면 그로 인해 얻어지는 사회적 이득은 정신과 물질에 걸쳐 이루 다 헤아릴 수 없을 것입니다. 그보다 더 생산적이고 능률적인 사회가 또 어디에 있겠습니까?”

“저는 그걸 두고 한 질문이 아니었습니다. 옛날 결혼식이라든가 장례식이라든가 하는 것을 두고 한 말입니다. 사람이 죽은 뒤 상주 노릇을 한다고 3년 동안 아무 일도 하지 않은 것을 특히 예로 들 수 있을 것 같습니다. 특히 그 3년상을 강조한 것이 공자와 맹자였기에 드리는 말씀입니다.”

“다음에 기회가 많을 것 같아 말을 하지 않았는데, 이왕 질문이 나왔으니 내 나름의 설명을 하겠습니다.

〈중용〉에서 공자는 이런 말을 했습니다.

'지금의 세상에 태어나 옛법을 다시 쓰게 되면 반드시 재앙이
그 몸에 미치게 된다.'
지금 3년상 입는 사람은 없지 않습니까? 그래서 의례준칙이란 것
이 생겼습니다. 결혼식은 구식보다 신식이 더 요란스럽습니다. 자
주정신과 자존의식이 약한 물질만능의 지도층들이 외국의 좋은 것
은 본받지 않고 나쁜 것만 본받은 결과지요. 검소하고 실질적인
것은 옮겨 오지 못하고 사치스럽고 낭비적인 것만을 옮겨 왔다 그
말입니다. 미국의 특수층이 벌이는 호화스런 결혼식을 영화 같은
데서 보고는, 수양이 덜된 사람들은 그것이 마치 문명이요, 문화
인 것처럼 흉내를 내려 합니다. 6·25의 잿더미 위에서 재건은 아
랑곳하지 않고, 권력층의 사람들은 그 자녀의 결혼식 때, 손님들
을 전세버스에 태우고 서울 거리를 한 바퀴 돌곤 했습니다. 그들
은 그것을 예로 알고 그랬겠지요. 그게 다 자기 위치와 분수를 모
르는 데서 빚어진 현상입니다. 문명인의 자세가 아닌 야만적인 겉
치레요, 허세라는 거지요.

임방(林放)이란 제자가 예의 근본을 물었을 때, 공자는 '크도
다, 그대의 물음이여!'하는 감탄부터 먼저 했습니다. 그 당시 지
도층들이 알고 행하는 예니, 의식이니 하는 것이 예의 근본정신에
서 벗어난 겉치레와 사치만을 일삼고 있었기 때문입니다.

그리고는 이렇게 대답했습니다.

'예는 사치스런 것보다는 차라리 검소해야 하며, 상(喪)이 겉치
레만 차리는 것보다는 차라리 슬퍼하는 것이 낫다.'

예의 근본정신은 사치와 낭비를 막는 것에 있습니다. 권세가 있
고 돈이 있어도 예법에 정해진 이상은 할 수 없는 것이 예법입니
다. 그것을 어겼을 때는 사회의 지탄을 받기도 하고, 때로는 그
일로 인해 참월(僭越)의 탄핵을 받아 권력의 자리에서 물러나기도
했습니다.

　초상을 당했을 때의 의식도 낭비를 막기 위한 한계를 정한 것이 본래의 뜻이었습니다. 그것이 뒤로 내려오며 죽은 사람에 대한 슬픔보다는 산 사람의 재력이나 권력을 자랑하는 것으로 변하고 말았습니다.

　그런 것들을 두고 개탄한 것이 공자의 대답이었습니다. 형식보다 정신을 중하게 여긴 자유(子遊)와 자장(子張)이란 두 제자도 〈논어〉에서 '상(喪)은 슬픔 하나로 그칠 뿐이다' 라고 말했습니다."

"그런데 공자와 맹자가 살던 당시는 3년상을 입는 사람이 별로 없었던 모양인데, 공자와 맹자가 굳이 3년상을 강조한 것은 무엇 때문이었을까요?"

"재아(宰我)라는 제자가 그런 말을 했지요 '1년도 너무 긴 것 같습니다. 지도층에 있는 사람이 3년 동안이나 예법도 다스리지 않고, 음악도 내팽개치게 되면 예와 악이 다 무너지고 말 것 아닙니까? 1년 정도로 그치는 것이 좋겠습니다.'라고 말입니다.

　이때 공자는 '너는 쌀밥 먹고 비단옷 입는 것이 마음에 편안하냐?' 고 말하지 않았습니까?

　재아는 솔직히 편안하다고 대답했습니다. 그러자 공자는 '네 마음이 편안하면 편안한 대로 하라'고 했습니다. 3년상으로 결정한 것은 4년이고, 5년이고 한도 없이 부모의 죽음만을 슬퍼하는 일이 없도록 하기 위해 3년으로 정한 것이었습니다.

　그래서 장례를 모신 뒤에는 아침저녁으로 두 차례만 울도록 하고, 그 다음은 초하루와 보름날만 울게 하는 식으로 슬픔을 조금씩 절제하도록 만든 것입니다.

　요즈음 기독교에선 울음 대신 노래를 부르지 않습니까? 천당으로 간다는 것을 전제로 한 거지요. 공자 시대에도 노래를 부른 사람이 있었습니다. 공자는 그들을 별로 나무라지 않았습니다. 다 하나의 믿음에서 나온 것으로 본 거지요. 공자는 뒤이어 재아에게 이렇게 말했습니다. '어진 사람은 맛있는 음식을 먹어도 목에 넘어가지 않아 죽을 먹고, 음악을 들어도 즐겁지 않아 듣지 않으며, 편안하게 지내고 싶지 않아 상청(喪廳)에서 지내는 것이다.' 그리고 재아가 밖으로 나가자.

'참으로 어질지 못한 재아로다, 자식은 태어난 뒤 3년이 되어야만 부모의 품을 떠나게 된다. 그런 뜻에서 3년상을 입는 것이다. 온 천하가 다 3년상을 입고 있는데 재아 혼자 그런 생각을 하다니? 그도 부모의 사랑을 3년은 받았을 것이 아닌가?'

하고 다른 제자들을 보고 말했습니다.

이것으로 미루어보아, 굳이 상을 1년으로 줄이면 세상 인심을 더욱 각박하게 이끌어가는 결과가 되기 때문에 3년으로 정한 것으로 보입니다.

그러나 그 3년상이니, 슬픔이니 하는 것이 하나의 형식으로 굳어져, 나라에서도 상주된 임금은 울지 않고 울음 잘 우는 신하와 궁녀들이 대신 울었고, 돈 있는 사람들은 사람을 돈 주고 사서 대신 울게도 했으니 정말 우스운 이야기지요."

"박사님의 경우는 어떠했는지 알고 싶습니다."

"남들을 따랐지요. 그러나 나는 소리내어 울지는 않았습니다. 눈물이 나와도 소리는 내지 않았습니다. 곡(哭)이란 소리내 운다는 뜻입니다. 슬퍼서 저절로 울부짖어지는 것이 곡입니다. 아무리 해도 그렇게 되지 않는데 억지로 소리내어 우는 것보다는 슬픔을 참는 소리 없는 울음이 더 좋지 않을까요? 나는 그런 생각이었습니다. 나는 남의 조상을 가도 소리내어 울지는 않았습니다. 지금은 다들 그러지 않습니까? 그것이 바로 예란 것의 정신이 아닐까요? 너무 슬퍼하면 몸이 상하니까 예로써 절제를 시킨 것이지, 슬프지 않은 것을 소리내어 슬픈 것처럼 울라고 하는 것이 예는 아닐 것입니다.

그런데 젊은 나이로 일찍 죽은 친구의 조상을 갔을 때는 그만 울음을 터뜨리고 말았어요. 그 부인과 딸들의 슬픈 울음소리를 듣는 순간 공명현상을 일으킨 걸까요. 그랬더니 상승작용을 해서 더욱 슬퍼지더군요. 그래서 온통 울음바다를 이룬 일이 있었습니다. 역시 소리 내어 울지 않는 것이 좋다는 것을 새삼 깨달았어요. 그것이 상주에 대한 예일 것 같았어요.

그럼 그만 다음으로 넘어갑시다.”

## 禮從宜 使從俗

"일일이 다 설명할 수도 없는 일이므로 중요한 것만을 골라 설명하겠습니다. 다음은 제7장이 되겠습니다. 예종의(禮從宜) 사종속(使從俗)이란 여섯 글자입니다. 이는 ‘예는 마땅한 것을 따라야 하고, 남의 나라에 사신으로 갔을 때는 그 나라 풍속을 따라야 한다’는 것입니다.

마땅하다는 의(宜)의 뜻에는 여러 가지가 있는데, 여기서는 때와 장소에 따라 맞게 한다는 뜻입니다.

〈중용〉에서 공자는 옳다는 의(義)는 마땅하다는 의(宜)와 같은 뜻이라고 했습니다. 의롭다는 것이 퍽 어려운 것처럼 들리지만 실은 퍽 상식적인 것입니다. 때와 장소와 사람에 따라 일정하지 않은 것이 예입니다. 서로 다른 경우에 어떻게 하는 것이 마땅한 것인가를 잘 생각한 끝에 만들어진 것이 예입니다. 그러므로 예란 것은 일정할 수가 없는 것입니다. 옛날에는 그것이 예가 되었지만 지금은 예가 아닌 것도 많고, 서양에서는 예이지만 동양에서 예가 될 수 없는 것이 대부분입니다.

이미 시대에 뒤떨어진 것을 예라 하여 굳이 지키려는 보수적인 것도 좋지 못한 것이며, 내 나라에서의 예를 굳이 남의 나라에 가서까지 지키려 하는 것도 예에서 벗어난다는 뜻입니다. 그것이 바로 다음으로 이어져 남의 나라 사신으로 갔을 때는 그 나라 풍속에 따르라고 한 것이지요.

요즘은 지구가 한 마을처럼 좁아져 서로가 서로를 잘 알고 있으므로, 주재 대사관 직원들이 자기 나라 풍습대로 생활해도 별로 이상할 것도 없지만, 옛날에는 그럴 수가 없지 않았겠습니까? 이런 이야기가 있습니다.

구한말 러시아에 간 우리 나라 사신이 회의 장소에 들어가자 러시아사람들이 우리 나라 사신에게 모자를 벗어야 한다며, 강제로 갓을 벗겼다고 합니다. 그래서 대원군의 쇄국정치로 인해 부풀어 있던 자존심을 상하고 돌아온 그가 임금을 보고 개화정책을 펴도록 권했다는 것입니다.

그때 미리 러시아의 실정을 파악하고, 그에 대한 대비가 있었으면 그런 모욕은 당하지 않았을 것입니다. 결국 예라는 것은 서로 지켜야 할 약속과도 같은 것이므로, 쉽게 지킬 수 있는 방향으로 고쳐 나가는 것이 예의 속성이란 거지요. 그러니까 대다수가 그것을 편리하다고 느껴 따라하는 것이 곧 풍속이 되는 것입니다.

예가 풍속을 만들고 풍속이 또 예를 낳게 되는 거지요. 마찰과 갈등을 없애는 것이 예의 본래의 목적입니다. 그런 뜻에서 우리는 지금 동양과 서양의 서로 다른 예와 풍속의 흐름 속에서 마찰과 갈등을 체험하며 살고 있다고 볼 수 있습니다.

흔히들 세대 차이라고 말하지만, 서양 것에 기울어 있는 젊고 어린 세대와, 동양 것에 젖어 있는 나이 많은 사람들의 관념의 차이라고 말할 수도 있습니다.

공자는 남을 탓하지 않는다고 했습니다. 그 공자에게 자공이 물었습니다.

'선생님도 싫어하는 사람이 있습니까?'

'싫어하는 사람이 있다. 남의 나쁜 점을 말하기 좋아하는 사람을 싫어하고, 용기만 있고 예의를 모르는 사람을 싫어하고, 과감하기는 한데 앞뒤가 꽉 막힌 사람을 싫어한다.'

이것이 오늘의 젊은이들에 해당되는 내용이 아닐까요?

그러자 자공은 '저도 싫어하는 것이 있습니다'. 하면서 이렇게 덧붙였습니다.

'남의 숨은 비밀을 알아내는 것을 지혜로 생각하는 사람과, 철없이 건방지게 구는 것을 용기라고 생각하는 사람과, 남의 아픈 점을 찌르는 것을 정직한 것으로 생각하고 있는 사람을 싫어합니다.'

어른들이라고 그렇지 않다는 것은 아니지만 공격적이고 개방적인 성격의 젊은이들이, 공격적이고 개방적인 서양 풍속에 물이 들어 그것을 못마땅해하는 어른들을 보수적이고, 무기력하다고 하는 것은 당연한 일입니다.

공자 당시도 그러했을 것이니 지금이야 말할 것도 없지요. 10년이면 강산도 변한다고 했지만 지금은 1년에도 강산이 몇 번씩 변하는 형편이니 변하는 것을 좋아하는 젊은이들의 욕구를 어떻게 순리로 다스리느냐 하는 것이 바로 조화와 균형을 법칙으로 하는 예의 정신이요, 정치가 아니겠습니까?

'예는 마땅한 것을 따르는 것이다'라는 말은, 젊은이는 자제를 하고 나이 든 사람은 이해를 해야 한다는 뜻도 될 것 같군요. 그래서 마땅한 것을 찾아내야지요. 갈등과 마찰을 줄이고 없애고 하는 것이 바로 예의 정신이요, 거기에 예의 묘미가 있는 것입니다. 그러므로 공자가 예의 참뜻을 터득하고 있는 정치가는 미리 그런 마찰과 갈등의 소지를 없애 나가기 때문에, 아무것도 하는 것이 없이 나라와 천하를 다스리게 된다고 한 것입니다.

사종속(使從俗)과 같은 말에 입향순속(入鄕循俗)이란 말이 있지 않습니까? 남의 고을에 들어가서는 그 고을 풍속을 따르라는 거지요. 대중과 마찰 없이 지내는 것이 지혜로운 일입니다.

정치도 마찬가지입니다. 알렉산더는 세계를 정복하는 무력수단과 함께, 새로 점령한 지역의 종교와 풍속을 존중했습니다. 영국도 그랬고, 중국도 그랬습니다. 그런데 일본은 남의 나라 풍속은 물론이요, 말과 글자까지 바꾸고 성과 이름까지 없애려 하지 않았습니까? 여기서 말한 예의 이치를 모르는 철부지 같은 짓을 서슴지 않았던 거지요.

그러므로 예를 고치거나, 의식을 새로 만들거나 할 때는 풍속을 따르라는 이 말을 깊이 새길 일입니다. 미국이 이랬으니까, 일본이 이랬으니까 하고 그 나라의 성공한 어떤 정책을 그대로 쓰려한다면 반드시 시행착오와 같은 엉뚱한 결과를 빚고 말 것입니다.

정치인과 법률인들이 정치를 하고 법률을 만들고 할 때는, 대중 속에 뿌리를 내리고 있는 풍속을 가볍게 보아서는 안 될 일입니다. 그래서 공청회 같은 것이 필요한 거겠지요."

분쟁변송 비례불결
## 分爭辨訟 非禮不決

"제15장은 분쟁변송(分爭辨訟) 비례불결(非禮不決)이란 것입니다. 분쟁(分爭)은 다툼을 나눈다는 말인데, 다툼이란 어떤 문제나 이해관계를 놓고 서로가 거기에 매달려 떨어지지 않는 상태를 말하는 것이 아니겠습니까? 그러니 그 맞붙어 있는 상태를 갈라놓는 것이 곧 문제와 이해관계를 해결하는 것이 되겠지요. 그게 바로 나눈다는 것입니다.

다툰다는 것을 보통 분쟁(紛爭)이라고 하지요. 이것은 뒤얽혀 싸운다는 뜻입니다. 그 뒤얽힌 상태를 풀어 놓는 것이 나눠놓는

것입니다. 또 혼자 다 먹겠다거나 차지하겠다고 철없는 아이들이
다툴 때, 어른이 잘 타일러 각각 적당한 몫을 나눠 갖도록 하는
것도 서로 제 몫을 얻어 싸움을 그치게 하는 것이니, 이 또한 갈
라놓는다는 뜻의 나누는 것이 되겠지요.

　변송(辨訟)은 송사를 판결한다는 뜻입니다. 다투다가 스스로 해
결을 보지 못하고 관에 호소하는 것이 송사 아닙니까? 송사했을
때 누가 옳고 그른가를 판단해서 처리하는 것이 변송입니다. 형사
문제나 민사문제를 다루는 판사의 판결을 말한 것이지요.

　그런데 실정법을 판결의 기준으로 삼는 오늘의 판사들은 법조문
만을 따지는 것이 보통입니다. 불가피한 일이지요. 재량권을 인정
하게 되면 월권과 같은 부작용을 가져오기 쉬우므로 그것을 막기
위한 것입니다. 그런데 실정법이란 언제나 사후약방문같은 것이
되기 쉽습니다. 같은 문제가 여러번 되풀이된 뒤에라야 거기에 대
비한 법을 만들고, 또 거기에 따른 시행령을 만들게 되므로, 언제
나 병이 위독해진 뒤에 처방을 내는 꼴이 되고 맙니다. 그러다 보
니 그 법이 시행되게 되었을 때는, 벌써 맞지 않는 법이 되고 맙
니다. 세 살 먹은 아이의 옷을 만드는 데 1년이 걸렸다고 한다면,
벌써 그 옷은 작아서 입지 못하거나 불편한 옷이 되고 말겠지요.

　그래서 생긴 것이 판례제도가 아니겠습니까? 옛날에는 실정법
보다는 이 판례제도와도 같은 법관의 재량권이 폭넓게 적용되었습
니다. 그러다 보니 그것이 권력의 횡포로 변신해서 ‘네 죄를 네가
알렸다?’ 하는 웃지 못할 사태로까지 변했던 것입니다.

　그런데 여기서는 예가 아니면 분쟁과 소송을 판결하지 못한다
했습니다. 그 예가 무엇이겠습니까? 지금 실정법에도 예의 정신
이 전혀 없는 것은 아닙니다. 범인은닉죄는 친족에게 적용되지 않
는다든가, 같은 범행의 경우에도 존속에 대한 범행을 무겁게 다룬
다든가 하는 것을 들 수 있겠지요.

그러나 여기서 말한 예는 그런 것이 아닙니다. 실정법 이전의 법정신과 같은 것입니다. 더 나아가 법정신의 바탕이 되는 자연의 이치를 말한 것입니다. 윤리니, 도덕이니 하는 것이 될 수도 있지요. 그런데 윤리도덕이란 말 대신에 예라는 말을 썼습니다. 윤리와 도덕은 인위적인 면이 있습니다. 어떤 목적을 가지고 자기에게 편리하도록 만든 법률이 있듯이, 윤리니 도덕이니 하는 것에도 그런 면이 없지 않습니다. 그래서 자연의 이치를 바탕으로 공평무사하게 행해지는 것을 예라고 한 것입니다.

예로써 분쟁과 소송을 해결하는 것보다 더 어려운 것은 있을 수 없습니다. 그것은 성인만이 판단가능한 것입니다. 그러나 그런 정신을 바탕으로 하려는 마음만 되어 있으면 되는 것입니다.

내가 아는 판사 중에 화해판사라는 별명이 붙은 사람이 있었습니다. 복잡하게 얽힌 집안끼리의 민사소송 같은 것이 있으면 대개 그에게로 사건이 돌아오게 되고, 결국 양쪽을 달래어 서로가 양보하고 물러서서 적당한 선에서 화해를 하게끔 하는 경우가 많았기 때문입니다. 사람들은 그가 법률에 밝지 못한 때문이라고도 말하지만, 역시 법률보다는 예의 정신을 더 소중하게 여긴 때문이라고 나는 보고 싶습니다.

공자가 노나라 법무장관으로 있을 때였습니다. 그 당시의 법무장관인 대사구(大司寇)는 대법원장과 검찰총장의 권한을 아울러 가지고 있었습니다.

이때 자기 아들을 불효자라며 고발한 아버지가 있었습니다. 그 당시는 불효(不孝)라는 판결만 내려지면 무조건 사형에 처했습니다. 결국 죽여 달라는 호소를 한 거지요. 오죽하면 자식을 죽여 달라고 했겠습니까?

그 당시는 대사구쯤 되면 당장 죽이라는 영을 내릴 수도 있었습니다. 처형한 다음 임금에게 보고만 하면 그만입니다. 누구보다도 효도를 강조한 공자였으니, 당장 죽일 것으로들 알고 있었습니다. 그런데 공자는 일단 그 아들을 감옥에 가둬 두고는 석 달이 지나도록 자식과 아비를 차례로 불러 내용을 듣기만할 뿐이었습니다. 그러는 가운데 자식은 스스로 불효를 뉘우치게 되었고, 아비는 자신에게도 잘못이 있음을 깨닫고, 자식을 용서해 달라고 빌기에 이르렀습니다. 그래서 풀어주고 말았던 것입니다. 이것이 바로 예로써 판결을 한 것입니다.

이 소식을 들은 실권자인 계환자(季桓子)가 몹시 화를 냈습니다. 불효자를 법대로 처형하지 않았으니, 무엇으로 법의 위엄을 세울 수 있느냐는 것이었습니다.

계환자는 공자를 직접 대해 놓고 차마 그런 말을 하지 못하고, 그의 가신으로 있는 공자의 제자들을 향해 불평을 했습니다. 자공이 그 말을 공자에게 전했습니다. 그러자 공자는 한숨을 지으며 이렇게 말했습니다.

'위에 있는 사람이 예를 지키지 않아 백성들이 그 본을 받은 것인데, 백성들이 죄를 저질렀다 하여 다 죽이기로 한다면 성한 백성이 몇 명이나 되겠느냐? 자식을 고발한 아비나, 고발을 당한 자식이나, 그 원인을 캐면 모두가 정치를 잘못한 데에 있다. 백성을 가르치지 않고 죽이는 것을 학(虐)이라고 한다. 바른 길을 가도록 이끌지는 않고 길을 벗어났다 하여 법에 따라 죽이는 것은 학살(虐殺)이 된다는 뜻이다. 내 어찌 법관이 되었다 하여 죽이는 일부터 하겠느냐?'

이 말을 전해 들은 계환자는 크게 양심의 가책을 받고, 공자를 대할 낯이 없게 되었다며 몹시 부끄러워했다는 것입니다."

"실권자인 계환자가 양심의 가책을 받은 것은 어떤 것이며, 당시의 지도층들이 예를 지키지 않았다는 것은 또 어떤 것입니까? 그리고 백성들이 그를 본받았다는 것은 무슨 뜻입니까?"

50

"양심의 가책이란 것이 어떤 거냐고 했지요?"

"네, 그렇습니다."

"계환자는 그 자신이 불효자였을지도 모릅니다. 그것을 스스로는 느끼지 못하고 있다가 공자가 한 말로 깨닫게 된 거겠지요. 나는 과연 불효한 자식을 죽이라고 할 만한 효자인가 하고 반성을 했을 것 아닙니까?

그리고 그 당시의 지도층이 예를 지키지 않았다는 구체적인 보기가 얼마든지 있습니다. 우선 〈논어〉에서 공자가 지적한 것만 넷이나 됩니다.

첫째, 계환자는 그 아버지 계평자(季平子) 때부터 자기 조상의 제사를 천자의 예로써 지냈어요. 대부의 벼슬인 계씨는 제사 때 음악에 맞추어 춤을 추는 무사(舞士)가 16명이어야 하는데, 그는 천자의 경우처럼 64명을 썼습니다.

이 말을 듣고 공자는 이런 말을 했어요. 그런 짓도 하거늘 무슨 짓인들 못하겠느냐고요. 임금을 내쫓을 수도 있고, 반란을 일으킬 수도 있다는 이야기지요. 결국 계평자는 반란을 일으키고 임금을 내쫓기에 이르렀습니다. 공자도 그 임금의 뒤를 따라 제나라로 가게 되었던 겁니다.

춤추는 사람을 많이 쓴 것은 몰라서 그랬다고 보면 그만일 수도 있습니다. 그런데 제사를 마치고 상을 물릴 때 아뢰는 음악의 노랫말 속에 제사를 돕는 제후들의 모습을 보고 천자께서는 흐뭇해 하셨다라는 내용이 있었어요. 그 말을 들은 공자는 그런 노랫말이 들어 있는 노래를 어떻게 대부의 집에서 부를 수 있느냐고 그들의 무식함을 탓했어요. 백성들에게는 예에 벗어난 짓을 한다고 해서 잡아다 매를 때리고, 귀양을 보내고 하면서 세도재상인 그들은 임금도 천자도 눈에 보이지 않았던 것입니다.

또 그 계씨가 임금만이 지낼 수 있는 태산(泰山)에서 여제(旅

祭)라는 제사를 지낸 일이 있었습니다. 공자는 계씨의 가신으로 있는 염구란 제자를 보고 그 제사를 못 지내게 할 수 없느냐고 물었습니다. 할 수 없다고 대답하자 공자는 이렇게 말했습니다.

'임방(林放)도 예의 근본이 무엇이냐고 물었는데, 태산 신령이 임방만도 못하겠느냐?'

복을 받겠다고 지내는 것이 제사인데, 지내서는 안 될 사람이 지내는 제사를 태산 신령이 반가워할 리가 없으니, 복 대신 벌을 받게 될 거라는 뜻입니다. 그래서 그런지는 몰라도 계환자는 가신들의 반란으로 죽을 고비를 겨우겨우 넘긴 끝에 나중에 공자와 손을 잡고서야 제 위치를 찾기에 이르렀던 것입니다.

그리고 그들은 임금을 허수아비로 앉혀 놓고 사실상 임금행세를 하고 있었으므로, 지난 날 한 계단 낮은 곳에서 임금에게 절하던 태도를 바꾸어 임금이 있는 곳으로 올라가 절을 하곤 했습니다. 하기 싫은 절을 마지 못해 했던 거지요.

공자만이 그러지 않고 아래에서 절을 했습니다. 그런 공자를 보고 그들은 자기 변명을 하듯, 공자는 임금에게 아첨하고 있다고 말했다 합니다. 세도재상들의 무례함을 깨우쳐 주기 위해 그러는 공자가 못마땅했던 거지요. 이것이 〈논어〉에 있는 내용입니다.

세도재상이란 사람이 임금을 우습게 알고 있으니까, 가신들도 그들 본을 받아 재상을 무찌르고 그 자리에 오르려고 반란을 일으켰던 것입니다. 그러니 백성들도 그를 본받아 예를 지키지 않았을 것 아닙니까? 힘있는 자식이 늙은 부모를 우습게 대하는 것도 다 그런 본을 본 거라고 말할 수 있지요."

"네, 잘 알았습니다. 저어, 공자는 이런 말을 했다지 않습니까? 송사를 듣는 것은 나도 남과 다를 것이 없지만, 내가 정치를 하면 송사 자체를 없애겠다고 말입니다. 송사를 없도록 만드는 정치가 어떤 것인지 설명해 주십시오."

"〈예기〉 속의 〈예기〉라고 말할 수 있는 예운편(禮運篇)에서 말한 대동(大同)이란 것이 그것이 되겠지요.

그건 그때 가서 이야기하기로 하고, 공자가 송사를 없도록 만들겠다고 한 것은 법으로 하는 정치 대신 예로 하는 정치를 펴겠다는 뜻이었을 겁니다."

"예로 하는 정치란 어떤 것이 되겠습니까?"

"한마디로 입법부와 사법부가 필요없는 그런 정치가 아니겠습니까?"

"원시사회로 되돌아가겠다는 걸까요?"

"〈대학〉에서는 공자의 그 말 다음에 이렇게 덧붙이지 않았습니까? 정(情)이 없는 사람이 그 말을 다하지 못하는 것은 크게 백성의 뜻을 두렵게 하는 것이다 라고 말입니다. 정이란 인정이니, 동정이니 하는 착한 마음씨를 말합니다. 또 통정(通情)이니, 실정(實情)이니, 정보(情報)니 하고 쓸 때 참이란 뜻도 됩니다. 즉 남을 이해하는 따스한 마음과 거짓말을 못하는 있는 그대로의 양심을 가리킨 것입니다. 그것이 없는 사람이 항상 말썽을 빚기 마련입니다.

그러나 정도의 차이일 뿐, 양심이 완전히 죽거나 마비되어 있는 경우는 거의 없습니다. 크게 그 뜻을 두렵게 한다는 것은 양심을 되살아나게 한다는 말입니다."

"어떻게 그렇게 하는 겁니까? 교육으로 그렇게 하겠다는 걸까요?"

"그렇지요. 지식에 대한 교육보다 양심의 교육이 되겠지요. 양심에 벗어나는 일을 하는 것을 가장 두려워하는 그런 교육이어야 할 것입니다."

"그럼 그 예란 것이 교육의 내용이 되는 것입니까?"

"예는 이치에 맞게 하는 것을 말합니다. 가르침이란 입으로 하는 것이 아니고, 몸으로 하는 것입니다. 백 번 듣는 것이 한 번 보는 것만 못하다는 것이 바로 그것입니다. 이래라 저래라 시키는 지도자가 되지 말고, 몸으로 그렇게 해 보이는 지도자가 되라는 것입니다. 솔선수범을 하라는 거지요.

앞에서 말한 계환자의 아들 계강자(季康子)가 아버지의 뒤를 이어 노나라의 실권자가 되었습니다. 그는 공자를 스승처럼 대해 온 사람이었습니다. 그가 실권을 이어받고 공자에게 물었습니다.

‘정치는 어떻게 하는 것이 잘하는 것입니까?’

하고 물은 거지요. 그러자 공자는 이렇게 대답했습니다.

‘정치라는 정(政)은 바르게 한다는 정(正)의 뜻이다. 그대가 아랫사람과 백성들을 바르게 이끌면 어느 누가 감히 바르지 못한 일을 할 수 있겠는가?’

이것이 바로 정이 없는 사람의 마음을 크게 두렵게 만드는 것입니다. 지금까지처럼 바른 일과 착한 일은 백성들이나 약한 사람만이 하는 것이고, 임금이나 세도재상들은 잘못된 일과 악한 일을 해도 상관이 없다는 그런 것이 아니고, 영도자의 위치에 있는 사람이 백성들과 아랫사람에게 시키기 전에 먼저 본보기를 보이면 시키지 않아도 자연 따라하게 된다는 뜻입니다.

그 뒤 계강자가 또 와서 물었습니다.

‘지금 사방에 도둑이 들끓어 큰 걱정입니다. 어떻게 하면 좋겠습니까?’

그러자 공자는 이렇게 말했습니다.

‘그대가 참으로 도둑질하는 걸 싫어한다면 상을 준다고 해도 훔치는 일을 하지 않을 것이다.’

공자는 여러 차례, 사치와 낭비를 없애고 백성들에게서 거둬들이는 각종 세금 중 없앨 것은 없애고 줄일 것은 줄이라고 했는데도, 갈수록 더 거둬들이려고만 하는 것을 꾸짖은 것입니다.

즉, 네가 백성에게서 강제로 빼앗다시피 하는 일만 하지 않으면 백성들은 굶주리고 헐벗는 일 없이 잘 살 수 있을 것이다. 그런 백성에게 도둑질을 하라고 시켜도 양심에 부끄러운 짓은 하지 않을 것이다 하는 뜻으로 한 말입니다.

그 계강자가 나중에는 법을 엄하게 만들어 백성들을 마구잡이로 죽일 생각을 하고 이렇게 물었습니다.

'착한 일을 하라고 일러도 말을 듣지 않는 사람을 잡아다 엄하게 다스려 죽이면 남은 백성들이 말을 잘 들을 것 같습니다. 그러는 것이 어떻겠습니까?'

공자는 또 꾸짖어 말했습니다.

'그대가 정치를 한다면서 어찌 죽이는 방법을 쓰겠다는 건가? 그대가 착한 일을 하게 되면 백성들도 따라 착한 일을 하게 된다. 옛 말에 윗사람은 바람이요, 아랫사람은 풀이라고 하지 않았던가? 백성들은 윗사람이 하는 대로 본을 보기 마련이다.'

타락한 정치인일수록 까다롭고 혹독한 법을 만들어 백성들을 괴롭히기 마련입니다. 자신을 먼저 바로잡으면 될 텐데 그렇게는 하지 않고, 그 자신을 특별한 존재로 만들려는 것이 독재자들의 공통된 수법입니다. 결국은 그것으로 스스로를 망치고 맙니다. 예와 정치의 참뜻을 모르는 어리석은 생각 때문이지요."

## 人子之禮

"지금까지가 총론과 같은 것이었다면 앞으로는 각론이 되어야겠지요. 그 각론 가운데 오늘날에도 우리가 지켰으면 좋겠다 싶은 것을 골라 보았습니다. 원문으로는 제30장부터가 되겠는데, 대충 이런 것들을 뽑아 보았습니다.

'자식 된 사람은 겨울에는 부모를 따뜻하게 해드리며, 저녁에는

잠자리를 보아 드리고, 새벽에는 편안히 주무셨는지를 살피고 문안을 드린다.'

이 정도는 당연히 해야 할 일이며, 누구나 마음만 먹으면 할 수 있는 일입니다. 그런데 요즘에는 그렇게 하는 사람이 흔치 않은 것 같습니다. 자식을 귀여워만 하고 가르치지 못한 탓이라고 보아야겠지요. 핵가족 시대가 되어 아버지나 어머니가 할아버지와 할머니 섬기는 것을 보지 못한 때문이기도 합니다. 전통이니 가풍이니 하는 것이 단절되고 만 거지요.

다음은 부모 섬기는 도리를 어른에게 그대로 옮기는, 곧 부모에게 효도하는 사람의 할 바를 말하고 있습니다. 원문으로는 32장이 되겠습니다.

'아버지의 다정한 친구를 뵀을 때는 나오라고 하지 않으면 감히 가까이 나아가지 않으며, 물러가라고 하지 않으면 감히 물러가지 않으며, 묻지 않는 말을 먼저 꺼내 이야기하지 않는다. 이것이 착한 사람이 하는 행실이다.'

어른에게 하는 것을 보면 부모에게 하는 것을 알 수 있다는 이야기입니다. 버릇이 없다는 말은 바로 집에서 배우지 못했다는 뜻입니다. 그것은 그 자신을 통해 부모를 욕되게 하는 일입니다.

옛날에는 임금도 늙은이들만은 공경했습니다. 신하라도 나이 든 신하에게는 지팡이를 짚고 다니게 한다든가, 백성들이라도 나이가 많은 사람에겐 관을 통해 옷감과 고기를 보내 주었다고 기록되어 있습니다. 물론 정치를 잘한 태평시대를 말하는 거지요. 요즘의 노인복지문제도 다 같은 맥락으로 풀이될 수 있겠지요. 그런데 요즘은 남의 부모는 공경하면서도 제 부모는 공경하지 않는 경우가 많습니다. 사회교육만 받고 가정교육은 받지 않은 것으로 볼 수밖에 없겠지요. 그래서 요즘 흔히들 말하지 않습니까? 학교교육과 사회교육과 가정교육이 일치해야만 건전한 국민교육이 이루어진다고 말입니다.

다음으로 33장에는 이렇게 나와 있습니다.

'자식된 사람은 나갈 때는 반드시 부모에게 아뢰고, 돌아와서는 반드시 부모에게 얼굴을 보이고 돌아온 것을 말해야 한다. 나가 노는 곳은 반드시 일정한 곳이 있어야 하며, 일정한 공부나 하는 일이 있어야 하며 보통 말할 때 자신을 늙은이라 부르지 않는다.'

어린아이들은 학교를 갈 때나 학교에서 돌아왔을 때, '다녀오겠습니다. 다녀왔습니다' 하고 말합니다. 그러나 나이가 많아지면 차츰 그런 인사에 둔한해지고 맙니다. 학교교육만 있고 가정교육이 없기 때문입니다. 집에 돌아오기가 무섭게 가방을 아무렇게나 내던지고는 놀러 나가곤 합니다. 돌아왔을 때는 반드시 부모 앞에 얼굴을 보이고 공손히 인사하는 버릇이 들게 하면 그러는 일이 없습니다. 그리고 학교만이 아니고 잠시 어디를 나갔다 들어올 경우라도 이것만은 꼭 지키도록 해야 할 것입니다. 요즘 흔히들 말하는 부모와 자녀 사이의 대화단절이 바로 이런 사소한 것을 지키지 않는데도 원인이 있습니다. 하고 싶은 이야기를 인사하는 기회에 하게 되므로 어느 정도의 대화단절은 피할 수 있지 않겠습니까?

이런 기본적인 인사는 학교나 직장에서 돌아왔을 때, 잠깐 얼굴을 보고 간단히 끝낼 수도 있으므로 새삼 불러낸다든가 하는 딱딱한 분위기를 피할 수도 있는 일이며, 또 다 큰 자녀들이라면 '오늘 별일 없었지요?'하고 부모들에게 말할 기회를 만들어 드릴 수도 있고, 또 부모의 태도가 보통 때와 다를 때는 '오늘 무슨 일이 있었어요?'라든가, '오늘 무슨 좋은 일이라도 있었나요?'하고 대화의 기회를 만들어 드릴 수도 있는 것입니다."

"일정하게 노는 곳이 있어야 한다는 것은 무엇을 뜻하는 것이겠습니까?"

"혹시 급한 일이 있거나 상의할 일이 있을 경우, 빨리 연락이 닿게끔 하기 위한 것이겠지요. 〈논어〉에서도 공자는 말했습니다.

　'부모가 계시면 멀리 나가 놀지도 않으며, 노는 곳에 반드시 일정한 곳이 있어야 한다.'

라고 말입니다. 요즘은 전화가 있으니까 그럴 필요는 없어진 셈이지만, 그렇더라도 늘 있던 곳이 아닌 다른 곳으로 가 있을 때는 있는 곳을 알려 드리는 성의가 따라야 하겠지요. 요즘 부부 사이에도 전화를 해 주지 않는 것이 자주 오해의 원인이 되곤 하는 모양인데, 부모의 자식에 대한 마음도 그와 다를 것이 없지 않겠습니까?"

"보통 말할 때 늙은이라 자칭하지 말라는 것은 농담으로라도 그렇게 말하지 말라는 것일까요? 친구들끼리 흔히 자기가 더 나이가 들었으니 형이라고 우스갯소리처럼 우기는 경우 말입니다."

"그런 것도 될 수 있지요. 그러나 그보다는 실제로 늙었더라도 부모를 모신 사람은 늙은이티를 내서는 안 된다는 거겠지요. 부모는 다 큰 자식들도 어린애처럼 생각하는 것이 보통입니다. 그것이 자신을 젊게 여기는 한 계기가 되기도 하지요. 그런데 그 자식이 늙은이 행세를 하거나 늙었다는 말을 하게 되면, 부모들은 상대적으로 너무 오래 살았다는 생각을 하게 됩니다. 그것도 불효가 되겠지요.

　다음은 선생을 모시는 태도와 어른을 모시는 태도를 나눠서 말하고 있는데 이는 서로가 통하는 것이기도 합니다. 원문으로는 41장이 됩니다.

　'선생을 따라갈 때는 길을 건너가서 다른 사람과 말하지 않으며, 길에서 선생과 마주쳤을 때는 빠른 걸음으로 나아가 인사하고 손을 공손히 앞으로 모으고 반듯이 선다. 선생이 말을 하면 대답을 하고, 인사만 받고 말이 없으면 곧 빠른 걸음으로 물러난다.

　어른을 따라 언덕에 올라갔을 때는 반드시 어른이 바라보는 곳을 바라보아야 하며, 성 위에 올라가서는 손가락으로 가르치지 않으며, 성 위에서는 큰 소리로 부르거나 하지 않는다.'

　이런 것들은 듣고 보면 다 옳은 말이라 여겨집니다. 존경을 받는 학식이 있는 사람이나, 나이가 아주 많은 분을 대하는 데에는 큰 차이가 있을 리는 없습니다. 굳이 선생이나 어른이 아니더라도 서로가 이런 마음가짐으로 대하는 것이 상대를 존경하는 예의가 되겠지요.

　성 위에 올라가 손가락질을 하거나 큰소리로 외치거나 부르지 않는 것은 어른을 모시고 갔을 때만의 일은 아닙니다. 높은 곳에 있는 사람이 먼 곳을 바라보며 손가락질을 하거나 큰소리로 외치거나 하면, 아래 있는 사람들에게 오해를 줄 수 있기 때문입니다. 옛날로 말하면 도적이 쳐들어온다든가, 화재가 났다든가 하는 위급한 일이 생긴 것으로 생각될 수 있기 때문이지요.

　다음은 42장의 내용인데 누구나 지켜야 하겠지만 특히 젊은이들이 유의해야 할 일인 것 같군요.

　'마루나 대청으로 올라갈 때는 반드시 오르기 전에 먼저 방안에 있는 사람이 알아듣게끔 소리를 내야 하며, 방문 밖에 신이 두 켤레가 있을 경우는 방안에서 사람의 말하는 소리가 들릴 때는 들어가고, 말하는 소리가 들리지 않으면 들어가지 않는다.'

　듣고 보면 누구나 다 그렇게 하는 것 같지만 그렇지 않은 경우도 있을 수 있습니다. 옛날 맹자가 젊었을 때, 무심코 낮에 자기 방문을 열고 들어갔는데, 마침 그때 아내가 옷을 벗고 이를 잡고 있었습니다. 전부터 아내가 마음에 들지 않았던 때문이었는지, 맹자는 그것을 이유로 그 아내를 친정으로 보내겠다고 어머니에게 말했다 합니다. 그러자 어머니는 맹자에게 이렇게 물었습니다.

'너는 방에 들어가기 전에 먼저 방안에 있는 사람이 알아듣게끔
소리를 냈더냐?'

'아닙니다.'

'그렇다면 예를 지키지 않은 사람은 네가 아니냐? 여자가 혼자
있을 때 옷을 벗고 이를 잡는 것쯤이야 크게 허물될 것도 없지
않느냐?'

그래서 맹자는 더는 말을 하지 못했다 합니다. 꾸며낸 이야기였
을지도 모르긴 하나 예를 지키는 데는 남녀가 다 평등하다는 원칙
을 주장한 것으로도 볼 수 있습니다."

"소리를 내는 것은 구체적으로 어떻게 하는 것이 되겠습니까?"

"꼭 어떻게 정해져 있다고야 말할 수야 없겠지요. 아무튼 방안에
있는 사람들을 당황하게 만들지 말아야 하겠지요. 남의 집인 경우
야 소리내어 부르는 것이 당연하며, 또 요즘이야 벨을 눌러 주인
이 문을 열게끔 되어 있으니 별 문제가 없겠지요. 그러나 같은 식
구끼리도 방문을 두드리고 들어오라는 소리가 난 뒤에 들어가는
것이 예가 되겠지요. 시골에 가면 사립문이 열려 있고 대청도 없
는 집이 많습니다. 그런데 이웃집에서 혹 놀러오거나 하면 방을
향해 흔히들 '이 집에 아무도 없나?'하고 혼잣말처럼 합니다. 그
러면 방문이 열리거나 소리가 들리거나 하지요. 그게 다 같이 예
의에서 나온 습관입니다.

방문 밖에 신이 두 켤레 있을 경우, 방안에서 말소리가 들리지
않을 때는 들어가지 말라고 한 것은 단 둘이 무슨 비밀 이야기를
하고 있을지도 모르기 때문이겠지요. 사생활을 방해하지 않는 것
이 예의라는 것을 알 수 있습니다.

다음에는 이렇게 나와 있습니다.

'방문 안으로 들어가려 할 때는 반드시 아래를 보아야 하며, 방
문을 열고 닫을 때는 손잡이를 두 손으로 받들어 잡아야 한다.

방안을 휘둘러 보지도 말며, 방문이 열려 있었으면 또한 열어두고, 닫혀 있었으면 또한 닫아둔다. 그러나 원래 닫혀 있었더라도 뒤에 들어오는 사람이 있으면 닫기는 하되 완전히 다 닫지는 않는다. 남의 신을 밟지 말 것이며 남의 자리를 밟지 말 것이다. 옷자락이 끌리지 않게 치켜들고 빠른 걸음으로 귀퉁이로 가 앉아 말과 대답을 반드시 조심스럽게 해야 한다.'

어때요? 과연 치밀하고 알뜰한 내용들이 아닙니까? 어릴 때부터 이렇게 가르쳐 몸에 배게끔 해야만 합니다. 그것이 바로 곡례란 거지요.

공자의 제자 가운데 문학으로 가장 뛰어난 제자로 자유와 자하를 손꼽습니다. 그런데 이 두 사람의 성격이 정반대였습니다. 자하는 형식에 더 중점을 두고 자유는 형식을 무시하는 경향이 있었습니다. 그래서 공자는 자하를 늘 미치지 못한다고 하면서 큰 선비가 되고 작은 선비가 되지 말라고 타이르기도 했습니다. 그러나 공자가 세상을 뜬 뒤로는 자하에게로 찾아와 배우는 사람이 많았습니다. 역시 일반 부모들은 어려운 진리니, 철학이니 하는 것보다는 남이 얌전하다고 보는 형식적인 예법을 먼저 가르치려 했기 때문이지요.

자유가 그 자하의 제자들을 가리켜 이런 말을 했습니다.

'자하의 제자들이나, 어린 학생들은 청소하는 방법이나, 말하고 대답하는 것이나, 나아가고 물러가고 하는 태도같은 것은 다 잘되어 있다. 그러나 그런 것들이야 별로 중요한 것이 아니지 않는가? 그것의 바탕이 되는 뿌리에 대한 공부가 없으니 장차 어떻게 할 것인가?'

요즘으로 말하면 사상이니 이념이니 진리니 하는 따위의 정신적 교양은 외면한 채, 겉에 드러나 보이는 대단치도 않은 예절이나 말씨나 몸가짐같은 것만을 힘쓰고 있다고 비판한 것입니다. 말하자면 이 곡례편의 내용들이 교육의 중심이 되어 있는 거지요.

이 말을 전해 들은 자하는 이렇게 말했습니다.

'슬픈 일이다. 자유의 말은 잘못된 것이다. 사람이 지켜야 할 바른 것에는 큰 것도 있고 작은 것도 있다. 풀과 나무를 놓고 보더라도 뿌리와 줄기와 가지와 잎이 구별되어 있지 않은가? 뿌리가 중하다 해서 뿌리만을 힘써도 안 되는 일이며, 가지가 덜 중요하다 해서 뒤로 미룰 수도 없는 것 아닌가? 사람의 바른 도리를 어느 하나인들 소홀히 할 수 있겠는가? 모든 것을 다 함께 갖추고 있는 것은 성인일 뿐이다.'

간단히 말하면 자유는 대학공부만을 소중히 여기는 사람이었고, 자하는 초중고등학교의 기초공부부터 탄탄히 다지고 난 다음, 그 가운데서 뛰어난 사람에게 정신적인 수양에 힘쓰도록 해야 된다고 믿었던 것입니다. 보이는 공부부터 시키고, 보이지 않는 공부는 뒤로 미룬 거지요.

그것은 증자의 경우도 마찬가지였습니다. 우선 겉에 보이는 예절과 행동에 관한 교육부터 시키고, 보다 높은 마음의 공부는 그 형식을 통해 스스로 깨닫게 되는 방법을 택했던 것입니다. 병폐가 적은 교육방침이라 볼 수 있습니다. 제 몸도 제대로 닦지 못한 주제에 나라가 어떻고 천하가 어떻고 하며 큰소리 치는 것은 날개도 없이 날기부터 하려는 것으로 본 것입니다.

그러나 너무 형식에만 치우치다보니 결국 번문욕례로 불리우는 허례허식과 사치와 낭비의 폐단을 낳고 만 것입니다. 그래서 여기에 반발하고 나타난 것이 묵자가 아닙니까?

공자가 늘 중용을 말했지만 사실 중용처럼 어려운 것이 어디 있습니까? 곡례에만 치중을 해서도 안 되지만 사람은 먼저 이 곡례에 충실할 수밖에 없습니다. 그런 다음에 꽃도 피우고, 열매도 맺고 하는 찬란한 문화가 이뤄지는 것이 아니겠습니까?

자유가 자하의 제자와 어린 학생들이 청소하는 것을 말했는데, 그 청소하는 방법을 얼마나 치밀하게 가르쳤는지를 짐작하게 하는 것이 다음에 있는 45장의 내용입니다.

'어른을 위해 그 앞을 청소할 때는 반드시 비를 쓰레받기 위에 얹어서 들고 가야 한다. 비로 쓸 때는 소매로 비를 가리듯 하여 먼지가 어른에게 미치지 않도록 하고, 먼지를 쓸어 담을 때는 쓰레받기를 자기 쪽으로 향하게 하고 쓸어 담는다.'

아마 자유가 말한 것은 자하의 어린 학생들이 이런 식으로 청소하는 것을 보고서였을 겁니다.

비와 쓰레받기를 양손에 각각 들게 되면 자연 흔들게 됩니다. 비를 쓰레받기 위에 얹어서 들고 가면 쟁반 위에 그릇을 얹고 가듯 단정하게 보일 것은 뻔합니다. 그 순간부터 어른을 공경하는 마음이 생기지 않겠습니까? 공경하는 마음이 먼저 있고 태도가 따르기도 하지만, 공경하는 태도를 갖게 되면 마음도 따라서 공손해지기 마련입니다. 결국 마음과 태도가 일치하게 되는 거지요.

석가도 그런 말을 했다지요? 물을 긷고 장작을 패는 것도 역시 도를 닦는 것이라고. 모든 일에 최선을 다하려는 것이 정성이요. 그 정성이 쌓이면 마음이 밝아지게 된다는 뜻일 겁니다. 그것이 바로 예의 정신입니다. 다음은 49장이 되겠는데, 스승과 아버지와 어른을 모시고 있을 때를 중심으로 한 내용이 되겠습니다."

侍坐於先生

"49장은 이런 내용입니다.

'선생을 모시고 앉았을 때 선생이 무엇을 물으시면 묻는 말이 완전히 끝난 뒤에 대답한다.

선생에게 가르침을 청할 때는 자리에서 일어나야 하며, 더 설

명해 주기를 청할 때도 일어나서 한다.'

이건 요즘도 학교에서 다 그렇게 하고 있다고 보아야 하겠지요. 그런데 그것이 학교처럼 의자에 앉아 있을 때는 자연스런 일일 수 있지만, 방안에 앉아 있을 경우는 좀 달라질 수밖에 없습니다. 그러나 방안에 앉아 있을 때도 여러 사람의 경우는 아마 그러는 것이 좋겠지요. 단 둘이 앉아있을 때는 그러는 것이 도리어 딱딱해 보일 수도 있습니다.

〈예기〉에 실려 있는 내용들도 그 당시 의자생활을 하던 때의 예절이기 때문에 온돌방에 주로 앉아서 생활하던 우리와는 다를 수밖에 없는 일입니다.

그럼 우리의 경우는 어떠했을까요? 일어나는 대신 무릎을 꿇고 몸을 숙이는 것으로 대신했습니다. 일어나는 경우도 없지는 않았지만 특별한 경우였습니다. 마찬가지로 지금도 자연스런 모습으로 경의만을 표하면 됩니다. 옛날 글귀에만 얽매여 어색한 몸짓을 해 보이는 것은 도리어 웃음거리가 될 수도 있습니다.

물론 부모나 어른을 모실 때는 서 있는 것이 원칙입니다. 앉으라고 해야 앉습니다. 그러나 어른이 앉으라고 해서 앉아 있을 경우, 무언가 특별한 청을 할 때는 자세를 고쳐서 해야 한다는 것으로 알면 되겠지요. 다만 그 근본 정신을 잊지 말고 분위기에 맞게끔 하면 되는 것입니다.

선생이 무엇을 물었을 때 아직 말이 채 끝나지 않아서 대답하는 경우도 없지 않습니다. 〈논어〉에서 공자는 높은 분을 모시고 있을 때 세 가지 잘못을 저지르는 경우가 있다고 하면서 이런 말을 했습니다.

'어른의 말씀이 내게 미치지 않았는데 먼저 말하는 것을 조급하다고 하고, 말이 미쳤는데도 말하지 않는 것을 숨긴다고 하고, 어른의 얼굴빛도 보지 않고 되는 대로 말하는 것을 소경이라고

한다.'

여기서 말한, 묻는 말이 완전히 끝난 것을 확인하지 않고 서둘러 대답부터 하려는 것도 조급한 성질 때문이라고 보아야 할 것입니다. 설사 묻는 말이 끝났다 하더라도 약간 시간 간격을 두었다가 대답하는 것이 신중한 태도이며 공경하는 뜻이기도 합니다."

"여기 말한 선생은 한계가 모호한 것 같습니다. 옛날과 지금과는 상당한 거리가 있지 않겠습니까?"

"그러기에 그런 정신만을 살려 분위기에 맞게 하는 것이 중요합니다. 학교에서 말하는 선생과 학생 사이도 여기에 해당될 수 있겠지만, 나이도 많고 존경하는 그런 상대를 가리킨 것으로 보아도 좋겠지요. 결국 존경은 하는데 그 방법을 몰라 뜻대로 나타내 보일 수 없는 경우를 위해 만들어진 지침으로 보아야 좋겠지요. 이런 것들이 다 처신하는 지표가 될 수 있습니다.

낙(諾)이란 글자가 나오지요? 허락이니 승낙이니 하는 뜻입니다. 아버지가 부르면, '네, 알았습니다' 하고 머뭇거리지 않는 것이 무낙(無諾)입니다. 아버지가 부르거나 선생이 부르거나 할 때는, 느린 대답을 하거나 뒤로 미루거나 하는 일 없이 얼른 대답하고 일어나야 한다는 뜻입니다. 유(唯)는 순종하는 부드러운 대답으로 우리말의 '예'에 해당합니다.

다음은 이런 내용입니다.

'존경하는 어른을 모시고 앉았을 때는, 옮겨 앉을 자리가 없을 경우 자기와 같은 또래나 같은 지위의 사람이 들어오더라도 일어나지 않고 앉아 있어야 한다'

그것이 어른을 존경하는 태도가 되기 때문이지요.

그러나 촛불이 들어오거나 음식이 들어오거나 자기보다 높은 손님이 들어올 경우는 일어나라고 했습니다. 촛불을 세우고 밥상을 놓고 있는데, 걸리적거리지 않도록 하려는 거지요. 그리고 자기보다 높은 손님이 들어올 때 일어나라는 것은 자리를 양보하는 뜻과 상대를 존경하는 뜻을 아울러 나타내는 것이 되겠지요.

다음의 촉불현발(燭不見跋)의 발(跋)은 발뒤꿈치를 말하는데 여기서는 밑바닥이 되겠지요. 촛불은 밑바닥이 드러나도록 기다리지 말고 갈아끼우라는 뜻도 될 수 있고, 밤이 깊었으니 물러나도록 하라는 뜻도 될 수 있겠지요.

다음은 52장이 되겠는데 선생 대신 군자(君子)란 말이 나옵니다. 군자란 인격과 지위와 나이가 다 높은 분이란 뜻으로 보면 되겠지요.

위의 말은 군자를 모시고 앉았을 때는 특히 더 신경을 써야 한다는 뜻이 담겨 있는 것으로 볼 수 있습니다. 즉 점잖은 분이 속에 있는 말을 그대로 바로 하지 못하고 간접적인 방법으로 나타내기도 하므로, 재빨리 알아채고 행동하라는 뜻이기도 한 것입니다.

즉 하품을 하거나 기지개를 켜거나, 지팡이나 신을 잡거나, 해가 이른가 늦은가를 바라보거나 하면, 모시고 앉아 있던 사람이 '그만 일어나시지요'라든가 '돌아가실 때가 된 것 같습니다'라든가 하는 말로 유도하라는 것입니다.

다음은 54장이 되겠습니다. 만일에 누가 와서 '잠깐 틈이 나면 드릴 말씀이 있습니다'하고 말하면, 그 때는 모시고 있던 사람들이 좌우로 비껴나서 조용히 말을 나눌 수 있게 해 드려야 한다는 것입니다.

그 방법으로는 여러 가지가 있겠지요. 잠시 밖에서 기다리겠다고 하면서 물러갈 수도 있고, 괜찮다고 하면 그 때는 멀찌감치 물러나 앉는 것이 예가 되겠지요.

말하자면 어른의 입에서 '잠시 물러나 있도록 하라'하는 명령이 나오기 전에 먼저 알아서 움직이라는 것입니다.

다음 55장은 일상생활에서 지켜야 할 바른 몸가짐이라 볼 수 있습니다. 여기는 오늘에도 그대로 적용될 수 있는 여덟 가지만을 적어 두었습니다. 첫째는 무측청(毋側聽)입니다. 측청은 옆으로 듣는다는 말인데 한쪽 귀를 기울이거나 문틈에 갖다대고 남의 비밀을 듣지 말라는 뜻입니다.

다음은 무교응(毋噭應)입니다. 교응은 필요 이상 큰소리로 대답하는 것을 말합니다. 거만해 보이기 때문입니다.

다음은 무음시(毋淫視)입니다. 음시는 음탕하게 본다는 말인데 바로 보지 않고 곁눈질을 하거나 흘겨보거나 하는 것을 말합니다. 요즘 말하는 윙크 같은 것도 다 음시의 하나가 되겠지요. 설사 연애하는 사이라도 그런 눈짓같은 것을 즐겨 하는 사람은 속이 곧지 못한 위험한 상대라고 보면 틀림이 없을 것입니다.

다음은 무태황(毋怠荒)입니다. 태(怠)는 게으르다는 뜻인데 몸놀림이 게으른 것은 거만한 것이 됩니다. 황(荒)은 거칠다는 뜻인데 조심성이 없고 건방진 것을 말합니다. 태가 너무 느린 태도라면 황은 너무 빠른 것이라 볼 수 있지요. 예를 잃었다는 뜻의 실례란 말은 중용에 미치지 못하거나 벗어난 것을 말하는 것이라 해서 틀린 말은 아닐 것입니다. 공경하는 마음을 잃지 않으면 그런 일은 없겠지요.

다음 유무거(遊毋倨)의 유(遊)는 걸어다니는 것을 말합니다. 거(倨)는 글자 그대로 거만한 것이고요. 거만이란 절로 풍기는 위엄 대신 꾸며 보이는 위엄을 말합니다. 일부러 몸을 뒤로 젖히고 걷는다든가 옆으로 흔든다든가 하는 것이 되겠지요. 자신은 만족해서 그러고 다니겠지만 남이 볼 때는 어울리지 않는 우스꽝스런 모습일 수밖에 없습니다.

다음은 입무피(立毋跛)입니다. 피(跛)는 기웃하게 선다는 뜻입니다. 한쪽 발에만 힘을 주고 서지 말라는 뜻입니다. 이 글자가 명사로 쓰일 때는 파(跛)라고 합니다. 한쪽발에만 힘을 주고 걸으면 절름발이가 되는 거지요. 성한 사람이 그러고 서 있어서야 되겠습니까?

다음은 좌무기(坐毋箕)입니다. 다리를 벌리고 쭉 뻗은 자세로 앉지 말라는 거지요.

끝으로 침무복(寢毋伏)입니다. 잠잘 때 엎드려 자지 말라는 것입니다. 그렇게 해서 편할 때도 있지만 정상적인 자세는 아니지요. 어린아이들은 일부러 그렇게 재우기도 한다더군요. 그것은 뱃속에서 거꾸로 매달려 있을 때의 습성을 서서히 바로잡는 것이 좋다는 이유에서겠지요."

"잠자는 모양에도 여러 가지가 있을 수 있는데, 어떤 모양으로 자는 것이 가장 바람직한 것이 될까요?"

"글쎄요. 좋은 질문인데, 우선 여기서 엎드려 자지 말라고 했으니 그것만은 피하는 것이 좋겠지요. 공자는 두 다리와 두 팔을 송장처럼 쭉 뻗고 자지 않았다고 〈논어〉에 나와 있습니다. 그걸 흔히 송장잠이라고 합니다. 보기에 좋을 리 없으니 피하는 것이 좋겠지요.

이마에 팔을 얹고 자는 것도 좋지 않다고 합니다. 우리 어릴 때는 그러고 자면 부모가 죽는다며 못 하게 했습니다. 대개 노인들이 그렇게 자지요. 벌써 노인흉내를 내니 부모가 빨리 죽으라는 뜻이 된다고 해서 그런 말이 생긴 거겠지요. 보기에 그리 좋지는 않지요. 고민이 있는 것처럼 보이고…….

관상법 책에는 이렇게 나와 있습니다. 가장 좋은 것은 용의 잠이란 겁니다. 용의 잠이 어떤 것인지는 알 수 없는 일이지만 책의 그림을 보면 반듯이 누운 자세에서 무릎을 세운 모양입니다. 그것이 귀한 사람의 잠자는 모습이라고 했어요. 그 다음으로 개처럼 누워 자는 모습이 좋다고 했더군요. 옆으로 누워 팔다리를 자연스럽게 약간 오무리고 자는 것이 되겠지요. 그것이 부자의 잠이라고 했어요. 결국 자연스럽고 편하고 보기 좋게 자는 것이 가장 바람직한 것이 되지 않겠습니까?

옆으로 잘 때는 오른쪽이 아래로 가게끔 누워 자는 것이 좋다고도 했는데 요즘 의학으로도 그것이 위장과 간장에 부담을 주지 않는 거라고 하더군요.

다음은 57장이 되겠습니다. 이좌이립(離坐離立) 무왕삼언(毋往參焉)이라고 했는데, 이(離)는 두 사람이 나란히 있는 것을 말한다고 했습니다. 두 사람이 나란히 앉거나 서 있으면 거기로 가서 셋이 되지 말라는 겁니다. 그들이 무슨 정다운 이야기나 비밀 이야기를 하고 있는지도 모를 일이므로 특별한 이유 없이 거기에 끼어드는 것이 좋을 리는 없지요.

다음은 이립자(離立者) 불출중간(不出中間)인데, 둘이 나란히 서 있으면 피해서 가든가, 돌아서 갈 일이지 그 사이로 헤치듯이 하고 나가지 말라는 것입니다. 그들이 서 있는 위치도 문제가 되겠는데 좁은 길이나 문간 같은 경우, 서 있는 사람 역시 오가는 사람의 방해가 되지 않도록 옆으로 서 있도록 해야겠지요.

듣고 보면 별것도 아닌 하나의 상식에 지나지 않지만, 우리는 그런 별것도 아닌 상식에 무관심한 경우가 많습니다. 그래서 곡례라는 것에 익숙해질 필요가 있는 거지요. 최소한 상식적인 사람이 되기 위해서는 말입니다.

다음은 64장이 되겠습니다. 가난한 사람은 재물로써 예를 삼지 않고(貧者 不以貨財爲禮), 늙은이는 힘으로 예를 삼지 않는다(老者 不以筋力爲禮)라고 했습니다.

이 대목은 우리가 새겨들어야 할 것 같습니다. 요즘은 모두가 물건이나 돈이 아니면 인사치레가 안되는 것으로 알고 있는데, 옛날이라고 크게 다를 리가 없었겠지요. 그래서 예의 정신을 바탕으로 이런 말을 한 것이라 보아야 할 것 같습니다. 초상집이나 잔칫

집에 찾아와 위문도 하고 축하고 하는 것이 예입니다. 가난한 사람은 맨손으로 간다고 해서 조금도 실례되는 것은 아닙니다. 그런데 가지고 갈 물건과 돈도 없어 인사를 하지 못하는 사람도 있습니다. 물건이나 돈을 도와주는 것이지 인사와는 별개의 것입니다. 넉넉한 사람은 많이 도와주고, 가난한 사람은 마음으로 인사만 하면 되는 것입니다. 돈이 없이 결혼식이나 장례식에도 가지 못했다고 한다면 크게 잘못된 생각일 수밖에 없습니다.

또 노인의 경우 힘으로 도와주어야 할 일이 있을 때, 가서 말로만 거들어 주어도 힘이 되는 것입니다. 옆에 서서 구경만 해도 인사가 되는 겁니다. 이왕 힘으로 도와주지 못할 바에야 차라리 가지 않는 것이 낫다는 생각은 하지 말아야 한다는 것입니다.

다음은 72장으로, 음식 먹을 때의 예의를 내용으로 하고 있습니다.

우리가 젊었을 때는 서양식 식사법을 몰라 고민한 때도 많았습니다. 학교에서 회비를 거두어 가르친 일까지 있었습니다. 앞에서 그 고을에 가서는 그 고을 풍속을 따르라고 하지 않았습니까? 모든 생활양식이 서양 것을 많이 따르고 있는 지금이니, 그에 따른 기초지식이 없이는 본의 아닌 실수를 하기가 쉽겠지요.

여기에서 나오는 것은 우리의 전통적인 예의로 서양 것 이전에 알아둘 내용이 아닌가 싶습니다.

'함께 먹을 때는 배불리 먹지 않으며(共食不飽), 함께 밥을 먹을 때는 손을 적시지 않는다(共飯不澤手).'

앞의 말은 자기 몫이 정해져 있지 않고, 여럿이 같이 나눠 먹는 경우를 말한 것입니다. 내가 많이 먹음으로써 다른 사람에게 돌아가는 것이 적게 되는 일이 없도록 하라는 것이겠지요. 먼저 손이 나가는 것도 그렇고, 남보다 자주 나가는 것도 그렇고, 큰 것을 골라잡는 것도 그렇고, 내 앞에 큰 감을 놓는 식의 태도를 보이지 말라는 뜻입니다.

공식(共食)은 음식을 먹는 모든 경우를 통틀어 말한 것이고, 공반(共飯)은 밥상을 함께 했을 때의 경우로 보아 좋을 것입니다. 손을 적신다고 새긴 택수(澤手)에는 여러 가지 해석이 있습니다만, 손을 음식에 직접 닿게 하지 않는다는 뜻으로 보면 무난할 것 같습니다. 국물이 있는 음식에 손을 넣어 건져 먹지 않는다는 뜻으로도 풀이될 수 있으나 그것은 철없는 어린아이를 가르치는 것이 되겠지요. 손을 문지르지 않는다는 뜻이라고 하는 사람도 있습니다.

아무튼 같은 밥상에서 같은 그릇의 국물이나 물기 있는 반찬을 먹을 때는, 손이 아닌 젓가락의 경우라도 국물에 닿거나 뒤적거리거나 하는 일이 없어야 하겠지요. 각각 자기 몫의 그릇에 담긴 것을 먹는 경우라도 남이 보기에 볼썽사납게 먹는 일이 없도록 하라는 뜻으로 보면 좋을 것 같습니다.

다음은,

'밥을 꾹꾹 누르지 말며(毋摶飯). 밥을 많이 뜨지 말며(毋放飯).

소리 내어 마시지 않는다(毋流歠).'

라고 했는데 모두 욕심내어 많이 먹으려는 모습을 지적한 것으로 보입니다. 설사 혼자 먹는 경우라 하더라도 보기 좋은 모습은 아닙니다. 밥을 꾹꾹 눌러 뭉치듯 한 다음 크게 떠서 먹는 사람을 가끔 볼 수 있습니다. 시골 같은 곳에서는 그렇게 먹는 것을 복스럽다고 하기도 합니다. 힘도 세고, 양도 크고, 일도 잘하는 사람이 대개는 그렇게 먹기도 합니다. 그런 사람이 잘 살게 될 것은 뻔 한 일이니 복스럽다고 볼 수도 있지요.

먹기 싫은 밥을 억지로 먹는 것 같은 모습도 좋은 것은 아닙니다. 욕심은 부리지 않더라도 맛있는 듯이 먹는 것이 또한 예의바른 것이 되겠지요. 결국 정상적이고 자연스런 것이 기준이 되는 겁니다.

소리 내어 마신다는 유철(流歠)은 벌컥벌컥 물마시듯 국물을 마시는 것을 말합니다. 흘러가는 소리를 내며 후루룩거리지 말라는 뜻입니다.

다음은,

'입맛을 다시면서 먹지 말며(毋咤食), 뼈를 깨물어 먹지 말며(毋齧骨), 먹던 생선이나 고기를 도로 그릇에 놓지 말며(毋反魚肉), 개에게 뼈를 던져주지 말며(毋投與狗骨), 어느 것을 굳이 내가 먹으려고 하지 말며(毋固獲), 밥을 헤적거리지 말며(毋揚飯), 기장밥을 젓가락으로 먹지 말며(飯黍毋以箸), 국에 간을 맞추지 말며(毋絮羹), 국을 들이마시지 말며(毋嚃羹), 이를 쑤시지 말며(毋刺齒), … 젖은 고기는 이로 끊고(濡肉齒決), 말린 고기는 이로 끊지 않으며(乾肉不齒決), 구운 고기를 통째로 한 입에 넣고 먹지 않는다(毋嘬炙).' 는 내용입니다.

다 상식적인 것으로 볼 수 있습니다. 특히 남의 집에 갔을 때 주의해야 되겠지요. 사람들 가운데는 무심코 혀를 차는 버릇을 가진 사람이 없지 않습니다. 주인이 보았을 때 좋을 리가 없지요. 돈을 받고 장사를 하는 사람도 오해하기가 쉬운 일입니다. 내 집이라고 다를 리가 없지요. 음식을 먹기 전에 소리 내어 기도까지 할 것은 없지만, 마음속으로 그 음식이 만들어져 자기 앞에 놓이게 될 때까지 힘써준 모든 분에게 감사하는 마음을 갖는 것이 먹는 사람의 도리라고 볼 수 있습니다.

뼈를 소리 내어 깨물어 먹지 않는다든가, 먹던 생선이나 고기를 도로 그릇에 담지 않는 것은 당연한 것인데도 그렇지 못할 때도 없지 않습니다. 개에게 뼈를 던져 주는 것은 나쁠 것도 없는 일이지만, 그것도 다 먹고 난 다음 주인이 알아서 할 것이므로 점잖게는 보이지 않는 일입니다.

굳이 내가 먹으려 하지 않는다는 것은, 멀리 놓인 음식을 자기 앞으로 당겨 놓거나 이리로 보내달라고 하지 않는다는 거겠지요. 밥을 헤적거리는 것은 너무 뜨거운 경우라든가, 밤이나 대추같은 것이 들어있을 경우도 되겠는데, 어느 경우든 보기 좋은 것은 아닙니다.

기장밥을 젓가락으로 먹지 않는다는 것은 밥이 차져서 잘 떠지지 않기 때문입니다. 기장밥이 아닌 찰밥의 경우도 그럴 것이며, 또는 조밥처럼 흩어지기 쉬운 것도 마찬가지가 되겠지요.

국에 간을 맞추지 말라는 것은 약간 문제가 있는 것 같습니다. 싱겁더라도 간을 치지 말라는 뜻이 되겠는데, 오늘날에는 꼭 그럴 필요가 없다고 봅니다. 그러나 상에 간장이 놓여 있지 않았을 경우, 달라고까지 해서 간을 친다면 주인에게 미안한 일이 될 수도 있겠지요. 그보다도 주인이 미리 말해 두는 것이 좋을 겁니다. '국을 싱겁게 해 두었으니 식성에 맞게 넣으시기 바랍니다'라고 말입니다.

숟가락으로 떠서 먹을 국을 들이마시는 것이 보기좋을 리는 없지요. 이를 쑤시지 말라는 것도 요즘은 약간 문제가 있을 것 같습니다. 음식상에 이쑤시개를 놓아두는 시대니까요. 그러나 남이 아직 먹고 있는데 먼저 먹었다고 해서 이를 쑤신다든가, 남이 보기에 별로 좋지 않은 모양으로 입맛을 쩝쩝 다시고, 입을 요란스럽게 움직인다든가 하는 일이 없이 남이 알지 못하게 하는 것이 좋겠지요.

말린 고기는 칼이나 가위로 자르고 이로 끊지 말라든가, 큼직하게 잘라 구운 불고기를 통째로 입에 넣고 씹지 말라는 것은 다 상식적인 이야기입니다. 주인이 잘라 주기를 기다리든가, 심부름하는 사람에게 시키라는 뜻으로 보면 되겠지요.

아무튼 너무 지나칠 정도로 하나하나 지적해 둔 것을 볼 때 옛날 사람들의 교육이 얼마나 철저했던가를 새삼 느끼게 합니다.

다음은 79장이 되겠는데 이런 것입니다.

'어른을 모시고 같이 있는 사람은 특별한 음식이 들어와도 이를 사양하지 않으며(雖貳不辭), 함께 앉아 있을 때도 사양하지 않는다(偶坐不辭).'

어른을 대접하기 위해 들여온 음식이므로, 모시고 있는 사람이 마치 자기를 위해 가져온 것이라도 되는 것처럼 사양의 말을 하는 것은 주제넘은 것이 되기 때문입니다.

다음 94장은 문상하는 방법을 말하고 있습니다.

'산 사람을 아는 사람은 조문(弔問)만 하고, 죽은 이를 아는 사람은 슬퍼한다(知生者弔, 知死者傷). 산 사람을 알고 죽은 이를 알지 못할 때는 조문만 하고 슬퍼하지 않으며(知生而不知死, 弔而不傷), 죽은 이만 알고 산 사람을 알지 못하면 슬퍼만 하고 조문은 하지 않는다(知死而不知生, 傷而不弔).'

예출어정(禮出於情)이란 말이 있습니다. 좋은 일이 있으면 함께 기뻐하는 뜻에서 축하를 하고, 슬픈 일이 있으면 함께 슬퍼하는 뜻에서 조상을 하는 것이 바로 사람의 정입니다. 정은 자연히 나타나는 것입니다. 슬프지도 않은데 운다든가, 기쁘지도 않은데 기쁜 척하는 것은 예가 아니란 뜻이 될 수도 있습니다.

아는 사람의 아버지가 죽었다고 합시다. 조상을 가야지요. 그러나 죽은 그의 아버지를 아는 경우도 있고 모르는 경우도 있을 수 있습니다.

또 친구가 죽었다고 합시다. 역시 조상을 가야지요. 이때도 그의 아들인 상주를 아는 경우도 있고 모르는 경우도 있을 것입니다.

이 네 가지 각각 다른 경우에 조상을 어떻게 할 것인가 하는 것이 여기 나와 있는 내용입니다. 그 기준이 되는 것이 바로 정입니다.

즉 양쪽을 다 아는 경우는 슬피 울고 나서 상주에게도 슬픈 위로의 인사를 하는 것이 자연스러운 일입니다.

죽은 이만 알고 상주를 모를 경우는 슬피 울기만 하고, 상주에게는 처음 만나는 인사 정도로 그치는 것이 옳다고 보아야 하겠지요. 공연히 마음에도 없는 위로의 인사를 길게 하는 것은 서로가 짐스런 일이 되기 때문에 옳지 않다고 보아야 할 것입니다.

상주만 알고 죽은 이를 모를 경우는 상주에게만 인사를 하고 그냥 물러나와도 된다는 이야기가 될 수 있습니다. 그렇게 하는 것이 어색하다고 생각될 때는 울지는 말고 절만 하는 것이 옳겠지요. 옛날에는 모르는 사람들도 어이어이 하고 헛울음을 우는 것이 보통이었습니다.

또 어떤 사람은 지나치게 다정한 척하며, 무슨 병으로 어떻게 얼마나 앓다가 돌아가셨느냐 라든가, 장례는 언제 어디로 모시느냐라든가 하며 상주들을 귀찮게 하기도 합니다. 그런 것은 한가한 자리에서든가, 다른 사람에게도 얼마든지 물을 수 있는 일이므로 삼가는 것이 예입니다. 다른 사람이 차례를 기다리며 서 있는 것도 아랑곳하지 않는 얌체짓을 하는 사람도 있는데, 대개는 스스로 인사치레를 잘한다는 사람들이 그러고 있습니다. 예는 번거로운 형식을 지키는 것보다는 실정에 맞게끔 간편하게 끝내는 것이 기본정신이 되어야 합니다. 마음은 공경에 두고, 행하는 것은 간편하게 하라고 한 것이 공자의 가르침입니다.”

“예출어정이라고 하셨는데, 아는 사람의 경우도 울고 싶지 않을 때가 있지 않겠습니까?”

“물론이지요. 그런 때는 울지 말아야지요. 나오지 않는 울음을 우는 것은 예가 아닙니다. 죽은 이의 영혼이 안다면 좋아 할 리가 없지 않겠어요? 슬픈 경우도 울지 않는 것이 예라고 봅니다. 마음 속으로 슬프더라도 엄숙하고 조용하게 보내는 것이 초상집 분위기가 아니겠어요?”

“찬송가를 부르고, 독경을 하고 하는 것은 어떻게 생각하시나요?”

“나는 형식은 아무래도 좋다고 생각해요. 엄숙하고 참된 마음이 있으면 그것으로 그만입니다. 형식이 복잡하고 긴 것만은 피하는 것이 좋겠지요.”

“조상을 갔을 때, 상주에게 뭐라고 인사를 하는 것이 좋은 지를 몰라, 대개는 어물어물하는 경우가 많은데, 뭐라고 하는 것이 좋습니까?”

“경우에 따라 사람에 따라 다를 수밖에 없지요. 빈소가 만들어져 있을 때는 향을 사르던가 꽃을 놓던가 하고 머리숙여 명복을 비는 것으로 끝내도 좋고, 상주에게 인사를 할 때는 바라보고 가벼운 목례를 하면 되겠지요. 특히 가까운 사이라면 자연스럽게 다가가 손을 잡고 위로를 하든 슬픔을 나누든 하는 것이 자연스런 일이 아니겠어요? 그게 바로 예출어정이란 거지요.”

“옛날 시골에서는 어떻게 했나요?”

“초상이 나면 복인이 아니면 시신 앞에 가서 울지 않게 되어 있었습니다. 염을 마치고 상주가 상복을 입어야만 절을 하고 인사를 하게 되어 있었습니다.

흔히들 하는 인사로는,

‘상사 드릴 말씀이 없습니다.’

하는 것이 가장 무난한 것으로 되어 있었어요.

그럼 다음으로 넘어가지요. 95장이 되겠는데 이런 내용입니다.

남의 상을 조문갔을 때는 내가 부의돈을 크게 내지 못할 경우는 비용이 얼마나 드는지를 묻지 말고, 남의 병을 위문갔을 때는 내가 무엇을 사 줄 형편이 못 되면 무엇을 원하느냐고 묻지 말 일이며, 사람을 만났을 때 내가 여관을 정해 주지 못할 바엔 어디에 묵는가를 묻지 말라는 내용입니다.

살다 보면 머슴이 주인 속옷 걱정한다는 속담이 있듯이 능력도, 힘도, 생각도 없으면서 말로 헛생색을 내는 경우가 적지 않습니다. 다 주제넘은 것이지요. 그것도 자기 분수를 모르는 데서 나오는 것이므로 예가 아닙니다.

다음은 96장이 되겠습니다. 윗사람이 아랫사람에게 무엇을 줄 때는 사람을 시켜서 보내줄 일이지 와서 가져가라고 말하지 말며, 무엇을 남에게 줄 때는 그에게 적당한 것을 생각해서 줄 뿐, 원하는 것이 무엇인지를 묻지 말라는 것입니다.

윗사람이 아랫사람에게 무엇을 보내줄 경우, 흉허물없는 생각으로 와서 가져가라고 할 수도 있는 일입니다. 그러나 아무리 가까워도 그러지 말아야 한다는 것입니다. 다 꼭 그런 것은 아니지만 혹시라도 오해받을 염려가 있는 일은 하지 않는 것이 좋겠지요. 은혜를 베푸는 것이니 생각이 있으면 가져가라 하는 정도로 들릴 수도 있는 일이니까요.

남에게 무엇을 주는 경우도 마찬가지가 되겠지만, 준다는 것은 상대에게 없는 것을 전제로 한 것입니다. 상대에게 필요한 물건도 물건이겠지만, 주는 사람의 사정도 사정일 수밖에 없습니다. 힘에 넘치는 것을 줄 수도 없는 일이며, 무엇을 원하느냐고 물었을 때, 욕심으로 분수에 넘치는 것을 원하기라도 하면 묻지 않는 것만도 못하기 때문입니다. 이것은 부모들이 자녀들에게 무엇을 사주거나 할 때도 해당되는 것으로 여겨집니다. 사랑하는 마음에서 정도에 넘치는 것을 사주는 일이 있어서는 안 되겠지요. 분수에 맞는 것을 주기도 하고 갖게 해주기도 하는 것이 또한 주고 받는 예의 정신이 되기 때문입니다. 교육의 목적도 바로 거기에 있다고 보아야 하겠지요.

곡례 상편은 모두 111장으로 되어 있는데 오늘날 우리가 알아두어서 좋은 것은 지금까지 말해 온 그런 것들이라 볼 수 있습니다.

곡례 하편은 29장으로 되어 있는데, 상편과는 달리 꽤 구체적인 내용이 적혀 있습니다. 그러나 오늘에는 거의 적용되지 않는 옛날의 계급제도에 따른 차별적인 예이기 때문에 완전히 뺐습니다.

천자는 어떻게 하고, 제후는 어떻게 하고, 대부는 어떻게 해야 한다는 식입니다.

첫장의 내용을 참고로 든다면, 그릇을 드는 것부터가 계급에 따라 다릅니다. 천자의 그릇인 경우는 가슴보다 높게 반듯이 들어야 하고, 제후의 그릇은 가슴에, 대부의 것은 가슴 아래로, 사(士)의 경우는 더 아래로 든다는 것입니다.”

“이건 다른 질문입니다만, 편(篇)과 권(卷)이 어떻게 다른지 알고 싶습니다.”

“약간 설명이 길어지겠는데, 편(篇)은 위에 대나무죽(竹)이 있고, 아래는 엮을 편(編)의 한쪽인 편(扁)이 붙어 있습니다. 대나무로 엮어져 있는 것이 편이란 뜻이 되겠지요. 그러니까 종이나 비단에 글을 쓰지 않고, 대나무 조각에 글자를 새겨서 책(册)으로 보관하던 옛날에 생겨난 이름이라고 볼 수 있습니다. 책(册)이란 글자 역시 나무조각을 끈으로 엮은 모양이지 않습니까? 옛날엔 책이 전부 나무 조각과 끈으로 되어 있던 거지요.

공자는 만년에 〈주역〉에 심취해서 얼마나 많이 펼쳤다 덮었다 했는지, 엮어 둔 가죽끈이 세 번이나 끊어졌다고 합니다. 나는 어렸을 때 그 이야기를 듣고 오늘날과 같은 책으로만 생각하고 놀랐어요. 그러나 나무쪽을 엮은 끈이기에 아무리 가죽이라도 오래 견디지는 못한 것입니다. 그렇다 해도 적어도 천 번 이상 펴본 것으로 보아야 하겠지요.

  종이는 한나라 때부터 보급된 것으로 보이는데 오늘날과 같이 질이 좋은 종이는 아니었던 것 같습니다. 그래서 당나라 이전에는 오늘과 같은 책을 만들어 두지 않고, 나무쪽 대신 비단에 글을 써서 말아두었던 모양입니다.

  한나라 때부터 책을 세는 단위로 한 편, 두 편 하던 것을 한 권, 두 권 하고 부르기 시작했다고 합니다. 그리고 보면 편과 권은 같은 뜻으로 보아야 하겠지요.”
“그런데 한 권이 여러 편으로 된 경우도, 한 편이 여러 권으로 된 경우도 있지 않습니까?”
“그렇지요. 〈맹자〉는 원래 7편이었는데 한나라 때 한 편을 둘로 나누어 14권으로 만들었다고 합니다. 한 편을 비단에 써서 족자처럼 만들어 감아두었다 하여 이를 권축(卷軸)이라 했습니다. 원문에 주석까지 붙여 두었으므로, 한 두루말이로 만들기에는 너무 벅찼기 때문에 둘로 나눴다고 보아야 할 것입니다. 그래서 7편이 14권으로 된 것인데 7편이 14편으로 되었다고 해도 틀리지 않는 것입니다.

  〈논어〉의 경우는 현재 7권 20편으로 되어 있습니다. 〈맹자〉도 현재는 7권으로 되어 있습니다. 7편 14권이던 것이 지금은 7권 14편이 되어 있습니다. 또 그렇게 부르기도 합니다. 〈논어〉의 경우 중국책을 보면 10권으로 되어 있고 이름도 그렇게 붙이고 있습니다. 〈예기〉의 경우는 권과 편이 일치되어 있습니다. 지금까지 보아 온 곡례편과 이제부터 보게 될 단궁편(檀弓篇)은 원래는 한 편이던 것을 둘로 나눈 것이라 합니다. 양이 너무 많은 것도 이유가 될 수 있고, 내용이 다른 것도 이유가 될 수도 있는데, 그것은 다 편의에서 나온 역사적 배경으로 보아야겠지요.

  그러나 편(篇)의 경우 원래는 권과 같은 것이었지만 뒤에는 뜻이 달라지게 되었습니다. 〈시경〉을 보통 3백 편이라 합니다. 3백 권이 될 수 없지요. 옛날에는 나무쪽에 새겨 끈으로 엮어 두었으니, 짤막한 한 편의 시가 한 엮음으로 나뉘어 있다 해서 조금도 불편할 것은 없었을 테니까요. 그러나 뒤에는 그럴 수는 없게 되었습니다. 수십 편을 한 권에 담아둘 수밖에 없었습니다. 그래서 이런 정의(定義)가 내려지게 된 것입니다.

　'첫머리와 끝이 완결되어 있는 글을 편이라 한다.'
라고 말입니다. 다시 말해 시문(詩文)을 세는 단위가 되는 거지요."

# 제3편(第三篇) 단궁(檀弓) 상(上)

草際煙光, 水心雲影, 閒中觀出見乾坤最上文章.
"풀숲의 연광(煙光)과 수심(水心)의 운영(雲影)을 그윽히 바라
보면 건곤(乾坤) 최상의 문장임을 깨달을 수 있다."

"편 이름을 단궁(檀弓)이라 붙인 것은 첫 장 첫머리에 단궁이란
사람의 이름이 나와 있기 때문입니다. 앞에서 말한 대로 분량이
너무 많아 둘로 나누었다고 합니다.

제1장은 노나라 귀족인 공의중자(公儀仲子)의 초상에 단궁이 문
상을 갔는데, 그 집 맏아들은 먼저 죽고 없어 맏손자가 큰상주가
되어 있어야 할 터인데 맏손자 아닌 작은아들이 상주가 되어 있는
데서부터 시작됩니다.

그래서 단궁은 자복백자(子腹伯子)에게 물었습니다.

'증자는 어찌하여 맏손자를 버려두고 작은아들로 뒤를 잇게 했
는가?'

그러자 자복백자는 옛날 법을 따른 거라고 대답했습니다.

그때 그 자리에 함께 있었던 자유가 공자에게 어느 쪽이 옳으냐

고 물었습니다.

그러자 공자는 맏손자로 뒤를 잇게 해야 한다는 단궁의 말이 옳다고 대답했습니다.

이 첫 장의 내용으로 보아 이 단궁편은 자유의 제자들이 기록했을 가능성이 큰 것으로 보고 있습니다. 그리고 그 당시의 권력층들이 자기 편리한 대로 예를 어겨가며, 다른 핑계를 내세워 그 잘못을 변명한 것을 지적하고 있습니다. 그리고 그 당시의 일반적인 관습에 따르지 않은 경우의 공자의 행동과 공자의 가르침을 담고 있습니다. 공자는 〈논어〉에서 이런 말을 했습니다. '나는 꼭 이렇게 해야 한다는 것도 없고, 이래서는 안 된다는 것도 없다.' 그때 그때 형편에 맞게끔 한다는 말입니다. 그것이 예법의 경우라고 다를 것은 없습니다."

## 有隱而無犯

"제2장은 부모와 임금과 스승을 섬기는 서로 다른 점을 밝히고 있습니다.

어버이를 섬기는 데는 어버이의 허물을 덮어 숨기는 일은 있어도 얼굴을 대해 놓고 감정을 상하게 하는 일은 없어야 한다는 것입니다. 이른바 유은이무범(有隱而無犯)이라는 거지요.

〈논어〉에 보면 이런 내용이 나옵니다. 공자가 초나라의 식민지처럼 되어 있는 섭(葉)이란 나라로 갔을 때 일입니다. 총독인 섭공(葉公)은 공자를 스승으로 대하며 일행을 융숭하게 대접했습니다.

어느 날 섭공이 공자를 보고 자랑했습니다.

'우리 고을에는 아주 정직한 사람이 있습니다. 그 아버지가 집에 들어온 남의 집 양을 몰래 키우다가 그것이 말썽이 된 일이

있었는데, 그때 그 아들이 자기 아버지가 가로챈 것이라 증언했습니다.'

식민지를 통치하는 총독으로서는 그런 것이 바람직한 일이었기에 자랑한 것입니다. 그러나 공자는 이렇게 대답했습니다.

'그래요? 내가 있는 고을의 정직한 사람은 그와는 다릅니다. 아비는 자식을 위해 숨기고, 자식은 아비를 위해 숨기지요. 그러나 그러는 가운데 잘못을 바로잡는 정직이 있습니다.'

공자의 그 대답이 바로 여기 있는 말과 일치되는 것이 아니겠어요?

부모의 허물을 숨긴다는 것은 당연한 것이지요. 그러나 잘못을 바로잡게끔 말리는 것이 더욱 중요한 일입니다. 이른바 간(諫)하는 것이지요. 그런데 그 간하는 방법이 중요합니다. 감정을 상하지 않도록 하는 기술이 필요한 것입니다. 그것이 바로 무범(無犯)입니다. 범은 한계를 침범하는 것을 말합니다. 여기서는 화를 나게 해드려서는 안 된다는 뜻입니다.

〈논어〉에서 공자는 이렇게 말했습니다.

'부모를 섬기는 데는 부드러운 방법으로 잘못을 간하는 것이 중요하다. 부모가 내 뜻을 따르지 않더라도 더욱 태도를 공손히 하고 시키는 일을 거역하는 일이 없어야 한다.'

그게 자식의 바람직한 태도요, 마음가짐임에는 틀림이 없습니다. 그러나 정도의 문제이고 경우에 따라 틀릴 수밖에 없는 일이지만, 그게 그리 쉽지가 않습니다. 특히 요즘 젊은 세대들은 부모가 자식의 눈치를 보아야 할 정도로 자기 주장만을 내세우며, 부모의 감정은 아랑곳하지 않고 제 감정만 내세우는 경우가 많습니다.

그런데 보다 우리가 깊이 생각해야 할 문제가 바로 여기서 말한 임금을 섬기는 경우입니다.

'임금을 섬기는 데는 유범이무은(有犯而無隱)이라야 한다.'
라고 했습니다.

 지금은 임금이란 말을 상관이란 말로 바꾸면 되겠지요? 부모의 경우와는 정반대로 얼굴을 대해 단호한 태도로 맞서는 일은 있을 수 있어도, 상관이 저지른 비행을 모른 체하고 넘어가서는 안 된다는 뜻입니다.

 그것이 임금을 바로 섬기는 길이란 것입니다. 그것이 이른바 충신입니다. 임금 섬기기를 부모 섬기듯 하는 것은 간신입니다. 나라와 백성에 대한 직책과 의무는 생각지 않고, 우선 권력을 쥐고 있는 사람에게 잘 보여서 부귀와 영화를 누리려는 욕심만을 위한 것이기 때문입니다. 신분이 보장되어 있고 떳떳하게 맞서 옳고 그른 것을 가려야 할 위치에 있는 사람도 결과가 자기에게 불리할 것 같으면, 태도를 바꾸어 부정과 비리에 동조하거나 모른 체하는 것이 보통입니다.

 임금의 비위를 거스르면 죽거나, 귀양을 가거나, 쫓겨나거나 하게 되어 있던 옛날에도 임금과 신하의 관계를 이렇게 가르치고 있었는데, 민주주의니 법치국가니 하는 오늘날 윗사람의 눈치나 살피고 비위만 맞추려 한다면 그보다 못난 짓은 없다고 보아야 하겠지요?

 공자는 이런 말을 했습니다.

 '못난 사람(鄙夫)과는 함께 임금을 섬길 수 없다. 벼슬을 얻지 못했을 때는 얻기만을 걱정하고, 얻은 다음에는 잃은 것만을 걱정한다. 잃을 것만을 걱정하게 되면 못하는 짓이 없게 된다.'

 나라가 되었든, 회사가 되었든, 다른 어떤 단체가 되었든, 윗사람과 아랫사람의 관계가 직책과 의무에 관한 한 이 '유범이무은'의 정신이 절대 필요한 것입니다.

 다음에 스승을 섬기는 경우는 무범무은(無犯無隱)이라 했습니다. 스승과 제자 사이는 인격과 학식과 도덕으로 맺어져 있는 것이 정상적인 것이니 학문적인 문제를 놓고 얼굴을 붉히는 일이 있을 수도 없는 일이며, 스승의 사생활이나 대인적인 관계를 제자나 학생의 위치에서 굳이 숨기고 말고 할 것도 없는 일이 아니겠어요?

요즘은 스승과 제자의 관계가 옛날처럼 개인과 개인의 관계이기보다는 집단과 집단의 타율적인 결합으로 이루어져 있기 때문에 문제가 없지도 않은 모양이나, 역시 이 무범무은의 관계로 보아 크게 틀리지는 않을 것입니다.”

## 합장(合葬)과 봉분(封墳)

“다음은 6장인데, 공자가 어머니와 아버지를 합장하고 그때까지 봉분을 하지 않던 무덤에 봉분한 이야기가 적혀 있습니다.

앞에서 예출어정이란 말을 했었는데, 어머님에 대한 공자의 남다른 정이 남다른 모습으로 나타난 것을 엿볼 수 있습니다.”
“남다른 정이란 어떤 것을 말합니까?”
“그 이야기를 하려면 약간 길어지겠는데, 여기 나오는 내용을 설명하는 것에 도움이 될 것 같으니 이야기하지요.

대개 들어서 아시겠지만 공자의 아버지와 어머니는 나이 차이가 꽤 많았습니다. 정확한 것은 나와 있지 않으나 공자의 아버지는 육십이 넘었고, 공자의 어머니는 스물이 못 되었다고 생각됩니다.

사마천이 〈사기〉에서 공자가 태어나게 된 과정을 설명하는 대목에서 야합(野合)이란 말을 쓰고 있습니다. 야합을 글자 그대로 풀이한다면 결혼식을 올리지 않고 몰래 사귀고 있었다는 것이 됩니다. 예수의 출생도 그러하지만 공자의 출생도 특이한 점이 없지 않았습니다. 〈사기〉의 기록을 부인할 수도 없는 일이므로, 후세의

학자들은 그 말의 뜻을 풀이하는 데 많은 어려움을 느꼈을 것입니다.

　그래서 결론적으로 이런 주장이 나오게 된 것입니다.

　'야합이란 정상적인 결혼이 아니라는 뜻이다. 남자는 육십이 넘으면 아내를 맞이하지 않는 것이 예이고, 여자는 열다섯 살이 된 뒤라야 시집을 가게 되어 있다. 그런데 공자의 아버지는 육십 살이 넘었고, 공자의 어머니는 열다섯 살이 되지 않아서 결혼을 했기 때문에 야합이라고 한 것이다.'
라는 것입니다.

　늙은이와 어린 처녀가 들에서 눈이 맞아 결혼식도 올리지 않고, 아기를 낳았다는 뜻으로 풀이되는 야합이란 말이 공자같은 성인에 대한 모독으로 생각되었을 것은 뻔한 일입니다. 그래서 만든 이야기로도 생각되지만 여하튼 나이차가 많았던 것만은 분명합니다. 아버지는 공자가 세 살 때 세상을 떴고, 어머니는 공자 스물네 살 때 세상을 버렸으니까요."

"그럼 그렇게 주장하는 학자의 말을 따른다면, 공자의 어머니는 열다섯살이 되기 전에 시집을 간 것이 되지 않습니까? 자식을 얻기 위한 것이 목적이었다면 성숙한 처녀와의 결혼이 바람직한 일이었을 텐데, 굳이 그런 나이어린 처녀로 아내를 맞이했다는 것이 모순되지 않습니까?"

"당연히 그런 의심을 할 수 있지요. 그래서 만든 이야기인지 또는 사실인지는 알 수 없으나 그 이유인즉 이렇습니다.

　공자의 아버지는 노나라의 유명한 장군으로 추(耶)라는 고을을 식읍으로 가지고 있었습니다. 공자의 외가인 안씨(顏氏) 집이 바로 이 추고을에 있었어요. 안씨집에 딸이 셋이나 있고 모두 인물이 뛰어나다는 소문을 들은 공자의 아버지 숙량흘(叔梁紇)은 자식을 얻으려는 생각에서 그 집에 청혼을 했습니다. 한 나라의 장군이요, 자기가 사는 고을의 장관이기도 한 숙량흘의 청을 거절할 수는 없는 일입니다. 그러나 그런 늙은이에게로 가고 싶어 할 리는 없는 일이므로, 아버지는 세 딸을 불러 먼저 의향부터 물었습니다.

'이 고을 장관께서 청혼을 해 왔다. 큰 부인의 몸에서 난 아들이 하나 있기는 하나 다리를 쓰지 못한다는구나. 그래서 뒤를 이을 아들을 얻을 생각으로 청혼을 해 온 것이다. 나이는 많지만 힘이 천하의 장사로 이름이 나 있는 분이니까 자식을 낳고도 남을 것이다. 시집만 가면 호강도 할 수 있고, 이 아비도 덕을 볼 수 있지 않겠니? 이왕이면 자원하는 사람을 보내고 싶다. 그래서 너희들을 함께 부른 것이다. 맏이야, 너는 어떠냐?'

하고 큰딸을 보고 묻자, 고개를 숙이고 옆으로 내저었습니다. 그래서 둘째에게 물어 보았습니다. 역시 싫다는 것이었습니다. 그래서 어린 막내딸에게 물어 보았습니다. 어린 딸은 아버지에 대한 애정에서인지 아니면 위대한 성인을 낳을 운명을 지니고 있었던 때문인지는 알 수 없으나 '저는 아버지의 뜻에 따르겠습니다.' 하고 대답을 했습니다.

그래서 가장 나이어린 막내딸 징재(徵在)가 시집을 가게 되었다는 겁니다. 나이는 어려도 상당히 조숙했던 모양이지요. 시집가서 다음 해에 이구산(尼丘山)에서 내외가 함께 기도를 드린 끝에 공자를 낳게 되었으니까요. 이야기가 이렇게 되면 그런대로 설득력이 있는 셈입니다.

그럼 책을 보시지요. 공자는 방(防)에 합장을 하고 나서 이렇게 말했습니다.

'내 들으니, 옛날에는 무덤에 봉분을 하지 않는다고 했다. 그러나 나는 동서남북으로 정처없이 떠돌아다니는 사람이니 표시를 해 두지 않을 수 없다.'

봉분을 만들며 핑계를 댄 것으로도 볼 수 있습니다. 아까 말한 대로 어머니에 대한 특별한 정 때문에 남달리 봉분을 만듬으로써 마음의 위로를 받게 된 것이 아닐까 싶습니다. 어려서 시집와서 청춘과부로 고생만 하다 세상을 버린 어머니가 가엾기도 했겠지요. 큰어머니가 있고 형이 있었으니 아버지의 유산을 물려 받지도 못했을 것이므로 공자를 키우는 데 얼마나 어려움이 많았겠습니까?

공자는 어머니가 세상을 뜨자 아버지와 같이 묻어 드리려고 했으나 아버지가 방(防)이란 곳에 묻혔다는 말만 들었을 뿐, 무덤이 어디에 있는지를 몰라 찾는 데 무진 애를 썼고, 그 당시는 합장하는 일이 없었는데도 굳이 합장을 한 것만 보아도 평생을 외롭게 살다가 죽은 어머니에 대한 가엾은 생각이 컸음을 알 수 있습니다.

이때 공자의 나이가 스물네 살이었던 것으로 나와 있는데, 이때도 따르는 제자들이 많았던 것 같습니다.

봉분을 만들고 나서 공자는 먼저 돌아오고 제자들은 남아 있었는데, 갑자기 장대같은 비가 쏟아지면서 봉분이 무너졌습니다. 제자들은 비가 그친 뒤에 다시 봉분을 만드느라 오랜 뒤에야 돌아오게 되었습니다.

공자는 왜 그리 늦었느냐고 물었습니다. 제자들이 무덤이 무너져 늦었다고 대답하자 공자는 슬픈 나머지 아무 대답이 없었습니다. 여기 현연(泫然)이라고 한 것은 눈물이 비오듯 한다는 뜻입니다. 애써 만든 무덤이 비로 무너진 것에 대해 하느님도 너무하다는 생각이 들었던 것일지도 모릅니다.

제자들은 공자가 알아듣지 못한 줄로 알고 같은 보고를 세 번이나 거듭 했습니다. 그러자 공자는,

'내 들으니 옛날에는 무덤을 고쳐 만들지 않는다고 했다.'

라고 했습니다.

이 말의 뜻은 잘 알 수 없습니다. 비가와도 무너지지 않도록 만들지 못한 것을 안타까워한 것으로도 풀이될 수 있고, 봉분을 하지 말았어야 옳았던 것을 굳이 하려고 한 것에 대한 착잡한 심정을 말한 것으로도 볼 수 있습니다."

## 哭子路於中庭

"다음은 7장이 되겠습니다. 공자가 사랑하는 제자 자로(子路)의 죽음을 슬퍼한 내용이 담겨 있습니다.

　'공자는 자로가 죽었다는 소식을 듣고 가운데뜰(中庭)에서 소리
　내어 울었다.'

라고 되어 있는데 소리 내어 울었다는 것은 물론 슬픔을 나타낸 것이지만, 그 우는 장소가 가운데뜰이었다는 데에는 다른 뜻이 있습니다. 옛날에는 누가 죽었다는 말을 전해 들으면 먼저 울기부터 하게 되어 있는데, 그 우는 장소에 따라 죽은 사람과 우는 사람과의 관계도 알 수 있고, 어느 정도 친한 사이인지도 알 수 있었던 것입니다.

스승이 죽었을 경우는 침실에서 울게 되어 있고, 친구의 경우는 침실이 있는 중문(中門) 밖에서 울게 되어 있었습니다. 스승과 제자 사이는 뜻이 맞는 벗과 같다고 했으니 중문 밖에서 우는 것이 아마 옳았을 것입니다. 그런데 공자는 중문 안이요, 침실 밖인 가운데뜰에서 운 것입니다.

이 단궁편은 공자의 특이한 행적을 내용으로 담고 있는데, 예는 형식도 중요하지만 그 형식이 감정에 따라 달라질 수 있는 것이 또한 예의 정신이란 것을 보여주려는 데에 뜻이 있다고 볼 수 있습니다."

"그럼 자로는 다른 제자들보다 더 정다운 사이였다는 것을 보여
준 것입니까?"

"그렇지요. 자로는 공자보다 여섯 살 아래였습니다. 나이로 보아
서도 친구나 다름없지요. 또 성격이 지나치게 솔직하고 과격해서
속에 있는 감정을 그대로 말과 태도로 나타내어 공자가 자로의 노
여움을 산 일도, 핀잔을 들은 적도 있었습니다. 공자와 자로가 얼
마나 흉허물이 없는 사이였나 하는 것은 〈논어〉를 통해서도 잘 알
수 있습니다."

"어떤 내용들인지 듣고 싶습니다."

"공자가 아마 위나라에 있을 때였을 것입니다. 위나라 영공(靈公)
이 죽자, 영공의 손자 첩(輒)이 뒤를 이었습니다. 영공의 세자인
괴외(蒯聵)는 자기 어머니를 죽이려다가 실패하고 외국에 망명해
있었기 때문입니다. 괴외는 돌아와 뒤를 이어 임금이 되고 싶었지
만, 아들인 첩이 이를 거절하고 자기가 임금이 된 거지요. 거절한
이유는 조상에 죄를 지은 때문이란 것이었지만, 실상은 빨리 임금
의 자리에 오르고 싶은 욕심 때문이었습니다.

　이때 자로가 공자보고 물었습니다.

　'위나라 임금이 선생님께 나라를 맡기신다면 무엇부터 먼저 하
　시겠습니까?'

그러자 공자는 이렇게 대답했습니다.

　'반드시 이름부터 바로잡을 것이다.'

　자식이 아비를 밀어내고 임금이 되었으니 그에 대한 대의명분부
터 바로잡아야 한다는 것입니다. 그러자 솔직한 자로는 공자에게
이런 말을 했습니다.

　'선생님은 언제나 세상 물정에 너무 어두우십니다. 어떻게 바로
　잡으시겠다는 겁니까?'

　명분부터 먼저 바로잡기로 말하면 망명해 있는 아버지를 모셔와

서 임금의 자리에 앉게 해야 할 것이니, 자로의 핀잔도 있을 법한 일이지요. 공자의 참뜻은 그런 명분이 서지 않은 임금과는 손잡고 일할 수 없다는 것이었습니다. 요즘 흔히 말하는 정통성 시비와 같은 것이니 비현실적인 것이기도 하지요.

이때 공자의 대답이 또 색다른 것이었습니다.

'넌 정말 너무 거칠구나! 물정을 모르는 것은 바로 너다. 교양이 있는 사람은 모르는 것에 대해서는 아는 체하지 않는 법이다.

이름이 떳떳한 바른 것이 아니면, 말을 떳떳하게 바로 할 수 없다. 말을 떳떳하게 바로 할 수 없으면, 일이 제대로 되지 않는다. 일이 제대로 되지 않으면 정치나 법률이 제대로 행해질 수 없고, 정치와 법률이 제대로 행해지지 않으면 죄인을 다스리고 벌을 주는 데 공평을 기할 수 없게 된다. 그러면 백성들은 몸둘 곳을 잃고 만다.

이름이 떳떳하면 말을 바로 할 수 있고, 말을 바로 하면 그대로 행할 수 있다. 그러므로 큰일을 하는 사람은 반드시 이름부터 바로잡아야 한다.'

나는 〈논어〉의 이 대목을 읽을 때마다 오늘의 정치인들을 생각해 보곤 합니다. 공자의 이 말씀이 영원한 진리라는 것을 새삼 느끼곤 하지요."

"아까 세자인 괴외가 어머니를 죽이려다 쫓겨갔다고 하셨는데, 자식이 어머니를 죽이려 했다면 용서받지 못할 죄인이 아닙니까? 그런 의미에선 받아들이지 않은 것도 명분이 서지 않는다고만은 볼 수 없지 않습니까?"

"아주 잘 지적했어요. 그런 명분이 설 수 있다면 그것을 분명히 밝히는 것도 이름을 바로잡는 것이 되겠지요."

"어머니를 죽이려고 한 동기가 문제이겠군요? 개인적인 이해에서냐 국가적인 차원에서냐 하는……"

"바로 그 점입니다. 대의명분의 근거가 될 수 있는 점이 두 가지 이상이 있을 경우 생각하는 사람에 따라 명분이 달라질 수 있고, 그래서 명분싸움이 붙게도 되는 거지요. 오늘의 정당 싸움이라는 게 그런 거 아니겠어요? 결국 여론에 따라 결정이 되고 투표에 의해 가려진다고 보아야겠지요. 아까 내가 오늘의 정치인들을 생각하게 된다고 한 것이 바로 그것입니다. 명분이 될 수 없는 것을 들고 나와 국민의 뜻을 들먹이는 것이 안타까워서요."

"괴외가 어머니를 죽이려 한 것에도 명분이 있다면 어떤 것이 되겠습니까?"

"괴외가 그 어머니를 죽이려 한 것은 나라의 체면을 위해서였다고도 볼 수 있지요. 어머니를 바로 다스려야 할 아버지가 그걸 못하니까, 자식인 나라도 해야 되겠다는 생각도 들었을 것입니다."

"어떤 내용인지 듣고 싶습니다."

"자로와 공자와도 관련이 있는 여자니까 이야기하는 것이 좋겠군요. 한 마디로 국제적인 문제의 여성이었습니다. 송나라 딸로서 위나라 영공에게로 시집을 왔는데 얼굴이 절세미인인데다가, 머리가 남달리 뛰어나 정치에까지 관여하곤 했습니다. 게다가 행실마저 바르지 않아 시집오기 전 배다른 오빠인 공자 조(朝)와 불륜의 관계까지 맺고 있었습니다.

사랑에 빠진 영공은 완전히 그녀의 꼭두각시가 되어 그녀가 원하는 일이면 무엇이든 들어주곤 했습니다. 다 큰 자식까지 둔 그녀는 옛날 정을 못 잊어 그 오빠를 위나라로 불러들여 함께 지내는 일까지 서슴지 않았습니다.

그런 일일수록 소문은 밖으로 먼저 퍼지는 법입니다. 세상 사람들은 남의 일을 나쁜 방향으로만 생각하는 버릇이 있으므로 헛소문이 참소문이 되고, 거기에다 가지를 달고 잎을 피우기까지 하니까요.

　궁중에서는 이 일을 혼자만 알고 쉬쉬하던 세자 괴외가 임금인 아버지의 명령으로 이웃 나라를 찾아보고 돌아오던 중 송나라 국경을 지나게 되었습니다. 들에서 일하던 농사꾼들이 지나가는 일행이 위나라 세자인 것을 알자 큰소리로 노래를 지어 부르며 참기 어려운 모욕을 했습니다. 그래서 돌아와 어머니를 죽이려 한 것입니다.”

“어떤 모욕을 했기에요?”

“예나 지금이나 사람들은 남의 추문들을 듣기 좋아하지요. 그래서 좋지 못한 책들이 잘 팔리는 거 아닙니까? 아무튼 책에는 영공의 부인을 암퇘지에 비유하고 그녀의 오빠인 공자 조를 수퇘지에 비유하며, 교미를 끝냈으면 이제 그만 수컷은 돌려보내 주어야 하지 않겠느냐는 내용이었다 합니다. 아무리 어머니지만 죽이고 싶은 생각이 들었던 거지요.”

“그 여자가 자로와 공자와도 관계가 있다고 하셨는데 어떤 관계인가요?”

“아, 그건 공자와 자로가 흉허물없는 사이라는 이야기를 하는 데 그녀가 끼게 되는 겁니다.”

“어떤 건데요?”

“사람들은 그 여자를 남자(南子)라고 불렀습니다. 시집을 온 여자의 이름밑에는 친정 성을 붙이게 되어 있었습니다. 그런데 그녀의 송나라 성이 자(子)였기 때문에 남자로 부르게 된 거죠.

　자식이 죽이려고까지 한 그녀가 위나라로 온 공자를 만나고 싶어 했습니다. 하도 위대하다니까 만나보고 싶었겠지요. 음탕한 여자라고 해서 하는 일이 다 음탕한 생각에서 나온 것으로는 볼 수 없지 않겠습니까? 공자는 제자들의 반대를 아랑곳하지 않고 만나 주었습니다. 발을 사이에 두고 공자는 허리만 굽혔는데, 그녀는 공손히 두 번 절을 했다고 나와 있습니다. 음탕한 여자가 부처님 앞에 참회의 절을 올리는 심정이었을지도 모르지요. 공자는 그녀의 순수한 그런 심정을 받아들인 것뿐이었습니다.

공자가 돌아오자 자로는 그 때까지도 얼굴에 노여운 빛을 띠고 있었습니다. 그 자로를 바라보며 공자는 이런 말을 했습니다.

'내가 만일 옳지 못한 일을 했다면 너희들보다 하늘이 더 싫어하실 것이다. 하늘이 더 싫어하실 것이다.'

하고 거듭 맹세를 했다는 말이 〈논어〉에 나와 있습니다.

이 밖에도 공자의 하는 일에 일일이 간섭을 하고 불평을 하고 한 것이 자로였습니다. 스승과 제자 사이에 흔히 말하는 미운정 고운정까지 다 들었던 것이 공자와 자로 사이가 아니었던가 싶습니다.

그 자로가 위나라에서 벼슬하다가 불행하게 죽고 만 것입니다. 공자는 자로가 용기만 있고, 일을 바로 판단하는 슬기가 부족하다며 불행하게 죽을까 늘 걱정을 하곤 했는데, 결국 그렇게 되고 말았으니 한결 더 안타까웠을 것입니다.

그럼 그 다음을 보시지요. 누가 와서 조문을 하자 선생님께서 절을 하셨다고 했습니다. 자로의 죽음을 슬퍼하는 공자를 위로하자, 공자는 고맙다고 절을 한 거지요.

그 다음을 보시지요, 울기를 마치자 자로의 죽은 소식을 전한 사람을 불러 어떻게 죽었는지를 물었습니다. 그는 대충 설명을 했겠지요. 여기는 그런 이야기는 다 빼버리고 '젓을 담갔습니다.'라고만 나와 있습니다. 죽은 자로의 살을 발라 젓을 담갔다는 겁니다. 그 다음을 보시지요. '마침내 젓을 엎으라 명하셨다.'라고 되어 있습니다. 집에 있는 젓을 쏟아 없애버리라고 시켰다는 것입니다. 문장이 너무 간결한 편입니다. 뒷날에 보다 자세히 기록하기 위해 적바림 해둔 것 같은 느낌마저 듭니다. 이를 기록한 사람은 그것으로 충분했겠지요."

"자로가 어떤 잘못을 저질렀기에 그런 끔찍한 보복을 당한 걸까
요?"

"그것이 권력에만 집착해 있는 사람들이 흔히 쓰는 방법이었습니
다. 반대세력을 위협하여 심리적인 위축감을 주려는 생각에서지
요."

"자로가 죽게 된 경위를 듣고 싶습니다."

"자세한 경위를 설명하려면 이야기가 너무 길어질 텐데……"

"길어지면 어떻습니까? 그런 것이 딱딱한 내용보다 지식에 보탬
이 되지 않겠습니까?"

"실은 여기 나와 있는 문장의 내용에 의문이 없지 않습니다. 다른
기록에는 공자가 쏟아버리라고 한 것이 집에 있던 것이 아니고,
바로 자로의 살을 담근 것인 걸로 나와 있습니다. 그렇게 보면 이
문장이 더 자연스러워지지요. 그러면 문장을 보고 풀어서 읽어 보
겠습니다.

'진사자이문고(進使者而問故), 사자왈해지의(使者曰醢之矣),
수명복해(遂命覆醢).'

'사자를 나오게 하여 온 까닭을 물었다. 사자는 젓을 가지고 왔
다고 말했다. 공자는 그 젓을 엎어버리라 명령했다.'

그런데 이렇게 풀어읽는 데는 문장에 약간의 문제가 있습니다.
해지(醢之)의 지(之)가 문제가 되는 거지요. 명사에 이 갈지(之)
가 붙으면 동사로 변합니다. 그러므로 젓을 가지고 왔습니다 라고
말했을 경우는 갈지(之)가 없어야지요. 그러나 젓을 담가가지고
왔습니다 라고 하면 안 될 것도 없습니다. 한문이란 그래서 어렵
기도 하고 또 묘미도 있는 거지요. 글자 하나의 풀이로 인해 학파
가 갈라지기까지 하니까요. 그리고 복(覆)을 덮는다는 뜻의 부
(覆)로 읽을 수도 있으므로 여기서는 흙으로 덮게 했다는 뜻이 될
수 있지요. 즉 땅에 묻어 장사를 지내게 했다는 뜻으로도 볼 수

있는 것입니다.

그럼 그렇게 보기로 하고 그를 뒷받침하는 기록에 따라 사건의 전말을 이야기하지요.

이때 공자는 위나라에 있었습니다. 자로와 자고(子羔)라는 제자가 함께 위나라에서 벼슬하고 있었는데, 자고는 무사하고 자로만 죽었습니다. 세자인 아버지를 거역하고 임금이 된 첩의 신하가 되어 있었던 거지요. 결국 부자 사이의 권력싸움에 말려들어 한 사람은 거기서 벗어나고 한 사람은 벗어나지 못했던 것입니다. 자로의 경우는 벗어나지 못한 것이 아니라, 벗어나게 되어 있는 몸이었는데도 불구하고 뛰어들어 죽고 만 것입니다.

문제의 발단은 또 여자에서 비롯됩니다. 세자 괴외에게 누나가 하나 있었는데, 이 여자는 그 어머니를 닮아 얼굴이 미인이었고 재주가 뛰어났으나, 행실이 바르지 못했습니다. 공어(孔圉)라는 대부에게로 시집을 가서 공희(孔姬)로 불리우고 있었는데, 둘 사이에서 낳은 아들이 공회(孔悝)입니다. 공어가 일찍 죽자 공회가 아버지 뒤를 이어 대부가 되었습니다. 새로 임금이 된 첩을 쫓겨난 임금이라 하여 뒤에 출공(出公)이라 불렀는데, 이 출공과 뜻이 맞아 공회가 위나라 전권을 쥐게 되었습니다. 출공은 공희의 친정 조카이니까 공희와는 내외종간이 되는 셈이지요.

공회가 정권을 쥐게 되는 과정에서는 어머니 공희의 입김도 많이 작용했을 겁니다. 임금의 고모인데다가 정치적 수완과 야심이 대단한 여자였으니까요.

그런데 공씨집 가신 가운데 아직 나이어린 혼양부(渾良夫)라는 미모의 청년이 있었습니다. 키도 후리후리하고 재치도 뛰어나 공어의 사랑을 받고 있었는데, 주인이 죽고 나자 원래 행실이 좋지 못한 공희와 사실상의 부부가 되어 있었습니다.

그래서 혼양부와 사랑에 빠진 공희는 아들 공회보다 혼양부의 출세에 더 마음이 끌리게 된 것입니다. 그리고 아비를 거역한 조카보다는 객지에서 외롭게 지내는 세자인 동생에게 더 동정이 가 있었습니다.

공희는 혼양부를 괴외가 있는 척(戚)이란 곳으로 보내 그를 위로하고 오게 했습니다. 벌써 정치적 음모가 숨어 있는 거지요. 괴외는 혼양부의 손을 잡고 매달리듯 부탁했습니다.

'그대가 나라로 돌아가 나를 임금이 되게만 해 준다면, 그대에게 나라를 맡길 뿐만 아니라 세 번까지 죽을 죄를 용서하겠네.'

과부의 정부가 되어 있는 그였으니 권력에 대한 욕심인들 오죽했겠습니까? 마음이 마냥 부풀 수밖에요. 돌아와 공희에게 그 이야기를 하자 공희는

'너를 위하는 일이라면 무엇인들 못하겠느냐?'

하고 곧 그 일에 착수했습니다.

재상이 된 아들을 제쳐놓고 집안을 마음대로 휘두른 공희는 천하장사로 불리우는 석걸(石乞)과 맹염(孟黶) 두 용사를 시켜 수레를 몰게 하고, 얼굴이 예쁜 혼양부를 여자로 꾸며 괴외에게로 보내어, 괴외까지 여자의 옷차림을 하고 같은 수레로 성안으로 들어오게 한 것입니다.

그리고는 괴외를 자기 방에 숨겨 두고 아들이 돌아오기만 기다렸습니다. 공희는 조정에서 늦게까지 임금과 술을 마시고 취한 얼굴로 돌아왔습니다.

공희는 아들을 불러 물었습니다.

'부모의 피붙이로는 누가 제일 가까우냐?'

'그야 아버지 쪽으로는 큰아버지·작은아버지가 되고, 어머니쪽으로는 외삼촌이 되지 않겠습니까?'

새삼스런 물음이라 이상스럽기는 했지만 어머니가 물으니 그렇게 대답할 수밖에 없었겠지요.

‘너 외삼촌이 어머니 쪽의 가장 가까운 피붙이란 것을 알고 있
  다면 어찌하여 내 아우를 맞아들이지 않는 거냐?’
‘선군의 유언이 그러하니 신하로서는 그 유언에 따를 수밖에 없
  지 않습니까?’
그렇게 대답하고는 귀찮은 생각이 들어서인지 화장실엘 갔습니다.
눈치를 채고 피할 생각이었는지도 모르지요.
  그러나 빈틈없는 공희는 석걸과 맹염을 시켜 공회를 뒤따라가
지키고 있다가 꼼짝못하게 하여 끌고 오라고 시켰습니다.
  밖에서 기다리고 있던 그들은 부축하듯 공회의 양쪽 팔을 잡고
는,
  ‘지금 태자께서 기다리고 계십니다.’
하고는 태자가 있는 별관 다락으로 끌고 올라갔습니다.
  여기서 공회의 명령에 의해 괴외와 공회와의 맹세가 이루어지
고, 공회는 방안에 연금된 채 그의 명령으로 혼양부가 집에 있는
군대를 이끌고 대궐을 습격했습니다.
  막 잠자리에 들려고 하던 임금은 믿었던 공회가 바로 반란 주동
자란 것을 알자, 궁중에 있는 귀한 보물들을 싣고 노나라로 달아
나고 말았습니다.
  이때 자로는 성밖에 있었습니다. 공회가 인질로 잡혀있다는 말
을 듣자, 그를 구출할 생각으로 성안을 향해 달려가다가 우연히
자고와 마주쳤습니다.
  자고는 성안에 있다가 부자 싸움에 휘말리기 싫어 피해 나오는
길이었습니다.
자고는 자로를 보고 말렸습니다.
  ‘성문은 이미 닫혀 있어. 나랏일을 다스릴 책임은 자네에게는
  없지 않은가? 부자의 권력싸움에 말려들 이유도 없지 않은
  가?’

그러나 자로의 생각은 달랐습니다.

'나는 공씨의 가신으로 이미 그의 녹을 먹었으니, 그가 인질로 잡혀 있는 것을 알고 어찌 가만히 있을 수 있겠는가?'

그리고는 더욱 빠른 걸음으로 성문을 향해 달렸습니다. 성문은 과연 닫혀 있었습니다.

수문장인 공손감(公孫敢)이 자로를 보고 말했습니다.

'임금은 이미 달아났어요. 일은 다 끝난 겁니다. 이제 들어와서 뭘 어쩌겠다는 겁니까?'

'나는 인질로 잡혀있는 공대부를 구하러 온 거요. 남의 신세를 지고 그의 어려움을 모른 체하는 사람이 될 수는 없소. 어서 문을 여시오.'

그러나 문을 열어주지는 않았습니다. 그러자 마침 안에서 나오는 사람이 있었습니다. 괴외 쪽 사람이었겠지요. 문이 열리기가 무섭게 자로는 안으로 뛰어들었습니다. 자로는 힘이 장사였으니 누가 말릴 수 있었겠습니까?

자로는 공회가 있는 별관 아래로 가서 큰소리로 외쳤습니다.

'나 중유(仲由) 여기 있습니다. 공대부께선 어서 내려오십시오!'

중유는 자로의 성과 이름입니다. 공회는 내려오고는 싶었지만 자유가 없는 몸입니다. 대답마저 못 하고 있었습니다.

그러자 자로는 불을 가져와 별관에 불을 지르려 했습니다. 겁이 난 괴외는 석걸과 맹염 두 용사에게 창을 들고 내려가 자로를 맞아 싸우게 했습니다.

자로는 칼을 뽑아 들고 둘을 맞아 싸웠습니다. 1대2의 격투가 한동안 불을 뿜었지만 끝내 자로는 창에 찔려 넘어지고 말았습니다. 이때 갓끈이 끊어지며 갓이 벗겨졌습니다. 그러자,

'군자는 죽을 때도 갓을 벗지 않는다 했다.'

하고 갓을 쓰고 갓끈을 고쳐 맨 다음 숨을 거두었다는 것은 유명한 이야기로 남아 있습니다.

공회는 외삼촌인 괴외를 받들어 임금으로 앉히고 둘째아들 질(疾)을 태자로 세웠습니다. 괴외는 약속한 대로 혼양부를 재상의 자리에 앉히고, 모든 실권을 공회로부터 그에게로 넘겨 주었습니다.

공자는 이때 성밖에서 제자들을 거느리고 있었는데, 내란이 일어났다는 소식을 듣자 제자들에게 이렇게 말했습니다.

'자고는 돌아올 것이나 자로는 죽을 것이다.'

제자들이 까닭을 묻자,

'자고는 작은 의리보다 큰 의리를 소중하게 여기는 사람이니 부자의 권력싸움에 끼어들지 않을 것이다. 그러나 자로는 용맹만을 소중히 여기고 삶을 가볍게 여기며, 옳고 그른 것을 저울질하는 지혜가 없는 사람이니 아마 죽기가 쉬울 것이다.'

라고 대답했습니다.

공자의 말이 채 끝나지 않아 자고가 돌아왔습니다. 스승과 제자가 한데 어우러져 기뻐하면서도 자로의 소식을 몰라 걱정하고 있었는데, 얼마 지나지 않아 위나라 새 임금이 보낸 사신이 찾아와 뵙기를 청했습니다.

이때의 모습을 담은 것이 7장의 내용입니다. 앞뒤 순서가 바뀌었을지도 모릅니다. 다른 기록에는 자로가 죽었을 것으로 짐작은 하고 있었지만 아직 확실한 소식은 전해지지 않았던 것으로 되어 있습니다.

사신은 공자를 뵙고 말했습니다.

'새 임금께서 선생님을 경모(敬慕)하여 감히 별미를 올립니다.'

공자는 임금이 준 것이므로 두 번 절하고 받았습니다.

받고 뚜껑을 열어보니 고기젓이었습니다. 공자는 얼른 뚜껑을 닫고 사신에게 말했습니다.

　‘내 제자 중유의 살이 아닌가?’

사신은 깜짝 놀라며 대답했습니다.

　‘그렇습니다. 선생님께서 어떻게 아셨습니까?’

　‘그것이 아니라면 새 임금이 나에게 별미라고 보내 줄 리가 없
　지 않은가?’

하고 곧 제자들에게 그 것을 땅에 묻도록 하고, 통곡을 하며 이렇
게 말했다 합니다.

　‘내 일찍이 중유가 비명에 죽을까 염려했더니 끝내 그렇게 되고
　말았구나!’

공자는 그 충격 탓인지 그길로 병을 얻어 일흔세 살에 세상을 마
쳤다고 나와 있습니다.”

“그럼 이 것을 엎어버렸다는 뜻의 복(覆)을, 덮었다는 뜻의 부
(覆)로 하여 뚜껑을 도로 덮으라고 제자들에게 이른 것으로 풀이
될 수도 있지 않습니까?”

“나도 그런 생각을 해 보았어요. 그래야 다음에 땅에 묻게 했다는
말과 맞겠지요. 뚜껑을 열고 닫고 한 것도 제자들이었을 것이며,
사신이 보는 앞에서 엎어버린다는 것도 어울리지 않는 모양이지
요. 종래의 해석들이 집안에 있는 것을 먹을 생각이 없어 쏟아버
리게 한 것으로 되어 있는 것도 사신 앞에서 그런 과격한 모양을
보이지 않았을 것이라는 생각에서 나온 것이었을지도 모릅니다.
뚜껑을 덮으라는 뜻으로 새기는 것도 좋을 것 같군요.”

“새 임금 괴외와 혼양부는 그 뒤 어떻게 되었습니까? 그들의 소
원대로 부귀를 오래 누렸습니까?”

“질문하는 뜻을 알 것 같군. 권력에만 눈이 어두워 수단과 방법을
가리지 않는 사람이 그 권력을 오래 잡고 있기는 어려운 일이지
요. 대의명분이니, 정통성이니, 순리니 하는 것들이 그래서 중요

한 것 아니겠어요? 그것이 바로 예의 이치요, 정신입니다.

유명한 정치가였던 관중(管仲)은 예의염치(禮義廉恥)를 나라의 네 기둥이라고 했어요. 예의염치가 무너지면 나라는 제대로 서 있지를 못한다는 거지요.

어미를 죽이려고 한 괴외, 자식에게 등돌림을 당한 괴외, 혼양부와 공회같은 음탕한 사람들의 힘을 빌어 자식을 내쫓고 임금이 된 괴외, 자로같은 충직하고 용기있는 사람을 죽인 것은 부득이한 일이라 하더라도, 젓을 담가 그 스승인 공자에게 보내는 잔인하고 야비한 짓을 즐겨 한 그 괴외가 어떻게 오래 부귀를 누릴 수 있었겠습니까?

임금이 된 뒤 온갖 추태를 벌이다가 몇 해 안 되어 쫓겨나 비명에 죽고 맙니다.”

“그 이야기를 듣고 싶습니다. 예의에 벗어난 짓을 한 사람이 결국은 벌을 받게 된다는 산 교훈이 될 수도 있지 않겠습니까?”

“그럽시다. 괴외를 장공(莊公)이라고 합니다. 장공은 임금이 되자 곧 공회를 송나라로 내쫓고 맙니다. 공회가 전 임금 출공과 같은 패란 것이 마음에 걸린 때문이지요. 물론 거기에는 혼양부와 공희의 농간도 없지 않았지요.

그런데 출공이 노나라로 달아나며 귀한 보물과 돈을 몽땅 챙겨 가지고 가버렸기 때문에 위나라는 당장 어려움을 겪게 되었습니다. 우선 나라의 상징이라고 할, 조상대대로 전해져 내려온 귀중한 그릇이라도 되찾고 싶었습니다.

그래서 혼양부와 둘이서 그 문제를 놓고 상의하게 되었습니다. 임금이 있는 침실에서였지요. 혼양부는 엉뚱한 의견을 내놓았습니다. 그것이 공희의 의견이었을지도 모르지요. 같은 피붙이요, 대의명분보다는 인정이 앞서는 여자니까요.

‘지금의 태자나 달아난 임금이나 다 주상의 아들이 아닙니까?

뒤를 잇게 해 주겠다고 하시고 불러오는 것이 어떻겠습니까?
그러면 가지고 간 그릇과 재물이 다 돌아오지 않겠습니까?'

그런데 밤말은 쥐가 듣는다고, 단 둘이 한 이야기가 지금의 태자 귀로 들어간 것입니다. 어린 내시가 엿들은 거지요.

그 아비에 그 아들이요, 그 형에 그 아우라고나 할까요. 태자 질은 장사 몇 사람에게 돼지를 수레에 싣고 자기를 따르게 한 다음, 틈을 엿보아 임금인 아버지를 위협했습니다. 말을 안 들으면 죽이겠다는 태도로 나온 거지요.

달아난 전 임금인 자기 형을 불러들이지 말 것과, 임금을 제 멋대로 내쫓고 불러 들이고 하려는 혼양부를 죽일 것을 강요한 것입니다.

그러자 아비인 장공은 이렇게 말했습니다.

'네 형을 불러오지 말라는 것은 들을 수 있다. 그러나 혼양부와는 앞서 맹세한 바가 있었다. 세 번까지는 죽을 죄를 용서한다고 말이다.'

'그럼 네 번째 죄를 지은 뒤에 죽이겠습니다.'

장공은 승낙할 수밖에 없었습니다. 그리고 미리 싣고 온 돼지의 피를 빨며 아비와 자식이 맹세를 했습니다. 이 약속을 지키지 않으면 천벌을 받는다고 한 거지요. 그 당시는 의리보다 이 맹세를 더 소중하게 여기고 있었습니다. 귀신의 벌을 무서워한 거지요.

이건 다른 이야기지만 공자는 그런 맹세를 하고도 지키지 않은 일이 있었습니다 폭도들이 공자일행을 포위하고 풀어주는 조건으로 위나라로 되돌아가지 않겠다는 맹세를 하라는 것이었습니다. 위나라로 되돌아가려던 참이었으므로 제자들은 그 요구를 거절했습니다.

그러자 공자가,

'내가 맹세하겠다.'

하고 폭도들 앞에서 맹세를 했습니다.

그래서 풀려나자 곧장 위나라로 향했습니다. 자공(子貢)이 물었습니다.

'선생님께서 몸소 맹세를 하시고 그 맹세를 지키지 않으셔도 됩니까?' 그러자 공자는 이렇게 대답했습니다.

'강요된 맹세는 지키지 않아도 된다. 하느님은 그것을 탓하지 않으신다.'

역시 성인의 생각은 다른 바가 있다고 해야 할 것입니다. 어느 것이 더 중한 것인가를 판단한 다음 중한 것을 살리기 위해서는 가벼운 것을 버려야 하는 것이 중용입니다.

자식의 협박에 못 이겨 맹세를 했더라도 아비를 협박한 불효와 임금을 협박한 불충을 물어 죄를 다스려야 옳았을 것입니다. 그러나 맹세는 지켜야 한다는 것이 이들의 생각이었습니다.

그리고 나서 얼마 지나지 않아 새로 지은 집에서 낙성식이 있었습니다. 대신과 모든 고관들이 모였는데, 권력에 도취되어 있는 혼양부가 신하의 예의에 벗어난 옷차림을 하고 나타났습니다. 스스로 목숨을 재촉한 거지요. 보랏빛 옷에 여우가죽외투를 입고, 게다가 칼까지 차고 있었습니다.

기회만 노리던 태자는 용사들을 시켜 혼양부를 끌어내게 했습니다. 끌려나온 혼양부는 태자에게 항의하듯 말했습니다.

'내가 무슨 죄가 있습니까?'

태자는 그의 죄를 말했습니다.

'너는 세 가지 죽을 죄를 지었다. 신하가 임금 앞에 나올 때는 정해진 옷이 있다. 그런데 너는 보랏빛 옷을 입고 왔으니 그것이 첫번째 죽을 죄요, 여우가죽외투를 입고 나타났으니 그것이 두번째 죽을 죄요, 칼을 차고 있었으니 그것이 세번째 죽을 죄다.'

혼양부는 세 번까지는 죽을 죄를 용서해 주겠다고 한 맹세가 있었다는 것을 말 할 수밖에요. 그러나 그것은 세 가지 죽을 죄를 지었다는 자백과도 같은 것이었습니다. 정확히 말하면 그 세 가지 죄는 한꺼번에 저질러진 것이지 세번째까지 저질러진 죄는 될 수 없는 겁니다. 그러나 우선 급한 마음에 그런 걸 따질 겨를도 없었겠지요. 살기만 하면 그만이니까. 그것이 말의 함정이란 겁니다. 태자는 그제야 가장 큰 죄인 네번째 죄를 말했습니다.

'달아난 임금은 자식으로서 아비를 거역했으니 대역불효(大逆不孝)가 아니냐? 네가 그를 다시 불러들이려 했으니 그것이 죽을 죄가 아니냐?'

혼양부는 대답도 못 하고 머리를 숙인 채 칼을 받아야만 했습니다.

그 뒤 장공은 혼양부가 머리를 풀고 나타나 억울한 죽음을 당했다며, 울부짖는 꿈을 꾸었습니다. 양심의 가책이 꿈으로 나타난 것인지도 모르지요.

장공은 불길한 생각에 복대부(卜大夫)로 불리우는 서미사(胥彌赦)에게 그 꿈을 이야기하고 점괘를 얻게 했습니다.

서미사는 점괘를 본 다음 해로운 꿈은 아니라고 대답했습니다. 그러나 그는 물러나와 사람들을 보고,

'원귀가 이미 나타났으니, 임금은 죽고 나라가 위태로워질 조짐이 보이기 시작한 것이다.'

하고는 송나라로 달아나고 말았습니다.

아니나 다를까, 그 이듬 해에 진나라의 실권자 조앙(趙鞅)이 군대를 이끌고 위나라로 쳐들어왔습니다. 진나라로 망명해 와 있을 때 많은 신세를 지고 있던 괴외가 임금이 되고 난 다음 인사조차 오지 않은 것에 대한 응징이란 것이었습니다. 의리가 없다는 거지요.

　진나라 군사가 쳐들어오자, 새 임금에게 호감을 가지지 못한 백성들이 반란을 일으켜 장공을 내쫓고 말았습니다. 권력에만 눈이 어두워 있던 임금이었으니 정치를 제대로 했을 리가 없지요. 그런 임금을 위해 목숨 바쳐 싸울 까닭이 없다고 느낀 거지요.

　장공은 달아나 있을 곳이 마땅치 않자 서쪽에 있는 오랑캐 나라로 달아났습니다. 태자도 함께 갔습니다. 그러나 오랑캐 나라에서도 그들을 반기지 않았습니다. 그래서 두 사람 다 그들 손에 죽고 말았습니다.

　그리고 그 뒤를 이어 두 사람이 임금이 되었으나 한 사람은 제나라에 잡혀가고 한 사람은 대신에 의해 쫓겨나, 결국은 노나라로 달아났던 출공이 다시 들어와 임금이 되었습니다. 그러나 그 역시 대신들의 미움을 받아 다시 쫓겨나고 맙니다.

　정말 나라꼴이 말이 아니었지요. 관중이 말한 대로 예의염치 네 기둥을 임금이니, 대신이니 하는 사람들이 스스로 무너뜨렸으니 나라가 제대로 서 있을 리가 없지요. 먼눈으로 내다볼 때, 불속으로 뛰어드는 나방이나 권력에 눈이 어두워 예의염치를 생각할 겨를도 없이 덤벼드는 정상배들이나 조금도 다를 것이 없는 일이지요.”

### 殯於五父之衢

“이번에는 11장이 되겠군요. 사건 순서로는 앞서 이야기한 6장보다 먼저 있어야 할 내용입니다. 6장에서는 어머니를 아버지와 합장하고 무덤의 봉분을 넉자 높이로 했다는 것이었는데, 11장에서는 합장을 한 경위를 말하고 있습니다.

　소고(小孤)는 어려서 아버지를 여의었다는 말입니다. 그래서 아버지의 무덤을 알지 못했던 것입니다. 문제는 다음에 나오는 빈어

오보지구(殯於五父之衢)라는 것입니다. 어머니의 빈소를 집에다 만들지 않고 오보(五父)라는 성안의 큰 거리에 만들어 둔 것입니다.

이 문제를 놓고 사마천은 〈사기〉에서 이렇게 말하고 있습니다.

'… 공자가 태어나고 아버지는 곧 죽어 방산(防山)에 장사지냈다. 방산은 노나라 동쪽에 있다. 그래서 공자는 그 아버지 무덤이 어디에 있는지를 잘 알지 못했다. 그의 어머니가 말해 주지 않았던 것이다.'

어머니가 말해 주지 않았다는 뜻을 내포한 휘(諱)란 글자는 일부러 숨기고 말하지 않았다는 뜻입니다. 왜 그랬을까요?

이 문제를 놓고 뒤에 학자들 사이에 또 말이 많았습니다. '공자의 어머니가 떳떳하게 시집을 간 여자가 아니었기 때문에 남편의 장례에 참여하지 못했을 것이다. 그러니까 숨긴 것이 아니라 몰랐던 것이다' 라는 것이 대다수의 의견입니다.

명나라 때의 어느 학자는 공자가 사생아라는 이유로 야합(野合)이란 말과 공자 어머니가 남편의 무덤을 알지 못한 것을 들고 있습니다. 공자가 굳이 어머니를 아버지와 합장을 하려 한 것도 어머니의 그런 한을 풀어주기 위해서였을 것으로 짐작됩니다.

〈가어〉에는 이렇게 나와 있습니다.

'공자가 어머니가 죽은 뒤 아버지와 합장을 하려 하며 말했다. –옛날에는 합장을 하지 않았다. 먼저 죽은 사람의 모습을 차마 다시 볼 수 없었기 때문이다. 그러나 〈시경〉에서는 죽으면 구덩이를 같이한다(死則同穴) 했다. 주공(周公) 이후로 합장을 한 것이다. 그런데 위나라 사람의 합장은 사이를 떨어지게 하고, 노나라 사람의 합장은 붙게 했다. 나는 노나라의 아름다운 쪽을 따르겠다– 하고 마침내 방(防)에 합장을 했다….'

그리고 앞에서 말한 대로, 나는 떠돌아다니는 사람이므로 봉분을 해서 표나게 할 수밖에 없다 하고 넉 자 높이로 봉분을 한 것입니다.

그런데 그 때는 봉분을 하지 않는 시대였고, 아버지의 무덤이 있는 방산이 멀리 떨어진 곳이었으며, 벌써 20년의 세월이 흘렀으므로 무덤자리를 아는 사람이 과연 누구인지 물을 길조차 없었던 것입니다.

그러나 꼭 합장을 하고 말겠다는 집념에서 사람의 주목을 받기 위해 일부러 성안 큰거리에다 빈소를 차렸던 것으로들 알고 있습니다.

어떤 학자들은 이렇게 말하고 있습니다.

'이 오보에는 가난한 사람들의 편의를 위한 공설 빈소가 있어서 누구든 그 곳에 빈소를 차릴 수 있었으며, 장례를 전문으로 하는 상여꾼들도 대기하고 있었을 것이다. 그래서 공자가 특히 그 곳을 택했을 것이다.'

요즘으로 말하면 합동 영안실과 장의사같은 것이 있었다는 이야기지요.

아무튼 그렇게 해서 추만부(郰曼父)의 어머니에게 물어서 아버지의 무덤을 알게 된지라 합장을 할 수 있었다는 것입니다.

이 추만부를 〈사기〉에는 추인(郰人) 만부(輓父)로 적고 있습니다. 추고을에 사는 만부란 사람이란 뜻입니다. 만(輓)은 분명히 상여와 관련이 있는 글자이므로 만부는 상여꾼으로 보아 좋을 것입니다. 그러니까 공자 아버지의 장례 때 상여를 메고 갔던 직업적인 상여꾼을 말한 것이지요. 그의 어머니도 아마 그때 따라갔던가 아니면 그 아들에게서 있는 장소와 빗돌이나 무슨 표시가 있는 것을 들어서 알고 있었던 거겠지요. 여기에는 물었다고 했는데 〈사기〉에는 가르쳐 준 걸로 되어 있습니다. 아마 많은 상여꾼들에게 제자들이 일일이 물어보았을 것이며, 그 때 갔던 아무개의 어머니가 알고 있을 거라는 말을 듣고 물은 거겠지요.

그런데 여기에서 문제가 되는 것이 신(愼)이란 글자입니다. 〈사기〉 주석에는 글자 그대로 근신(謹愼)이란 뜻으로 풀이하고 있습니다. 〈사기〉에는 앞뒤에 다른 말이 있으므로 그것으로 됩니다. 그러나 여기에는 신(愼)이란 말 앞에 '다들 장사지낸 것으로 생각했는데…' 라는 말이 있고, 바로 뒤에 대개 빈소였다(蓋殯也)라는 말이 붙어 있지 않습니까? 그래서 신(愼)이란 글자를 인(引)과 같은 글자로 풀이하고 있습니다. 널에 매여 있는 끈을 인(引)이라고 한다 합니다. 그 끈을 보니 시신을 아직 빈소에 모시고 있는 것으로 보였다는 뜻이 되겠지요.

그런 것들이 크게 문제될 것은 없는 일입니다. 자랑스럽지 못한 일이라 굳이 기록에 남길 것도 없는 일인데, 남겨두었다는 것으로 보아 사실을 사실대로 기록에 남겨 후세사람에게 참고나 가르침이 되게 하려 한 옛 사람들의 순수한 마음을 읽을 수 있을 것 같습니다."

"공자의 아버지가 유명한 장군이었고 고을을 식읍으로 가지고 있었다면 장례식에 참가했던 사람도 많았을 것이며, 공자의 배다른 형이나 조카가 있었다면 그들을 통해서도 알 수 있지 않았을까요? 또 만일 공자가 사생아였다면 그 어머니를 아버지와 합장하게끔 내버려두지도 않았을 것 같은데, 그 당시는 무덤 같은 것에는 별로 관심도 없었던 것이 아닐까요? 공자만이 특히 합장을 하고 봉분을 하고 한 것으로 여겨지기도 합니다."

"그런 풀이도 가능하지요. 공자의 무덤이 제자들에 의해 남달리 만들어졌다 하여 사방에서 구경을 온 거라든가, 제자들이 옛날 법에 따라 만들었을 뿐이라고 대답한 것을 보면 여러 가지로 풀이될 수 있을 겁니다.

공자의 아버지는 유명한 장군이기는 했으나 실권을 잡은 귀족은 아니었습니다. 남다른 힘과 무술에 의해 살아 있는 동안만 식읍을 가지고 있었을 뿐, 그 아들이 다리병신이었으므로 그가 죽은 즉시 식읍은 다른 사람에게로 넘어갔던 겁니다. 대감집 말이 죽으면 문상을 가도 대감이 죽으면 문상을 가지 않는다는 속담이 있지 않습니까? 아마 그가 죽었을 때는 친한 친구 이외에는 장례식에 참가한 사람도 별로 없었겠지요. 공자의 사위 공야장(公冶長)의 무덤은 왕릉처럼 남아 있다는 기록이 있습니다. 그 당시는 힘이 있는 사람은 무덤을 크게 만든다는 것을 알 수 있습니다. 공자는 자신도 말했지만 젊어서는 천한 일을 맡아 하는 작은 벼슬아치에 지나지 않았습니다. 세도재상인 계씨의 식읍에서 창고지기와 목장지기로 있으면서 어머니도 편하게 모시기 어려운 객지생활을 하고 있었습니다.

결국 아버지의 옛 친구인 진(秦)장군의 도움으로 세도재상인 맹희자(孟僖子)를 만나게 되었고, 그 맹희자의 도움으로 원하는 책도 마음대로 볼 수 있었으며, 주(周)나라 도읍으로 가서 노자(老子)를 만나 많은 것을 배우게 되었던 것입니다.

공자의 제자 가운데 나이가 겨우 네 살 아래인 진상(秦商)이란 사람이 있는데, 이가 바로 진장군 근보(菫父)의 아들입니다. 공자가 어머님 상을 당했을 때는, 떳떳한 아버지의 후계자로 행세를 할 수 있는 처지였으므로 쫓겨난 큰 부인의 아들이요, 공자의 형인 맹피(孟皮)는 간섭하고 말고 할 무엇도 없었을 것입니다.”

공 세 자
恭世子

“다음은 공세자(恭世子)로 불리우는 진(晋)나라 헌공(獻公)의 아들 신생(申生)에 대한 이야기가 되겠습니다. 원문으로는 제16장이 되겠군요. 이 신생을 그 당시는 세상에 둘도 없는 효자라고 칭찬을 하곤 했습니다. 여기서는 그가 과연 참다운 효자가 될 수 있을 것인가 하는 것을 객관적으로 판단할 수 있게끔 사실만을 제시한 것이라 볼 수 있습니다. 다시 말해 참다운 효자는 될 수 없고 다만 아버지의 뜻에만 순종하려는 사람으로, 공세자란 이름 그대로 공손한 사람일 뿐이었다는 것을 말한 것으로 볼 수 있습니다.

별로 어려운 문장이 아니고 길기만 하니, 한번 풀어 읽어 보도록 하지요.”

‘진나라 헌공이 장차 그 세자 신생을 죽이려 하자, 공자(公子) 중이(重耳)가 그에게 말했다.

—그대는 어찌하여 그대의 억울함을 임금께 말하지 않는가? —

그러자 세자는 말했다.

—그럴 수는 없다. 임금께서는 여희(驪姬)에게서 편안함을 느끼고 계시다. 억울함을 말하는 것은 내가 임금의 마음을 상하게 하는 것이므로 그럴 수는 없다. —

—그렇다면 어찌하여 다른 나라로 가지 않는가? —

세자는 말했다.

—그럴 수는 없다. 임금께선 내가 임금을 죽이려 했다고 하신다. 천하에 아비 없는 나라가 어디에 있겠는가? 내가 어디로 갈 수 있겠는가? —

이렇게 말하고 세자는 사람을 시켜 호돌(狐突)에게 말했다.

—신생은 잘못을 저질렀습니다. 당신이 한 말을 생각지 못한 까닭으로 죽기에 이른 것입니다. 신생은 죽는 것을 감히 아까와하지 않습니다. 그러나 우리 임금은 늙고 아들은 어려서, 나라와 집에 어려움이 많습니다. 당신은 나와서 우리 임금을 도와주지 않으시렵니까? 당신이 나와서 우리 임금을 진정으로 도우신다면, 이 신생은 그것을 은혜로 받고 죽겠습니다. —

그리고 두번 절하고 머리를 조아린 다음 곧 죽고 말았다. 이

래서 시호를 공세자라 했다.'

"임금이 세자를 죽이려 한 것은 여기 나오는 여희란 여자와 깊은 관계가 있는 것 같은데 이 글이 담고 있는 배경과 경위가 어떤 것인지요? 여기 있는 것만으로는 옳고 그른 것을 전혀 알 수가 없을 것 같습니다."

"간단히 설명하지요."

"아마 유명한 이야기인 모양이니 자세히 듣고 싶습니다."

"소설을 꾸미고도 남을 복잡하고 미묘한 내용입니다. 절세미인이니 경국지색(傾國之色)이니 하고 말하는데, 바로 이 여희란 여자가 그런 여자였습니다.

그런데 이 이야기에 앞서 우리가 미리 염두에 둘 것은 여자 앞에서 남자가 얼마나 어리석은가? 하는 점과, 귀신이 통곡할 듯한 여자의 빈틈없는 음모가 결국은 자기 무덤을 파는 얕은 꾀에 지나지 않다는 것입니다. 다시 말해 남자나 여자나 좀더 먼 앞을 내다보는 지혜를 이 이야기를 통해 배워야 한다 그말입니다. 이제 그 이야기를 시작 하지요.

진헌공은 원래는 착한 임금이었습니다. 여융(驪戎)이란 오랑캐를 무찌르고 그 딸 둘을 데리고 돌아와 후궁을 삼았는데 큰딸이 여희였습니다. 여희는 얼굴만 미인이었던 것이 아니라, 남자의 마음을 사로잡는 힘을 지닌 여우 같은 여자였습니다. 헌공은 그녀와 사랑에 빠져 그녀를 왕비로 삼았습니다. 원수의 딸과, 아비를 죽인 원수가 부부가 된 거지요. 그러나 여희는 아비의 원수를 갚겠다는 생각은 없었습니다. 왕비가 되었으니 자기가 낳은 자식으로 임금의 뒤를 잇게 하여 평생토록 부귀영화를 누리겠다는 그 생각 뿐이었습니다.

그래서 먼저 간신들을 자기 당파로 끌어들인 다음 안팎에서 임금을 멍청이로 만들고 맙니다. 임금이 처음엔 의심을 했다가도 가까운 신하들을 통해 알아보면 그것이 틀림없는 사실로 밝혀지곤 하므로 여희를 현명한 여자로 알게 된 거지요. 해방 후의 우리나라에도 권력 뒤에는 늘 여자가 날개를 치고 다닌 일이 있습니다. 그를 뒷받침한 사람들이 최고권력자의 손발이 된 남자들이 아닙니까? 이른바 사람의 장막에 둘러싸여 꼭두각시 노릇을 하게 된 거지요.

영웅이니, 호걸이니 하는 사람들도 늙으면 다 그렇게 되고 맙니다. 이 헌공이 그렇고, 저 유명한 당나라 현종이 그러했고, 조선시대 때 영종같은 훌륭한 임금도 늙은 뒤 자기 아들을 죽이지 않았습니까? 늙으면 아이들처럼 떠받드는 것만을 좋아하기 때문에 사람의 장막 속으로 스스로 빠져들고 맙니다.

왕비가 된 여희는 어린 아들을 세자로 앉힐 음모를 가슴에 품고, 먼저 지금의 세자를 해치울 계획을 꾸몄습니다.

그래서 임금이 술이 기분좋게 올라 있을 때, 여희는 촛불 앞에서 억지로 슬픔을 참는 듯 어깨를 들먹이며 흐느꼈습니다. 뛰어난 연극솜씨를 보인 거지요.

헌공이 놀라 까닭을 물을 수밖에요. 그러자 여희는,

'백 년 뒤 임금께서 세상을 버리셨을 때, 첩의 모자는 과연 누구를 의지하고 살아야 할지, 문득 그런 생각이 들어 그만……'

하는 것이었습니다. 그리고는 한결 더 흐느꼈습니다. 늙은 헌공으로서야 위로할 말이 무엇이 있겠습니까?

'태자 신생은 세상이 다 아는 효자다. 내가 죽고 없더라도 너를 친어미처럼 대할 것이며 네가 낳은 자식을 친동생처럼 사랑해 줄 것이다.'

하고 달랬습니다.

자식을 아비 만큼 아는 사람이 없다고 했습니다. 여희가 가만히만 있었으면 헌공이 말한 것처럼 신생은 그렇게 하고도 남을 사람이었습니다.

　여희는 임금이 그런 말을 할 것을 미리 알고 있었습니다. 임금의 말이 채 끝나지 않아, 울음을 뚝 그치고 이렇게 말했습니다.

　'그럼 그 태자를 불러 저와 가까이 사귈 수 있게 해 주십시오. 그래서 뒷날을 부탁하고 의지하며 지내고 싶습니다.'

　'그야 어렵지 않지, 그거 좋은 생각이야.'

하고 옛 도읍인 곡옥(曲沃)을 지키고 있는 태자 신생을 불러들였습니다.

　신생은 여희를 친어머니 대하듯 깍듯이 위하며 도리어 고마워하고 있었습니다.

　그런데 그날 밤 여희의 모험적인 연극이 다시 벌어지기 시작했습니다. 임금의 술상 앞에서 또 특유의 흐느낌을 보인 거지요. 헌공이 태자와 만나본 소감을 묻자 대답 대신으로 그랬겠지요.

　놀란 헌공은 까닭을 물을 수밖에요. 그런데 여희는 뜸을 들이면서 대답을 않는 겁니다. 헌공이 화를 내며 당장 무슨 조치를 취할 듯한 태도를 보이자 그제야 마지 못한 듯이 입을 열었습니다.

　'제가 말을 해도 임금께서 믿으실 리가 없으므로 감히……'

　'믿고 안 믿는 것은 내게 맡기고 어서 사실대로만 말해라.'

　'저는 태자가 그렇게 나올 줄은 정말 꿈에도 생각지 못했습니다.'

　'모욕이라도 주었단 말이냐?'

　'모욕인들 어찌 그런 모욕이 있을 수 있겠습니까?'

　'허허! 답답하구나! 어서 말을 하래두?'

　'제가 뒷날을 잘 부탁한다며 술을 권하자 자꾸만 제 얼굴을 바라보겠지요.'

　'그래서?'

　'술이 얼근해지자 이런 말을 하지 않겠어요?'

‘무슨 말을?’

여희는 잠시 뜸을 들인 다음,

‘아버지가 살면 얼마나 더 사시겠는가? 그 때는 내가 대신 너를 사랑해 줄 것이다. 네가 갈 곳은 나밖에 더 있느냐? 그리고는 저의 손목을 잡고 끌어당기는 것이었습니다. 손을 뿌리치며 소리치겠다고 하자 그제야 손목을 놓았습니다……’

그리고는 또 어깨를 들먹이며 한참을 울고 났더니 빨리 자기를 죽게 해 달라는 것이었습니다.

그러나 신생의 사람됨을 아는 헌공으서로는 여희의 말이 믿어지지 않았습니다.

‘설마 그럴 리가? 신생이 아무려면 그렇게까지야?……’

하고 여희를 의심하는 태도를 보였습니다. 그러나 여희는 이미 거기까지 내다보고 계획을 짜 두었던 것입니다.

‘못 미더우시면 내일 직접 보시기 바랍니다. 저는 한번쯤 용서하고 덮어두려 했었는데, 임금께서 저를 의심하시는 이상 참고만 있을 수는 없습니다.’

‘무얼 어떻게 직접 본단 말이냐? 문틈으로라도 들여다보란 말이냐?’

‘내일 제가 후원에 술자리를 만들고 다시 태자를 초청하겠습니다. 임금께선 후원 다락 위에서 구슬발을 내리고 보고 계시기 바랍니다. 그러면 저에 대한 태자의 태도가 어떠한지를 직접 보실 수 있을 것입니다.’

‘그러지, 그야 어렵잖지.’

헌공도 약간 화가 나 있었습니다. 신생을 믿고 있었던 거지요.

때는 복사꽃이 만발해 있는 늦은 봄이었습니다. 술자리로 나와 몇 잔의 술을 마신 태자는 여희가 청하는 대로 꽃밭 사이로 여희 옆을 모시듯 하며 거닐기 시작했습니다.

그러자 꽃에 있던 벌들이 갑자기 내려와 여희의 머리로 달라붙기 시작했습니다.

'태자! 이 벌들을 좀 쫓아 주어요!'

순진하기만 한 태자는 그것이 함정인 줄도 모르고 손을 저어 벌을 쫓기 시작했습니다. 여희는 벌을 피하는 듯이 하며 소리치고 달아나기 시작했습니다. 태자는 부지런히 뒤를 따르면서 소맷자락으로 벌을 쫓고 있었습니다.

멀리서 발 사이로 그 광경을 바라보는 임금의 심경이 어떠했을까는 짐작이 가고도 남을 일입니다. 어젯밤 들은 이야기가 머릿속을 꽉 채우고 있던 참에 그만 두눈이 뒤집힐 지경이었지요. 꽃밭 사이로 들어서는 순간 음탕한 마음이 치솟으며 여희의 머리를 쓰다듬으려 하자 여희는 소리를 치며 달아나기 시작했고, 태자는 놓치지 않으려고 뒤를 쫓고 있는 것으로 보였던 것입니다.

남을 도둑으로 의심하면 발뒤꿈치까지 도둑의 발뒤꿈치처럼 보인다는 말이 〈열자〉란 책에 나와 있습니다. 이미 여희에게 들은 이야기가 있으므로 달리 생각해 볼 겨를이 없는 거지요."

"그런데 의문이 있습니다."

"어떻게 벌이 모여들 수 있었느냐 하는 거겠지요."

"그렇습니다."

"어떤 방법을 썼을 것 같습니까?"

"기름 대신 꿀을 바르고 나온 것이 아닐까요?"

"바로 그거였어요. 여희는 거기까지 미리 계획을 짜 두고 태자를 불러달라고 했던 것입니다. 얼마나 무서운 일입니까? 철의 장막이니, 죽의 장막이니 하는 말이 있지만 가장 무서운 것이 사람의 장막입니다."

"그래 어찌 되었나요? 그래서 신생을 죽이게 한 건가요?"

"헌공은 당장 그날로 태자를 죽이려 했습니다. 치정보다 더 무서운 감정이 있겠습니까? 그러나 여희가 이를 말렸습니다.

'아니되옵니다. 임금 혼자만이 보신 일을 가지고 태자에게 중벌을 내리시게 되면 세상은 모두 임금을 의심하게 되옵니다. 조정에는 태자를 따르는 신하들이 많습니다. 이번 일은 없었던 것으로 하셔야 합니다.'

여희는 여기까지도 미리 각본을 써 두고 있었던 겁니다."

"다음은 어떤 음모였나요?"

"그리고 여름이 지나고 가을이 돌아왔습니다. 가을이 되면 임금은 사냥을 나가게 되어 있습니다. 여희는 그 기회를 이용할 음모까지 짜두고 있었던 거지요.

임금이 사냥을 떠나자 여희는 곧 사람을 태자에게로 보내 이런 말을 전했습니다.

'간밤에 태자의 어머님이 나타나 제사를 지내달라고 했어요. 복을 주실 모양이니 태자께서 어머님의 제사를 지내도록 하시오.'

태자의 어머니는 천한 후궁이었으므로, 나라의 제사를 받지 못했습니다. 그것까지 다 생각에 두고 연극을 꾸민 거지요.

태자는 시킨 대로 제사를 지냈습니다. 지내고도 싶었겠지요. 그런데 제사를 지냈으니 제사 음식을 보내올 것 아닙니까? 여희는 그걸 노리고 있었던 겁니다.

그 음식에다 독약을 넣어두고 그것을 증거로 태자를 세상이 다 알게 죽이려 한 거지요.

그런데 여희의 계획에 차질이 생겼습니다. 임금이 예정한 날짜보다 열흘이나 늦게 돌아온 겁니다.

열흘 가까이 늦게 돌아온 헌공 앞에 제사 음식을 차려낸 다음 여희는 그것이 태자가 어머니 제사를 지내고 보내온 것임을 밝히고, 임금이 잔을 들어 술을 따르라고 하자,

'아니 되옵니다. 밖에서 들어온 음식은 먼저 시험을 한 뒤에 드

  서야 하옵니다.'
하고는 술병의 술을 땅바닥에 부어보라 시켰습니다. 독이 든 술은
과연 그런 것인지, 책에는 땅이 부글부글 끓어 올랐다고 했습니
다.

  여희는 못 믿겠다는 듯이 고기를 집어 개에게 던져주었습니다.
개는 먹기가 무섭게 죽고 말았습니다. 잔인한 여희는 어린 내시에
게 술을 마셔보라고 했습니다. 어린 내시가 말을 듣지 않자 여희
는 내시의 귀를 잡고 귀에다 술을 부었습니다. 그러니 죽을 수밖
에요.

  그제야 뜰아래로 버선발로 뛰어내려가 하늘을 우러러보고 태자
를 원망하며 자기 신세를 한탄한 다음,

  '이 모두가 이 천한 계집 때문이니, 내가 어서 죽고 말리라!'
하며 남은 술을 마시려 했습니다.

  하늘이 정말 굽어보고 계신 줄 알면 그러지는 않았겠지요? 그
러나 믿는 사람 이상으로 그 하늘을 연극효과에 이용하고 있는 겁
니다.

  그 때까지 넋이 나간 듯이 앉아 있던 헌공은 여희가 마시려는
술병을 앗아 던지고는, 여기 나와있는 대로 아비를 죽이려 했다는
죄를 물어 신생에게 자살을 명령한 것입니다."
"아까 계획에 차질이 생겼다고 하셨는데 어떤 것이었는지요?"
"신하들 가운데 과학적인 생각을 가진 사람이 있었던 겁니다. 독
이 든 음식이 궁중에 들어온 지 열흘이 되었으면 술도 고기도 떡
도 모두 빛깔이 변해 있었을 터인데, 그것을 임금이 몰랐을 리가
없다는 것입니다. 그것을 임금이 모르고 있었다면, 독약은 궁중에
들어온 뒤에 넣어진 것이 틀림없다고 주장하는 사람이 있었던 겁
니다.

  요즘 말로 과학적인 수사를 했더라면 범인은 바로 여희였다는

것이 밝혀지고 말았을 것입니다. 차질이란 그것을 두고 한 말입니다.”

“그런데 어떻게……?”

“사람의 장막에 가려져 그런 의견이 임금의 귀로 들어갈 수 없었던 거지요. 두원관(杜原款)이란 태자의 스승이 태자에게 그것을 말하라고 권했지만 태자가 듣지 않았던 겁니다. 그게 바로 여기 말한 ‘임금이 여희에게 마음의 편안을 느끼고 계시므로 그것을 밝혀 여희를 죽게 만들 경우, 임금의 마음이 크게 상할 것이니 차라리 내가 죄를 인정하고 죽는 것이 낫다.’하고 죽은 것이 됩니다.”

“아까 귀신이 통곡할 치밀한 계획도 먼 눈으로 보았을 때 결국 제 무덤을 판 것이 된다고 하셨는데, 그 결과가 어찌 되었는지 궁금합니다.”

“악한 사람은 착한 사람의 착한 마음을 이용하는 것이 보통입니다. 여희도 신생의 착한 점을 이용했던 거지요.

그러나 신생 하나만 없앤다고 모든 일이 뜻대로 될 리가 없지 않습니까?

공자 중이와 공자 이오(夷吾)가 태자의 물망에 오를 것이 뻔했던 겁니다. 그래서 여희는 간신들을 움직여 그 둘을 변방으로 나가 국경을 지키게 했습니다. 그리고 신생이 죽은 뒤 그들 둘을 없애기 위해 자객을 보냈습니다.

그러나 두 사람은 이를 미리 알고 망명을 하게 됩니다. 그리하여 여희는 열 살밖에 안된 자신의 아들을 태자로 앉히는 데 일단 성공을 하게 됩니다. 그러나 임금이 죽은 그날로 죽은 태자의 작은스승이었던 이극(里克)의 반란에 의해 여희와 그의 아들이 다 죽고 맙니다. 그것이 바로 영화의 환상 속에 숨어 있는 무덤이었던 거지요.”

“그래 결과가 어떻게 되었나요?”

"공자 이오가 들어와 혜공(惠公)이 되고, 임금이 된 혜공은 공자 중이를 죽이려고 또 자객을 보냅니다. 권력을 위한 배다른 형제끼리의 추잡한 싸움이지요. 그래서 공자 중이는 12년 동안 망명생활을 하던 끝에 혜공이 죽자 그 뒤를 이어 임금이 됩니다. 이 사람이 유명한 5패의 한 사람인 진문공(晉文公)입니다. 그에 대한 이야기는 다음 기회에 하기로 하지요."

## 朝祥而暮歌

"17장이 되겠는데, 노나라의 어떤 사람이 아침에 탈상을 하고 저녁에 노래를 부르자 자로가 웃었다는 이야기입니다. 상주는 노래를 부르지 않는다는 예를 지키느라 무던히도 힘이 들었던 모양이지요. 상주노릇을 옛날 예법대로 하기가 얼마나 힘든 것이었나를 잘 나타낸 이야기라 할 수 있습니다.

그러자 공자는 웃는 자로를 보고 말했습니다.

'너는 남을 꾸짖기만을 좋아하는구나. 3년 동안 참은 것도 장하지 않느냐?'

그리고 자로가 나가자 공자는 이렇게 말했습니다.

'앞으로 노래를 얼마든지 할 수 있을 텐데, 이왕이면 탈상한 그 달이나 지난 뒤에 노래를 했더라면 더욱 좋았을 것을…'

공자도 속으로는 자로처럼 우습기도 했을 것입니다. 그리고 그런 사람을 위해서는 3년상이 너무 길구나 하는 생각도 들었을 것입니다. 얼마나 노래가 부르고 싶었으면 그랬을까 하는 생각도 들었을 것입니다.

공자 당시에도 3년상 대신 1년상을 입기도 했고, 상을 입지 않는 사람도 많았습니다.

뒤에 그런 이야기가 나옵니다만, 옛날부터 내려온 예법이니 풍속이니 하는 것은, 후한 쪽을 따라야 한다는 것이 공자의 생각이 었습니다. 예는 지나치는 것도 옳지 않지만, 편한 대로만 따르게 되면 민심이 점점 각박하게 변한다는 것이 공자의 생각이었습니 다.

〈논어〉에 보면 재아(宰我)라는 제자가 공자에게 이런 말을 했습 니다.

'3년상이란 말도 안 됩니다. 백성을 지도할 위치에 있는 사람이 3년이나 예절도 밝히지 않고 음악도 돌보지 않는다면, 소중한 예법이니 음악이니 하는 것이 다 무너져 없어지고 말 것 아닙니 까? 1년도 너무 긴 편입니다. 많아도 1년 정도로 끝내는 것이 좋을 것 같습니다.'

그러자 공자는 이렇게 물었습니다.

'쌀밥 먹고 비단옷 입는 것이 너는 마음에 편안하냐?'

'편안합니다.'

'네 마음에 편하면 그대로 하는 것이 좋겠지. 어진 사람은 부모 를 잃었을 때 기름진 음식이 비위에 맞지 않고, 음악을 들어도 즐겁지가 않고, 편안하게 지내는 것이 불편하기 때문에 밥 대신 죽을 먹고, 음악을 듣지 않고, 편안한 생활을 하지 않는 것이 다. 그렇지 않은 사람에게까지 억지로 그렇게 시킬 거야 없는 일이기도 하지. 너는 편안하면 편안한 대로 하려므나.'

물론 심한 꾸중임에는 틀림이 없으나, 억지로 3년상을 입어야 한다는 이론적 근거는 말하기 어려웠던 것입니다.

말 잘하는 재아는 죽은 부모 생각보다는 산 백성들에 대한 의무 를 더 소중히 여겨야 한다는 것에, 상을 오래 입어서는 안 된다는 이론적 근거를 두고 있는 것입니다.

공자는 그 재아와 이론적 시비를 가릴 수는 없었던 것입니다. 그리고 재아가 밖으로 나가자 남아 있는 제자들을 보고 이렇게 말했습니다.

'재아가 저토록 어질지 못할 줄이야? 자식이 태어나면 3년이 지나야만 부모의 품을 벗어날 수 있다. 그래서 3년상 제도가 생긴 것이다. 재아도 부모의 사랑을 3년은 받았을 것 아닌가?'

3년이니, 1년이니 하는 것은 제도의 문제에 앞서 인정의 문제란 것을 말한 것입니다. 현실에 맞게끔 제도니, 예법이니 하는 것을 뜯어 고치고 싶어 하는 재아의 마음가짐을 시류(時流)에 편승하는 경솔한 것으로 보았기 때문입니다.

이론적으로는 재아에게 몰린 공자가, 그런 형식적인 이론보다 더 중요한 것이 인간의 정이란 것을 다른 제자들에게 일깨운 것이라 볼 수 있습니다.

여기서도 비웃는 자로를 나무라고 나서도, '이왕 3년도 참아왔으니 다만 며칠이라도 지난 다음 실컷 노래를 불러도 되었을 것을, 성급하게 남의 웃음을 살 일을 했단 말인가' 하는 아쉬운 생각이 들었던 것입니다.

그런 공자가 초상집에 가서 노래를 부른 자상백자(子桑伯子)를 좋게 본 일까지 있었으니, 성인의 숨은 뜻은 알기 어려운 것이라 할 수 있습니다.

그러나 생활이 복잡해진 뒷날에는 이름만 3년이지, 상주노릇은 하지 않았습니다. 상주노릇을 옛날 법대로 하는 것을 집상(執喪)이라 했습니다. 벼슬도 버리고, 일도 하지 않고, 상청(喪廳)을 지키고 있는 것을 말합니다. 그래서 옛날에는 예불하어서인(禮不下於庶人)이라 했습니다. 일반대중은 예를 지킬 수 없다는 뜻입니다.

그래서 소상이니, 대상이니 해서 흉내만을 내게 되었던 것이지요. 결국 허례허식으로 전해 오다가 없어진 것입니다.

사지유뢰　자차시야
士之有誄, 自此始也

"다음은 18장이 되겠습니다. 맨 끝에 있는 사지유뢰 자차시야(士之有誄, 自此始也)라는 여덟 글자에 뜻이 들어 있는 것입니다. 뢰(誄)는 시호(諡號)를 말합니다. 사(士)는 선비란 뜻으로 보통 쓰이지만, 여기서는 대부(大夫)의 아래인 사(士)란 계급을 말한 것입니다. 대부 이상인 사람에게만 시호를 주게 되어 있었는데, 노나라 장공(莊公)이 전통을 깬 것에 대해 그 까닭을 밝히고, 그것이 옳은 일인지 아닌지를 판단할 자료로 남긴 것이라 볼 수 있습니다.

사(士)로써 시호를 갖게 된 것이 이로부터 비롯되었다는 그 내용을 살펴보기로 하지요.

노나라 장공이 송나라와 승구(乘丘)란 곳에서 싸우게 되었습니다. 이 장공은 활을 잘 쏘기로 유명했습니다. 싸워서 이긴 적은 별로 없지만 싸움을 즐긴 편입니다. 마음은 착한 편이어서 아버지를 죽였다는 소문이 나 있는 행실이 좋지 못한 어머니 문강(文姜)에게 평생을 쥐여지내다시피 한 사람입니다.

임금이 직접 전투에 참가하는 일은 흔치 않았는데, 장공은 활솜씨만을 믿고 자주 전투에 참가했던 모양입니다. 이때 현분보(縣賁父)란 사람은 임금이 탄 수레를 몰고 있었고, 복국(卜國)이란 사람은 임금의 오른쪽에서 임금을 호위하고 있었습니다. 임금과 같은 수레에 타고 있는 것을 참승(驂乘)이라 하는데 오른쪽에 참승을 하고 있던 것이죠. 오른쪽이 되었다는 위우(爲右)는 그것을 말한 것입니다.

그런데 말이 갑자기 놀라 정신없이 내닫는 바람에 크게 패하고 말았습니다. 패적(敗績)은 크게 무너졌다는 뜻이니 참패를 당한 것이지요. 말을 멈추게 할 수 없어 임금이 수레에서 떨어지기까지 했습니다. 그러자 만일에 대비해 빈수레를 몰고 따르던 좌거(佐車)의 마부가 끈을 내려주어 잡고 좌거에 올라타게 했습니다.

　이때 장공은 말을 제대로 몰지 못해 그런 줄로만 알고,

　'복국이란 놈, 형편없는 놈이로군!'

하고 꾸짖었습니다.

이 말을 들은 현분보는,

　'전일에는 싸움에 패한 일이 없었는데, 오늘 이렇게 참패한 것
　은 우리가 용맹이 없기 때문이다.'

하고 복국과 함께 적진으로 들어가 싸워 죽고 말았습니다. 책임을 모면하지 못하고 이래저래 죽을 것을 알고 싸우다 죽은 거겠지요.

　싸움이 끝난 뒤 마굿간지기가 말을 목욕시켰습니다. 그 때서야 말이 놀란 까닭을 알게 되었습니다. 우연히 날아온 화살이 말 사타구니에 꽂혀 있던 것입니다. 백육(白肉)은 사타구니 사이의 흰 살을 말한 것입니다. 그러니 말이 놀라 뛸 수밖에요. 그런 것도 모르고 장공은 말을 모는 복국을 멍청하다고 꾸짖은 것입니다. 그래서 장공은 양심의 가책을 느끼고 이렇게 말했습니다.

　'이제 보니 그의 죄가 아니었구나.'

　결국 자기의 그 말 한마디로 현분보와 복국을 죽게 만든 것이나 다름없는 일이므로, 원래 마음이 약하고 고운 장공은 무척 뉘우쳤겠지요? 결국 그 죄책감에서 그 때까지 사(土) 계급에게는 줄 수 없게 되어 있던 시호를 내리게 되었다는 것입니다.

　요즘으로 말하면 2계급 특진을 시킨 것이 되겠지요. 결국 죽은 뒤에 시호를 내리고 계급을 올리고 하는 것은, 책임자의 책임회피나 다를 것이 없다는 뜻으로 남긴 기록이라 볼 수도 있을 것 같습니다.

　또 제도에서 벗어난 특례란 것이 권력층의 사사로운 감정에 의해 생겨나는 것을 경계한 것이라고 볼 수도 있습니다. 우리나라에

124

도 무더기 훈장으로 말썽이 된 일이 있었지요? 예나 지금이나 다를 것이 없지요.”

“아까 장공의 어머니가 남편을 죽이고 행실이 옳지 못했으며 장공이 평생 쥐여 지냈다고 하셨는데 어떤 내용인지 듣고 싶습니다.”

“장공의 어머니 문강은 제나라 희공(僖公)의 딸이었습니다. 제나라는 태산을 옆에 끼고 있기 때문인지 미인이 많았습니다. 춘추시대에 궁중의 추문을 남긴 여주인공들은 열에 아홉은 제나라 딸이었습니다. 문강도 그렇고 그 언니들도 다 그러했습니다. 뿐만 아니라 그 고모들이나 왕고모들도 대개는 그랬습니다. 물론 그 가운데는 장강(莊姜)이니 제강(齊姜)이니 하는 현숙한 부인도 없지는 않았습니다.”

“모두 밑에 강(姜)이 붙는 이유는 제나라 성이 강이었기 때문인가요?”

“그렇지요. 강태공의 자손이니까.…… 그 문강이 절세미인에 가까왔습니다. 그런데 배다른 오빠인 세자 저아(諸兒)가 또한 절세미남이었습니다.

희공은 소패(小覇)로 불리울 만큼 현명한 임금이었는데 대외적인 활동만이 두드러졌을 뿐, 궁중의 법도에는 소홀했던 것 같습니다. 미남 미녀인 두 배다른 오누이는 어릴 때부터 다정하게 지냈는데 결국은 부모 모르게 사랑을 속삭이게 되었고, 타고난 음탕한 성격으로 넘어서는 안 될 경계선을 넘고 말았습니다.

그런데 한번은 문강이 병이 나서 누워 있는데, 오래 만나지 못한 세자 저아가 문병을 가서 단 둘이 있다가 마침 딸의 병세를 보기 위해 들어온 아버지 희공에게 들키고 말았습니다.

그뒤 아버지의 엄명으로 두 사람은 다시는 만나지 못하게 되었습니다. 그리고 희공은 서둘러 딸 문강을 장공의 아버지인 환공에게로 시집보내고 말았습니다.

　　그리고 20년이란 세월이 흘렀습니다. 노나라 환공은 제나라로 친선방문을 하게 되었습니다. 이때 문강은 시집오기 전 세자와 굳게 약속한 일이 문득 떠올라 지금은 제나라 임금이 된 오빠를 만나야겠다는 결심을 하고 남편을 조르기 시작했습니다. 자기도 같이 가겠다는 거였지요.

　　신하들의 반대를 물리치고 환공은 아내의 청을 받아들였습니다. 명분은 근친을 간다는 것이었습니다. 근친은 부모가 살아 있을 때만 할 수 있는 것이므로 이유가 될 수 없었지요. 신하들도 그 이유를 들어 반대했지만 사실은 문강의 과거를 알고 있기 때문이었습니다.

　　결국 동부인해서 제나라를 방문하게 되었는데, 남의 나라에 온 몸이고 보니 환공은 제나라 임금 양공(襄公)의 손아귀에 든 꼴이 되고 말았습니다.

　　그런데 양공의 부인을 비롯해 옛날 정답게 지내던 궁녀들과 잠시 인사를 나누고 돌아오겠다고 약속하고 들어간 문강이 그날 밤 내내 돌아오지 않고 말았습니다. 양공이 미리 밀실을 만들어 두고 문강과 둘이서 그날 밤을 보낸 것입니다. 원래는 밤이 깊기 전에 돌아올 생각이었지만, 일단 만나 정을 나누다 보니 차마 떨어지기가 싫었던 거지요.

　　그날 밤을 뜬눈으로 보내며 초조한 마음을 가눌 길이 없어 방안을 혼자 서성거리던 환공은 이른 새벽, 따라온 내시와 궁녀를 시켜 궁안으로 들어가 문강의 소식을 알아오게 했습니다.

　　밤이 늦도록 즐기다가 잠이 든 양공과 문강은 해가 중천에 떠오른 것도 모르고 잠에 빠져 있었습니다.

　　잠이 깬 뒤에야 비로소 큰일을 저지르고 만 것을 알았지만, 양공이고 문강이고 이미 엎지른 물이 되었으니 도리가 없는 일이지요.

늦게 돌아온 문강을 추궁하기 시작한 환공은 구차한 변명을 늘어놓는 문강에게 해서는 안 될 소리까지 하고 말았습니다. 치정(痴情)의 치는 천치바보란 뜻이 아닙니까? 남녀의 애정이란 사람을 천치바보로 만드는 것입니다.

적당한 변명만을 듣고 일단 덮어 두었다가 돌아가서 죄를 물었으면 큰일은 벌어지지 않았을 텐데, 걷잡을 수 없는 치정으로 그만,

‘너의 오빠와 밀실에서 밤을 지낸 것을 다 알고 있는데, 끝내 나를 속일 작정이냐?’

하고 분통을 터뜨리고 만 것입니다.

순간 걷잡을 수 없는 수치감에 얼굴이 발갛게 변한 문강은 재치 있게,

‘너무도 억울하옵니다.’

하고 얼굴을 가리고 흐느껴 울었지만 양심만은 어쩔 수 없어 죄를 승복한 꼴이 되고 말았습니다.

문강은 노나라로 돌아가면 죽거나, 아니면 평생을 찬방에 갇혀 있어야 한다는 것을 알게 되었습니다. 그리하여 사실이 드러나고 말았으니 선처를 바란다는 내용의 편지를 양공에게 전달하게 됩니다.

양공은 문강을 위해서라기보다 자신의 국제적인 망신을 모면하기 위해서라도 환공을 없애야겠다는 결심을 하게 됩니다.

한편 환공은 예정된 방문기간을 채우지 못한 채, 그날로 당장 떠난다는 것을 양공에게 통고했습니다.

양공은 성밖에 있는 우산(牛山) 별궁에서 작별인사를 겸한 잔치를 베풀고, 계획적으로 신하들을 시켜 차례로 술잔을 권하게 했습니다. 기뻐도 한 잔, 슬퍼도 한 잔이란 말이 있지만, 화가 치밀었을 때는 폭음하는 것이 보통입니다. 환공은 분한 마음을 달래기

위해 주는 대로 술을 받아 마신 끝에 인사불성이 되어 자리에 쓰러지고 말았습니다.

양공은 공자 팽생(彭生)을 시켜 노나라 임금을 수레에 태우고 객관으로 모시고 돌아가라 일렀습니다.

이 팽생은 천하장사로 불리우는 용장으로, 양공의 부탁을 미리 받고 있었습니다. 그리하여 환공을 수레에 태우고 돌아가는 동안 두 손으로 환공의 옆갈비뼈를 눌러 피를 토하고 죽게 만듭니다.

문강은 남편의 시체와 함께 시집으로 돌아갈 면목이 없다는 핑계로 제나라와 노나라 국경에 머물게 되었습니다. 아들 장공은 차라리 잘 되었다는 생각에서 그 곳에 별장을 지어 살게 했습니다.

문강은 그곳에 머물러 있으면서 그 뒤에도 양공과 불륜의 관계를 계속해 오다가, 나중에는 부끄러운 것도 모르고 같은 수레를 타고 제나라 도성으로 들어와 양공과 같이 지낸 일도 있었습니다. 천자의 딸인 양공의 부인이 홧병으로 죽고 없었기 때문이지요. 그같은 양공과 문강의 철면피한 행동을 풍자한 시가 〈시경〉에 실려 있습니다. 그 당시의 집권층들의 풍기가 얼마나 문란해 있었는지를 짐작케 하는 일입니다."

"장공이 평생을 어머니 문강에게 쥐여 지냈다는 것은 어떤 내용들입니까?"

"장공은 이따금 국경에 머물러 있는 문강을 문안하곤 했는데, 거기서 양공과 만난 일이 있습니다. 장공은 아비를 죽인 원수와 자리를 함께 한 것도 될 수 있고, 어머니의 정부(情夫)를 만난 것도 될 수 있지요.

그런데 그 자리에서 문강은 아들 장공에게 양공의 딸을 부인으로 맞이하라는 명령을 하게 됩니다. 양공의 딸은 이제 세 살밖에 되지 않았습니다. 장공이 나이를 이유로 거절하자 10년 후나, 15년 후에 혼인하면 되지 않느냐며 강요를 합니다. 그래서 승낙을 하고 양공과는 그 자리에서 장인과 사위의 관계를 맺게 됩니다.

 이를 보면 문강이 얼마나 억센 여자였는지를 알 수 있습니다. 양공과 장공은 다같이 그녀의 마음을 거스르기가 싫어 예예 하고 따를 뿐이었습니다. 문강은 남자들의 그런 모습에 어떤 쾌감같은 것을 느꼈을지도 모르지요.

 그리고 나중에는 노나라로 돌아와 대비의 행세를 하며 뒤에서 임금을 조종하곤 했습니다. 그래서 노나라 임금을 움직이려면 문강을 먼저 움직여야만 했습니다.”

“양공의 딸과는 그뒤 혼인을 했던가요?”

“15년인가 지난 뒤에 혼인을 했지요. 사람들은 그녀를 애강(哀姜)이라 불렀습니다. 후궁에서 난 공자들의 내란으로 그녀가 이곳 저곳 쫓겨다니다 슬픔을 안고 친정으로 돌아갔다 하여 붙인 이름이지요”

“환공이 제나라 임금에 의해 죽은 것은 끝내 밝히지 못하고 말았던가요?”

“노나라에서는 강경파와 온건파가 엇갈린 주장을 하고 있었습니다. 강경파는 당장 군대를 일으켜 제나라를 치자는 거였지요. 그러나 그것은 생각일 뿐 싸워서 지고 말 것이 뻔한 일이었습니다. 그래서 힘이 없는 명분만의 싸움은 부끄러운 결과만 가져올 뿐이니 덮어두자는 것이 온건파의 주장이었습니다. 정치란 언제나 명분과 힘의 싸움이 아닙니까? 종로에서 뺨 맞고 한강에 가서 눈을 부라린다는 것도, 결국은 개인적인 명분과 힘의 갈등을 말한 것이 아니겠어요?

 병자호란 때 현실파인 주화파에서 항복하자는 글을 써서 올리자, 명분파인 척화파는 그 글을 찢고 말았습니다. 그것을 지천(遲川) 최명길(崔鳴吉)이 도로 주워 모았다 하지 않습니까? 그러면서,

‘찢는 사람도 없어서는 안 되고, 줍는 사람도 없어서는 안 된
다’

고 평했다는 유명한 말이 전해지고 있지 않습니까? 그게 바로 정
치란 거지요.

결국 시백(施伯)이라는 유명한 모사가 절충안을 내놓았습니다.
전쟁은 피하고 나라의 체면만은 살리자는 것이었습니다. 즉 평생
의 책임을 물어 처형하게 하자는 것이었어요.

평생은 원래는 벼슬을 올려 주겠다는 양공의 약속을 받고 환공
을 죽였던 것인데, 결과는 과실치사의 책임으로 죽음을 당하고 말
았습니다. 그것이 범죄사회의 공통된 현상이요, 법칙이 아닐까요?
청부살인처럼 비겁하고 어리석은 일은 없지요.”

<sup>반 석 미 안 이 몰</sup>
# 反席未安而沒

“다음은 19장이 되겠군요. 문장은 약간 긴 편인데 역시 끝 구절인
반석미안이몰(反席未安而沒)이란, 여섯 글자가 중요한 것이 되겠
지요! 임종을 맞은 증자(曾子)가 마지막 순간까지 바르게 살고자
힘썼다는 것을 나타내기 위한 기록이라 볼 수 있습니다.

어렵지 않은 문장이니 설명과 함께 읽어 내려가겠습니다.

침질병(寢疾病)이란 심한 병으로 누워 있었다는 뜻입니다. 증자
가 오랜 병으로 누워 있었는데 병이 위독한 상태에 이른 것을 말
합니다.”

“보통 질병이라고 말하는데 질(疾)과 병(病)은 같은 뜻으로 쓰인
겁니까? 다른 뜻이 있습니까?

“지금은 같은 뜻으로 쓰이고 있습니다. 그러나 원래는 그냥 아픈
것을 병이라 하고, 위독한 상태를 질이라 했습니다.”

“집에 있는 책에는 그 반대로 풀이되어 있던데요? 병이 질보다

더 위독한 뜻으로 쓰인 거라고요.”

“한문의 어려운 점이 바로 그런 겁니다. 질(疾)을 명사로 보고 병(病)을 형용사로 보면 그렇게 되지요. 반대로 질을 형용사로 보고 병을 명사로 보면 뜻이 바뀌게 됩니다. 아무래도 상관은 없겠지요. 그러나 〈논어〉에 보면 위독한 상태가 질이고, 보통의 경우가 병에 틀림없습니다. 〈논어〉에도 증자가 임종했을 때의 이야기가 두 번 나옵니다. 앞에서는 병이 위독했다는 뜻으로 유질(有疾)이라고 하고, 뒤이어 유언을 싣고 있습니다.

이를 좀더 자세히 보면 앞에서는 제자들에게 손과 발에 상처가 없는지를 확인하게 하고, 이제야 내가 몸을 함부로 한 불효를 면하게 되었다고 하여 부모가 온전하게 낳아준 몸을 온전한 상태로 죽게 하는 것이 소중한 것임을 일깨운 장면이 되고, 뒤이어 세도 재상인 맹경자가 문병을 오자,

'새는 죽을 때면 슬픈 울음을 울고, 사람은 죽을 때면 착한 말을 한다.'

하고 그에게 충고의 유언을 남기는 장면입니다.

그런가 하면 다른 곳에서는, 공자가 진(陳)나라에서 양식이 떨어져 제자들이 병이 나 일어나지 못했다는 내용이 나오는데 거기에서는 병막능흥(病莫能興)이라고 했습니다. 기운이 없어 일어날 수 있는 사람이 없었다는 뜻으로 쓴 것입니다.

아무튼 증자가 병이 위독한 상태로 누워 있었는데, 이때 악정자춘(樂正子春)이란 제자는 병상 아래에 앉아 있고 증원(曾元)과 증신(曾申) 두 아들은 발치에 앉아 있었으며, 심부름하는 아이는 촛불을 잡고 구석에 앉아 있었습니다.

이때 아이가 말했습니다.

'참 아름답고 고우네요. 대부(大夫)가 쓰는 삿자리로군요.'

그러자 자춘이 '닥쳐라' 하고 말했습니다. 그러나 증자는 벌써

알아듣고 깜짝 놀라며 신음하는 소리를 냈습니다. 그러자 아이가
또 똑같은 말을 되풀이했습니다. 증자는,

　'그렇다. 이것은 계손(季孫)이 보내준 것이다. 나는 그런 것도
　모르고 깔고 있었구나. 원(元)아, 나를 일으키고 이 자리를 바
　꾸어라.'

하고 큰아들 증원에게 명령했습니다.

큰아들 증원은,

　'아버님은 병환이 너무 위독하십니다. 어떻게 바꿀 수 있겠습니
　까? 다행히 병세가 가라앉으면 내일 아침에나 바꾸겠습니다.'

하고 난색을 보였습니다.

그러자 증자는 이렇게 꾸짖었습니다.

　'네가 아비 사랑하는 것이 저 아이만도 못하구나. 어진 사람은
　사람 사랑하기를 바른 것으로 하고, 못난 사람은 사람 사랑하기
　를 우선 편한 것으로 한다. 내가 어느 쪽을 바라겠느냐? 나는
　바른 쪽을 얻고 죽겠다. 내가 바라는 것은 그것뿐이다.'

　그래서 여럿이 몸을 부축해 들고 자리를 바꾸었는데, 새로 깐
자리에 눕자 마자, 증자는 곧 숨을 거두었던 것입니다.

　여기에서 자리로 돌아와 편안치 못하게 죽었다는 것은, 미처 편
안한 자세로 눕기도 전에 숨을 거두었다는 뜻입니다."

"바꿀 자리를 애당초 깔고 있었던 것이 이상합니다. 깔아서 안 될
자리를 보내왔으면 사양하고 받지 말아야 옳았을 것 같고, 마지
못해 받았다면 깔라고 준 자리이니 깔아도 괜찮다는 생각에서 깔
았던 것으로 여겨집니다. 그런데 아이의 말을 듣고 나서야 옳지
못한 것을 알고 굳이 바꾸었다면, 약간 앞뒤가 맞지 않는 일을 한
것 같습니다."

"원문에 나와 있는 글자대로 풀이하면 그런 의문이 생깁니다. 미
지능역(未之能易)이란 말이 미처 바꾸지를 못했다는 뜻이니까요.

그래서 나는 그것을 그대로 새기지 않고 '그런 것도 모르고 깔고 있었구나.'로 새겼던 것입니다.

계손은 노나라 최고권력자였습니다. 그는 자기 조상의 제사를 천자의 예로 지내기도 한 사람이니 힘만 있으면 계급이니, 예절이니 하는 것을 따질 것 없이 누구나 사치를 할 수 있는 세상이었다고도 볼 수 있습니다. 공자는 그것이 분수에 벗어난 사치를 조장하는 것이라 하여 예법을 지키라고 강조했던 것입니다.

공자는 정책적인 배려에서 그같은 주장을 했지만, 증자는 그것을 하나의 믿음으로 실천한 분입니다. 그러므로 증자가 병으로 오래 누워 있는 동안 계손이 깔라고 보내온 사치스런 자리를 바꿔 간 데 그대로 누워 있었던 것으로 보아야 할 것입니다. 아이의 말을 듣고서야 문득 깨달았던 것입니다."

"악정자춘이 닥치라고 했는데도 아이가 똑같은 말을 되풀이한 것은 무엇 때문일까요?"

"증자가 말한 대로 사랑하는 마음에서였을 겁니다. 아이들이란 순진하지 않습니까? 증자의 참된 마음이 어떤 것인지를 잘 알고 있는 그 아이는, 제자와 아들들이 증자가 싫어하는 사치스런 자리를 깔아드리는 것을 못마땅하게 여기고 있었던 겁니다."

"어째서 제자와 아들들은 증자의 마음을 그렇게도 몰랐을까요?"

"그들은 다른 생각을 가지고 그랬을 것입니다. 가난하게 평생을 살아온 증자에게 마지막 순간이나마 호강을 시킨다는 생각에서였을지도 모르지요.

〈논어〉에 보면 이런 내용이 나옵니다. 공자의 병환이 위독해서 곧 세상을 버릴 것 같은 상태였습니다. 그러자 자로란 제자가 제자들을 모두 신하로 만들었습니다. 공자의 장례를 임금이나 재상의 예로써 모시겠다는 생각에서였지요.

위독하던 병세가 가라앉고 맑은 정신으로 돌아왔을 때, 공자는 제자들이 신하의 모습을 하고 있는 것을 보고 이렇게 말했습니다.
　‘자로의 속임수가 꽤는 깊었구나! 신하가 없는 내가 신하를 두
었으니, 그것이 누구를 속인 것이 되겠느냐? 그것은 바로 하늘
을 속인 것이 된다.
　내가 신하들 속에 죽는 것보다야 제자들 손에 죽는 것이 훨씬 보
람된 일이 아니겠느냐? 거리에서만 죽지 않으면 그것으로 족하지
않느냐? 무슨 큰 장례식이 필요하단 말이냐?’
　공자가 가장 사랑하는 제자의 한 사람이었고 옳지 못한 일은 죽
어도 하지 않는 자로였건만, 스승을 위하는 마음에서는 세속적인
생각을 떨쳐버리지 못했음을 알 수 있습니다.
　증자가 말한 ‘어진 사람은 사람 사랑하기를 옳은 일로써 한다.’
고 한 말을 깊이 새겨들을 필요가 있을 것 같습니다. 화려한 장례
식보다는 분수에 맞는 장례식이 보다 떳떳하다는 것을 알아야 할
것입니다. 살아서 효도를 못한 사람이 그런 것으로 보충을 하려는
생각에서인지는 몰라도 돈 있는 사람들의 부모 장례식에서 나는
가끔 그런 생각을 해 보곤 합니다.
　하기는 세상이 그걸 효도라고 보기도 하니까 그런 거겠지요.”

선 왕 제 례
**先王制禮**


“다음은 26장이 되겠습니다. 자로가 누님이 죽어서 복을 입게 되
었는데 복을 벗을 때가 되었는데도 벗지 않았습니다. 그러자 공자
가 물었습니다.
　‘어째서 복을 벗지 않느냐?’
　‘저는 형제가 적습니다. 누님에 대한 정 때문에 차마 벗지 못하
고 있습니다.’
　‘선왕(先王)이 만든 예는, 바른 길을 가는 사람은 차마 하기 어

려워도 그대로 따라야 한다.'

공자의 말을 듣고 나서야 자로가 복을 벗었다는 것입니다.

26장의 핵심은 선왕제례(先王制禮)라는 네 글자에 있다고 보아야겠지요?"

"선왕이란 말이 많이 나오는데, 글자의 뜻은 먼저 임금이란 뜻이 아닙니까?"

"그렇지요. 그러나 여기 나와 있는 선왕의 뜻은 약간 다르다고 보아야 하겠지요? 선왕 가운데서도 가장 훌륭한 임금이란 뜻으로 보는 것이 옳습니다. 특히 예를 만든 선왕의 경우는 그렇습니다. 다시 말해 선왕은 곧 성왕(聖王)의 뜻입니다.

〈중용〉에서 공자는 이런 말을 했습니다.

'천자가 아니면 예를 만들지 못한다. 천자라도 예를 만들 만한 덕이 없으면 감히 만들지 못한다. 덕이 있어도 그럴 지위에 있지 않으면 역시 만들지 못한다.'

그러므로 여기 말한 선왕은 성인의 덕을 가진 천자를 가리킨 것입니다. 그러니까 새로 성인의 덕을 가진 천자가 나타나 새로 예와 제도를 만들기 전에는, 옛 예법을 그대로 지키는 것이 기강과 질서를 위해 바람직한 일이란 것을 강조한 것이라 볼 수 있습니다."

"결국 복(服)이란 것은 글자 그대로 옷을 입는 것을 말하는 것이 아니겠습니까? 삼베옷을 입는다든가, 흰옷을 입는다든가, 서양식으로 검은 옷을 입고 리본을 단다든가 하는 것이 되겠는데, 그것을 오래 입고 있는다는 것은 한낱 형식에 지나지 않는 것으로 마음에도 없는 겉치레가 될 수도 있지 않겠습니까?"

"바로 그거지요. 그래서 예란 것이 나라에 따라 시대에 따라 사람에 따라 달라지는 것이 아니겠어요? 오래 입는 것을 효도라고 한다면, 살아서 불효한 자식도 한없이 입으려 할 것이니 그런 것을 막기 위한 방법으로 예니 제도니 하는 것이 만들어진 거지요. 그 문제는 오늘날에는 별 뜻이 없는 일이니 깊이 캘 것도 없는 일입니다. 요즘은 구식, 신식이 있는가 하면, 기독교식이 있고 불교식이 있고, 또 갖가지 절충식도 있을 수 있는 일이니 자기 생각에 따라 아무래도 상관이 없는 일이지요."

## 伯魚之母死

"다음은 28장입니다. 앞의 자로의 경우와 마찬가지로 공자의 아들 백어(伯魚)가 그 어머니의 상을 당해 복을 벗을 때가 한 해가 지났는데도 여전히 소리 내 울고 있었습니다. 그러자 공자가 우는 소리를 듣고 물었습니다.
  '저것이 누구의 울음소리냐?'
  제자들이,
  '백어올시다.'
하고 대답하자 공자는,
  '허어, 그거 너무 지나치구나!'
하고 나무랐습니다.
  백어는 그 말을 전해 듣고 그 뒤로는 울지 않았다고 합니다."
"이건 다른 이야기입니다만, 앞에서 공자는 부모의 상을 1년만 입는 것이 좋겠다고 한 재아의 말을 듣고 그가 있는 앞에서 너 좋을 대로 하라고 해 두고, 그가 나간 다음에 자식은 나서 3년을 지나야 부모의 품에서 벗어날 수 있기 때문에 3년 복을 입는 거라고 하지 않았습니까? 그런데 아버지가 살아있을 때 죽은 어머니는 1년간 복을 입도록 한 근거는 무엇인지요? 부모의 품이라지만 그것은 어머니의 품이 아니겠습니까? 공자가 말한 3년상의 근거와는 맞지 않는 제도라고 말할 수밖에 없습니다. 거기 대한 설명을 듣고 싶습니다.”

“좋은 점을 지적했습니다. 나도 같은 생각을 갖고 있어요. 예는 정에서 나온다고 했는데 사실은 그것이 아니거든요. 역시 부계(父系) 중심의 남존여비(男尊女卑) 사상에서 나온 제도라 보아야겠지요.”

“그래도 무슨 이론적 근거라도 있어야 하지 않겠습니까?”

“굳이 찾기로 하면 이런 것이 되겠지요. 아버님의 마음을 아프게 해 드리지 않기 위해서라고 말입니다. 남편도 아내의 복을 1년은 입게 되어 있으니, 그 1년만 입고 그만두는 것이 자식의 도리라는 생각에서 나왔다고도 볼 수 있지 않을까요?”

“그럼 3년이 지나야 부모의 품을 벗어날 수 있다고 한 공자의 말은 거짓이었던 셈이군요?”

“공자의 참뜻은 그러했지만 제도는 그렇지 못했다고 하는 것이 옳겠지요.”

“예출어정이란 말은 어떻게 풀이해야 되겠습니까? 제도적 차별이 사람의 감정까지 바꿔 놓을 수는 없는 일이 아니겠습니까?”

“형식과 실질의 문제가 되겠는데, 그 중간을 택한 것이 예의 근본 정신이라고 보아야 할 것입니다. 평생 동안 부모를 잊지 못하는 효자가 있는가 하면 살아 있는 부모도 돌보지 않는 불효자가 있듯이, 5년이고 10년이고 복을 입으려는 형식적인 효자도 있을 수 있고, 설사 상복은 입고 있지 않더라도 보이지 않는 피눈물을 흘린 사람도 있습니다. 제도 때문이라든가, 복수와 같은 어떤 특수한 목적에서 말입니다.

당나라의 대문장가인 한퇴지(韓退之)는 그 형수의 복을 3년 입었습니다. 태어나자마자 바로 어머니를 잃은 한퇴지는 그 형수의 젖을 먹고 그 품에서 자라났던 겁니다. 그래서 제도에 없는 3년복이었지만, 아무도 그것을 탓하지는 않았습니다. 오히려 한퇴지다운 훌륭한 일로 보았습니다. 그것이 바로 예출어정이란 거지요. 정에 맞지 않는 제도는 고쳐 나갈 수밖에 없는 일입니다. 그런데 그 정이란 것에는 마음에서 나오는 정이 있고, 전통이니 관습이니 하는 것에서 나오는 정도 있습니다. 그래서 그 둘이 서로 작용해서 형식과 실질의 차이와 모순과 갈등을 통해 서서히 바뀌지기도 하고, 의례준칙과 같은 것이 생겨나게도 되는 거지요.

스승에 대해서는 마음으로 3년복을 입는다 하여 심상삼년(心喪三年)이라 합니다. 이것도 아마 공자의 제자에 의해 비롯된 것이라 볼 수 있습니다. 뒤에 그런 기록이 나옵니다. 그 스승은 형식적인 스승이 아닙니다. 낳아준 부모 이상의 은혜와 고마움을 간직하고 있는 경우의 스승입니다. 그것은 입는 사람의 자유입니다. 그러나 복을 입는 제도가 정해져 있지 않기 때문에 마음으로만 입는 것입니다. 그런데 자공은 3년으로도 부족해서 다시 또 3년 복을 입지 않았습니까? 그 자공을 나무라는 사람은 아무도 없습니다. 그 또한 예출어정이란 말의 한 본보기가 되겠지요.

그러니까 아버지가 살아 계실 때 돌아가신 어머니의 복을 1년을 입는다 하더라도, 자공처럼 마음속으로 얼마든지 입을 수 있겠지요? 지금이 바로 그런 시대라고 보아도 좋을 것 같군요.”
“책에 보면 백어의 어머니는 쫓겨난 걸로 되어 있는데, 공자같은 성인이 어떻게 아내를 내쫓아냈을까요?”
“원문에는 그런 것이 없지 않습니까? 여기에는 약간 의문이 없지 않습니다. 공자가 부인을 내쳤다는 이야기는 그 기록에는 있지 않았습니다만 제4장에 그런 내용이 나옵니다.

공자의 손자 자사(子思)의 아들이 자상(子上)입니다. 자사도 그 부인을 내쫓았던 모양입니다. 내쫓은 아내가 죽자 아들 자상에게 복을 입지 못하게 했습니다.

그래서 제자들이 물었습니다.

'선생님의 아버님인 백어께서는 나간 어머님의 상을 입지 않으
셨던가요?'
'그렇다.'
'그런데 왜 자상에게는 복을 입게 하지 않습니까?'
'우리 아버님은 훌륭하신 분이라 그러했지만 나는 그럴 수가 없
다. 내 아내라야 자상의 어머니가 될 수 있다. 내 아내가 아닌
여자가 자상의 어머니는 될 수 없다.'
이런 내용을 실은 다음 이렇게 결론을 덧붙이고 있습니다.
'그러므로 공씨 집안에서 나간 어머니의 복을 입지 않은 것은
자사에서 비롯되었다.'
여자가 완전히 남자의 소속물처럼 되어 있던 시대의 이야기로
들립니다. 그러면 공자는 예법을 어기고 아들에게 쫓겨난 어머니
의 복을 입게 한 것이 됩니다. 어떤 이유에서 공자가 아내와 이혼
을 했는지는 알 수 없으나 어머니와 아들의 관계만은 끊지 않았다
는 이야기가 됩니다. 그렇다면 제도보다 정을 더 소중히 여긴 것
이 공자였고, 거기에서 성인의 마음을 엿볼 수 있다고도 할 수 있
겠지요.

그러나 이 〈예기〉 자체가 한나라에 들어와서 만들어진 것이므
로, 사실과는 다른 고사도 많이 끼어 있었다고 보는 것이 보통입
니다.

해방 전 유림 대표들이 공자의 사당을 참배한 일이 있었습니다.
전쟁 때 전투에 의해 성역이 침범을 당했기 때문에 위문을 간 것
이지요.

그런데 갔다 온 대표들의 이야기를 들으면 공자는 아내를 내보
내지 않았다는 것입니다. 그 이유로 공자 부인의 위패가 공자와
나란히 사당에 모셔져 있었다는 것입니다.

그것이 사실인 이상 〈예기〉의 기록은 잘못된 추측에서 나온 것

이라 보아야 할 것입니다.”

“왜 그런 추측의 기록이 생겨났을까요?”

“그것은 공씨 집안이 3대에 걸쳐 아내를 내보냈다(孔氏之家, 三代 出妻)는 역사의 기록 때문이라고 해야겠지요. 사실은 그 3대가 공자를 뺀 아버지와 아들과 손자 3대라고 말하는 사람도 있습니다. 공자가 아내를 내보냈다고 해서 성인의 덕에 꼭 손상이 되는 것이라고 볼 수야 없지 않습니까? 가정을 버려둔 채 사방으로 돌아다니는 동안, 가난을 견디다 못해 그 부인이 집을 나가는 경우도 있지 않겠어요?

가난을 낙으로 삼고 산다는 것이 말처럼 쉬운 것이 될 수 없지요. 남편이 그렇다고 해서 아내까지 그럴 수는 없지 않겠어요? 강태공의 부인에 대한 전설 같은 것이 잘 말해 주고 있지요.

증자에게는 이런 이야기가 있습니다. 증자도 늦게 아내를 친정으로 보냈었습니다. 친정으로 보낸 이유가 시부모에게 불효한다는 것이었습니다. 구체적인 증거로 시아버지 밥상에 올리는 콩잎이 설익은 채로 놓여 있었다는 것입니다.

그 뒤 한 친구가 찾아와 너무하지 않았느냐고 책망을 했습니다. 그러자 증자는 이렇게 대답했습니다.

‘내가 심한 사람이 되어야 나간 사람이 편하지 않겠는가?’

증자는 아내의 죄를 숨기고 그런 핑계로 내보냈던 것입니다. 아내가 어떤 큰 죄를 지었는지는 아무도 모릅니다. 다만 친정에서 사위를 지나치다 원망하며 쫓겨 온 딸을 동정할 수 있게끔 만든 것뿐입니다. 그것이 성인의 마음이지요.

보통사람들이 자기 잘못을 숨기고, 상대에게 없는 허물을 뒤집어 씌워 이혼의 구실을 삼으려 하는 것과는 너무도 대조적이라 말할 수 있지요.

유명한 분들 가운데 공처가가 많은 것도 유명한 사람의 아내 노릇하기가 그만큼 힘들다는 이야기가 아니겠어요?"

## 君子曰終 小人曰死

"다음은 32장입니다. 공자의 제자 자장(子張)이 병으로 누워있으면서 그 아들 신상(申祥)을 불러 이렇게 말했습니다.

'군자의 경우는 죽는 것을 미친다(終)고 하고, 소인의 경우는 죽는다(死)고 한다. 내가 이제 아마 미친다는 말을 들을 수 있을 것 같다.'

서기(庶幾)란 말은 거의 거기에 가깝다는 뜻이지만 그렇게 되기를 바란다는 뜻도 됩니다. 〈논어〉에 보면 공자가 제자 안연(顔淵)을 평하여,

'서호기누공(庶乎其屢空)'

이라고 했습니다. 누공에 거의 가깝다는 뜻입니다. 누공은 자주 비었다는 뜻인데 완전히 빈 진공(眞空)에 이르기 전의, 진리를 깨달은 경지를 말한 것입니다. 불교로 말하면 성불(成佛) 이전의 보살(菩薩)의 경지를 말한 것이라 합니다. 공(空)이 불교에서 말한 그런 공이 아니라 집이 가난해서 쌀뒤주가 자주 비었다고 주석에는 나와 있지만 말이 잘 되지 않습니다."

"그럼 자장은 스스로 군자임을 자처한 셈이군요?"

"자처하고도 남을 사람이지요. 그러나 겸손한 말로 서기(庶幾)라고 한 것입니다."

"자장은 어떤 분입니까? 어떤 점에서 특이했었던 것인지 듣고 싶습니다."

"자장은 성이 전손(顓孫)이고 이름이 사(師)였습니다. 〈가어〉 72 제자의 설명에 보면 이렇게 나와 있어요.

'공자보다 48살 아래였다. 얼굴이 잘 생기고 성격이 원만해서

사람들과 널리 사귀며 자신의 수양에만 힘썼을 뿐. 어질고 바른 행실에는 힘쓰지 않았다.'

이 기록이 정확하다면 공자가 세상을 버렸을 때는 스물다섯 살밖에 되지 않습니다. 그런데 〈논어〉에는 그가 공자에게 물은 말과 그 자신이 한 말이 수없이 실려 있습니다. 그가 얼마나 배우는 일에 열심이었고 묻기를 좋아했는지를 알 수 있습니다.

그런데 〈가어〉에서 말한 대로 성격이 원만하고 얼굴이 잘 생겨서 모든 사람에게 호감을 주었던 것 같습니다. 그리고 언제나 자신에 차 있었던 것 같습니다. 공자는 제자들을 평하는 자리에서 자장을 가리켜 세상 비위를 잘 맞춘다고 했습니다.

이 자장과 자하가 다같이 재주가 뛰어나면서도 서로 다른 데가 있었습니다. 다시 말해 대조적인 데가 있는 거지요.

언젠가 자공이 공자에게 물었습니다.

'자장과 자하 중에 누가 낫습니까?'

그러자 공자는,

'자장은 지나친 데가 있고 자하는 모자란 데가 있다.'

라고 했습니다. 자공이 다시,

'그럼 자장이 낫다는 말씀입니까?'

하고 묻자, 공자는

'지나친 거나 미치지 못한 거나 다 같다.'

라고만 대답했습니다. 재주보다도·성격상의 결점을 말한 거겠지요.

그 내용은 〈논어〉 자장편(子張篇)에 잘 나타나 있습니다.

자하의 제자가 자장을 찾아가서 사람 사귀는 방법을 물었습니다. 자기 스승인 자하의 가르침이 마음에 차지 않아서였는지도 모르지요.

'자네 스승 자하는 뭐라고 하던가?'

하고 자장이 먼저 물었습니다.

'자하께서는 말씀하시기를, 사귈 만한 사람이면 사귀고 그렇지 못한 사람은 거절하라고 했습니다.'

하고 대답하자 자장은 이렇게 말했습니다.

'내가 들은 것과는 다르다. 군자는 어진 사람을 높이 받들고 모든 무리를 너그럽게 대하며, 착한 사람을 사랑하고 모자란 사람을 가엾게 여긴다고 했다. 내가 크게 어질다면 어느 사람인들 받아들이지 못할 것이며, 내가 어질지 못하다면 남이 먼저 나를 거절할 것이니 내가 어떻게 남을 거절할 수 있겠는가?'

이론적으로는 자장의 말이 백 번 옳지요. 그만큼 자장은 크게 어질다고 자처하고 있던 거겠지요. 그러나 나는 늘 말합니다만 배우는 사람으로는 자하를 본받는 것이 옳다고 봅니다. 공자도 같은 말을 했습니다. 나만 못한 사람을 벗하지 말라고. 물리화학적인 원칙에서 서로 다른 두 사람이 함께 있을 때는 반드시 서로 같아지려는 현상이 나타나게 됩니다. 소금과 물이 합치면 물은 짜지고 소금은 싱거워지기 마련이고, 뜨거운 물과 찬물이 합치면 찬물은 더워지고 뜨거운 물은 차지듯이, 나보다 나은 사람과 사귀면 나도 그를 닮게 되고, 나보다 못한 사람과 사귀면 나도 따라 못해지게 되는 것은 피할 수 없는 결과입니다.

그런 뜻에서 자장은 남만을 의식하고 자기 수양에는 소홀했던 것으로 볼 수 있습니다. 그래서 〈논어〉에 보면 자장이 묻는 말이 수없이 나오는데 공자는 그때마다 그의 그런 점을 경계하고 있습니다.

여기에서 자장이 그 아들에게 한 말만 보아도 그는 평생을 자기 뜻대로 후회없이 살았던 것을 알 수 있습니다. 자기 소신껏 후회없이 산다는 것도 퍽 행복한 일이지요."

"여기서 착하게 살다가 죽는 것을 종(終)이라 하고, 아무렇게나 되는 대로 살다가 죽는 것을 사(死)라고 한다고 했는데, 지금은 종(終)이란 말을 쓰지 않는 것 같은데요?"

"종신(終身)이란 말이 있지요. 몸을 마친다는 뜻입니다. 지금은 부모가 숨을 거두는 것을 지켜보는 것을 종신한다고도 하는데, 종신하는 것을 본다는 뜻입니다.

옛날에는 계급에 따라 죽는다는 말을 달리 썼지요. 천자의 경우는 죽었다는 것을 붕(崩)이라 하고, 제후의 경우는 훙(薨)이라 하고, 대부의 경우는 졸(卒)이라 했습니다. 또 일반사람들의 경우에는 몰(沒)이란 말을 썼습니다. 해가 지듯이 일생을 마친다는 뜻이지요.

사(死)라는 말만은 명예롭지 못한 말로 쓰여져 왔습니다. 주자가 강목(綱目)이란 역사를 쓴 일이 있는데, 거기에 보면 착한 사람이 죽었을 때는 세상을 마쳤다는 뜻인 졸(卒)을 쓰고, 그렇지 못한 경우는 여기 말한 대로 작은 사람이라 하여 사(死)라고 했습니다.

가장 대표적인 보기로 한나라 때 대학자였던 양웅(楊雄)이 죽었다는 대목에

'망대부 양웅사(莽大夫, 楊雄死)'

라고 적은 겁니다.

그가 아무리 위대한 학자라 하더라도 역적인 왕망(王莽)의 밑에서 대부(大夫)로 있었으니, 개죽음이나 다름없다 하여 이른바 붓으로 벌을 내리는 필주(筆誅)를 한 것입니다. 공자가 〈춘추〉에서 그렇게 했다 하여 춘추필법이라고도 합니다.

그런데 청나라 때 유명한 고증학자인 고염무(顧炎武)의 고증에 따르면 양웅은 왕망이 반역을 일으켜 신(新)이란 나라를 세웠을 때는 이미 죽고 없었다는 것입니다. 역사의 기록이 잘못된 거지요. 양웅은 억울한 누명을 썼던 겁니다. 역사란 그런 애매한 데가

많습니다. 붓을 든 사람의 주관에 따라 없는 것을 있는 것처럼 꾸미기도 하고, 있는 것을 빼버리기도 하는 거지요. 오늘날처럼 밝은 세상에도 일본이 침략을 미화시킨 교과서를 만들었다 하여 말썽을 빚곤 하지 않았습니까? 그래서 야사나 전설이 참인 경우도 있는 거지요."

수 장 불 입 어 구
水漿不入於口

"이번은 36장이 됩니다. 뒷사람이 만든 이야기일 가능성도 없지 않은 내용입니다. 효성이 지극한 증자가 자사를 보고 말했습니다.
　'급(伋)아, 나는 부모의 상을 당했을 때, 물도 미음도 입에 넣지 않은 것이 이레(七日)였다.'
　급(伋)은 자사의 이름입니다. 과연 이레 동안이나 물도 미음도 입에 넣지 않는 것이 효성인지도 알 수 없거니와, 그렇게 오래 단식하면서 슬피 울기까지 하면 죽지 않고 견뎌낼 사람이 없지 않을까 하는 생각도 듭니다.
　여기는 그런 증자의 지나친 효성이 중용에서 벗어난 일임을 꼬집은 듯한 느낌도 없지는 않습니다. 〈중용〉을 지은 사람이 자사라는 점에서 더욱 만든 이야기가 아닌가도 싶습니다.
　다음은 자사의 말이 나옵니다. 증자의 그 말에 대한 직접적인 대답이라기보다 스승과 제자의 차이점을 함께 들고 어느 쪽이 옳은가를 생각하게 한 것이라고 볼 수도 있습니다.
　자사는 이렇게 말했습니다.
　'선왕(先王)이 예를 만들 때는 지나친 사람은 아래를 굽어보게 하고, 미치지 못한 사람은 발을 쳐들고 미치게 했다. 그러므로 군자가 부모의 상을 당했을 때는 물과 미음을 사흘만 끊게 하게 하여 지팡이를 짚고 일어날 수 있게끔 했다.'

상주들이 지팡이를 짚는 까닭을 알 수 있을 것 같지요? 먹지 않고 기운이 없어 일어날 수 없기 때문입니다. 그런 시늉이라도 해야만 어울리는 것도 그 때문이겠지요.

그래서 옛날에 상주는 남이 보는 앞에서는 일체 먹지 않고 보이지 않는 곳에서 먹곤 했습니다.

예에 밝기로 유명한 김사계(金沙溪)같은 분도 그 아들에게 이런 유언을 했다 합니다.

'너는 몸이 약해서 술과 고기를 먹지 않으면 몸을 지탱하지 못할 것이다. 남이 보는 앞에서는 먹지 말고, 보지 않는 곳에서 먹도록 해라. 그것이 효도가 된다는 것을 명심해라.'

형식을 버릴 수 없는 것이 또한 예이지만, 그 형식을 지키기 위해 보다 중요한 몸을 돌보지 않는 것은 이치에 맞지 않는다는 기본정신을 말한 것이라 볼 수 있습니다.

먹으려 해도 목구멍에 넘어가지 않아 먹지 못하는 효자의 흉내를 내기 위해 입에 당기는 것도 굳이 안 먹는다면 더욱 힘을 쓸 수 없습니다. 그런 형식적인 흉내는 내지 말아야겠지요.

증자가 이레라고 한 것을 자사가 사흘이라고 말했는데, 하루쯤으로 한다면 누구나 할 수 있을 것 같군요. 아무리 형식을 벗는다 해도 부모의 초상을 당해 배가 부르도록 먹는 모습은 별로 좋아 보이지 않을 것입니다."

백 고 지 상
伯高之喪

"38장입니다. 공자와 친한 사이였다고 생각되는 백고(伯高)가 죽었습니다. 그 초상에 공자의 부의를 가지고 올 사람이 아직 도착하지 않자, 공자의 제자 염유가 한 묶음의 비단과 네 마리의 말을 가지고 가서 대신 부의를 전했습니다. 이것을 안 공자는,

'이상한 짓을 하는구나. 공연히 나로 하여금 백고의 조상을 참
되지 못하게 만들었을 뿐이다.'
라고 말했습니다.

다음 39장에는 백고가 위나라에서 죽었다고 공자에게 알려 왔을
때의 이야기가 실려 있습니다. 그 내용으로 보아 두 사람은 퍽 다
정한 사이였던 것 같습니다.

여기 나와 있는 내용은 염유가 스승인 공자를 위해서 한 것이
도리어 공자의 마음을 불편하게 만들었다는 것을 말한 것입니다."

"어떤 점을 말할 수 있습니까? 대신 부의를 전한 것 때문인가
요? 아니면 너무 과다하게 했다는 것 때문인가요?"

"두 가지를 다 말할 수 있겠지요. 공자가 자기 마음에 맞는 부의
를 보내오도록 기다리는 것이 도리였는데 공자의 전갈도 받지 않
고 대신했다는 것이 좀 주제넘은 일이었고, 또 부의로 전한 많은
비단과 말이 공자의 부의로서는 너무 분수에 벗어난 것이 틀림없
었을 것입니다. 그것을 아울러 꾸짖은 거겠지요."

"염유는 어째서 그런 경솔한 짓을 했을까요? 공자가 힘이 없어
못 할 것을 알고 대신한 것은 아닐까요? 염유는 스승을 위해서
성의를 다한 것인데, 공자는 속으로 다행스러워 하면서도 그렇게
말한 것은 아닐까요?"

"요즘 젊은이들은 남을 이해하려는 마음보다는 비판하려는 생각이
늘 앞서 있는 것 같아요. 특히 학생들은 그런 면이 더욱 강하지
요.

공자도 그런 말을 했어요. 젊었을 때는 혈기가 왕성하므로 남과
의 싸움을 경계하라고 말입니다. 비판정신과 참여의식이 도에 지
나치기 쉬운 것이 젊은이들의 기질이니까, 그 기질의 지나친 면을
자제하는 것이 좋다는 말이지요. 공자는 늙은이들에 대한 결점도
말했어요. 혈기가 이미 쇠해 있으므로 현실적인 실속만을 차리기

쉬우니 공으로 얻겠다는 생각을 경계하라고 말입니다.

 과연 성인의 말이라 여겨지지요? 늙은이의 보수성과 젊은이의 급진성을 생리학적으로 관찰한 점이 조금도 틀리지 않다고 여겨집니다.

 공자가 속으로 다행스러워 하면서 겉으로 그렇게 꾸짖었다면, 공자는 위선자가 되고 맙니다. 그것이 묵자(墨子)가 선비를 욕하는 핵심이었어요. 그 당시의 선비란 사람들이 대개 그런 위선자였습니다. 그들이 말끝마다 공자를 내세우니까 공자가 위선자의 우두머리가 되고 만 거지요. 다른 종교도 마찬가지입니다. 종교가 본래의 정신에서 벗어나 세속화하게 되면 그 폐단은 더욱 무서워지지요. 문예부흥 이전을 암흑시대라고 하는 것이 모두 그 때문이 아닙니까? 이데올로기니, 주의니 하는 것도 다 마찬가지입니다. 독재를 타도한 사람이 더 독재를 좋아하는 거지요.

 이거 이야기가 엉뚱한 곳으로 흘렀군요. 여기 있는 내용과 비슷한 것이 〈논어〉에도 있습니다. 공자의 생각과 염유의 생각이 어떻게 다른가를 잘 말해 주는 것에 이런 것이 있습니다.

 공자가 노나라 재상으로 있을 때입니다. 공서화(公西華)란 제자가 제나라로 사신이 되어 떠났습니다. 그때 염유는 재정을 담당하고 있었습니다.

 '공서화에게 어머님이 계시니 양식을 집으로 보내 줄까 합니다.'

하고 공자에게 청했습니다.

그러자 공자는 마지못해,

 '한 가마(釜)를 주어라.'

하고 말했습니다.

 가마는 그 당시의 용량(用量) 단위였습니다. 말(斗)이니, 되(升)니 하는 단위도 오늘날과는 크게 틀립니다. 염파(廉頗)라는 장군은 늙어서도 한 끼에 한 말이나 되는 쌀의 밥을 거뜬히 먹어치웠다는 기록이 나오는데 오늘의 말은 아닐 겁니다. 아무튼 밥해 먹는 솥에 가득 채울 수 있는 양이겠지요. 책에는 6말 4되인가 하고 나와 있었던 것 같습니다.

염유는 너무 적다며 더 주어야 한다고 청했습니다. 그러자 공자는,

'한 뒤주(庾)를 주어라'

라고 했습니다.

처음보다 2배 내지 3배쯤 되었겠지요.

염유는 더는 청할 수가 없어 그대로 물러나와 자기 생각대로 5병(秉)을 주었습니다. 잘은 기억이 나지 않는데 1병이 16섬인가 되는 것 같습니다. 수레로 다섯 수레쯤 실려 보낸 거겠지요.

요즘으로 말하자면 공자는 세상물정을 모르는 시골 노인 꼴이 되고 만 셈입니다.

그러므로 아까 염유가 열 자 길이의 비단 열 필과 수레 하나를 끄는 네 마리 말을 부의로 주었다는 것도, 공자가 보내 올 부의라는 것이 보잘 것 없을 것이 뻔하므로 선생님의 체면을 생각해서 그랬을 가능성이 큽니다. 쌀 한 가마를 주라고 시켰는데도 그 백배를 준 염유가 아닙니까? 공자는 자전거를 선물할 생각이었는데, 염유는 고급승용차를 대신 선물한 경우라 볼 수 있지요. 그렇게 허세를 부리는 것이 공자는 못마땅했던 겁니다. 묵자가 밖에서 무너뜨리려 했던 사치와 낭비의 풍조를 공자는 안에서 바로잡으려 했던 것입니다. 묵자는 그것도 모르고, 공자를 사치와 낭비를 조장한 장본인으로 알았던 것입니다.

염유가 공서화의 집에 쌀 다섯 수레를 보내준 것을 안 공자가 뭐라고 꾸짖었을 것 같습니까?

'공서화는 제나라로 떠날 때, 살찐 말을 타고 가벼운 가죽외투

를 입고 있었다. 그는 부자가 아니냐? 어진 사람은 가난한 사람을 도와줄 뿐, 부자에게 보태주지는 않는다고 했다.'

공자는 나랏일로 심부른 간 사람에게 나라에서 주는 여비 외에 사사로운 정을 쓰는 것은 옳지 않다고 본 것입니다. 그의 어머니가 먹을 양식이 없다면 아들이 돌아올 동안 먹을 양식만으로 충분하지 않느냐 하는 생각에서 한 가마만 주라고 한 것입니다.

그러나 염유는 외국으로 떠난 친구에게 그것을 핑계로 선심을 쓰고 싶었던 것입니다. 나라의 곡식을 부당지출한 셈이니, 비리의 한 가지로 볼 수 있지요.

바로 같은 시기에 총무로 있던 원사(原思)라는 제자가, 공자가 주는 9백 섬의 녹을 너무 많다며 사양했습니다.

이때 공자는 이렇게 말했습니다.

'사양하지 마라, 남는 것은 네 이웃과 마을 사람과 고을 사람에게 나누어 주어라.'

가난을 천분으로 알고 살아 온 원사는 갑자기 받게 된 9백 섬이란 녹이 받기에 죄송스러웠던 것입니다. 그러니까 많다고 사양했겠지요.

그러나 그것은 나라에서 주는 떳떳한 것이므로 떳떳하게 받아쓰고, 남은 것은 가난한 이웃에게 나눠 주라고 한 공자의 말에 우리는 새삼 감격하지 않을 수 없습니다. 너무 씀씀이가 큰 염유를 꾸짖은 것이나, 너무 지나치게 검소하고 겸양만 하는 원사에게 이른 말들이 다 원리원칙과 중용을 바탕으로 한 데서 나온 성인의 바른 말이 아니겠습니까?"

상 기 자 이 상 기 명
喪其子而喪其明

"다음은 41장이 되겠는데, 꾸며낸 이야기처럼 여겨집니다. 그러나 자하(子夏)와 증자의 서로 다른 점을 잘 나타낸 것이기도 합니다. 누가 더 참되냐 하는 점도 사람에 따라 다를 것 같습니다. 부모에 대한 효도만을 너무 강조한 나머지 자식에 대한 사랑을 죄악시한 듯한 느낌마저 듭니다.

하여튼 그건 각자의 판단에 맡기기로 하고, 내용을 있는 대로 설명하면 이렇습니다.

자하가 그 아들을 잃고 너무 슬퍼한 나머지 눈이 어두워지고 말았습니다. 상기자(喪其子)는 그 아들을 잃은 것이고, 상기명(喪其明)은 그 밝음을 잃었다는 뜻인데 눈이 어두워졌다는 말입니다.

그러자 증자가 조상을 와서.

'내 들으니 친구가 눈이 멀면 소리내 운다고 했다.'

하고 울었습니다.

자하도 또 따라 울며.

'하느님이시여, 내게 무슨 죄가 있습니까?'

하고 탄식했습니다.

너무 울어서 눈이 어두워진 것으로는 생각지 않고, 자식을 먼저 보내고 눈까지 어두워졌으니 하늘이 그렇게 만든 것으로 생각했던 거겠지요.

조상을 왔던 증자는 자하의 그런 태도를 보자 생각이 바뀌었습니다. 성을 내며 이렇게 꾸짖은 겁니다.

'네가 어찌 죄가 없단 말이냐? 나와 네가 선생님을 수사(洙泗) 사이에서 모시며 공부하다가, 너는 나이들자 서하(西河)에서 세월을 보내며 서하 백성들로 하여금 너를 공자처럼 여기게 했으니, 이것이 너의 첫째 죄가 아니냐? 또 너의 부모 상을 당했을 때는 남달리 슬퍼했다는 칭송이 들리지 않았으니, 이것이 너의 둘째 죄가 아니냐? 너의 아들을 잃고 너무 슬피 울어 눈까지 어두워졌으니, 이것이 너의 셋째 죄가 아니냐? 그런데 네가 어

찌 죄가 없다고 하느냐?'

수사(洙泗)는 공자가 살던 곳으로 지나가고 있는 두 강의 이름입니다. 서하(西河)는 위(魏)나라 서쪽에 있는 강으로, 자하는 이곳에 살면서 많은 제자들을 거느리고 있었고, 당시 가장 세력을 떨치고 있던 위나라 문후(文侯)도 자하를 스승으로 받들 정도였습니다. 뒷사람들의 고증은 다른 결론을 내리고 있지만 그렇게 전해지고 있습니다.

자하가 부모의 상을 당했을 때 남달리 슬퍼하지 않은 것으로 말하고 있는데, 이 점에 대해서도 서로 다른 기록이 전해지고 있습니다. 나중에 이야기하지요.

아무튼 여기서는 자식의 죽음을 너무 슬퍼한 나머지 눈까지 어두워졌다는 것과, 그것을 하늘의 탓으로 돌리고 자신의 잘못은 깨닫지 못한 점을 말하고 있습니다. 즉 그것을 증자가 꾸짖어 깨우쳐 준 것입니다.

그러자 자하는 짚고 있던 지팡이를 던지고 절을 하며,

'내가 잘못했어. 내가 잘못했어. 내가 친구들과 떨어져 외롭게 산 지가 너무 오랜 때문이었어.'

하고 사과했다는 것입니다.

외로이 떨어져 사는 것을 삭거(索居)라고 하는데 여기서 나온 말입니다."

"서하 백성들이 자하를 공자처럼 여겼다는 것은 그의 훌륭한 점 때문이 아니겠습니까? 그런데 그것을 죄라고 한 증자는 과연 어떻게 했던가요?"

"역사책에도 사람들이 자하를 가리켜 서하의 공자라고 했다는 말이 나옵니다. 여기서 증자가 한 말이 사실 그대로라면 자하는 스스로 공자나 다름없는 듯이 행세를 한 것으로 보아야 옳겠지요. 공자와 그 제자들을 올바르게 평할 수 있는 기록으로는 역시 〈논어〉를 들 수밖에 없습니다. 공자는 〈논어〉에서 자하를 작은 사람, 모자라는 사람으로 보고 타이른 대목이 자주 나옵니다.

일부러 그를 찾아가.

'너는 큰 선비가 되고 작은 선비가 되지 말라.'

하고 이르기도 하고, 그가 지방장관이 되어 떠나며 정치를 물었을 때는,

'너무 서두르지 말고 작은 이익을 살피지 말라. 서두르면 도리어 막히고, 작은 이익을 살피면 큰일을 그르친다.'

하고 타이른 일도 있었으며, 앞에서도 말했듯이 자하를 미치지 못한 사람이라고 평하기도 했습니다. 틀이 작고 자기 이익에 집착해 있던 점이 없지 않았던 것 같습니다. 친구도 자기만 못한 사람은 기피했다니 알 만한 일이지요.

역시 꾸민 이야기겠지만 〈가어〉에 보면 이런 이야기가 있습니다.

공자가 밖에 나가려고 보니 금방 비가 올 것만 같았습니다. 제자들이 자하에게 우산이 있다고 말하자.

'자하는 자기 것을 아끼는 사람이다. 사람과 오래 친하게 사귀려면 상대가 어떤 것을 싫어하는지를 알아 그의 마음을 거스르지 않아야 한다.'

라며 빌려달라고 하지 말라고 일렀다는 것입니다. 공자가 그것을 기회로 사람 사귀는 법을 가르친 것으로도 볼 수 있지만, 자하가 인색했던 것은 사실이었을 겁니다.

또 사실은 자기가 공자에 못지 않다고 생각했을지도 모릅니다. 제자가 천명이 넘었고 임금까지 찾아와 스승으로 받들었으니까요.

공자가 세상을 뜬 뒤, 공자의 뒤를 누가 잇느냐 하는 문제로 제자들 사이에 논란이 있었습니다. 이때 대부분은 유약(有若)을 내세웠습니다. 〈논어〉에 나와 있는 유약의 말을 보면 정말 성인다운

냄새가 물씬 풍깁니다. 나이도 많고 풍채까지 공자를 닮은 데가 있었다고 합니다.

제자들이 그 같은 의견을 증자에게 말하자, 증자는 첫마디에 펼쩍 뛰었습니다. 유약을 공자에 비교하는 것은 철없는 소리라고 나무란 거지요. 공자를 직접 모신 유명한 제자들도 공자를 참으로 안 사람은 적었습니다.

그 당시는 자공을 공자보다 더 위대하게 보기도 했습니다. 노나라 세도재상인 숙손무숙(叔孫武叔)이 대신들이 모여 있는 앞에서 자공이 공자보다 훌륭하다고 드러내놓고 평을 하기도 했는데, 이 말을 전해 들은 자공은 그렇게 말하는 숙손무숙을 이렇게 평했습니다.

'집에 비유하면 나는 담이 낮아 누구나 지나가며 내 집의 좋은 점을 볼 수 있지만, 공자의 담은 몇 길이나 되는 대궐 담이라서 대문으로 들어오지 않고는 궁궐의 아름다움과 그 안에서 일하는 사람이 얼마나 많은지를 전혀 알지 못한다. 이 세상에는 공자의 대궐문으로 들어가 본 사람이 적을 것이니 그렇게 말하는 것이 또한 당연하지 않은가.'

그것은 숙손무숙만이 아니었습니다. 72제자의 한 사람인 진자금(陳子禽)까지 자공을 보고 이렇게 말했습니다.

'자네가 겸손한 마음에서 그렇게 말하지만, 아무려면 공자가 자네보다 나을 수야 있겠는가?'

바로 〈논어〉에 나와 있는 내용입니다. 이때 자공은 그를 어리석다고 꾸짖으며,

'선생님에게 미칠 수 없는 것은, 사다리를 밟고 하늘에 오를 수 없는 것과 같다.'

라고 했습니다.

이런 내용들을 놓고 볼 때 당시의 사람들은 증자와 자공 같은

154

몇몇 제자 외에는 공자를 오늘날 우리가 생각하는 그런 성인으로
는 보지 않았던 것 같습니다.

〈논어〉 자장편에는 자하의 이야기가 제일 많이 나옵니다. 자하
를 형식적이고 틀이 작은 사람이라고 평한 제자의 말도 실려 있지
만, 자하가 한 말들은 공자의 경우처럼 거룩한 교훈으로 싣고 있
습니다. 자하의 제자들이 들은 대로 실은 거겠지요.

그런데 증자의 경우는 다릅니다.

'내가 선생님께 들으니… 이리이리 말씀하셨다.'

하는 식으로 나오니다. 자하는 그런 것이 전혀 없습니다. 증자가
여기서 자하를 꾸짖는 것이 바로 그런 점을 가리킨 것일지도 모릅
니다.

아무튼 자하가 증자의 꾸중을 듣고 나서 사과를 한 것으로 보아
역시 그는 훌륭했던 것으로 생각됩니다.”

읍 혈 삼 년    미 상 견 치
泣血三年, 未嘗見齒

“이번에는 43장이 되겠는데, 공자의 제자 자고(子皐)가 그 부모의
상을 입는 3년 동안 피눈물을 흘리고 이를 드러내 웃는 일이 없었
다는 이야기입니다. 즉 읍혈삼년(泣血三年)에 미상견치(未嘗見齒)
란 거지요. 읍(泣)은 소리 없이 우는 것을 말하고, 곡(哭)은 소리
내어 우는 것을 말합니다. 어느 의미에서 겉에 나타난 것과 실제
가 서로 반대되는 것을 말한 것이라 볼 수 있습니다. 소리 없이 울
었으니 소리 대신 눈물이 흘렀을 것이며, 소리가 요란한 대신 눈
물은 흐르지 않는 경우가 더 많았을 것이니 말입니다.

울음소리가 요란해야 초상집답다고 생각했던 옛날에는 대신 울
어주는 울음꾼을 사서 상주 대신 울게 한 일도 있었고, 나라에서
도 국상이 나면 목청 좋은 신하가 울음꾼으로 뽑혔다는 기록도 나

와 있습니다.

자고는 그런 헛울음이 싫었던 것입니다. 그보다도 참으로 슬픈 사람은 소리를 내지 않고 눈물만을 흘리는 것이 정상일지도 모릅니다. 피눈물이라지만 그건 과장된 이야기겠지요. 나중에는 나올 눈물도 없어 대신 피가 나왔다는 기록도 없지는 않으나, 그 역시 그럴 지경에까지 이르렀다는 표현으로 보아야 할 것입니다. 시인 가운데 과장된 표현을 가장 많이 쓴 사람이 당나라 이태백(李太白)이었는데, 그는 흰 머리털이 3천 길이란 말까지 하고 있습니다. 이른바 백발삼천장(白髮三千丈)이란 거지요.

이태백이 여산폭포(廬山瀑佈)를 노래한 글에 '비류직하삼천척(飛流直下三千尺)하니, 의시은하낙구천(疑是銀河落九天)'이란 구절이 있습니다. 물줄기가 날아 하얗게 부서지며 곧게 3천 자를 흘러내리니, 마치 은하수가 9만리장천에 떨어지는 것처럼 보였다는 것이지요. 청나라 김성탄(金聖嘆)은 이태백의 이 글을 읽고, 여산폭포의 그런 장관을 한번 구경하는 것을 평생소원으로 삼고 여산을 오르내리는 뱃사공들에게 수없이 물어 보았으나, 한 사람도 그런 폭포를 본 적은 없다는 것이었습니다. 성탄은 자연에 무관심한 그들을 한심하게 여긴 끝에 마침내 직접 구경하기에 이릅니다. 그러나 90자도 안 되는 폭포를 본 성탄은 이런 말을 했습니다.

'실물을 보기 전 글을 통해 본 때가 더 행복했노라.'
하고 말입니다.

중국사람들은 과장된 글을 쓰기 좋아했습니다. 이태백 말고 다른 사람도 말입니다. 여기 나와 있는 피눈물을 흘리며 3년을 울었다는 것이나, 3년 동안 이를 드러내고 웃은 적이 없다는 것도 다 그런 과장된 칭찬으로 보아야 겠지요.

아무튼 그런 소문이 날 정도로 자고의 부모에 대한 정이 깊었던 것은 사실일 겁니다. 여기 말한 군자는 공자를 가리킨 것입니다.

공자는 그 말을 듣고 칭찬 대신 하기 어려운 일이란 말만 한 것입니다. 거기에 깊은 뜻이 있다고 보아야겠지요."

"어떤 뜻을 말입니까?"

"남이 하기 어려운 일을 했다고 해서 반드시 착한 것은 아니란 뜻이지요. 공자는 그런 색다른 것을 좋지 않은 것으로 보았습니다.

〈삼강행실록(三綱行實錄)〉이란 책이 있습니다. 조선 초기에 발행된 책이지요. 거기에 많은 효자의 이야기가 나오는데, 거의가 손가락을 자르고 흐르는 피를 병든 부모의 입에 흘려넣음으로써 곧 죽게 되었던 부모가 살아났다는 내용입니다. 어려운 일이기는 하지만 그것만이 효도일 수는 없는 일입니다. 평소에 불효하던 자식도 그럴 수 있는 일입니다. 세상이 그것을 효도라고 표창을 하곤 하니까 이름을 얻고 싶어 그럴 수도 있는 일입니다. 대단치도 않은 병에 손가락을 잘라 피를 먹이고는, 죽어 가던 부모를 살렸다고 헛소문을 낼 수도 있는 일입니다.

그래서 율곡선생같은 분도 나라에 글을 올려 그런 사람을 효자로 표창하지 말라고 했습니다. 이름을 얻기 위해 몸을 해치는 폐단을 없애야 한다는 것이었습니다.

황희(黃喜)의 이야기였던가 잘 기억은 나지 않는데, 아무튼 유명한 어느 분이 강원도 관찰사로 가 있을 때 일입니다. 아버지가 죽을 당시 20리를 달려갔다 왔으니 효자로 표창해 달라는 진정이 들어왔습니다. 그 고을의 자랑스런 일이라며 마을 사람들이 진정을 한 것입니다.

그러나 그는 그 까닭을 조사한 다음, 표창 대신 잡아다가 매를 때렸다는 것입니다. 부모가 위독하면 옆에 모시고 있으면서 병구완을 해 드릴 일이지, 곧 죽게 된 부모를 버려두고 어디로 달려갔단 말이냐? 하고 매를 때린 겁니다.

매를 맞으며 한다는 소리가 이런 것이었습니다.

'부모가 죽기 전 멀리 나갔다 돌아오면 효자가 된다기에 그랬을 뿐입니다.'

사실 그 말은 어느 효성이 지극한 아들이 아버지의 병세가 위독한 것을 보고, 호랑이가 우굴거린다는 산길을 넘어 밤중에 10리 밖에 있는 의원을 찾아가 약을 지어 가지고 돌아와 보니, 아버지는 이미 숨을 거둔 뒤였다는 데서 비롯된 것입니다.

그래서 효성이 지극하다 하여 고을 원이 효자로 표창을 한 것이 잘못 전해져서, 부모가 숨지는 것을 보고 멀리 밖으로 급히 달려갔다 돌아오면 그것이 효자가 되는 길인 줄로 알고 있었다는 것입니다. 본래의 뜻이 어디에 있는지도 모르는 어리석은 사람들은, 그런 형식만을 쫓는 웃지 못한 폐단을 장한 일로 알고 있기도 하다는 한 보기라 말할 수 있을 것 같습니다."

"자고는 어떤 사람이었는지요? 앞에서 자로가 위나라 공회(孔悝)의 난에 휘말려 죽은 이야기가 나왔을 때도 자고의 이야기가 나오지 않았습니까? 그 때 자고는 성안에서 난을 피해 나오고, 자로는 성밖에서 난을 찾아 들어간 것으로 되어 있었습니다. 그 때 공자는 두 제자의 그런 결과를 예언까지 했다고 했습니다. 피눈물을 3년이나 흘린 것과 난을 피해 성을 빠져나온 것에는 어떤 도덕적 연관성 같은 것이 있는지요?"

"상당히 어려운 질문이군요. 연관성이 있다고도 볼 수 있지요. 자로는 남의 녹을 먹었으면 생사를 함께 해야 한다는 용기와 신의만을 절대적인 것으로 믿고 있었는데, 자고는 자식으로서 아비를 거역하고 임금이 된 출공과 그를 도와 재상이 된 공회를 다 같이 좋게 보지 않았던 것입니다. 그래서 간한 일까지 있어요. 결국 그런 명분 없는 부자의 싸움에 환멸을 느끼고 빠져나온 것이 아니겠어요?

그보다도 자고가 성을 빠져나올 때의 이야기가 그의 사람됨을 잘 말해 주고 있습니다.”

“어떤 내용인지요?”

“〈논어〉와 〈가어〉에는 자고(子羔)로 나옵니다. 이름은 시(柴)고요. 〈논어〉에서 공자는 제자를 평하면서 자고를 어리석다고 했습니다. 어리석다고 한 우(愚)의 뜻은 여러 가지가 있겠는데, 공자가 자로를 보고

 ‘사람이 마음이 어질기만 하고, 그 어진 마음을 바로 실정에 맞게끔 활용하는 방법을 알지 못하면 어리석은 것이 되고 만다(好仁不好學則愚).’

고 한 그 어리석음을 가리킨 것이라 볼 수 있습니다. 읍혈삼년같은 것도 그런 것으로 공자는 생각했을지 모릅니다.

 공자는 자로가 자고를 세도재상 계씨의 식읍인 비(費)고을의 장관으로 임명하자,

 ‘남의 집 자식을 망칠 작정이냐?’

하고 꾸짖은 일이 있는데, 마음이 어질기만 하고 세상물정을 잘 모르기 때문에 결과가 좋지 못할 것으로 알고 한 말이었습니다.

 그런데 그 자고가 위나라의 사사(士師) 벼슬을 하게 되었습니다. 법관(法官)도 되고, 집형관(執刑官)도 되는 그런 벼슬입니다. 이때 어떤 사람이 죄를 지어 발을 자르는 형을 받게 되었습니다. 임금에게 거짓말만 해도 그 형을 받게 되어 있었는데, 그것이 거짓인지 참인지는 임금이 생각하기에 달린 그런 시대였으니 법관노릇하기도 힘든 때였지요.

 발이 잘린 사람은 그가 벼슬아치일 경우는 대개가 문지기가 되었습니다. 먹고 살 길을 마련해 주는 셈이지요. 자고에게 발이 잘린 그는 위나라의 외곽성을 지키는 문지기로 있게 되었습니다.

 자고가 난을 피해 외곽 성문에 이르러 보니 그가 성문을 지키고 있었습니다. 어떻게 보면 원수끼리 외나무다리에서 만난 셈이기도

하지요.

그는 자고를 보고 말했습니다.

'문은 열어드릴 수가 없습니다. 그러나 저기 성이 무너진 곳이 있으니 그리로 빠져나갈 수는 있습니다.'

그러자 자고는,

'군자는 담을 넘지 않는다 했소.'

하고 거절했습니다. 이것도 어리석은 것의 하나가 되겠지요. 도둑질을 하기 위해 담을 넘지 않는다는 것이지, 난을 피하기 위해서 그러지 말라는 뜻은 아니잖겠습니까? 어질기만 하고 융통성이 없으면 어리석게 된다고 한 공자의 말이 바로 그런 경우를 말한 것이 아니겠어요?

그러자 문지기는 또 말했습니다.

'저기 빠져나갈 수 있는 구멍이 하나 있습니다.'

자고는 또,

'군자는 구멍으로는 나가지 않는다 했소.'

하고 사양했습니다.

그러자,

'여기 방이 있습니다.'

하고 방을 가리켰습니다.

자고는 그 방에 들어가 숨어 있었습니다. 자기에게 협력하지 않는 사람을 모조리 잡아들이라는 명령에 따라 고관들을 체포하러 다니던 사람들이 곧 성문에 이르렀습니다. 하마터면 붙잡힐 뻔했지요.

그러나 곧 체포령은 풀렸습니다. 반란이 이미 끝난 거지요. 그리고 성문 안에서 나가는 사람을 내보내주게 되었습니다.

방에서 나온 자고는 그 문지기를 보고 물었습니다.

'내가 임금의 명을 어길 수 없어 그대의 발을 자르게 되었었고,

160

내가 지금 쫓기는 몸이 되어 이곳에 이르렀으니 지금이 바로 그대가 원한을 갚을 수 있는 좋은 기회가 아니었겠소? 그런데 나에게 난을 벗어날 수 있는 방법을 세 번까지 일러 준 것은 무엇 때문이었소?'

문지기의 대답은 이러했습니다.

'발을 자른 것은 내 죄 때문이었으니 어쩔 수 없는 일이 아닙니까? 앞서 대감께서 내 죄를 다스릴 때, 다른 사람들을 다 다스리고 나서 맨 뒤에 나를 다스렸습니다. 내가 억울한 것을 알고 무사히 되기를 기다린 때문이 아니겠습니까? 마침내 판결이 내려지고 내가 형을 받게 되었을 때, 대감께서는 몹시 슬픈 기색을 짓고 있었습니다. 나는 그것을 대감의 얼굴빛을 보고 알았습니다. 대감께서 어떻게 내 죄를 사사로운 마음으로 다스릴 수 있었겠습니까? 어진 사람이 행하는 길이 원래 그런 것이 아니겠습니까? 내가 대감을 피하게 해 드리려는 것은 그 때문이었습니다.'

나중에 그런 이야기를 들은 공자는 이렇게 말했습니다.

'참으로 훌륭한 일이다. 관리가 되어 법을 집행하는 것은 다 같지만, 어진 마음과 용서하는 마음을 가지게 되면 그것이 덕을 심는 것이 되고, 엄격하고 사나운 마음을 가지고 집행하면 원한을 심게 된다. 공정한 마음으로 법을 집행한 것은 바로 자고일 것이다.'

자고가 얼마나 마음이 어질고 참되었는지를 알 수 있는 이야기라 볼 수 있습니다."

탈 참 이 부 지
脫驂而賻之

"45장이 되겠는데요, 역시 보통과는 다른 경우를 말하고 있습니다.

공자가 위나라에 갔을 때, 옛날에 거처한 바 있는 여관집 주인이 죽었습니다. 그래 문상을 가서 소리내어 슬피 울고 나와, 자공을 시켜 참마(驂馬)를 팔아 부의를 하라고 시켰습니다.

참마는 수레를 끄는 네 마리 말 가운데 양 바깥쪽의 말을 가리켜 부르는 이름입니다. 아마 그 중의 한 마리를 팔아 부의를 하라고 시킨 거겠지요.

그러자 자공은 이렇게 말했습니다.

'제자들의 초상 때는 일찍이 참마를 팔아 부의한 일은 없었습니다. 옛날 여관집 주인의 초상에 참마를 팔아 부의한다는 것은 너무 지나치지 않습니까?'

그러자 공자는 이렇게 말했습니다.

'아까 내가 들어가 한 번 슬퍼하자 눈물이 나왔다. 나는 슬프지도 않은 헛눈물을 흘리는 사람을 가장 싫어한다. 너는 아무말 말고 시킨 대로 해라.'

여기 있는 설(說)은 탈(脫)로 읽어야 합니다. 글자가 비슷하니까 글자를 새기는 사람이 잘못 새기기도 하고 그러다 보니 같이 쓰게도 된 거겠지요. 설(說)을 기쁘다는 열(悅)로 읽는 경우가 많은 것도 같은 이유에서일 겁니다.

너무 중하다는 이중(已重)의 이(已)는 지나치다는 뜻입니다. 원래의 뜻은 지나간 시간을 말하는 것이었는데, 시간이 지나간 거나 정도가 지나친 거나 같기 때문에 쓰이게 된 거겠지요."

"자공이 지나치다고 했으면 지나친 것이 틀림없다고 생각됩니다. 그 지나친 일을 눈물이 나온 것으로 정당화시킨다면 부모의 복을 오래 입든 빨리 벗든 상관 없는 것이 되지 않겠습니까?"

"무슨 뜻인지 알 것 같군. 공자가 다른 사람에겐 형식적인 예법을 지키라고 강조하면서, 그 자신은 마음내키는 대로 멋대로 하지 않

162

았느냐 그 말이겠지?"

"그렇습니다."

"그랬을지도 모르지요. 공자 자신도 그런 말을 했어요. 옛날 어진 사람들이 남이 하기 어려운 처신을 한 것들을 주욱 들어 설명한 다음,

'나는 이들과는 다르다. 꼭 이래야만 한다는 것도 없고, 이래서 는 안 된다는 것도 없다.'

라고 했습니다. 이른바 무가무불가(無可無不可)라는 거지요. 그것은 성인만이 가능한 겁니다. 그러나 보통사람들까지 그렇게 되면 세상은 걷잡을 수 없는 무질서 상태로 빠지게 되겠지요? 그래서 예는 형식이 필요한 것입니다. 그러나 그 형식에 너무 얽매이다 보면 그에 따른 폐단이 쌓이고 또 쌓여 마침내는 사회적 고질로 변하고 맙니다.

그러니까 그 형식과 정신을 함께 참작하여 그 시대와 그 사회와, 특수한 경우에 맞게끔 개선도 하고 개혁도 해야 하는 것이 통치자와 지도자들의 임무가 아니겠어요? 그런데 수천 년 옛날 예법을 그대로 지켜 내려온 것이 지난날 동양 각국의 실정이었습니다.

그래서 공자가 나라를 망치고 민족을 망치게 했다며, 변혁기마다 젊은 층과 지식층들이 공자배척을 곧 애국운동이요, 애족운동인 것으로 알기도 했던 것입니다. 위정자들이 알맹이없는 형식만의 삼강오륜이니, 예의도덕이니 하는 것으로 나라와 백성을 이끌어 나가며, 그들의 특권이 마치 공자가 만들어낸 영원불변의 법칙에서 나온 것인 양 공자를 팔았기 때문이지요.

말하자면 젊은이와 자칭 지식인들은 공자를 제대로 알지 못한 채, 지배층들이 말하는 것과 행동하는 것이 곧 공자의 말이요, 행동인 줄로 알고 있었던 거지요.

미국의 실용주의 철학자 존 듀이가 중국에 와서 각지로 돌며 강연을 한 일이 있었습니다. 강당이 비좁아 청중들이 다 들어가지 못할 정도로 성황을 이루었고 그의 강연 내용이 연일 신문에 보도되곤 했었습니다.

그런데 그가 말한 내용을 보면 공자의 교육이념을 표절한 거나 조금도 다름이 없었어요. 공자의 사상에 서양의 옷을 입혀 놓은 것에 지나지 않는 것이었습니다. 마치 국산품에 서양 상표를 붙여 거리에서 팔고 있는 그런 것이라고 볼 수도 있는 거지요.

석가도 그런 말을 했다지요? 춘원이 지은 〈이차돈〉이란 소설을 읽은 적이 있는데, 보통사람은 살생을 하면 죄가 되지만 부처님이 하는 살생은 죄가 되지 않는다고 말입니다. 즉 공자만은 상식 밖의 일을 해도 그것이 다 중용에서 나온 것으로 보아 옳다는 것이 되겠지요. 그것이 어떤 것인지를 생각해 깨우치라고 참고로 실어 둔 것이 아닌가 싶군요.

아무튼 공자는 그 여관 주인과는 남다른 정을 가진 그런 사이였던 것으로 여겨집니다.”

기 왕 야 여 모  기 반 야 여 의
其往也如慕 其反也如疑

“46장 역시 공자가 말한 특이한 점을 기록한 것입니다. 다음 47장과 48장도 마찬가지입니다.

공자가 위나라에 있을 때 장사를 지내는 사람이 있었습니다. 송장(送葬)은 죽은 사람을 묻으러 보낸다는 뜻이니 좋게 말해 장례를 모신다는 것과 같은 뜻이 되겠지요. 죽은 사람을 송장이라고 하는 것도 이 말에서 나온 것이 아닌가 싶군요.

그 오가는 것을 구경하고 공자가 말했습니다.

‘훌륭하구나, 장례를 지내는 것이여! 넉넉히 본받을 만하다.

너희들도 명심해 두어라.'

무엇을 가리켜 하는 말인지 잘 몰라 자공이 물었습니다.

'무엇이 훌륭하단 말씀입니까?'

'저 상주가 갈 때는 그리워하는 것 같았고, 돌아올 때는 참인지 꿈인지 의심하는 것만 같기에 하는 말이다.'

자공은 생각이 달라, 다시 물었습니다.

'아무려면 빨리 돌아가 우제(虞祭)를 지내는 것만 하겠습니까?'

'아니다. 잘 기억해 두어라. 나도 저렇게는 하지 못하였느니라.'

장사지내는 절차보다도 잃은 부모에 대한 자식의 참된 사랑이 갸륵했기 때문에 한 말입니다.

자공은 형식적인 절차만을 생각하고 있던 것에 반해, 공자는 그 형식을 낳게 만든 참된 마음을 더 소중하게 안 것이라 볼 수 있습니다.

예나 지금이나 예란 대개 형식에 치우치기 마련입니다. 내리 사랑이란 말이 있듯이 자식을 잃은 부모의 마음과, 부모를 잃은 자식의 마음은 비교가 될 수 없는 것입니다. 속으로 늙은 부모가 짐스럽게 느껴지지 않는 자식도 그리 많지는 않을 것입니다. 정송강(鄭松江)의 노래에도 있듯이 꽃상여에 태워 만 명이 헛울음을 울고 따라간들 그것이 효도가 될 리가 없지요. 살아서 맛있는 술과 안주를 즐길 수 있게끔 하는 것이 참된 효도가 되는 거지요. 앞에서도 말했지만 죽어서 화려한 장례를 모시는 자식 가운데는 그 화려한 것과는 반비례로, 살아 계실 때 부모에게 소홀했던 사람이 더 많았을 것입니다.

공자가 당시의 지도층이나, 지식층에 있는 사람들이 형식에만 너무 치우쳐 낭비만을 일삼고 있었기 때문에 한 말로 보면 크게 틀리지 않을 것입니다.

  앞에서도 이야기했지만, 임방(林放)이란 제자가 예의 근본을 물었을 때, 공자가,

  '크도다. 너의 물음이여 ! 예가 사치스런 것보다는 검소한 것이
  낫고, 초상이 절차만 번드레한 것보다는 차라리 슬퍼하는 것이
  낫다.'

라고 대답한 것도, 여기서 공자가 그 상주를 본받을 만한 사람이라고 칭찬한 것과 같은 뜻이라 볼 수 있습니다."

"여기서 자공이 빨리 돌아가 우제를 지내는 것만 하겠느냐고 했는데 우제는 무슨 뜻에서 지내는 겁니까? 그것을 빨리 지내야 하는 이유는 무엇입니까?"

"깊은 뜻이야 어떻게 알겠습니까? 우제는 글자 뜻대로는 편안한 제사란 말입니다. 영혼을 편안하게 해 드리는 제사란 뜻이지요.

  사람이 죽으면 혼백(魂魄)이란 것을 만듭니다. 죽은 사람의 영혼과 넋이 깃들어 있다고 해서 붙인 이름이지요. 장사지낼 때는 시신을 모신 상여와 함께 혼백을 모신 작은 가마가 함께 따라갑니다. 잘은 몰라도 육신을 떠난 혼백이 그 곳에 옮겨와 있다고 믿기 때문이겠지요. 그러니까 일단 육신을 땅에 묻고 나면 곧 혼백을 빨리 집으로 모시고 와 마음 편안히 계시라는 위로의 제사를 드리는 것이 우제가 되겠지요."

"보통 삼우제(三虞祭)라 하여 무덤에 가서 지내지 않습니까? 그것은 어떤 뜻에서인가요?"

"우제는 세 번을 지내게 되어 있습니다. 장례를 모시고 바로 집에 돌아와 지내는 것을 초우라 하고, 그 다음을 재우라 하고, 마지막 세번째를 삼우라고 하는데, 우제는 세 번 다 집에서 지내게 되어 있습니다. 삼우제를 마치고 나면 산소로 가서 성묘를 하는 것이 보통인데 그 때 산소에서 음식을 차려놓고 우는 사람도 있지요.

그건 아마 속례(俗禮)라고 하는 것이 옳겠지요.

　속된 사람들뿐 아니라, 학자란 사람들 가운데도 집에 있는 신주는 버려두고 무덤에 움막을 치고 이른바 여묘(廬墓)살이란 것을 하는 사람도 있고, 그것을 장한 일이라 하여 행장(行狀)에 흔히들 실리곤 합니다.

　죽으면 영혼은 육신을 떠나게 되어 있는데, 영혼이 떠나고 없는 육신이 묻힌 무덤을 지킨다는 것은 예의 정신과 어긋나는 것입니다. 그런데도 영혼이 육신과 함께 땅속에 있는 것으로 느껴지는 것이 보통사람의 생각일지도 모르지요. 흔히들 땅밑(地下)에 계신 조상을 뵈올 낯이 없느니 하는 것도 다 그런 생각에서 쓰게 된 말이 아니겠어요?”

“그럼 공자가 칭찬한 그 상주도 그런 사람의 하나가 아닐까요?”

“정확히 따지면 그렇게도 말할 수 있겠지요. 허나 그것이 사랑이란 거지요. 사랑하는 자식이 갑자기 죽거나 하면 오랜 시간이 흘러도 금방 어디 있다 나타날 것만 같은 것이 부모의 마음입니다. 부모가 어린 자식을 두고 세상을 버리면 어린 자식들은 상여 뒤를 울부짖으며 따라갑니다. 살아 있는 부모가 어린 그를 버리고 영영 어디로 가버리는 길을 놓치지 않으려고 뒤를 쫓듯이 말입니다. 그 상주가 바로 그런 태도로 상여 뒤를 따라갔다고 보아야겠지요. 그리고 돌아올 때는 꿈을 꾸는 것만 같아 머뭇거리고 뒤돌아보고 두리번거리고 했는지도 모르지요. 아무튼 속에 있는 안타까운 마음을 걷잡을 수 없이 자기도 모르게 그런 태도로 나타난 거라 보아야겠지요?”

“공자가 그걸 칭찬했다고 해서 일부러 슬프지도 않은데 그런 흉내를 내는 일은 없을까요?”

“좋은 점을 지적했어요. 〈한비자〉에 그런 말이 있던가요? 임금은 칭찬도 함부로 해서는 안 된다고요. 그러면 그 칭찬을 듣기 위해 거짓으로 그러는 사람이 생긴다는 거지요. 맹자도 그런 말을 했어요. 위에 있는 사람이 무엇을 좋아하면 아래 있는 사람은 더한다고 말입니다.

공자가 한 말은 그것과는 다르다고 보아야 하겠지요? 슬픈 마음이 중요한 것이지, 형식이 중요한 것이 아니라는 것을 깨우쳐 준 것이라 보아야 할 것입니다. 그렇게 하라고 한 것이 아니라 부모를 잃은 자식의 마음은 그래야만 한다는 것을 말한 것이라 보아야 할 것입니다.”

탄 금 이 후 식 지
彈琴而後食之

“47장은 사랑하는 제자 안연이 죽고 탈상을 한 다음 제사 고기를 공자에게 보내왔는데, 공자는 밖에 나가 그것을 받아 가지고 들어와서 거문고를 탄 뒤에 먹었다는 이야기입니다.

거문고를 타고 나서 먹었다는 데에 문제가 있겠는데, 그 탄 곡이 슬픈 곡이었느냐 기쁜 곡이었느냐 하는 것이 보다 문제가 될 것 같군요.

어느 쪽이었을 것 같습니까?”
“글쎄요? 사람에 따라 다를 것 같은데, 공자의 그때 심정은 과연 어떠했는지 알 수 없군요.”
“내 생각과 똑 같군요. 다음 59장에 부모의 3년상을 벗고 뵈러 온 두 제자에게 거문고를 주어 타게 한 이야기가 나옵니다.

아무튼 안연의 죽음을 자신의 죽음보다 더 슬퍼했던 공자였던 만큼, 비록 3년이 지났다 해도 그 고기를 받는 순간 새삼 슬픔이 치밀어 올랐을 것으로 보입니다. 내 생각 같아서는 그 슬픔을 슬픈 곡에 실어 울음 대신 실컷 타고 나서야 슬픈 마음이 가라앉았을 것으로 보입니다. 주석에는 슬픈 마음을 달래기 위해 유쾌한

곡을 탄 것으로 되어 있는데 사리에 맞지 않는 것 같아요. 슬플 때는 웃는다고 해서 가라앉을 리는 없습니다. 너무 슬퍼 헛웃음을 웃는 사람도 없지는 않다지만 말입니다.

분한 마음이나 슬픈 마음을 억지로 누르고 음식을 먹으면 체하기 쉽기 때문에 그랬다고도 볼 수 있겠지요. 그러나 고기를 받는 순간 옛날 생각이 되살아나 가만 있을 수 없어 그랬던 것입니다.

〈논어〉에 보면 이런 대목이 나옵니다. 안연이 죽었을 때 공자가 목놓아 통곡을 했습니다.

'하느님이 나를 망쳤다! 나를 망쳤다!'

하고 통곡을 한 것입니다.

제자들이,

'선생님의 슬퍼하심이 너무 지나치십니다.'

하고 말하자 공자는,

'내가 너무 슬퍼하는 것 같으냐? 그를 위해 슬퍼하지 않고, 누구를 위해 슬퍼하겠느냐?'

라고 대답했습니다.

이때도 아마 견딜 수 없어 거문고를 탔을 것이니, 슬픈 곡이었을 것으로 여겨집니다."

"다른 질문 같습니다만 공자가 3년이 지난 뒤에도 안연의 죽음을 그토록 안타까워한 까닭이 무엇이었는지요?"

"핏줄은 혈통(血統)이라고 하지 않습니까? 자식을 소중히 여기는 것은 단순한 사랑이나 욕심에서가 아니라 핏줄을 잇는다는 전통적인 생각에서 더욱 그런 것이었습니다. 불효 가운데 뒤를 이을 자식을 두지 못한 것이 가장 크다고 맹자는 말했습니다. 딸보다 아들을 소중히 여기는 것도 그 때문입니다. 그 전통 때문에 서양 사람보다 우리가 자식에 대한 욕심이 더 큰 것 아니겠어요?

그런데 공자같은 성인은 혈통보다 도통(道統)을 더 소중하게 여졌다고 보여집니다. 자신이 이룩하지 못한 것을 대신 이룩할 수 있는 제자가 필요했던 겁니다. 공자가 못한 일을 대신 해 줄 수 있는 사람은 안연이었습니다. 안연이 20년만 더 살아 있었으면 공자보다 더 위대한 일을 남겼을지도 모르는 일입니다. 그러니 그의 죽음이 얼마나 큰 충격이었겠어요? 생각할 때마다 안타까움과 아쉬움이 치밀어 견디기 어려웠을 것입니다.”

“안연이 그토록 위대했던 것에 대한 어떤 기록들이 남아 있는지요?”

“이루 다 말할 수 없지요. 〈논어〉에 있는 것만을 추려도 수없이 많은데 한 마디로 거의 완전무결한 신동이었던 것 같습니다. 안연에 대한 칭찬만이 나올 뿐 부족해하는 말은 전혀 없습니다.

임금과 세도재상이,

‘제자들 가운데 누가 제일 학문을 좋아합니까?’

하고 물었을 때, 공자는 ‘안연이란 제자가 하나 있었는데 지금은 죽고 없어 누가 학문을 좋아하는지 듣지 못했습니다’ 라고 대답했습니다. 세상 사람들이 공자보다 더 위대하다고 생각한 자공이나, 공자의 도통을 이었다는 증자같은 사람도 공자의 마음에는 차지 않았던 것입니다.

〈논어〉에 보면,

‘듣기만 하고 묻는 일이 없는 것을 바라보면 바보처럼 느껴지기도 한다. 그런데 나가서 행동하는 것을 보면 내가 말한 것을 그대로 행하고 있으니 그는 바보가 아니다.’

라고 칭찬한 곳이 나옵니다. 이보다 더한 칭찬이 어디 있겠습니까?

세상 사람들이 자공을 만능천재라고 칭찬해 마지 않았고, 자공도 그렇게 알고 있었습니다. 그러나 안연은 세상에 그리 알려져 있지는 않았습니다.

자공을 보고 공자가 물었습니다.

'너와 안연 가운데 누가 더 나으냐?'

역시 자공만은 안연을 알고 있었습니다.

'제가 어떻게 안연 같기를 바랄 수 있겠습니까? 안연은 하나를
들으면 열을 아는데, 저는 하나를 들으면 둘밖에 모르는 걸요.'

하고 대답했습니다. 그러자 공자는 만족한 듯이,

'그래 네 말이 맞다. 나도 네가 안연만은 못 하다는 말을 옳다고
여긴다.'

라고 했습니다.

또 이런 말도 했습니다.

'아깝다. 나는 그가 나아가는 것을 보았을 뿐 멈추는 것을 보지
못했다.'

31살에 죽은 안연이 그러했으니, 그가 오래 살았으면 정말 공자
보다 더 위대한 일을 했을지도 모릅니다.

그런 그가 일찍 죽고 말았으니, 공자의 마음이 얼마나 아팠겠습
니까?"

## 拱而尚右

"48장은 공자의 제자들이 얼마나 공자를 본받으려고 노력하였는
지를 보여 준 한 보기라 말할 수 있을 것 같군요.

공자가 제자들과 함께 서서 두 손을 나란히 내려 앞에 모으고
있었는데, 오른손이 위로 올라가 있었습니다. 보통 때 남자는 왼
손이 위로 올라가게 마주잡고 여자는 오른손이 위로 올라가게 마
주잡는 법인데, 공자는 오른손이 위로 올라가게 잡고 있었던 거지
요. 여기 나와 있는 공이상우(拱而尚右)의 공(拱)은 공수(拱手)의
뜻으로 손을 마주잡고 있는 것을 뜻하고, 상(尚)은 상(上)과 같은

뜻으로 올려놓았다, 또는 위로 가게 했다는 것과 같습니다.

그러자 옆에 있던 제자들도 공자와 같이 오른손이 위로 올라가게 포개 잡았습니다. 왜 그렇게 하느냐고 물을 것도 없이 따라 한 것입니다.

여기에 있는 이삼자(二三子)는 두세 사람이란 뜻인데, 하나의 관습용어로 많지 않은 수의 여럿이란 뜻으로 쓰이고 있었습니다. 여러분이라고 할 곳에서도, 너희들이라고 할 자리에서도 곧잘 쓰이곤 했습니다. 공자의 경우 제자들을 말할 때는 으레 이삼자라고 쓰곤 했습니다.

그러는 제자들을 보고 그냥 내버려둘 수도 없는 일이므로 공자는 그 까닭을 말할 수밖에 없었습니다.

'본받기를 좋아하는구나! 나는 누님의 상이 있기 때문이다.'라고 하자 제자들은 모두 본래대로 왼손을 위로 했다는 것입니다.

하기야 공자의 제자뿐이겠습니까? 사람은 자기보다 낫거나 훌륭하다고 생각되는 사람을 덮어놓고 흉내내려는 본능적인 충동을 느끼기 마련입니다. 유행이란 것이 바로 그거지요.

이씨조선 중기의 유명한 도학자의 일화 중에 이런 이야기가 있습니다. 너무도 유명한 분이라 이름은 밝히지 않겠습니다. 여러분 가운데도 그 분의 자손이 있을지도 모르는 일이니까요. 사실은 꾸며낸 이야기일지도 모르는 일이므로 이름은 밝히지 않는 것이 그 분에 대한 예의이기도 할 겁니다.

그 선생님이 언젠가 이상한 버선을 신고 있었습니다. 외씨 같은 예쁜 버선이 아니라 끝이 넙죽한 자루버선을 신고 있었던 것입니다. 우리나라 버선이 맵시 위주였다면 서양 버선은 편리 위주였다고 보아야겠지요. 그 선생님이 바로 편리하게 신기 위해 새로 창안한 듯한 오늘의 양말처럼 생긴 버선을 신고 있었던 것입니다.

엄격한 선생님이라서 차마 물어볼 수가 없었다기보다도, 선생님이 하시는 일이면 무엇이고 옳다는 생각에서 본받으려 한 것인지 제자들도 하나 둘 그런 버선을 신고 나타나기 시작했습니다. 집에 돌아가 부인들에게 부탁해서 만들어 신고 온 거지요.

그 선생님은 밝히기 어려운 사정이 있어서 그 버선을 신고 나왔던 것인데, 제자들이 흉내를 내기 시작하니 안 밝힐 수가 없었습니다.

'자네들 왜 그런 이상한 버선을 신고 나오는가?'

'선생님께서 신으신 버선이 편하고 좋을 것 같아 본받은 것입니다.'

'선생이 하는 거라고 다 본받을 것은 아니다. 내 아내는 이런 자루버선밖에는 만들 수 없는 솜씨라서 부득이 신고 있는 것인데, 자네들까지 일부러 좋지 못한 흉내를 낼 거야 없지 않은가? 앞으로 신고 오지 말게.'

제자들은 더 말을 못 했습니다. 그렇다고 버선을 자기들이 만들어 바치기도 뭣했습니다. 그래서 그 선생님은 그 버선으로 더욱 유명해지기도 했습니다.

까닭인즉 선생님이 늦게 상처를 하고 새장가를 들었는데, 새로 들어온 아내가 하도 솜씨가 없어 자루버선밖에는 만들지 못했던 것입니다.

그러나 성의껏 만들어 주는 자루버선을 안 신을 수도 없어 신었던 것입니다. 말하자면 모양으로 신었던 것이 아니라 아내에 대한 사랑과 의무같은 예의를 지키기 위한 것이라 볼 수 있지요.

그 선생님이 벼슬에 올라 경연(經筵)에 나가 임금에게 경전을 강의하곤 한 때도 있었는데, 언젠가 새해를 맞아 갖가지 색깔의 쪽헝겊으로 된 꽃버선을 신고 있었습니다. 새해 선물로 시골에서 아내가 정성들여 만들어 보낸 것이라서 그 성의를 생각해서 신고 있었던 것입니다.

그런 까닭을 알 리 없는 임금은 다른 무슨 특별한 이유가 있을 것으로 알고 물었습니다.

'경이 신은 버선은 옛날 법에 따라 특별히 지은 버선인 것 같구려?'

임금이 물으니 바른 대로 대답할 수밖에요. 임금은 그 말을 듣고 감탄해 마지 않았습니다.

'경이 그런 아내의 정성도 차마 뿌리치지 못하거늘 하물며 임금에게야!'

하고 몹시 흐뭇해 했다는 것입니다.

우리가 그 선생님의 백분의 일 만큼만 서로의 참뜻을 이해하려고 노력한다면 가정의 화합은 절로 이루어지지 않겠어요? 이것이 부부가 지켜야 할 예의가 아닐까요?"

"그런 훌륭한 선생님이 솜씨없는 부인을 맞이하게 되었다는 것도 이상하군요? 무슨 특별한 이유라도 있었던 걸까요?"

"그 이야기도 재미있지요. 그 선생님과 친한 분으로 역시 유명한 도학자가 있었습니다. 아마 약간 후배였지요. 그분이 중매를 한 것입니다.

별로 새장가를 들 생각도 없었는데 자꾸만 권고를 하는 겁니다. 그래서,

'어디 마땅한 처녀라도 있단 말인가?'

하고 물어보았습니다.

'저의 집안 딸인데 선생님과는 천생연분입니다. 제 말만 믿으시고 새장가를 드십시오.'

중매를 서는 그분도 많은 제자를 거느리고 있었고, 예의에 벗어난 짓을 하는 사람은 그냥 두고 보지 못하는 과격한 일면도 없지 않았습니다.

그 선생이 사는 마을에 젊은 과부가 하나 있었는데 행실이 좋지

174

못했던 것 같습니다. 그래서 마을을 뜨라고 위협하기도 했는데 여전히 버릇을 고치지 않자, 마침내는 제자들을 시켜 과부의 집을 헐기까지 했습니다. 그 당시는 사유재산이나 인권보다는 미풍양속이 중요시되고 있었으므로, 타일러도 듣지 않으면 그럴 수도 있었던 것입니다.

그러한 도학자가 자기 집안의 딸을 중매하며 천생연분이라고 하니까, 그만 마음이 솔깃해 장가를 들게 되었던 것입니다.

그런데 장가를 들고 보니 세상에 그런 멍청이가 없었습니다. 경상도에 가면 옛날 노인들은 그 이야기를 모르는 사람이 없을 정도로 유명합니다.

부인이 제사를 지내고 나서 곶감을 구워서 밥상에 올려놓았습니다. 밤도 구워야 맛이 있으니 곶감도 구우면 맛이 있을 줄 알았던 거겠지요. 그래서 그 선생은 무심코,

'굽는 것보다는 차라리 국을 끓이는 것이 좋았을 텐데…….'

라고 했습니다. 차마 핀잔을 줄 수 없어서 그랬던 거지요.

그러자 그 이튿날은 정말로 곶감으로 국을 끓여 상에 냈습니다. 하도 어이가 없어

'국 참 잘 끓였군!'

하고 말하자,

'곶감국이야 내 솜씨 당할 사람이 어디에 있을려고요?'

하고 기뻐했다는 이야기가 부인들 사이에 전해지고 있습니다.

그 선생님도 무던히는 안타까웠던 모양으로, 뒤에 그 중매선 도학자를 보고 이런 불평을 했습니다.

'자네같은 사람이 거짓말을 할 줄은 정말 꿈에도 몰랐네.'

그러자 대답이 걸작이었습니다.

'내가 무슨 거짓말을 했습니까? 천생연분이란 말밖에 더했습니까? 누구에게 시집을 가도 쫓겨날 것이 뻔한데, 선생님에게로

시집을 가면 평생을 무사히 보낼 것이니 그 아니 천생연분입니까? 하늘이 정한 인연을 제가 이루어준 것뿐입니다. 그야말로 일거삼득이지요.'

라고 했다는 것입니다."

<sup>침 질 칠 일 이 몰</sup>
## 寢疾七日而沒

"49장은 공자가 세상을 뜨게 되었을 때의 색다른 이야기가 되겠습니다. 〈가어〉에도 똑같은 내용이 실려 있습니다.

공자가 새벽 일찍 일어나 뒷짐을 진 채 지팡이를 끌며 노래를 불렀습니다.

'태산이 아마 무너지려나보다.

대들보가 아마 내려앉으려나보다.

철인(哲人)이 아마 사라지려나보다.'

공자는 이렇게 노래를 부르고 나서 들어가 방문 앞에 앉아 있었습니다.

공자가 그 같은 노래를 부르고 들어갔다는 말을 전해들은 자공이,

'태산이 무너지면 우리가 장차 어디를 우러러보며, 대들보가 내려앉고 철인이 사라지면 우리가 장차 무엇을 본받을 수 있겠는가? 선생님께서 아마 병이 나실 모양이다.'

하고 급히 달려 들어갔습니다.

〈가어〉에는 이 일이 보다 자세하게 나와 있습니다. 태산의 경우는 우러러본다는 망(望)을 쓰고, 대들보의 경우는 의지한다는 장(杖)을 쓰고, 철인의 경우는 여기처럼 본받는다는 방(倣)의 뜻으로 방(放)을 쓰고 있습니다.

달려온 자공을 보고 공자는 말했습니다.

'네가 오는 것이 어찌 그리 더디냐? 하나라 사람은 빈소를 동쪽 뜰 위에 만들고, 은나라 사람은 두 기둥 사이에 만들고, 주나라 사람은 서쪽 뜰 위에 만든다. 나는 은나라 자손이다. 나는 어젯밤 꿈에 두 기둥 사이에 앉아 있었다. 아무래도 내가 죽을 모양이다.'

원문에 있는 필요치 않은 부분을 빼면 공자는 대강 그런 내용의 말을 했습니다.

그리고 그날부터 자리에 누워 앓다가 7일째 되던 날 세상을 떴다는 것입니다.

앞에서 자장이 죽음에 임박해서 그 아들에게 말하기를,

'군자가 죽는 것은 종(終)이라 하고, 소인이 죽는 것은 사(死)라고 하는데, 나는 아마 이제 군자의 죽음인 종(終)을 얻을 것 같다.'

하고 허물없이 떳떳하게 죽는 것을 다행하게 여겼다는 내용을 읽었을 때, 마친다는 뜻의 종(終)을 대신해 졸(卒)과 해가 지듯 사라진다는 뜻의 몰(沒)을 쓰기도 한다고 했는데, 거기에서는 공자의 죽음을 몰(沒)이라 했습니다.

그런데 〈가어〉에서는 종(終)이란 글자를 쓰고 있습니다. 그리고 바로 그 다음에 공자의 나이가 그때 일흔 두 살이었다(時年七十二矣)는 것을 덧붙이고 있습니다.

그리고 노나라 임금 애공(哀公)이 죽은 공자를 기리며 한 말이 실려 있고, 그것을 듣고 있던 자공이,

'임금이 아마도 나라에서 죽지 못할 것 같다. 살아 있을 때 높이 쓰지도 못하고, 죽은 뒤에 못내 아쉬워하며 기리는 것은 예가 아니다. 그리고 천자만이 쓸 수 있는 한 사람(一人)이란 말을 제후로서 쓰고 있었으니, 두 가지를 잃은 것이다. 그리고서 어떻게 임금노릇을 제대로 할 수 있겠는가?'

라고 했다는 말이 나옵니다. 그 다음에, 여기 있는 다음 50장과 51장의 이야기가 실려 있습니다.”

“그럼 공자는 꿈을 꾸고 죽을 것을 알았다는 이야기가 되겠군요?”

“그런 셈이지요. 〈가어〉에는 종기해(終記解)라는 글제 안에 이 일을 싣고 있습니다. 삶을 마친 때의 기록과 풀이라는 뜻이겠지요.

꿈이야기가 나왔으니 말인데, 꿈에는 다섯 가지가 있다고 합니다. 보통꿈은 모두 과거와 현재와 미래에 대한 기억과 바람이 잠든 사이에 나타나는 것입니다. 이른바 과거몽·현재몽·미래몽이란 거지요. 과거몽은 추억 속에 사는 늙은이들이 많이 꾸는 꿈입니다. 현재몽은 현재밖에 모르는 어린 아이들이 많이 꾸는 꿈입니다. 어제 뛰놀던 장면이 꿈속에 나타나곤 하지요. 이른바 개꿈이란 겁니다. 미래몽은 미래에 대한 희망이라든가, 야심이라든가, 포부라든가 하는 것이 꿈속에 나타나는 것으로, 그야말로 꿈을 지닌 한창 시절의 뜻이 큰 사람이 꾸는 꿈입니다.

그러기에 공자도 〈논어〉에서 이런 말을 하고 있어요.

‘심하도다, 나의 늙음이여 ! 내가 꿈에 주공(周公)을 보지 못한 지가 오래구나. ’

늘 주공처럼 큰일을 할 꿈을 지니고 있던 공자가, 나이 이미 늙은 뒤로는 그런 미래에 대한 꿈을 꿀 수 없게 되었던 것입니다.

다음으로 영몽(靈夢)과 신몽(神夢)이 있습니다. 영몽은 앞에 있을 일이 꿈속에 미리 나타나는 거지요. 그것이 바로 공자가 말한 그런 꿈입니다.  은나라 자손인 공자가 빈소를 차리는 두 기둥 사이에 앉아 있는 꿈을 꾸었으니, 죽은 영혼이 빈소에 있는 것을 보여 준 거지요. 참인지 꾸며낸 이야기인지는 알 수 없으나, 그런 꿈을 꾸고 자기가 죽을 꿈이라고 풀이하고 그대로 되었다고 해서 이상할 것도 없는 일이지요.

하기는 공자가 어떤 영감의 발동으로 그것을 느끼고 꿈을 평계한 것인지도 모르지요. 〈가어〉에 보면 이런 이야기가 나옵니다.

언제인가 이튿날 제자들과 어디를 함께 나가게 되어 있었는데, 공자가 제자들에게,

'내일은 비가 올 것이니 모두 우산을 가지고 나오도록 해라！'
하고 일렀습니다.

제자들은 이튿날 모두 우산을 준비해 가지고 길을 떠났습니다. 전날밤에도 구름 한점 없었고 아침에도 햇볕이 쨍쨍했었는데 낮이 가까워지자 비가 오기 시작했습니다.

이에 제자들이 '비가 올 것을 어떻게 알았습니까？'라고 묻자, '옛글에 있지 않느냐. 밤에 구름이 기성(箕星)을 지나가면 이틀 뒤에 비가 온다고 말이다.'

그날 밤 구름이 기성을 지나갔는지 어떠했는지는 아무도 모르는 일이지요. 그러나 공자의 그 말을 들은 뒤로 제자들은 밤마다 구름이 기성을 지나가는지 않는지를 유심히 바라보곤 했습니다. 일기예보가 없던 옛날이고 보면 당연한 일이지요.

그러나 그것이 맞은 적은 거의 없었습니다. 역시 앞일을 미리 알았으면서도 그것을 드러내지 않기 위한 한 평계의 대답일 뿐, 공자가 비올 것을 미리 안 것은 구름과 별과는 아무 상관이 없는 것임을 제자들은 알았다는 것입니다."

"신몽은 어떤 것입니까？ 귀신이 일러주는 꿈을 말하는 건가요？"

"그렇지요. 〈성경〉에도 나오지요？ 꿈에 천사가 성모 마리아의 약혼자 요셉에게 나타나 뭐라고 일러 주었다고 말입니다. 요즘 사람들은 그것을 잘 믿으려 하지 않지만 그런 이치만은 부인할 수 없는 것입니다."

"〈성경〉 이야기가 나와서 말입니다만, 요한계 시록을 박사님은 어떻게 생각하시는지요？"

“믿느냐는 말인가요?”

“그런 건 아니지만, 그것이 그대로 이루어질 수도 있을지 모른다는 가능성을 인정하시느냐 하는 뜻입니다.”

“나도 계시록을 참고삼아 읽어는 보았지만, 전혀 알 수가 없더군요. 어쩌면 그것은 이스라엘 민족에 대한 예언이 아닐까요? 민족마다 예언이란 것은 있기 마련입니다. 우리나라에서도 〈정감록비결(鄭鑑錄秘訣)〉을 흔히 말하지 않습니까? 사실 〈정감록비결〉처럼 애매모호한 것도 없습니다. 그러다 보니 사람들은 〈정감록비결〉에 없는 잡다한 예언들을 모두 〈정감록비결〉에 있는 것처럼 말하곤 하지요.”

“〈정감록〉 이야기를 듣고 싶습니다. 그것도 계시록과 같은 것이 아닐까요?”

“계시록이 미래를 말한 것이라면, 예언도 곧 계시와 같은 것이라 볼 수 있지요.”

“그런데 정(鄭)씨가 계룡산에 도읍을 한다고 되어 있다면서요?”

“나도 정감록을 읽어 보기는 했으나 잘 모르겠더군요. 정도령 이야기는 오히려 민간전설로 내려온 것이라 볼 수 있습니다.

 그 정감록 때문에 얼마나 많은 사람이 고통을 겪고 부자가 망하고 했는지 모릅니다. 나도 계룡산 밑에서 산 적이 있는데, 그 곳에 사는 사람 대부분이 황해도·평안도·전라도·경상도에서 찾아온 사람들로, 있는 재산 다 팔아 없애고 가난에 시달리고 있었습니다.”

“무엇 때문에 온 것일까요?”

“정감록 때문이지요. 조선 말기에 큰 난리가 일어나 열에 아홉은 다 죽고 마는데, 이른바 십승지지(十勝之地)를 찾아가야 살 수 있다고 했으니까요.”

“계룡산이 십승지지 속에 들어있는 건가요?”

"십승지지 속에는 들어있지 않아요. 그러나 십승지지로 불리우는 안동(安東)이나 풍기(豊基) 외에 계룡산 10리 둘레도 난을 피할 수 있다고 나와 있기 때문입니다."

"결국 그 난리란 것이 6·25를 두고 한 말이 아니었을까요?"

"그렇게들 말하고 있어요. 사실, 나도 계룡산 아래로 피난을 했는데 10리 둘레에는 별일이 없었던 것 같아요.

이웃의 논산·부여 등지에서는 좌익도 아닌 사람들이 좌익으로 끌려가 죽기도 하고, 그 보복으로 좌익들에 의해 악질도 아닌 사람들이 악질반동으로 몰려 죽곤 했는데, 계룡산 10리 안에서는 경찰이 좌익들을 숨겨 주고, 좌익이 경찰을 숨겨 주고 했으니까요. 6천만이 다 그러면 금방 통일이 될 수 있을 텐데 말입니다."

"박사님도 예언을 믿으시는 편이군요?"

"믿지는 않지만 부인도 하지 않습니다. 다만 예언은 망원경과 같은 것이어서 현상만이 나타나 보일 뿐, 그 시기나 거리나 장소 같은 것은 정확할 수 없기 때문입니다. 그것이 그대로 이루어진다고 하더라도 말입니다. 장소와 시기가 맞지 않으면 미신과 아무 차이가 없지 않겠어요? 그날그날을 분수에 맞게 사는 것이 가장 현명한 삶의 태도입니다. 예언이 어떻고 계시록이 어떻고 하는 사람들은 대개가 핑계 삼아 하는 경우가 많겠지만, 거기에서 어떤 해답을 얻을 수 있는 것처럼 말하는 사람은, 그 자신이 허황된 사람이 아니면 남을 속이는 사람으로 보아도 좋을 것입니다.

예언 이야기는 이 정도로 해 둡시다."


<ruby>喪<rt>상</rt>夫<rt>부</rt>子<rt>자</rt></ruby>, <ruby>若<rt>약</rt>喪<rt>상</rt>父<rt>보</rt>而<rt>이</rt>無<rt>무</rt>服<rt>복</rt></ruby>


"50장은 49장의 연속입니다. 공자가 죽음을 예언하고 앓아누운 지 이레 만에 세상을 버리자, 문인들이 공자에 대한 복을 어떻게

입어야 할 것인지를 몰라 궁금해 했습니다. 그 때까지 스승에 대해 어떤 복을 입어야 한다는 제도라든가 또는 전통, 관습같은 것이 없었기 때문이겠지요.

그러자 자공이 이런 의견을 내놓았습니다.

'옛날 선생님께서 안연이 죽었을 때, 자식 잃은 듯이 하시면서도 상복을 입지는 않으셨습니다. 자로가 죽었을 때도 역시 그랬었습니다. 그러니 선생님 잃은 것을 아버지 잃은 것처럼 하고 상복은 입지 않도록 합시다.'

이른바 마음의 복(心喪)을 3년 입도록 하자고 제안한 것입니다. 스승의 복을 심상삼년(心喪三年)으로 하는 관례(慣例)가 이때 비로소 생겨난 것 같습니다. 말하자면 그 이전에는 스승다운 스승이 없었으므로, 복을 입고 말고 하는 문제가 생겨날 수도 없었던 거지요.

여기 자공이 한 말로 미루어 보았을 때, 공자가 사랑하는 제자들이 죽었을 때 비록 상복은 입지 않았어도 자식을 잃은 것과 다름없는 슬픔을 오래 간직하고 있었음을 알 수 있습니다. 앞에서 안연의 탈상한 제사의 고기를 받고 방에 들어와 거문고를 타고 난 다음에야 그 고기를 먹을 수 있었다는 것만 보아도 알 수 있습니다.

다시 말해 스승과 제자의 관계는 서로가 마음에서 결정되는 것으로, 거기에 어떤 형식적인 조건이 개입될 수는 없는 것이 아니겠어요?

요즘 같은 세상은 국민학교서부터 대학까지 수많은 스승이 있을 수 있고, 툭하면 농성이다 시위다 하는 사태까지 벌어지는 마당이니, 거기에 무슨 스승과 제자 사이의 은혜나 사랑같은 것이 있겠어요?

그러나 그런 가운데서도 평생 잊혀지지 않는 교사나 교수가 있기 마련입니다. 그게 바로 심상(心喪)이 아니겠어요? 마음으로 생각하는 심상이 상복을 입는 겉치레보다 훨씬 더 참된 것이 아닐까요?

부모에 대한 복이란 것도 오늘날에는 결국 이 심상형식으로 바뀌었다고 보아야 옳겠지요? 나는 아버지를 잃은 지 벌써 30년이 넘습니다만 지금도 아버님에 대한 정을 잊을 수가 없어요. 나를 낳아 준 아버지인 동시에 나를 사람으로 만들어 준 스승이었기 때문이지요."

"그런데 제자들이 심상(心喪)을 입을 때 자기 집에서 입지 않고, 공자의 무덤 앞에 움막을 짓고 지냈다고 하지 않습니까? 그것은 무엇 때문이었을까요? 여묘(廬墓)살이라는 것이 거기에서 비롯된 것은 아닐까요?"

"그럴 듯한 생각이군요. 여묘살이란 것이 그것을 모방한 것일지도 모르지요. 그러나 제자들이 무덤가에서 3년을 지낸 것은, 공자의 집에는 핏줄인 자손들이 상주노릇을 하고 있었을 것이니 거기 함께 있을 수도 없는 노릇이고, 각자가 자기 집에다 상청을 차릴 수도 없기 때문이 아니겠어요? 상복만 입지 않았을 뿐 상주 노릇을 한 것이니까, 이왕이면 무덤가에 집을 짓고 지낸 거겠지요. 모두가 옛날 여유있는 특권층의 일로 보아야 하겠지요. 오늘처럼 먹고 살기에 바쁘고 정신없는 세상이라든가, 그 당시도 당장 일을 해야 먹고 살 수 있는 백성들이야 부모의 상인들 제대로 입을 수 있었겠습니까? 그래서 예불하어서인(禮不下於庶人)이란 말이 생긴 거지요. 예란 보통사람들로서는 지켜질 수 없는 특권층만의 것이라 보는 것이 옳을 것입니다.

그래서 보통사람들은 낮에는 밖에 나가 일을 하고 들어와서 상청에서만 상복을 입었어요. 일도 하지 않고 노상 집에서 상청을 지키거나, 나갈 때도 상주의 옷차림으로 나가곤 하는 것은 특권층

이나 할 수 있었고, 또 그것을 집상(執喪)이라 하여 장한 일로 알
기도 했던 겁니다."

공자지상　공서적　위지언
孔子志尙, 公西赤, 爲志焉

"51장 역시 앞과 연결된 내용입니다.
공자의 초상에 공서적(公西赤)이란 제자가 모든 일을 주관했습니
다. 여기 위지언(爲志焉)이라고 한 것은 기록을 했다는 뜻인데, 모
든 장례절차를 기록해 두고 거기에 따라 진행했다는 뜻일 겁니다.
〈가어〉에는 장빈장언(掌殯葬焉)이라고 나와 있어요. 빈소를 만들
고 장례를 모시고 하는 일을 맡았다는 말입니다. 이것을 여기서는
위지언이라고 한 거지요.
　〈가어〉에는 맵쌀 세 숟가락을 입에 넣고, 옷 열한 벌을 입힌 위
에 관복 한 벌과 장보관(章甫冠)을 씌우고, 지름이 다섯 치나 되는
상아 고리를 채웠다는 것과 오동나무로 된 네 치 널과 잣나무로
된 다섯 치 널을 썼다는 것을 말한 다음, 여기 51장의 내용을 적고
있습니다. 그런데 여기 있는 대목이 가장 중요한 것으로, 글자 하
나가 지닌 뜻을 일일이 설명하지 않으면 안 됩니다.
　맨 처음 식관장(飾棺牆)이란 말이 나오는데 글자의 뜻만으로는
널을 꾸민 담이란 뜻입니다. 이 담이란 말은 널을 둘러싼 담이란
뜻으로, 널 위를 덮은 덮개와 옆을 두른 장막을 가리킨 것입니다.
　그 위에 치삽(置翣)을 하고 또 설피(設披)를 했다는 것입니다.
치삽의 삽은 운삽(雲翣)을 말하는데, 널 앞뒤에 세우는 가는 깃털
로 된 부채 모양의 덮개라고 나와 있습니다. 그리고 피(披)를 만
들어 두었다는 설피(設披)의 피는 당김 줄을 말합니다. 널이 상여
안에서 기울여지는 일이 없게끔 당김 줄을 만들어둔 것을 말합니
다. 이것이 그 당시에 행해지고 있던 주나라 제도였다는 것입니

184

다.

　그리고 다음에 설숭(設崇)이라고 나오는데 숭은 높다는 뜻으로, 악기를 걸어두곤 하는 어금니 모양의 숭아(崇牙)를 뜻한 것이라 합니다. 즉 상여에 세우는 깃대에 채색비단으로 만든 숭아 모양의 장식이 너울거리는 것을 말합니다. 그런데 그것은 그 당시에는 행하지 않던 은나라 제도라는 겁니다.

　그리고 끝에 도련설조(綢練設旐)라고 나와 있는데, 도(綢)는 싼다는 뜻이고 련(練)은 흰 비단을 말합니다. 즉 흰 비단으로 깃대를 싼 것을 말합니다. 조(旐)는 거북과 뱀을 그린 깃발을 말한다 합니다.

깃대는 흰 비단으로 둘러싸고, 깃발에는 거북과 뱀이 그려져 있었으니 그것은 하나라 제도였다는 겁니다.”

“그렇게 한 특별한 이유가 무엇일까요?”

“글쎄요? 〈가어〉에는 이렇게 말했어요. ‘그것은 하·은·주 3대의 예를 아울러 쓴 것이니 스승을 높여 옛것을 두루 갖춘 것이 된다’고. 즉 공자는 한 시대의 사람이 아니라, 지나온 역사의 모든 문물을 한몸에 지니고 있는 초시대적 사표가 된다는 뜻을 말한 것이 되겠지요.”

“특히 공서적의 이름을 밝힌 것은, 공서적이 자기 개인의 의견으로 그렇게 한 것을 말한 것일까요?”

“공서적은 공자의 제자 가운데 예법과 절차와 의식에 가장 밝은 사람이었습니다. 공자는 그의 인격과 능력을 묻는 사람에게 이런 대답을 하곤 했어요.

　‘공서적은 띠를 매고 조정에 서서 외국 사절들과 말을 주고받을 수 있다.’

　요즘으로 말하면, 외무장관이나 의전실장 같은 일을 겸할 수 있다는 이야기가 되겠지요.

또 공자가 한가하게 여러 제자들과 있을 때, 각각 그들의 소원과 장점을 말하게 한 일이 있습니다. 그때 공서적은,

'종묘의 일이나 제후들의 모임에서 예복과 예모차림으로 일을 돕는 사람이 되고 싶습니다.'

하고 말했습니다.

이것만 보아도 그가 당시 행해지던 까다로운 의전이나 예식같은 것에 아주 밝았음을 알 수 있습니다.

그런 그였으니 제자들이 그에게 그런 모든 일을 책임지고 하게끔 맡겼을 것이며, 그가 말하는 의견에 모두 따랐을 것이니, 공자의 장례식 절차와 그에 따른 장치와 설비들이 다 그의 의견에서 나온 것이라 보아야겠지요.

덧붙여 말해 주고 싶은 것은, 그 기록 자체가 공서적의 손으로 된 것임이 틀림없다는 겁니다."

"어떤 이유에서인가요?"

"지금까지 계속 보아 왔지만 제자들을 말할 때는 이름 대신 자(字)를 썼습니다. 자로니 자공이니 자하니 자장이니 하고 말입니다. 그런데 공서적의 경우는 성과 이름으로 표기했습니다. 공서가 성이고 적이 이름입니다. 그의 자는 자화(子華)였어요. 〈논어〉에도 제자의 이름이 그대로 쓰인 곳이면, 그 자신이 그 기록을 남긴 것으로들 보고 있습니다. 이 단궁편의 대부분의 기록들이 그의 손으로 기록된 것일지도 모르는 일입니다."

"〈가어〉에는 더 자세하게 나와 있다고 하셨는데 어떤 내용들이 적혀 있는지요?"

"바로 이어 이런 것들이 적혀 있어요.

'노나라 성 북쪽 사수(泗水) 위에 장례를 모셨는데 땅속 깊이 샘물이 나지 않을 정도로 묻고, 누운 도끼 모양으로 봉분을 했는데 그 높이가 넉자였고, 둘레에 소나무와 잣나무를 심어 표나

게 해 두었다. 그리고 제자들은 모두 무덤 옆에 집을 세우고 거기서 심상의 예를 행했다.'

장례가 끝난 뒤에 연(燕)나라에서 구경하러 온 사람이, 자하가 있는 곳에 와서 묵고 있었습니다. 자공이 그를 보고 한 말이 있는데 단궁편 98장에는 자하가 말한 것으로 나와 있습니다.

'보통사람이 성인의 장례를 지내는 것일 뿐, 성인이 다른 사람의 장사를 지내는 것도 아닌데 무엇을 구경할 것이 있겠소? 옛날 선생님이 말씀하시기를, 하(夏)나라 집처럼 봉분한 것도 보고 도끼처럼 한 것도 보았는데, 도끼처럼 된 것을 따르겠다 하셨습니다. 그래서 그렇게 한 것뿐인데 무엇을 구경하겠다는 겁니까?'

하나라 집이란, 초가지붕처럼 위가 편편하고 약간 넓은 것을 말한 것이니 봉분의 흙이 많을 수밖에 없고, 도끼처럼 위가 뾰족한 것은 쉽게 봉분을 만들 수 있으므로 쉬운 것을 따른 것이란 뜻일 겁니다. 다음에 자세히 설명하겠습니다.

그리고 제자들이 3년상을 마치고 혹은 그곳에 그대로 머물러 있고 혹은 떠나고 했는데, 자공만은 무덤 옆에 움막을 짓고 6년을 채웠으며, 그 뒤로 뭇제자들과 노나라 사람들 백여 집이 무덤가에 집을 짓고 살아 마을을 이루게 되었으므로, 사람들이 그 마을을 공자마을(孔里)이라 불렀다고 되어 있습니다."


저 막 단 질   의 결 우 사 우
**褚幕丹質, 蟻結于四隅**


"52장은 자장의 제자 공명의(公明儀)가 스승의 장례를 남달리 지낸 것을 말하고 있습니다. 즉 저막단질(褚幕丹質)에 의결우사우(蟻結于四隅)라는 것인데, 저막의 저(褚)는 널을 덮은 덮개를 말하는 것으로, 저막은 그 덮개가 장막처럼 널 전체를 둘러싸게 된 것을 말한 거겠지요. 단질은 붉은 바탕이란 뜻으로 붉은 베로 저막을 만들었다는 뜻입니다.

의결우사우는 왕개미가 네 모서리에 연결되었다는 뜻으로, 저막 위에 왕개미가 줄을 지어 오가는 그림을 그려 두었다는 것이 되겠지요.

그런데 문제는 맨 끝에 있는 은사(殷士)라는 것입니다. 물론 은나라 선비란 뜻인데, 주나라 시대 사람인 자장을 장사지내는데 어째서 은나라 선비의 예로 했느냐 하는 것입니다.

공명의는 〈맹자〉에 그가 한 말이 소개되어 있을 정도로 노나라의 유명한 선비였습니다. 그런 공명의가 스승의 장례를 은나라식으로 지낸 것은 무엇 때문이었을까요, 자장의 유언에 따른 것일까요, 아니면 공명의의 개인 생각에서였을까요? 어느 쪽이 되었든 특별한 이유가 있었을 것은 분명한 일입니다. 〈예기〉의 기록이 대부분 그렇듯이 색다른 것을 기록에 남겼을 뿐 그에 대한 설명은 없습니다.

그래서 학자 가운데는 이렇게 그 이유를 설명하기도 합니다.

'은나라 예는 질박하고 주나라 예는 사치스러웠다. 그래서 사치스런 주나라 예를 버리고 은나라 예를 따른 것이니, 그 당시의 사치스런 풍조를 바로잡기 위해서였을 것이다.'

일리가 있는 설명 같습니다. 먼저 자장의 성격을 그의 말에서 찾아 보면 〈논어〉 자장편 첫머리에 이렇게 적혀 있습니다.

'선비는 위태로운 것을 보면 모든 것을 운명에 맡기고 최선을 다할 뿐이며, 얻는 것을 보았을 때는 그것이 옳은 것인가를 생각해야 하며, 제사에는 공경이 첫째요 상사에는 슬픔이 있을 뿐이다.'

이 말에 의하면 맨 뒤의 슬픔이 있을 뿐이라는 자장의 가르침을 소중히 여긴 데서 그런 장례가 나오지 않았는가 싶습니다. 자유도

188

같은 말은 했고, 공자 역시 기회 있을 때마다 그런 말을 했습니다. 뒤에도 나옵니다.

공자는 주나라의 문물이 찬란하게 빛난다고 칭찬을 하면서도, 겉만 찬란하고 속이 비어 있는 것은, 속이 있고 겉이 투박한 것만 못 하다고 늘 말하곤 했습니다.

그리고 〈논어〉에서 이렇게도 말했습니다.

'옛날 사람은 예(禮)와 악(樂)에 있어서 야만에 가까웠고, 지금 사람은 군자(君子)이기는 하다. 그러나 내가 만일 쓰기로 한다면 나는 옛날 사람 것을 따르겠다.'

자장과 자유는 공자의 이 뜻을 살린 제자였다고 볼 수 있습니다. 그러나 다른 제자들은 그렇지가 못했습니다.

사랑하는 제자 안연이 죽었을 때, 제자들이 장례를 화려하게 치르려 하자, 공자는 못하게 말렸습니다. 그러나 제자들을 기어코 화려하게 치르고 말았습니다.

그러자 공자는,

'너희들은 나의 참다운 제자가 아니다.'

하고 꾸짖은 일도 있었습니다.

공명의를 비롯한 제자들은 스승인 자장의 평소의 가르침을 소중히 여겨 소박한 은나라 예를 따랐을 것으로 보입니다. 또 덮어놓고 검소하게만 하면 말썽의 소지도 없지 않으므로 은나라 형식을 택한 것으로도 생각됩니다."



易墓非古也


"이번은 55장으로 이묘(易墓)는 비고야(非古也)라는 다섯 글자로 된 내용입니다. 이(易)는 다스린다는 뜻입니다. 무덤을 아름답게 꾸미는 것은 옛날에는 하지 않던 일이라는 뜻입니다.

여기서 옛날이라 말한 것은 5백 년 전인 은나라 이전을 가리킨 것입니다. 앞에서 자장의 제자 공명의가 자장의 장례를 은나라 식으로 지냈다는 것도, 질박한 옛날로 돌아가야 한다는 제자들의 생각에서 나온 것으로 볼 수 있습니다.

무덤을 다스린다는 것은 막연한 말이긴 하지만, 집을 가꾸는 것처럼 한이 없는 것 아니겠어요?

우리가 흔히 말하는 무덤의 풀을 베는 벌초(伐草)라는 것이 최하 최소의 무덤 가꾸기라면, 그 다음이 무너진 곳을 때우고 떼를 입히고 하는 이른바 사초(莎草)라는 것이 되겠지요.

그런가 하면 왕릉처럼 무덤을 만들어 한때 말썽을 빚은 일까지 있지 않습니까? 일본에 가서 부자가 된 어느 사람이 고국에 와서 자기가 묻힐 무덤을 그렇게 만들었던 것입니다.

무덤이란 것이 사실 중요하고도 심각한 것이 아닐 수 없습니다. 좁은 땅이 모두 무덤으로 차고 만다는 것은 수학적으로도 필연적인 현상이 아니겠어요?

앞에서 공자의 어머니와 공자의 무덤 이야기가 나왔습니다만, 공자가 중도(中都)라는 큰고을의 장관이 되어 갔을 때, 가장 개혁적인 조치가 여기 있는 이 옛날 법에 따른 장례제도였습니다.

즉 땅에다 묻는 것으로 장례를 완전히 끝마치고, 무덤을 호화롭게 꾸미지 못하게 한 것이었습니다. 봉분을 만들지 못하게 하고 나무도 심지 못하게 했습니다.

옛글에, 옛사람의 무덤 위에 지금 사람이 장사지낸다(古人塚上 今人葬)는 말이 있는데, 사실은 그렇게 될 수밖에 없는 일이지요. 천 년 전 왕릉이나 귀족의 무덤이 지금은 논밭이 되고 나무로 덮여 있을 수도 있는 일이며, 조상의 무덤을 소중히 아는 양반들도 먼 조상의 무덤을 거의 모르고 있는 실정이니까요.

공자는 그것을 제도적으로 습관화시켜 조상의 무덤을 잊도록 한 것이라 볼 수 있습니다. 공동묘지에서 가끔 무덤시비가 생기곤 하는데, 두 사람이 서로 자기 조상 무덤이라고 한 무덤을 놓고 다투는 거지요. 그래서 빗돌이라는 것이 필요한 것이기도 한데, 그 빗돌이란 것이 큰 폐단으로 등장한 지도 이미 오래입니다. 자기 조상이 훌륭한 분이었다는 것을 자랑하기 위해, 없는 이야기를 꾸며내어 쓰기도 하고, 하지도 않은 벼슬을 한 것처럼 빗돌에 새겨 두는 일도 없지 않습니다.”

“공자의 그런 제도가 백성들의 반발을 별로 사지 않았기에 시행된 것이 아닐까요?”

“물론이지요. 앞에서 공자가 어머니를 아버지와 합장을 하며 봉분을 만들 때, 나는 사방으로 떠돌아다니는 사람이므로 표를 하지 않을 수 없다고 말하지 않았습니까? 그것만 보아도 그 당시는, 보통사람들은 봉분을 하지 않았던 것을 알 수 있습니다. 공자의 아버지는 장군이었고 식읍까지 가지고 있었으면서도, 그 무덤이 어떤 것인지 잘 모를 정도였으니 무덤은 특권층 사람들만의 것이었던 것 같습니다.”

“그렇다면 개혁적인 조치라고 볼 수도 없지 않습니까?”

“미래를 내다본 개혁조치라 해야 할 것입니다. 공자의 그같은 제도를 본받기 위해 각 나라에서 시찰단을 보냈다고 나와 있으니까요. 아마 공동묘지처럼 장소를 정해 두고, 그 곳에 그런 식으로 묻게 한 것으로 보입니다. 결국 오래되면 무덤 위에 또 무덤이 생기게 될 것이니 새로 공동묘지를 마련할 필요도 없을 것이며, 공동묘지 아닌 곳에 사사로이 쓴 무덤이 몇 해 안 가서 풀과 나무로 덮이고 말 것이니 더욱 문제가 되지 않지요.”

“여기 이런 것을 적어둔 것이 어떤 특별한 이유 때문이라고 한다면 무엇으로 볼 수 있겠습니까?”

“무슨 큰 이유야 있겠어요? 공자가 어떤 기회에 우연히 한 말이

있거나, 아니면 이편을 기록한 사람이 자기 생각을 적어 둔 것일
지도 모르지요.

한편으로 춘추시대 말기에서 전국시대로 접어들며, 사회는 경
제적으로 급성장하게 됩니다. 특히 상업과 무역이 발달하기 시작
하며 사치풍조가 팽배했던 시기입니다.

공자가 지방장관으로 나가 장례제도를 법으로 만든 것만 보아
도, 너도 나도 무덤을 꾸미기 시작한 시기가 아니었던가 싶습니
다. 그런 제도를 만든 것에 대한 공자의 대답이었는지도 모르지
요.

공자가 늦게 송나라로 갔을 때는, 송나라 실권자요 국방장관인
환퇴(桓魋)란 사람이, 자기가 묻힐 무덤을 돌로 만드는 데 3년이
걸려도 끝이 나지 않아 석공들이 말할 수 없는 고통을 겪고 있다
는 말을 자공으로부터 전해들은 일도 있었습니다. 중국식 피라미
드를 만들고 있었던 모양이지요.

그 말을 전해들은 공자는 이런 말을 했습니다.

'죽은 사람은 살이 빨리 썩을수록 좋은 것인데, 돌집을 만들어
무얼 어쩌겠다는 건가?'

그런 일들이 다 이런 말을 하게 만든 것이 아니겠어요?

그 환퇴란 사람은 결국 반란을 꾀하다 쫓겨나 돌무덤에는 들어
가 보지도 못하고 객사를 하고 말았습니다.

산 사람의 사치도 문제지만 죽은 사람의 사치는 더욱 문제가
아니겠어요? 돈 있는 사람들이 서로 앞을 다투어 무덤을 가꾸기
시작하면 그 폐단이야말로 이루 말할 수 없을 것입니다.

이 문제에 대해선 77장에서 다시 이야기하게 될 것입니다."

예 불 족 이 경 유 여
禮不足而敬有餘

 "다음은 56장이 되겠는데 공자가 한 말을 자로가 전한 것으로 되어 있습니다. 지금까지 주욱 보아 온 내용들을 총괄해서 말한 것처럼 보이기도 합니다.

 산 사람을 중심으로 한 예 가운데는 관례와 혼례가 가장 크고, 죽은 사람을 위한 예로는 상례와 제례(祭禮)가 주가 되겠는데, 죽은 사람에 대한 예가 형식에 치우친 것이 될 수밖에 없는 것은 어쩔 수 없는 일입니다. 죽은 사람과는 사실상 상관도 없는 것을 산 사람들이 그러고 있다고도 볼 수 있으니까요.

 자로는 공자에게 들은 말을 이렇게 전했습니다. 여기 말한 예는 형식을 말합니다.

 '상례는 슬픔이 모자라고 형식에 남음이 있는 것보다는, 형식이 모자라고 슬픔에 남음이 있는 것이 낫다.

 제례는 공경하는 것이 모자라고 형식에 남음이 있는 것보다는, 형식이 모자라고 공경에 남음이 있는 것이 낫다.'

 악법도 법은 법이니 지켜야 한다는 말이 유행처럼 입에 오르내린 적도 있었는데, 여기 말한 남음이 있다고 한 예란 것은 예의 참뜻과는 거리가 먼 겉치레를 두고 한 말입니다. 악법이란 말이 있을 수 있다면 허례(虛禮)란 것도 나쁜 예에 속한다고 보아야 하겠지요?

 슬픔과 공경을 바탕으로 해서 만들어진 것이 상례와 제례였는데, 그 바탕이 되는 슬픔과 공경은 점점 사라져 가고, 껍데기뿐인 허례만이 점점 더 불어나고 있었기 때문에 한 말이었다고 할 수 있습니다."

 "그럼, 처음 만들어질 때보다 점점 더 형식이 보태지거나 복잡해졌다는 말인가요?"

 "그렇다고 볼 수 있어요. 여기 나와 있는 자로에 관한 것에 이런 이야기가 있습니다.

자로가 노나라 세도재상 계씨(季氏)의 비서실장같은 가신(家臣)
이 되어 있을 때 일입니다.

계씨가 자기 집 사당에서 조상의 제사를 지내게 되었는데, 어찌
나 절차가 번거롭고 형식이 까다로운지 그것을 그대로 다 지키다
보니, 새벽부터 시작한 제사가 날이 어두워서야 끝이 나곤 했습니
다. 원래 제사란 조상에게 영광을 돌리고 자손에게 복을 내리는
것으로, 중간중간 음악과 덕을 기리는 찬사와 손님들의 축사와 함
께 술잔이 돌기도 하는 등 경축의 분위기로 이어지는 것이긴 합니
다.

흔히 말하는 축제 분위기를 살리기 위해 순서가 자꾸만 바뀐 거
지요. 초대를 받아 모인 손님들이야 술이나 마시고 음악이나 듣고
춤이나 구경하면 그만이지만, 직접 진행하는 사람들은 신경이 쓰
여지고 지치고 해서, 하품을 하기도 하고 비틀거리기도 하고 꾸벅
꾸벅 졸기도 했다고 나와 있습니다.

그런 것을 자로가 뜯어 고쳤습니다. 제사란 공경을 바탕으로 간
단히 끝내는 것이 좋은 것이며, 술을 나누고 즐기는 것은 끝난 뒤
에 얼마든지 할 수 있다고 생각한 것입니다.

그래서 새벽에 시작하면 해뜰 때쯤 해서 끝나곤 했습니다. 한두
시간으로 끝냈다고 보아야 하겠지요. 예에 밝다고 하는 공자의 제
자가 하는 일이니, 계씨도 따를 수밖에 없었겠지요. 누구보다 기
뻐한 사람은 직접 진행을 맡은 제관과 집사들이었을 겁니다.

공자는 이 말을 듣고 제자들을 보고 말했습니다.

'누가 자로를 가리켜 예를 모른다 하겠느냐?'

예란 정신이 소중한 것이지 형식이 소중한 것이 아니란 뜻입니
다. 예의 정신을 잘 알고 있는 자로가 형식에만 밝은 사람보다 열
배 낫다는 뜻이 담겨 있다고 볼 수 있습니다.

공자는 〈논어〉에서 이런 말을 했습니다.

194

'나라의 제사를 지낼 때, 술을 땅에 부어 강신을 한 뒤부터는
아무 것도 볼 것이 없다. '

강신(降神)은 신이 내려와 제사를 받게끔 하는 의식으로, 사람
으로 말하면 초청받은 손님을 아랫목에 모시는 것과 같습니다. 그
때까지만 모두 경건한 태도로 있다가 이내 그 태도가 사라지고 말
기 때문에 한 말입니다.
비슷한 내용으로 이런 것도 있습니다. 자로가 공자를 보고 말했습
니다.

'가난처럼 마음 아픈 것은 없습니다. 살아서는 부모님을 제대로
공양할 수도 없고, 돌아가시면 예를 갖추어 장례도 모실 수 없
으니 말입니다. '
그러자 공자는 이렇게 대답했습니다.
'콩죽을 먹고 맹물을 마셔도 부모님의 마음을 즐겁게 해 드리는
것이 참다운 효도요, 손과 발을 거두어 입은 옷 그대로 그날로
장사를 지내고, 널이 없어 쓰지 못한다 해도 분수에 맞게끔 하
는 것이 바로 예란 것이다. 가난을 마음 아파할 것이야 무엇 있
겠느냐? '
공자의 이 대답이 바로 자로가 여기 전한 말과 일치하는 정신이
라 볼 수 있습니다.

외상이면 소도 잡아먹는 식의 효도로 부모의 마음을 걱정되게
하고, 남의 눈이나 내 체면을 세우기 위해 빚을 얻어 장례를 치른
끝에 그 빚으로 인해 산 사람이 안해도 될 고생을 한다면, 그것은
죽은 이의 영혼을 괴롭게 하는 일이 될 수밖에 없는 일입니다.

자로가 전한 것으로 되어 있는 여기 나와 있는 말이, 〈가어〉에
는 자유의 물음에 대한 공자의 대답으로 나와 있습니다.

칭가유무(稱家有無)란 말이 널리 쓰이곤 했는데 이 말도 공자가
자유의 물음에 대답한 말입니다. 칭(稱)은 맞게 한다는 말입니다.

자기 집 살림이 있고 없는 것에 따라 맞게끔 한다는 뜻입니다.
　자유가 물었습니다.
　'초상에 갖추어야 할 물건이 무엇무엇입니까?
이때 한 공자의 첫대답이 칭가유무였습니다.
자유가 다시 물었습니다.
　'있고 없는 한계를 어디에 두어야 합니까?'
그러자 공자는 이렇게 대답했습니다.
　'아무리 재물이 있어도 지나치게 하지 않는 것이 예다. 참으로
　가진 것이 없으면, 손과 발을 거두어 입고 있는 옷 그대로 묻는
　다 한들 어느 누가 잘못한다 말할 수 있겠느냐?'
　그리고는 여기 자로가 전한 말 그대로 한 자도 틀리지 않게 나
와 있습니다.
　이때 자로도 옆에서 들었을 것이고 다른 제자들도 들었겠지요.
자로가 같은 물음을 했는지도 모를 일이고….
　자유의 물음에 대해선 단궁편 89장에도 나와 있습니다."

탄 지 이 불 성 성
## 彈之而不成聲

"다음은 59장입니다.
　자하가 3년상을 벗은 다음 공자를 찾아와 뵈었습니다. 공자는
거문고를 주고 함께 따라 타게 했습니다.
　따라 타기는 하는데 가락이 맞지도 않고 손만 튕길 뿐, 거문고
소리가 제대로 나지도 않았습니다.
　그리고는 자하는 일어나 말했습니다.
　'옛 임금이 만든 제도라 감히 더 복을 입을 수는 없었사오나 아
　직 슬픔이 잊혀지지를 않습니다.'
　공자는 유창한 곳을 탔는데, 자하는 슬픈 마음이 가시지 않아

억지로 따라 탄 것입니다.

자장이 또 3년상을 벗고 공자를 찾아와 뵈었습니다. 역시 공자가 그에게도 거문고를 주고 따라 타게 했는데, 가락이 서로 어울리고 소리도 우렁차게 울렸습니다. 그리고는 자장은 일어나 말했습니다.

'옛 임금이 만든 예라 감히 다 채우지 않을 수 없었습니다.'

조금도 슬픔이 남아 있지 않았기 때문에, 즐거운 곡을 제대로 따라 탈 수 있었다는 말입니다.

여기는 이렇게 나와 있는데, 〈가어〉에는 자하의 이야기가 반대로 나와 있습니다."

"어떻게 말인가요?"

"자장 대신 민자(閔子)가 나오는데, 자하가 여기 나온 자장과 같은 사람으로 나옵니다. 민자가 여기 있는 자하와 같은 사람으로 등장하고……."

"어느쪽 기록이 맞는 것일까요?"

"역시 〈가어〉쪽이 맞다고 여겨집니다."

"어떤 이유에서지요?"

"앞에서 보았지요? 자하가 그 아들의 죽음을 슬퍼한 나머지 눈이 보이지 않게 되었을 때 증자가 찾아갔었고, 그때 자하가 하늘을 원망하며 내가 무슨 죄가 있느냐고 울부짖자 증자가 성을 내며 자하를 꾸짖은 다음, 세 가지 죄를 들었는데 그 가운데 하나가, 부모의 상에는 별로 슬퍼했다는 소문도 들리지 않았었는데 자식의 죽음에만 눈이 어둡도록 슬퍼했다는 것이었지요? 그러니까 3년상을 마치고도 거문고의 즐거운 곡을 제대로 탈 수 없었다는 것은 서로 맞지가 않는 일입니다."

"〈가어〉에는 어떻게 나와 있나요?"

"여기보다는 문장이 더 확실하게 되어 있는데, 자공의 물음까지 곁들여 있습니다. 즉 다음과 같습니다.

자하가 3년상을 마치고 공자를 찾아와 뵈었다. 공자가 거문고를 주며 타게 하자, 소리가 또렷또렷 즐겁게 울렸다. 그리고는 일어나 말했다.

'선왕이 만든 예라 감히 다 채우지 않을 수 없었습니다.'

상복만 입고 있었을 뿐, 슬픔은 잊은 지 이미 오래였다는 뜻입니다.

그러자 공자는,

'군자의 일이다.'

하고 칭찬했습니다.

뒤에 민자가 또 3년상을 마치고 공자를 찾아와 뵈었습니다. 민자는 이름을 손(損)이라 하고 자를 자건(子騫)이라 했는데, 효자로 이름난 사람이었습니다.

공자가 거문고를 주고 타게 하자, 그 소리가 끊어질 듯 끊어질 듯 슬프기만 했습니다.

그리고 일어나 말했습니다.

'선왕이 만든 예라 감히 더 입을 수가 없었습니다.'

〈예기〉의 자하가 한 말을, 민자건이 한 것입니다.

공자는 역시 군자라고 칭찬했습니다.

그러자 이를 귀담아 듣고 있던 자공이 물었습니다.

'민자건은 3년상을 마치고도 슬픔이 가시지 않았다 하여 군자라고 하셨는데, 자하는 이미 슬픔을 잊은 지 오래 되었는데도 군자라고 하셨습니다. 두 사람은 서로 틀리는데도 군자라고 하셨으니 그 까닭이 무엇인지 궁금합니다.'

공자는 그 이유를, 두 사람이 다 정해진 예에 따랐기 때문이라고 대답했습니다."

"민자건이 이름난 효자라고 하셨는데 무슨 특이한 점이라도 있는지요?"

"내가 어렸을 때 서당에서 한문을 배웠는데, 그때 옛날 선비들이 공부하던 과거시(科擧詩)란 것을 모은 시집(詩集)이 있었어요. 그 중 내 기억에 남아 있는 시제(詩題)에, '모거삼자한(母去三子寒)' 이란 것이 있습니다. 언제부터였는가는 모르나 그것이 과거시의 시제가 되고, 그 시제로 글을 지어 급제한 사람들의 시가 적혀 있었던 겁니다.

나야 어려서 글을 알 리야 없지만, 그때 선생님이 그 시제의 뜻을 설명한 것이 잊혀지지 않고 있습니다."

"어떤 내용인데요?"

"그것이 바로 민자건이 한 말로 전해지고 있습니다. 과거시의 제목이란 것은 언제나 까다로운 것을 내기 마련인데, 그것의 출처를 모르고는 글을 지을 수가 없습니다. 문장력과 함께 박식해야 하는 거지요.

민자건은 어려서 어머니를 여의었습니다. 그리고 새어머니를 맞았는데, 그 어머니에게서 두 남동생이 태어났습니다. 옛날에는 안팎의 구별이 심한 때라 남자는 아내가 하는 일에 무관심한 것이 보통입니다.

그런데 어느 해 겨울이었던 모양으로 세 형제가 함께 있는데, 큰 아이 혼자만이 유난히 추워서 몸을 떨고 있지 않겠어요? 이상하게 여긴 아버지가 옷을 차례로 만져 보았습니다. 새어머니가 낳은 두 아들은 솜이 든 옷을 입고 있었는데, 큰아들만은 솜 대신 갈대꽃을 넣어 둔 옷을 입고 있었어요. 흔히 말하는 전처자식에 대한 계모의 이유없는 학대가, 남편의 눈을 속이는 교묘한 방법으로 계속되고 있었음을 알려주는 결정적인 증거가 발견된 셈이지요.

전실자식에 대한 학대도 학대려니와 그런 교묘한 방법으로 남편

의 눈을 속이고 있었다는 것이 더욱 노여웠겠지요. 그래서 아버지
는 당장 새어머니를 내쫓으려 하였습니다.

그런데 새어머니가 쫓겨나는 것을 가장 좋아해야 할 민자건이
아버지에게 매달리며 한사코 말리는 것이었어요. 그 말리는 이유
가 바로 그것이었습니다.

'어머니가 있으면 한 아들만 춥지만(母在一子寒), 어머니가 가
버리면 세 아들이 다 춥게 됩니다.'

라고 말한 거지요. 효성도 효성이지만 어른보다 앞선 총명함을 지
녔다고나 할까요.

말하자면 다시 들어올 새어머니도 마찬가지일 것이니, 그때는
세 형제가 함께 계모의 학대를 받지 않겠느냐 하는 뜻도 되고, 전
실 자식이 미운 것은 꼭 새어머니의 마음이 악해서가 아니고 여자
의 본성에서 나온 것이니, 크게 탓할 것이 못 된다는 이야기도 될
수 있지요.

아버지는 아들의 그 같은 말에 감동되어 새어머니의 잘못을 용
서하게 되었고, 계모는 더욱 감동되어 그 뒤로는 내가 낳은 자식
이상으로 정성껏 민자건을 보살폈다는 것입니다.

그것을 두고 한 말인지는 알 수 없으나, 그의 부토와 형제들은
민자건의 효성과 우애를 자랑삼아 이야기했던 모양입니다. 〈논어〉
에서 공자는 민자건을 이렇게 칭찬하고 있습니다.

'참으로 효성스럽도다, 민자건이여! 사람들은 그 누구도 그 부
모형제들의 자랑하는 말을 달리 생각지 않는다.'

그런 민자건이었던 만큼 3년상을 벗고도, 부모를 그리는 마음이
가시지 않은 것이 당연하지 않겠어요?"


幼名冠字

"이번에는 62장이 되겠는데, 오늘의 우리들과는 거리가 있는 이야기입니다. 그러나 지금도 우리가 정신적으로는 그런 전통 속에 살고 있는 것이 사실이며, 역사를 이해하는 데 도움이 될 것 같아 넣어 두었습니다.

유명(幼名)은 어려서는 이름을 부른다는 뜻이고, 관자(冠字)는 갓을 쓰게 되면 자(字)를 부른다는 뜻입니다. 지금도 70세 이상의 노인들 가운데 이 자를 쓰는 분이 많을 것으로 압니다.

땋아내린 총각머리를 올려 상투를 꽂고 관례(冠禮)란 것을 올리면, 어릴 때 부르던 이름은 부모만이 부르고, 친구나 다른 어른들은 이름 대신 자를 부르게 되어 있었습니다.

그런데 지금은 자란 것이 없어지고 호(號)를 즐겨 쓰고 있지요. 물론 지식인의 경우에 한한 것입니다만.

시골 가면 옛날에는 택호(宅號)라는 것이 있었어요. 장가들어 아내를 맞게 되면 처갓집 마을이름을 따서 택호를 붙이게 됩니다. 안양서 서울로 시집온 신부를 안양댁이라고 부르면서, 남편인 신랑은 안양양반이라고 부르곤 한 거지요. 지식층이 아호(雅號)를 갖는 대신으로 택호(宅號)를 갖게 된 거지요.

지금은 그런 풍속이 아마 사라진 지 오래겠지요? 시골은 혹 남아 있을지도 모르지만.

옛날에는, 그러니까 공자·맹자 당시는 호란 것이 없었습니다. 여기 오십이백중(五十以伯仲)이란 것이 나오는데, 그것이 아마 호의 구실은 한 것일지도 모릅니다. 즉 쉰 살이 되면 자(字)의 위나 아래에, 맏이냐 둘째냐 하는 것을 밝히는 백(伯)이니 중(仲)이니 하는 호칭을 붙여 불렀다는 뜻이겠지요.

공자의 경우 자를 중니(仲尼)라 했는데 여기 말한 대로라면 처음엔 이름 대신 니(尼)로 부르다가, 나중에 그 니에다 중(仲)을 붙여 중니라고 부르게 된 거겠지요. 제자들이 남에게 공자를 호칭

할 때는 중니라 불렀습니다.

　공자의 형은 맏이라고 해서 맹피(孟皮)라 불렀는데, 혹 맹니(孟尼)라 부르기도 했다고 합니다. 공자가 유명해지니까 공자의 형이란 것을 자랑삼아 그렇게 부르게 된 것인지도 모르지요. 그런데 이 맏이라는 뜻의 백(伯)이나 맹(孟)이라든가, 둘째인 중(仲), 셋째인 숙(叔), 넷째나 막내인 계(季)라든가 하는 호칭은 전국시대로 접어들며 차츰 쓰이지 않게 되었습니다.

　여기서 말한 대로 그것이 주나라 제도였으므로, 주나라 왕조의 권위가 땅에 떨어지기 시작하면서 그 제도도 빛을 잃게 된 거겠지요.

　끝으로 죽으면 시호(諡號)를 붙인다고 했는데, 이 시호는 특권층이나 특별한 사람에게만 붙게 되어 있었습니다. 태조(太祖)니, 세종(世宗)이니 하는 것도 다 시호지요. 죽은 뒤에 나라에서 신하들의 의견을 들어 붙이는 것이 시호입니다. 가장 오래 계속된 것이 이 시호제도인데, 진(秦)나라만이 이 시호제도를 쓰지 않았습니다.

　진시황은 신하가 임금의 치적을 놓고, 잘하고 못한 것을 평가해 가며 붙이는 시호란 것이 불경스럽기 더할 나위 없는 일이라 하여 이를 폐지하면서,

　'나를 첫 황제라 하여 시황제(始皇帝)라 부르고, 다음부터 차례로 2세, 3세라 불러 천세 만세까지 이르게 하라.'
하고 명령했던 것입니다.

　그러나 진나라는 겨우 2세까지 가서 망해 버렸고, 그 뒤 다시 시호제도는 주나라 제도를 살려 왕조가 있는 동안 계속 쓰여지고 있었습니다.”

“공자에게 준 시호는 무엇이었던가요?”

“그러잖아도 그 이야기를 하려던 참입니다. 시호란 것이 어떤 성

격을 띤 것인지 잘 말해 주고 있는 것이 공자의 경우가 되겠지요.

앞에 잠시 이야기한 바 있는 노나라 애공이, 공자가 죽은 뒤 찾아와 슬피 울며 이보(尼父)라는 시호를 주었습니다. 공자의 자(字)에다 거룩한 사람이란 뜻의 보(父)를 붙인 것입니다.

그러다가 한나라 평제(平帝) 때 선니공(宣尼公)이란 시호를 붙였습니다. 공(公)은 임금에게 붙이는 이름인데, 그것을 공자에게 준 거지요. 사마천은 〈사기〉에서 공자 전기를 쓰고, 임금의 경우에만 쓰는 세가(世家)란 항목에 넣었어요. 즉 공자열전(孔子列傳)이라 하지 않고, 공자 세가라고 한 것입니다. 사마천은 사학자의 눈으로 공자를 다른 사람과는 달리 높인 거였지요.

그 뒤로도 여러 차례 시호를 다시 올려 선사(先師)니 대사(大師)니 하는 이름이 더해진 끝에, 당나라 현종(玄宗) 때 문선왕(文宣王)이란 시호가 붙게 되었습니다.

그것이 송나라 진종(眞宗) 때는 문선왕 위에 지성(至聖)이란 두 글자가 더 붙게 되었고, 원나라 때 들어와서 그 위에 다시 대성(大成)이란 두 글자가 더 붙어 대성지성문선왕이 된 것입니다.”
“시호에 붙는 글자의 뜻이 분명한 것도 있지만, 애매한 것도 많은 것 같습니다. 무조건 좋은 글자를 붙인 것이 아닐까요? 조선의 철종(哲宗)같은 분은 강화도령으로 일자무식이었다고 하는데 철(哲)자가 주어졌으니 말입니다.”
“그런 점이 없지 않았겠지요. 사마천의〈사기〉에 보면 시호에 붙이는 글자의 뜻을 설명한 것이 있습니다. 내 기억에 남는 것은 영(靈)이란 글자입니다. 춘추시대에는 이 영이란 시호를 가진 사람이 많습니다. 그러나 이는 신령하다는 뜻이 아니라, 임금 노릇을 제대로 못한 사람에게 주는 것으로 되어 있습니다. 거의가 다 못된 짓을 하다가 제명에 죽지 못한 임금들입니다.

인(仁)이란 글자는 좋은 글자가 아닙니까? 그런데 시호로 쓰일 때는 그리 좋은 뜻이 아니라고 합니다. 마음씨만 착할 뿐 과단성이 없는 것을 인(仁)이라고 한다고 되어 있습니다. 조선에는 인종(仁宗)과 인조(仁祖) 두 임금이 있는데, 바로 그런 임금들이었습니다.

인조에게 인조란 시호를 올리려고 했을 때 이에 반대하는 사람은,

'형을 밀어내고 임금이 되었는데 어떻게 어질다 말할 수 있으며, 오랑캐에게 무릎을 꿇었는데 어찌 할아버지라 부를 수 있겠느냐?'

라고 공격했다 합니다.

그러나 시호법으로는 제대로 된 것입니다. 마음씨만 착하고 과단성(武)이 없었으니 인(仁)이라 붙인 것이었겠지요? 할아버지 조(祖)는 나라를 새로 세우거나, 망할 뻔하다 나라를 다시 일으켰을 때, 그 임금에게 붙이는 것으로 되어 있습니다. 태조는 첫임금이니 당연한 것이었고, 세조는 임금이 되지 못할 신분으로 조카를 밀어내고 임금이 되었으니 역시 그렇고, 선조와 인조는 임진왜란과 병자호란으로 나라를 잃을 뻔했다가 다시 일으켰으니 조라 불러 마땅한 것입니다."

"문(文)이란 시호를 가진 분의 자손이라야 양반이란 말을 듣는다고 하지 않습니까?"

"과거에는 그랬지요. 특히 조선에는, 조상 가운데 문자 시호를 가진 분이 몇이냐 하는 것을 따지곤 했지요. 너무 문(文)만을 숭상하고 무(武)를 가볍게 여긴 나라의 정책에서 빚어진 결과지요."

<br>

낙 재 사 구 야
樂哉斯丘也

<br>

"이번에는 66장이 되겠는데, 같은 위나라의 어진 재상들이기도 한

공숙문자(公叔文子)와 거백옥(遽白玉)의 인격을 대조시킨 내용이라 볼 수 있습니다.

공숙문자가 하구(瑕丘)라는 언덕에 올라간 적이 있었는데, 거백옥도 그를 따라 함께 오르게 되었습니다. 바람을 쐬려 오른 것이겠지요.

문자는 농담삼아 무심코 이런 말을 했습니다.

'정말 경치가 좋고 놀기 좋은 곳이군 ! 내가 죽으면 이곳에 묻혀야겠어. '

술이 취했을 때와 기분이 좋았을 때 무심코 하는 말이, 그 사람의 참마음을 그대로 나타내곤 한다고 합니다. 이른바 취담(醉談)이 진담(眞談)이요, 농담이 진담이란 거지요.

친한 사이라고 농담을 함부로 않는 것이 교양있는 사람이지요.

공숙문자는 무심코 한 농담이었지만, 그 농담 속에는 그 언덕을 자기 것으로 만들고 싶은 욕심이 싹터 있었을지도 모르는 일입니다.

거백옥이 그 말을 받아 이렇게 말했습니다.

'자네가 그토록 이곳이 좋거든 혼자 실컷 즐기게나, 나는 먼저 돌아가겠네. '

견물생심(見物生心)이란 말이 있습니다. 물건을 보고 없던 마음이 생겨난다는 뜻입니다. 좋은 물건을 보면 갖고 싶어진다는 거지요. 그것이 보통사람의 공통된 심리일 수밖에 없습니다. 그래서 생긴 말이 만장이회도(慢藏而誨盜)란 것입니다. 남이 탐낼 물건을 허술하게 간직해 둠으로써, 도둑질할 마음을 생기게 만들어 도둑질까지 하게 되니, 그것이 곧 도둑질을 가르친 것이 된다는 것입니다.

여기에 붙은 말이 야용이회음(冶容而誨淫)이란 것입니다. 얼굴을 곱게 다듬는 것은 남녀간의 성적 충동을 불러일으키게 되므로 결과적으로 폭행이나 유혹을 당하게 된다는 겁니다.

여성들이 육체미를 대중 앞에 자랑하고 다니는 것도 야용이회음에 해당된다고 보아야 하겠지요.

아무튼 문자는 견물생심으로 그 언덕이 탐이 났고, 자신의 무덤 자리로 했으면 좋겠다는 생각까지 하게 되었으니 거백옥으로서는 탐탁하게 여겨지지 않았던 것입니다.”

“아까 두 사람이 다 어진 재상이라고 하셨는데, 이 내용으로는 거백옥이 더 훌륭한 편이 되겠군요. 두 사람의 어떤 점이 어진 점이었고, 그러면서도 차이점은 무엇이었던가요?”

“두 사람의 이야기가 〈논어〉에 나와 있습니다. 거백옥은 공자가 위나라에 있을 때는 형처럼 섬겼다고도 합니다. 〈장자〉엔가도 거백옥을 가리켜 예순 살에 쉰 아홉 살 까지의 자기 잘못을 알고 있었다고 했습니다.

〈논어〉에서 공자는 거백옥을 이렇게 칭찬했습니다.

‘군자로다, 거백옥이여 ! 나라에 바른 길이 서 있을 때는 벼슬을 하고, 나라가 바른 길에 서 있지 않을 때는 그 재주를 감추고 조용히 있었다.’

거백옥은 90평생에 다섯 임금인가를 섬겼는데, 그 임금이란 사람들이 거의가 권력싸움에서 이겨 들어앉은 사람들이었습니다. 그들은 각자가 거백옥을 자기 편으로 끌어들여 백성들의 지지기반을 다지려 했지만, 거백옥은 그 어느 편도 든 일이 없습니다. 단호히 거절한 거지요. 그렇다고 그들이 거절한 거백옥을 적으로 삼지는 않았습니다. 그가 중립을 지킬 것이며, 이쪽 일을 저쪽에 알리거나 할 사람도 아니란 것을 잘 알기 때문이었지요.

거백옥이 보았을 때는, 그 사람이 그 사람으로 누구도 지지하고 싶지 않은 거였겠지요. 그리고 혼란이 가라앉았을 때는 거백옥이 나타나 정국을 바로잡곤 했던 것입니다. 정치싸움에는 끼어들지 않았지만, 싸움이 끝난 뒤의 수습은 언제나 거백옥이 맡아 한 것입니다. 공자의 말대로 전형적인 군자의 표본같은 사람이었습니다.

거백옥이 공자에게 사자를 보낸 일이 있었습니다. 그때 공자는 다정하게 자리를 권해 앉게 한 다음,

'요즘 대감께선 무얼 하고 계시나요?"

하고 물었습니다.

그러자 사자는,

'대감께선 잘못하는 일이 없도록 노력하시지만, 그것이 뜻대로 되지 않습니다.'

라고 대답하는 것이었습니다.

겸손한 가운데 주인에 대한 존경과 칭찬이 잘 나타나 있는 대답이 아닐 수 없습니다. 요즘으로 말하면 바둑을 둔다든가, 골프를 친다든가, 등산이나 낚시를 즐긴다든가 하는 것이 아니고, 수양에 전념하고 있다고 하면서 그것이 뜻대로 안 된다고 했으니 거백옥의 참된 모습을 그린 듯이 나타낸 말이라 볼 수 있습니다.

그 사자가 밖으로 나가자,

'사자여! 사자여!'

하고 공자는 거듭 감탄했습니다.

〈논어〉에도 공숙문자에 대한 이야기가 두 군데에 나와 있습니다.

공숙문자의 심복인 공명가(公明賈)가 공자를 찾아왔을 때,

'대감께선 말도 하지 않고, 웃지도 않고, 남의 것을 받지도 않는다는데 그게 정말이오?'

하고 공자는 물었습니다. 그러나 너무 과장된 소문이 난 것으로 보아, 의식적으로 그러고 있었던 것이 아니었던가 싶습니다.

어쩌면 공명가 자신이 그런 소문을 퍼뜨렸을지도 모릅니다. 내

잘 아는 유명한 정치인의 비서 한 사람이 그 정치인에 대한 지난 날의 남다른 점을 과장해 선전하는 것이 내 귀에까지 들어온 적이 있는데, 그 친구의 내력을 잘 아는 내가 생각했을 때 그것은 주인에 대한 칭찬이 아니라, 자기 자신이 거짓말을 하고 다닌다는 것을 보여 준 거나 다름없다고 느껴졌어요. 지나친 칭찬은 욕이 되는 거지요.

공자가 그렇게 묻자, 공명가는 그럴 듯한 대답을 했습니다.

'그건 전한 사람의 말이 지나친 것이었습니다. 대감께선 꼭 말할 때가 되어야만 말을 하시므로 사람들이 대감의 하시는 말을 싫어하는 일이 없습니다. 대감께서는 참으로 즐거웠을 때만 웃으시므로 사람들이 그 웃음을 싫어하는 일이 없습니다. 또한 주는 물건이 옳은 것일 경우에만 받으시기 때문에 아무도 그 받는 것을 못마땅해하는 일이 없습니다.'

공명가의 말대로라면 공숙문자는 거의 성인에 가까운 사람입니다.

공자는 공명가의 말을 듣고 이렇게 말했습니다.

'그런가? 어떻게 그럴 수 있단 말인가?'

거백옥과 공숙문자의 사람됨이 그들 심복의 입을 통해 잘 말해진 것으로 보이는데, 거백옥의 경우는 참된 것이 보일듯 말듯 서려 있는 것 같고, 문자의 경우는 아름답게 칠을 한 것 같은 느낌을 주고 있습니다.

아무튼 거백옥은 숨은 군자였고, 공숙문자는 소문난 정치인이었습니다. 〈논어〉에는 공숙문자에 대해 또 이렇게도 나와 있습니다.

'공숙문자의 가신으로 있던 사람이 공숙문자의 추천으로 함께 재상의 반열에 오르게 되었다.'

이 말을 전해 들은 공자는,

'과연 문(文)이라 이를 만하다.'라고 말씀하셨다.

　이를 미루어 보았을 때, 공숙문자는 인재를 아끼고 나라를 위해 최선을 다한 사람이었던 것 같습니다.

"공자가 과연 문(文)이라 이를 만하다고 한 그 문(文)의 참뜻은 어떤 것입니까?"

"앞에서 시호 이야기를 했을 때 잠시 문에 대한 이야기를 했었지요. 문은 문장가의 그 문을 말하는 것이 아닙니다. 덕을 가진 사람의 경우에만 문이란 시호를 붙이게 되어 있습니다. 중국 역대의 유명한 임금 가운데, 이 문이란 시호가 붙은 사람이 가장 위대한 임금이었습니다. 마음만 착하고 과단성이 없는 임금을 인(仁)이라고 하는 것과는 달리, 이 문의 경우는 무(武)를 가지고 있으면서도 함부로 쓰지 않은, 사랑과 겸양과 포용력을 갖춘 도덕적인 사람에게 붙이는 것이었습니다.

　공자의 시호가 문선왕인 것은 말할 것도 없고, 공자가 가장 위대하게 여긴 주나라 문왕(文王)이 그 대표적인 예라 볼 수 있습니다.

　〈논어〉에서 공자는 역대의 위대한 임금들을 칭찬하며,
　'천하의 3분의 2를 손에 넣고서도, 3분의 1을 겨우 유지하고 있는 은나라를 천자로 섬기고 있었으니, 문왕의 덕이야말로 지극하다 말할 수 있다.'
라고 했습니다.

　전쟁을 일으키면 천하를 차지하고 충분히 천자가 될 수 있는데도, 무고한 목숨을 희생시켜 가며 욕심을 채울 생각은 전혀 없었기 때문에 한 말입니다.

　그 다음으로는 한나라 문제(文帝)를 들 수 있습니다.

　대궐 단청에 3백 냥이 든다며 결재서류를 올리자,
　'3백 냥은 백성 한 사람의 살림에 해당하는 돈이다. 다음 해로 미루어라.'

하고 되돌려 보내는 등, 검소한 기풍에 힘을 기울였기 때문에 곡
식이 묵고 돈꿰미가 썩었다고 합니다.

　남월왕(南越王)이 반란을 일으켰을 때는 토벌을 주장하는 대신
들의 청을 받아들이지 않고, 자신이 직접 편지를 써서 반란을 일
으킨 남월왕에게 보냈습니다.

　그 편지의 첫머리에,

　'나는 고조 황제의 첩의 자식이오.'

하고, 천자나 임금에 자격이 따로 없음을 밝히고,

　'우리 싸우지 말고, 나는 북쪽의 황제로 만족할 것이니, 당신일
　랑 남쪽의 화에가 되시구려.'

하는 내용으로 끝을 맺었던 것입니다.

　남월왕은 세상이 조용하니까 무능한 천자로 알고 반란을 일으켰
던 것인데, 그 편지를 받아 읽는 순간 너무도 거룩한 임금임을 안
지라 용서를 비는 글을 올리고 말았습니다.

　나는 늘 그런 말을 합니다만, 조선의 문종(文宗)도 아우 수양대
군을 경계하지 말고,

　'세자의 나이가 어려 나라 일을 감당하기 어려울 것 같아 너에
　게 왕위를 계승하는 것이니, 네가 뒷날 보아서 지금의 세자가 쓸
　만하면 그에게 왕위를 전하고, 그렇지 못하면 다른 사람에게 전
　하도록 하라.'

하는 유언을 직접 전했던들, 피비린내나는 골육상잔과 충신들을
학살하는 일 없이 무사했을 것이 아닌가? 그랬더라면 정말 문종이
라는 시호가 빛날 수도 있었을 텐데 하고 아쉬워하곤 합니다.

　아무튼 시호 가운데는 문이란 시호가 가장 좋은 것으로 되어 있
습니다."


　　상 욕 속 빈    사 욕 속 후
　喪欲速貧　死欲速朽

"다음은 77장에서부터 시작합니다. 꽤 긴 내용인데, 우리가 여기서 배울 점이 있다고 여겨지는 것이 있습니다. 전해 오는 말이나 남이 하는 말을 앞뒤 뚝 잘라 버리고 그 말만 가지고 옳으니 그르니 할 것이 아니고, 그 말이 어떤 배경이나 어떤 말 끝에 나온 것인가를 생각할 필요가 있다는 겁니다.

흔히 뼈있는 말이라고 하곤 하지요. 그것이 그 말 자체로는 별로 다를 것이 없지만, 그때 그 자리에서는 특별한 뜻을 지니고 있을 때 하는 말입니다. 그러기에 말은 새겨서 듣고 생각은 바꿔서 하라는 말이 생긴 겁니다.

내용은 앞에서 자주 언급한 것들이 다시 나와 별로 어려울 것이 없는데, 여기 나오는 상(喪)은 사람이 죽었을 때를 말하는 상이 아니고 벼슬을 잃었다는 뜻으로 쓰인 것입니다.

유자(有子)가 증자(曾子)에게 물었습니다.

'벼슬을 잃는 것에 대해 선생님께 들은 것이 있는가?'

'들은 일이 있어. 벼슬을 잃으면 빨리 가난해지기를 바라고, 죽으면 빨리 썩기를 바란다고 하셨어.'

'그건 군자의 말이 아니야. 선생님께서 그런 말을 하셨을 리가 없어.'

'나는 분명히 들었어.'

'군자의 말이 아닌 것을 선생님께서 하셨을 리가 있나.'

'아니야. 나는 자유와 함께 들었어.'

사실은 함께 들은 것이 아니고, 자유를 통해서 들은 것이었습니다. 자유가 전한 것이면 틀림없다는 생각에서 그것을 강조하다 보니, 자유를 통해서 들었다고 해야 할 말을 둘이 함께 있을 때 직접 들은 것처럼 말했던 것입니다.

공자로부터 너무 고지식하다는 평을 들은 증자도, 자기 말이 틀림없다는 것을 고집하다 보니 거짓말 아닌 거짓말이 끼이게 된 것입니다. 요즘 흔히 자기가 한 말을 부인할 때 뉘앙스나 느낌의 차이라고 둘러붙이는 것을 보곤 하는데, 그것은 곧 이 증자의 경우처럼 본의아니게 거짓말이 되고 만 것을 합리화시킨 말이라 볼 수 있겠지요.

그러나 유자는 직접 들은 것으로는 생각지 않고,

'그래? 그렇다면 선생님께서는 무슨 까닭이 있어서 하신 말씀이겠지.'

하고 말았습니다.

증자는 그제야 유자가 한 말을 자유에게 전했습니다. 무슨 다른 까닭이 있어서 그 같은 말씀을 하신 거냐고 물었겠지요.

그러자 자유는 놀란 듯이 말했습니다.

'어쩌면 유자의 말이 그토록 선생님을 닮은 것일까? 옛날 선생님께서 송나라에 계실 때, 사마(司馬)인 환퇴가 직접 돌널(石槨)을 만드는 데 3년이 되어도 끝이 나지 않자, 그때 선생님 말씀이 그렇게 사치는 해서 뭣하려는가? 죽으면 빨리 썩는 것이 나을 텐데 라고 하셨어. 그 말은 바로 환사마 때문에 한 말씀이었어.

또 남궁경숙(南宮敬叔)이 벼슬을 잃고 난 다음 다시 조정에 되돌아올 때면, 꼭꼭 뇌물을 싣고 와 뿌리곤 했으므로 선생님께서 그 같은 말씀을 하셨어. 그렇게 재물을 뿌려 벼슬을 할 바엔 벼슬을 잃고 나서 빨리 가난해지는 것이 나을 텐데 라고. 벼슬을 잃으면 빨리 가난해지기를 바라라고 한 것은 남궁경숙을 두고 한 말씀이었어.'

자유의 말을 듣고 감탄한 증자는, 유자를 보고 자유가 한 말을 그대로 전했습니다.

그러자 유자는,

‘그렇겠지. 난 처음부터 선생님의 말씀이 아니라고 하지 않던가’

라고 했습니다.

증자가 다시

‘자네가 어떻게 그것을 알았는가?’

하고 묻자, 유자는 그 까닭을 다음과 같이 말했습니다.

‘선생님께서 중도(中都) 장관으로 계실 때, 안널을 네 치 두께로 하고 바깥널을 다섯 치 두께로 하게끔 하셨어. 이로써 빨리 썩기를 원치 않는다는 것을 알았어.

또 선생님께서 노나라 법무장관에서 물러나 초나라로 가려 하실 때, 먼저 자하를 보내 그곳 사정을 알아 보게 하시고 그 다음에 또 염유를 보내 알아보게 하셨어. 이로써 빨리 가난해지기를 원치 않는다는 것을 안 거야.’

결국 상식에서 벗어난 말은, 반드시 무언가 까닭이 있어서 한 말임을 먼저 생각해야 한다는 것이 되겠습니다.

특히 공자의 경우는 상대방의 사람됨을 생각에 두고 같은 물음에도 정반대 되는 대답을 하곤 했으므로, 그 말을 그대로 모든 것에 통용되는 절대적인 진리인 것처럼 생각하는 것은 큰 잘못이 아닐 수 없습니다. 〈논어〉에 보면 이런 내용이 있습니다.

자로가 공자에게 물었습니다.

‘들으면 곧 그대로 행해야 합니까?’

‘부형이 계신데 어떻게 듣는대로 곧 행할 수 있겠느냐?’

그뒤 염구가 물었습니다.

‘들으면 곧 행해야 합니까?’

‘그래, 들으면 곧 행해야 한다.’

똑 같은 물음인데 엇갈리는 대답을 한 것입니다.

공자의 일거일동과 가르침이나 말들은 하나 빼지 않고 눈여겨

보고 듣는 것이 제자들이었으므로, 같은 물음에 다른 대답을 하자 공서화가 물었습니다.

'자로가 들으면 곧 행해야 하느냐고 물었을 때는 부형이 계신다고 말씀하시고, 염구가 물었을 때는 곧 행해야 한다고 하셨습니다. 같은 물음에 달리 대답하신 까닭이 무엇인지 알고 싶습니다.'

그러자 공자는 아무것도 아닌 것처럼 말했습니다.

'염구는 언제나 뒤로 미루는 성질이므로 나아가게 한 것이고, 자로는 보통사람보다 성질이 배나 급하므로 물러서게 한 것뿐이다.'

공자는 위대한 교육자로서, 상대의 성질과 정도에 따라 거기에 맞게끔 도움이 되는 가르침을 주곤 했던 것입니다.

그래서 공자는 남의 속을 환히 들여다보고 있다는 평을 듣곤 했습니다.

그 말을 들은 공자는 제자들에게 이런 말을 했습니다.

'내가 남의 속을 환히 알고 있는 줄 아느냐? 나는 아는 것이 없다. 여기 어떤 사람이 찾아와 내게 무엇을 물으면, 나는 양쪽 끝을 함께 두들겨 보고 거기에 맞게끔 최선을 다할 뿐이다.'

처음 만난 사람도 몇 마디 물어보면 곧 그가 어느 정도의 어떤 사람인지를 알고 있는 공자였으므로, 제자들이야 말할 것도 없는 일이지요.

그러므로 환퇴와 남궁경숙의 일을 놓고 그 지나침을 꾸짖고 그 병폐를 바로잡기 위해 그 같은 말을 했던 것입니다."

"일반적으로 증자가 유자보다 더 훌륭한 성인이라 알려져 있지 않습니까? 그런데 여기서는 증자가 유자보다 훨씬 미치지 못하는 인물로 나와 있습니다. 그 이유는 어디에 있는 걸까요?"

"증자는 공자의 그 말이 누구에게나 해당되는 것으로 믿고 있었던 거겠지요. 증자 자신은 그런 믿음으로 살고 있었던 것 뿐입니다.

한번은 제나라에서 증자에게 경(卿)으로 대우를 해주겠다며 초청한 일이 있었습니다. 반역을 꾀하는 세도재상이 증자를 초빙하여 크게 학교를 세워 제자들을 가르치게 하고, 그 인재들을 자기의 세력계층으로 만들려 했던 것입니다.

그러나 증자는 늙은 부모를 두고 다른 나라로 가서 벼슬할 수 없다며 사양했습니다. 떳떳한 벼슬이 아니면 가난하게 사는 것이 마음 편하다고 알고 있었던 거지요.

그 증자가 추운 겨울에 솜옷도 입지 못할 정도로 가난하게 살며, 손수 농사를 짓는다는 말을 들은 노나라 임금이,

'내가 나라는 맡기지 못할 망정, 어진분을 배고프고 떨게 할 수는 없다.'

하고 작은 고을을 식읍(食邑)으로 주었습니다. 식읍은 그 고을에서 걷히는 세금을 개인의 수입으로 하는 것을 말합니다.

그러나 증자는 끝내 사양하고 받지 않았습니다.

그리하여 친구가 찾아가 말했습니다.

'임금이 좋은 뜻으로 주는 것을 굳이 사양한 이유가 무엇인가?'

그러자 증자는 이렇게 대답했습니다.

'남에게 무엇을 주는 사람은 마음이 교만해지기 쉽고, 남에게 받는 사람은 비굴해지기 쉽다고 들었어. 임금이야 그럴 리가 없지만 나야 어찌 비굴한 마음이 안 생기겠는가? 잘 먹고 잘 입고 마음이 비굴해지는 것보다야. 마음이 편하고 가난하게 사는 것이 낫지 않겠는가?'

얼마나 거룩한 말입니까? 그것이 인생관의 차이가 아니겠어요? 성현군자가 아니고는 그럴 수 없는 것입니다.

공자는 까닭이 있어서 한 말이지만, 증자는 그것을 하나의 신조

로 알고 잇는 것입니다.

유자는 증자의 그 같은 생활철학이 지나치다는 생각에서 그런 질문을 던진 것일지도 모릅니다. 그리고 공자의 그 같은 가르침은, 일부러 사서 가난한 길을 걸으라는 것이 아니었음을 말하여 증자의 가난을 즐기려는 고집스러움을 바꿔 놓으려는 생각에서, 초나라로 떠나기 전의 공자가 한 일들을 본보기로 이야기한 것이라 볼 수도 있을 것 같습니다.

말하자면 임금이 주는 식읍까지 사양한 것은, 공자의 가르침을 잘못 알고 있는 것이라고 깨우쳐 준 거지요."

子思之母. 死於衛

"이번은 81장입니다. 공자의 손자요, 성인으로 불리우는 자사는 가정적으로 퍽 불행한 분이었습니다. 아버지 백어는 할아버지인 공자보다 몇 해 먼저 죽었고 열여섯 살 되던 해에 공자가 세상을 버렸는데, 홀로 된 어머니가 자식을 버려둔 채 위나라로 시집을 간 것입니다.

혹은 쫓겨났다는 말도 있는데 잘은 모르는 일입니다. 공씨 집안은 대대로 아내를 내보냈다는 평이 전해지고 있으니까요. 남편이 죽기 전인지 죽은 뒤인지는 잘 알 수 없으나 그 어머니는 위나라로 시집가 살다가 죽었습니다.

조선시대에는 여자가 다시 시집가는 것을 큰 흉으로 알고 있었는데, 공자 당시는 물론이요 그 뒤로도 중국에선 그런 것을 큰 흉으로 알고 있지 않았습니다.

아무튼 자사의 어머니는 개가해서 살다가 죽은 겁니다. 이때 자사가 위나라에 있었는지 노나라에 있었는지는 알 수 없습니다. 국경을 맞대고 있는 작은 나라들이므로 분명하지가 않은 것 같습니다.

이 때 유약(柳若)이란 사람이 자사를 보고 말했습니다. 유약이 친구인지 제자인지는 잘 알 수 없으나 이른다는 뜻의 위(謂)를 쓴 것으로 보아 제자는 아니었을 것 같습니다.

'당신은 공자의 손자가 아닙니까? 사방에서 당신이 죽은 어머니에 대해 어떤 예를 행하는지 눈여겨보고 있으니 조심하도록 하시오.'

하고 충고를 했습니다.

그러나 실상 자사는 개가한 어머니에 대해 전혀 관심이 없었던 것 같습니다. 쫓아낸 아내가 죽었을 때 아들이 복을 입으려 하는 것도 입지 못하게 했으니까요.

자사는 복을 입지 않겠다는 뜻으로 이렇게 대답했습니다.

'나보고 무얼 조심하란 말이오? 나는 이렇게 들었소. 그런 예가 있더라도 그 예를 행할 만한 살림이 없으면 군자는 그 예를 행하지 않고, 그런 예가 있고 그 예를 행할 만한 살림이 있더라도 그것을 행할 때가 아니면 행하지 않는다 했소. 나보고 무얼 조심하란 말이오?

애매한 말 속에는 형편도 어려울 뿐 아니라, 내가 자식 행세를 할 그런 처지도 아니니 아무려면 무슨 상관이 있느냐 하는 뜻이 들어 있는 것입니다.

유약이란 사람이 한 말로 미루어볼 때, 이 당시 일반 사람들은 개가한 어머니에 대해서 별로 차별이 없었던 모양입니다. 개가한 어머니를 위해 3년상을 입는 사람, 1년상을 입는 사람, 입지 않는 사람 등 가지각색이었을 것으로 생각됩니다.

예는 일반사람에게까지는 미치지 않는다(禮不下於庶人)하는 말이 있는가 하면, 예는 마음에서 나온다(禮出於情)는 말도 있으니까요. 그래서 공자의 손자 자사는 과연 어떤 예를 행하는가 하고 사람들이 눈여겨 보고 있었을 것은 틀림없는 일입니다.

　자사의 대답을 놓고 볼 때 낳은 어머니니까 내가 대신 장례를 치러 줄 수도 있는 일이지만, 내 형편이 어려워 그럴 수도 없고 설사 그럴 수 있다 해도 내가 지금 나타나 그런 일을 할 시기도 처지도 아니라는 생각을 하고 있던 것 같습니다.”

“지금까지 쭉 들어온 바에 의하면 증자니 자사니 하는 성인이란 사람들이 모두 아내를 내쫓은 것으로 되어 있는데, 그 이유가 무엇이며 그 책임이 과연 어느쪽에 있는 것일까요? 부계중심의 사회제도에서 오는 남자 쪽의 횡포로 볼 수는 없을까요?”

“어진 분들이 횡포스런 일을 했으리라고는 생각되지 않습니다. 요즘 흔히 말하는 성격의 차이니, 생활난이니 하는 것이 주된 원인이겠지요. 소크라테스와 톨스토이의 부인이 악처라는 것은 유명하지 않습니까? 과장된 이야기겠지만 소크라테스 부인은 밖에서 돌아온 남편에게 욕을 퍼붓는 것만으로는 화가 다 풀리지 않아 물을 뒤집어 씌우기까지 했고, 톨스토이는 아내의 성화에 견뎌나지 못해 집을 나와 여행길에 올랐다가 역사에서 죽었다고까지 하지 않습니까?

　그것이 서양과 동양의 차이가 아니겠어요? 철인이니 학자니 예술인이니 하는 사람들의 아내처럼 불행한 사람은 없다고 보여집니다. 특히 가난까지 겹쳤을 때는 말입니다. 아무리 부계사회라지만 왜 아내의 불평이나 발악이 없었겠어요? 그래서 스스로 가난을 못 이겨 뛰쳐나가는 부인도 있었을 것이고, 추위와 배고픔을 견디지 못해 실수를 저지르는 일도 없지 않았을 것입니다.

　그런 저런 이유로 해서 헤어지는 일이, 보통가정보다는 가난을 천분으로 알고 사는 학자나 선비의 집에서 더 많을 것은 뻔한 일이지요. 그리고 그것이 이름있는 가정에서 일어난 일이므로 더욱 유명해진 거겠지요.”

“결국 남녀불평등의 사회제도에 대한 반항이 그런 결과를 가져온 걸로 볼 수 있겠군요?”

“남녀불평등의 사회제도를 고착화시킨 것이 공자에서 비롯됐다는 선입견에서 나온 우회적인 질문 같군요?”

“선입견이 아니라 사실이 그럴 것만 같습니다.”

“그럼 내가 그 오해를 풀어야 되겠군. 실은 공자처럼 여성우대론을 편 사람도 없습니다. 노나라 임금이 공자에게 정치를 물은 일이 있습니다. 이 다음 27편인가의 애공문(哀公問)이란 곳에 자세히 나옵니다만, 공자는 정치의 혁신이,

　‘부부별(夫婦別), 부자친(父子親). 군신엄(君臣嚴) 세 가지’
라는 것을 말했습니다.

　여기 말한 부부별의 별(別)은 차등을 말한 것이 아닙니다. 각각 맡은 바가 따로 있으니, 그것이 서로 존중되고 지켜져야 한다는 구별의 뜻입니다.

　부자친은 〈가어〉에는 남녀친(男女親)으로 되어 있습니다. 그리고 임금과 신하 사이의 엄(嚴)이란 글자 대신 신(信)이란 말을 쓰고 있어요. 〈가어〉의 것이 뜻이 더 깊다고 여겨집니다.

　그리고 공자는 말했어요. 정치에서는 예가 그 바탕이 되어야 하고, 예는 공경이 바탕이 되어야 하며, 그 공경은 남편과 아내에서 비롯된다고 말입니다. 그러므로 결혼보다 더 소중한 것이 없으므로, 아내를 맞이할 때는 임금도 면류관을 쓰고 조복을 입고 맞이해야 한다고 했습니다.

　그러자 임금은,

　‘아무리 혼례가 중하지만 면류관을 쓰고 조복을 입고 아내를 맞이한다는 건 너무 지나친 일이 아닙니까?’
하고 의문을 표시했습니다.

　그러자 공자는 슬픈 표정을 지으며 말했습니다. 자세한 이야기

는 그 때 가서 또 하게 될 것이므로 여기서는 다만,
　'아내란 내 집안의 주인입니다. 주인을 맞이하는 것보다 더 소
　중한 일이 어디 있겠습니까?'
라고 대답했다는 것만을 말해 둡니다.
　그 당시의 권력층들이 남녀유별이란 말을 남자는 높고 여자는
낮다는 뜻으로 알고, 아내의 존재를 무시하고 후궁들을 노리개삼
아 거느리고 한 것을 경계한 것입니다. 주나라 제도는 그렇게 되
어 있었지만 공자의 생각은 그것이 아니었습니다. 여성을 인격적
으로 존경해 줄 것과, 자식을 낳아 기르는 어려운 일과 안을 맡아
다스리는 힘든 일을 하는 아내에 대한 고마움을 알아야 한다고 깨
우친 것입니다. 그래서 슬픈 얼굴을 짓기까지 한 것 아니겠습니
까?
　여성들이 남자들이 할 수 없는 귀한 일을 하는 보람과 자랑을 느
끼지는 못하고, 자식 기르는 일과 가정을 지키는 일을 하찮은 것
으로 생각하는 것은 큰 잘못입니다. 남자들이 여성만의 소중한 일
을 하는 어려움과 고달픔을 이해하지 못하는 것을 꾸짖을 수는 있
지만, 나도 정치를 하고 바깥일을 할 테니 당신도 애를 낳고 집안
일을 해 보시오 할 수는 없지 않겠어요? 그것이 타고난 남녀의 구
별입니다. 그런 숙명적인 구별 아래 여성을 보다 소중하게 여기라
는 것이 공자의 가르침입니다. 그 점에 있어서 서양적인 잘못된
남녀평등보다는, 남녀의 구별 아래서도 특성을 살리는 동양적인
남녀의 상호존중이 훨씬 바른 것으로 보아야 할 것입니다. 일부다
처제와 같은 사회제도를 공자는 배격하고 있는 겁니다."


사 도 어 귀 사 포
司徒於歸四布


"다음은 89장으로 자유가 공자에게 초상 때 쓰이는 물건을 물었을

때, 집안 형편에 따라 맞게 한다는 이른바 칭가유무(稱家有無)란 것입니다. 앞에서 미리 다 이야기된 것이므로 생략하겠습니다.

다음은 92장이 되겠는데, 맹헌자(孟獻子)란 사람이 죽었을 때의 남다른 일이 간단히 나와 있고, 공자가 이를 잘한 일이라고 칭찬했다는 내용입니다.

맹헌자는 노나라 세도재상으로 아주 훌륭한 사람이었습니다. 공자의 아버지도 이 맹헌자의 신임을 받고 있었고, 그를 따라 싸움터로 나가 용맹을 떨치게 되었던 것입니다.

이 맹헌자가 한 말이 〈대학〉 맨 끝에 나오는데, 그것이 바로,

'백성의 재물을 거둬들이는 가신을 둘 바엔, 차라리 내 집 것을
  도둑질하는 가신을 두라.'

하는 말입니다.

여기 나와 있는 것이 바로 그의 그런 뜻을 그대로 행한 것이라 볼 수 있습니다.

사도여귀사포(司徒旅歸四布)라는 여섯 글자가 내용의 전부가 되겠는데, 상당히 압축된 문장이라 할 수 있습니다. 사도(司徒)는 벼슬 이름입니다. 재상 밑에 군권을 맡은 사마(司馬)와, 토목을 맡은 사공(司空)과 법집행을 맡은 사구(司寇)와, 교육과 군중동원을 맡은 사도(司徒)가 있습니다. 여기서는 아마 맹헌자의 심복으로 사도 벼슬에 있던 사람을 말한 것 같습니다. 군중을 동원해 장례를 치러야만 했기 때문에 사도 벼슬에 있는 사람이 장의책임자로 일을 한 거겠지요.

다음에 나오는 여(旅)는 사람의 이름같이도 생각되는데, 주석에는 하사(下士)의 뜻이라고 나와 있습니다. 여는 요즘도 쓰이는 여단장(旅團長)이라는 그 여를 말한 것이라 보면 되겠지요. 옛날에는 5백 명의 군대를 한 여라고 한다 했습니다.

주석대로 하면 사도 벼슬에 있는 사람이 맹헌자의 뜻을 받들어

여단장을 시켜 그렇게 한 것으로 되어 있습니다.

다음의 귀(歸)는 돌려보냈다는 뜻이 분명합니다. 그 뒤에 있는 사포(四布)는 사방에서 부의로 보내온 베를 말한 것이라고 나와 있습니다. 그렇게 풀이할 수밖에 없겠지요.

말하자면 장례비용은 맹헌자 자기 집에 있는 것이거나 임금이 내린 것으로 충분했을 것입니다. 그러나 옛날이나 지금이나 세도집 재상이 죽으면 각 고을 수령이며 내노라 하는 사람들은 빠짐없이 부의를 했을 것 아닙니까?

속된 말로 그것이 성의표시도 되고, 때로는 합법적인 뇌물이 되기도 하는 것이므로 폐단마저 없지 않았던 것입니다.

거두어들이는 가신을 둘 바엔 차라리 내 집 것을 훔쳐가는 도둑 신하(盜臣)를 두라고 한 맹헌자였던만큼, 백성들로부터 들어온 부의란 것이 자기 청렴에 얼룩이 된다고 생각한 거겠지요.

그래서 사도에게 돌려주도록 유언을 남겼던 것으로 생각됩니다. 공자가 여기서 그것을 잘한 일로 칭찬한 것은 이미 지난 일을 놓고 뒤에 평한 것으로 여겨집니다.

맹헌자의 뒤를 이은 아들이 맹장자(孟莊子)였는데, 공자는 이 맹장자의 효도를 칭찬하여 이렇게 말하기도 했습니다.

'맹장자의 효도는 다른 것은 누구나 다 할 수 있지만, 그의 아버지의 신하를 한 사람도 바꾼 일이 없었고, 아버지가 시행하던 정치를 하나도 바꾼 일이 없는 것은 그 누구도 하기 어려운 일이었다.'

착한 맹장자는 아버지에 대한 효도를 위해서라기보다도 아버지가 쓴 신하가 착한 사람이 틀림없으리라는 생각과, 아버지가 한 정치가 옳은 정치에 틀림없을 것으로 믿은 데서 그렇게 했을 것으로 보입니다. 죽은 아버지가 한 일을 믿고 존경하는 그 마음이 참된 효도가 아니겠습니까?

권력 가진 사람이 경사나 상사가 있으면 엄청난 재물을 모으게 되는 것이 관료사회의 풍조였는데, 맹헌자가 그런 일을 했다는 것은 매우 뜻이 있는 일이기도 했으므로 공자가 칭찬을 한 것입니다.

오늘의 정치인들도 이런 본보기를 실천해 보일 수는 없는 것일까 하는 기대가 없지 않군요."

## 擇不食之地而葬我焉

"이번은 94장이 되겠는데, 맨 끝에 있는 택불식지지이장아언(擇不食之地而葬我焉)이란 아홉 글자를 기억해 두는 것이 좋겠습니다. 즉 곡식을 심을 수 없는 쓸모없는 땅을 골라, 거기에 자기를 묻어 달라고 유언을 한 것이 본받을 만한 일이라 하여 기록에 남긴 것입니다.

주인공인 성자고(成子高)는 제나라 대신으로, 성은 국씨(國氏)였고 시호가 성자였으며 자가 백고보(伯高父)였으므로 성자고라고 한 것입니다.

그가 심한 병으로 누워 있자, 경유(慶遺)라는 사람이 들어가 유언을 청했습니다. 경씨(慶氏)도 제나라의 귀족이었는데, 아마 심복 고관이었을 겁니다.

'대감의 병이 위독하십니다. 만일 일어나시지 못하게 되시면 어떻게 해야 되겠습니까?'

여기 혁(革)이란 것은 위독하다는 뜻입니다. 대병(大病)은 큰 병이란 말인데 죽는 것을 뜻합니다.

그러자 성자고는 이렇게 유언을 했습니다. 보통사람의 유언과는 전혀 성질이 다른 어진 사람만이 할 수 있는 말을 남겼기에, 길이 그 이름과 내용이 전해진 것이라 말할 수 있겠지요?

'나는 들었다. 살아서는 남에게 유익한 일을 하고 죽어서는 남
에게 해가 되는 일을 하지 말라고 말이다. 내가 비록 살아서 남
에게 유익한 일은 하지 못했지만 죽어서까지 남에게 해가 되게
해서야 되겠는가? 내가 죽거든 쓸모없는 땅을 골라 그 곳에 나
를 묻도록 해 달라.'
하고 부탁한 것입니다.

먹지 못한다는 불식(不食)이란 말은, 곡식을 심어 먹을 수 없는
쓸모없는 땅을 말합니다. 그 당시도 권력층들은 백성들의 밭이나
그 밭에 방해가 되는 곳에 큰 무덤을 만들곤 했기 때문에, 그런
일이 없도록 특히 당부를 했던 것으로 보입니다. 앞에서 맹헌자가
사방에서 부의 들어온 것들을 되돌려 보내도록 한 것과 같은 성질
의 유언이라 볼 수 있습니다.

〈논어〉에 보면 증자의 유명한 말이 적혀 있습니다.

'새는 죽을 때가 되면 그 울음이 슬프고, 사람은 죽을 때가 되
면 그 말이 착하다.'
하는 것입니다. 그 당시 널리 알려져 있는 속담이었을지도 모릅니
다. 새나 짐승은 죽기 전에 무슨 예감 같은 것이 작용하는 모양인
지 슬피 울곤 합니다. 사람도 죽을 때가 되면 아무리 악한 사람이
라도 그 순간만은 양심이 되살아나 착한 말을 남기게 된다는 뜻입
니다.

그러나 그것은 착하게 살아 보려고 노력한 사람의 경우가 되겠
지요? 맑은 정신으로 말한 평소의 유훈(遺訓)이 정신이 흐려진
상태에서 한 죽을 때의 유언보다 더 소중하다며, 죽을 임시에 한
유언을 따르지 않고 평소의 유훈을 따른 유명한 이야기도 있으니
까요.

결국 착한 유언은 따르고, 착하지 못한 유언은 따르지 않는 것
이 옳다는 이야기가 되겠지요. 아무튼 증자는 그같은 말을 전제로

하고, 문병 온 맹경자(孟敬子)라는 세도재상에게 착한 사람이 되라는 유언을 하고 그가 고쳐야 할 점을 지적해 주었습니다.

죽는 그 순간에도 무언가 남을 유익하게 하고, 해가 되는 일이 없도록 마음을 쓴 몇 사람들의 교훈을 마음깊이 새겨두어야 할 것 같습니다.”

“아까 평상시의 유훈과 죽을 때의 유언이란 말씀을 하시며, 유명한 이야기가 전해지고 있다 하셨는데 어떤 내용의 이야기인지 듣고 싶습니다.”

“또 이야기인가요? 그것도 좋겠지요. 유익한 이야기니까.

춘추시대 5패 중의 가장 유명했던 사람이 제환공과 진문공 아닙니까? 그 진문공 밑에 그 당시 가장 힘이 세기로 유명했던 위주(魏犨)라는 용장이 있었습니다. 그의 이름처럼 황소 두 마리를 당할 만한 힘을 가졌던 것 같습니다. 고려시대 말기에 쇠를 삼키는 불가살(不可殺)이라는 짐승이 나타났다는 전설이 있는데, 그 불가사리를 중국에선 맥(貘)이라 불렀다 합니다.

진문공이 망명생활 끝에 초나라에 들린 적이 있었는데, 그때 초 성왕은 진문공의 영웅기상에 호감을 갖고 극진히 대우한 일이 있었습니다.

그때 두 나라 임금과 신하가 사냥을 나가 즐긴 일이 있었는데, 쇠를 먹는 맥이란 짐승이 나타났습니다. 창으로 찔러도 가죽이 뚫어지지 않고, 칼로 쳐도 불꽃만 튕길 뿐 털 하나 상하지 않았습니다. 그리고 들어오는 창과 칼을 삼켰습니다. 곰처럼 뒷발을 딛고 일어나 앞발을 손처럼 움직인 거지요.

수천 명 군졸이 둘러싼 가운데 맥이란 짐승은 모처럼 쇠를 배불리 먹고 기세가 등등해서 웅크리고 앉아 있었습니다.

이때 진문공의 최고참모의 한 사람이었던 조최(趙衰)가 맥을 잡을 수 있는 방법을 말했습니다.

'저 짐승의 약점은 코뿐입니다. 그 코를 잡고 불을 가까이 하면 곧 힘을 쓸 수 없게 됩니다. 누가 저 맥과 싸워 코를 잡고 불 있는 곳으로 끌고 오기만 하면 됩니다.'

어느 장수도 자진해 나오는 사람이 없자 위주가 마침내 자청하고 나섰습니다.

위주가 중무장을 한 채 다가가자, 맥은 벌떡 일어나 앞발로 위주의 옆구리를 잡고 혀로 갑옷이고 칼이고를 핥아 삼키고 말았습니다.

이에 화가 치민 위주는 조최가 말한 대로 그 놈의 코를 잡고 훌쩍 뛰어 등에 올라탄 다음, 긴 두 다리로 그 놈의 배를 꼬아 조였습니다.

성이 난 맥은 아픈 코를 실룩거리며 두 길, 세 길 뛰기 시작했습니다. 야생마를 길들이는 것과는 비교도 될 수 없는 일이지요. 등에 타고 있는 위주가 떨어지지 않고 계속 코를 잡고 배를 끼고 있었으므로, 마침내 맥은 지쳐서 더는 뛰지를 못했습니다.

위주는 그제야 내려와 그 놈의 코를 잡은 채 불이 시뻘겋게 달구어져 있는 불구덩이로 끌고 왔습니다. 쇠는 불을 보면 힘을 잃게 되는 이치처럼 맥은 곧 죽고 만 것입니다.

그 위주는 늙어서도 진나라 장군으로 자주 싸움터에 나가곤 했습니다.

나갈 때마다 위상(魏相)과 위기(魏騎), 두 아들에게 다음과 같은 유언을 했습니다.

'내가 사랑하는 어린 첩 여희(如姬)를 너희에게 잘 부탁한다. 내가 싸움터에서 죽을지도 모르니, 그 때는 여희를 좋은 사람에게 시집보내어 잘 살도록 해 주어라.'

그러나 다행히도 싸움터에서 죽지 않고 집에서 죽게 되었습니다.

그런데 뜻밖에도 죽는 자리에서 이런 유언을 했습니다.

'내가 죽거든 여희를 나와 함께 묻어 다오. 저승에서 혼자 외롭게 살 수 없으니 함께 묻어 다오.'

그리고는 숨을 거두었습니다.

그당시는 순장제도가 널리 행해지고 있었습니다. 진목공같은 어진 임금이 죽었을 때도 자거씨(子車氏) 3형제가 순장되었다고 합니다.

신하도 순장하는 마당이니 사랑하는 첩이야 말할 것도 없는 일입니다.

다들 그렇게 알고 있었는데 맏상주인 위상만은 생각이 달랐습니다.

'밝은 정신에서 한 유언은 정명(正命)이요, 어두운 정신에서 한 유언은 혼명(昏命)이다. 어두운 명령보다 바른 명령에 따르는 것이 자식의 바른 도리일 것이다.'

작은 상주인 위기도 순장을 주장했고, 그 밖의 사람들도 다 순장을 하는 것이 옳다고 했지만 맏상주인 위상의 단호한 태도에 모두 지고 말았습니다.

그리하여 장례가 끝난 뒤, 위상의 주선으로 아직 나이어린 여희는 가난한 선비의 아내로 시집을 가게 되었습니다. 위상은 넉넉한 혼수에 집까지 마련해 주고 작은 벼슬까지 할 수 있게 해 주었습니다. 자식 대신 늙은 아버지를 지성껏 받들어 준 데 대한 효자로서의 보답을 한 것입니다.

그리고 위상과 위기는 아버지의 뒤를 이어 진나라 무장으로 줄곧 나라에 이바지하고 있었습니다.

여기에서 결초보은(結草報恩)이란 고사가 또 생겨나게 됩니다.

그 뒤 진문공의 진(晉)나라와 진목공의 진(秦)나라가 세력다툼을 계속하고 있었는데, 서로가 두 오랑캐를 도와 격돌한 일이 있었습니다.

　이때 진(秦)나라 대장은 오랑캐 출신으로 키가 열 자가 넘고 힘이 장사여서 키다리 오랑캐란 별명을 가지고 있었는데, 맨주먹으로 하루에 호랑이를 열 마리나 잡아 가죽을 벗겨 산을 내려왔다는 소문이 있었습니다. 이 소문을 듣고 진(秦)나라 임금이 그를 호위무사로 발탁한 것이 계기가 되어, 이때 대장으로 진(晉)나라와 맞서 싸우게 되었던 것입니다.

　연거푸 패하기만 하는 아군을 돕기 위해, 위상이 응원군 대장이 되어 출병하게 되었습니다.

　그런데 키다리 오랑캐가 이끄는 적군의 핵심부대는 모두가 경무장한 맨발부대였습니다. 무기는 손에 든 도끼 하나뿐이었는데, 무거운 투구도 갑옷도 입지 않은 그들은 그야말로 호랑이처럼 산을 뛰어다니는 것이었습니다.

　겨우 3백 명 남짓한 그 돌격대를 이끌고 키다리 오랑캐가 앞에 서서 일당천의 기세로 적진을 향해 치고 들어오면, 마치 양떼 속에 뛰어든 승냥이 무리와도 같은 상태가 벌어지고 하는 것이었습니다.

　첫싸움에 패한 위상은 진지를 굳게 다지고 충돌을 피하며 작전에 골몰하고 있었습니다. 그러자 뒤이어 그의 아우 기가 또 응원부대를 이끌고 도착했습니다.

　형제는 밤에 잠을 이루지 못하며 작전을 의논하고 있었는데 누군가가 속삭이는 소리가 위상의 귀에 들려왔습니다.

　'청초파(靑草坡)！ 청초파！'
하고 나직하지만 또렷한 소리였습니다.

　위기에게 물어 보았으나 위기는 아무것도 듣지 못했다는 것이었습니다. 헛 것에 홀린 듯한 느낌이었으나, 얼마 뒤에 또 같은 소리가 들렸습니다.

그래서 이튿날 알아보았더니 10리 밖에 청초파라는 넓은 언덕이 있는데 풀만 무성하고 나무가 없어 싸움터로 적당한 곳이란 것을 알았습니다.

맨발부대인 적의 돌격대를 포위할 수 있는 작전구역이 될 것 같아 그리로 진지를 옮겨 싸우기로 했습니다. 귀신이 도와 줄 생각으로 일러준 것이 아닐까 하는 생각이 든 거지요.

마침내 거기서 키다리 오랑캐는 싸움에 패해 포로가 되고 맙니다. 그런데 그가 포로가 될 때의 이야기가 이렇게 적혀 있습니다.

낮부터 시작된 싸움이 해가 지고 어둑어둑할 때까지 계속되었는데, 위상이 문득 보니 웬 늙은이가 풀을 자꾸만 마주 붙들어 매어 키다리 오랑캐가 걸려 넘어지게 하고 있는 것입니다. 항우가 댕댕이덩굴에 걸려 넘어진다는 속담이 있듯이, 발이 자꾸만 풀에 걸려 넘어지곤 하니 제 아무리 장사라도 도리가 없는 거지요.

포로로 잡혀 온 그도 그런 말을 했습니다.

'내가 용맹이 없어 잡힌 것이 아니라, 무엇이 자꾸만 발을 잡아 당기는 통에 넘어지고 만 때문이다.'

위상은 어둠을 통해 본 노인의 하던 모습이 헛것을 본 것이 아님을 확인한 셈입니다.

그날 밤 꿈에 마침내 그 노인이 나타났습니다. 위상은 자리에서 일어나 반가이 맞으며 낮에 있었던 일에 대해 감사하다는 인사를 했습니다.

그러자 노인은 고마운 인사를 자기가 해야 마땅하다는 것이었습니다.

'나는 노인장을 알지 못하는데 내가 무슨 고마운 일을 했다는 말씀입니까?'

하고 위상이 묻자. 노인은 이렇게 대답했습니다.

'나는 여희의 아비 되는 늙은이옵니다. 장군께서 모든 사람의 반대를 물리치고, 내 하나밖에 없는 무남독녀 여희를 순장하지 않고 좋은 곳으로 시집보내 주시어 아들딸 낳고 복되게 사는 것을 보게 되었으니, 죽은 영혼인들 어찌 장군의 은혜를 잊을 수 있겠습니까? 청초파라고 귓속말을 한 것도 이 늙은이였습니다. 장군의 그 거룩한 마음은 길이 자손에게까지 복이 되어 장군의 자손이 장차 임금이 되실 것입니다.'

꿈에서 깨어난 위상은 아우 위기에게 꿈 이야기를 하고, 두 형제는 죽을 때의 아버지 유언을 따르지 않았던 일을 못내 다행하게 여기며 거듭 감탄해 마지않았다는 것입니다.

옛날 늙은이들이 남의 사립문에서 동냥을 할 때, 동냥을 후하게 주거나 하면 결초보은 하겠습니다 라고 말하곤 했는데, 그 말은 곧 죽어서라도 은혜를 잊지 않고 보답하겠다는 뜻으로 하는 말이었습니다. 그 말의 유래를 알고 그러는 것은 아닐 테지만…."

葬也者, 藏也, 反壞樹之哉

"이번에는 97장이 되겠는데, 앞에 나온 성자고의 말이 실려 있습니다. 그런데 여기서는 성과 자를 국자고(國子高)라고 썼습니다.

앞에서 공자가 중도의 장관이 되어 갔을 때, 무덤에 봉분을 못하게 하고 나무를 심지 못하게 하는 법령을 만들었다는 이야기를 했었습니다.

그러나 그것은 일반대중의 경우이고, 귀족이나 권력층은 해당되지 않았던 모양입니다. 아마 중도 고을에는 공자의 그 같은 법령에 불복할 만한 세력이 없었기에 시행이 가능했겠지요. 그러나 한편으로 일반대중들도 특권층의 흉내를 내고 싶어 했을 것은 뻔 한 일입니다.

맹자도 말했듯이, 윗 사람이 하면 아랫사람은 더 하고 싶어 하는 것이 사람의 마음이니까.

그래서 차츰차츰 무덤을 높이 만들고 나무를 심는 풍조가 일기 시작했으므로 법령으로 막았던 것으로도 보입니다. 공자가 중도의 장관이 된 것은 쉰세 살인가 되었을 때입니다. 공자가 그 어머니를 아버지와 합장하고 봉분을 만들 때,

'봉분을 하지 않는 것이 원칙이지만, 나는 동서남북으로 정처없이 떠돌아다니는 사람이니 표를 해 두지 않을 수 없으므로 봉분을 해야겠다.'

라고 그 이유를 설명했습니다.

공자는 그 당시 24살이었던 것으로 전해지고 있으나 확실한 것은 알 수가 없고, 아무튼 제자들이 장례일을 도운 것으로 보아 학자나 선비로 일반대중과는 구별되는 신분이었음을 알 수 있습니다.

그러나 우리 아버지가 벼슬아치였으니 봉분을 해야겠다는 말을 하지 않고, 떠돌이신세를 이유로 말한 것에는 무언가 숨은 이유가 있었을 것 같습니다.

즉, 공자는 이미 존재가 잊혀진 아버지 대신, 자신의 존재를 더 소중히 여겼던 것 같습니다. 아무튼 일반대중과는 다른 방법으로 아버지와 어머니의 무덤을 표나게 만들려 했던 것만은 사실입니다.

그것이 자식된 사람의 부모에 대한 욕심이란 것일지도 모릅니다.

그러나 그것은 성인의 공정한 마음일 수는 없습니다. 좁은 땅을 자꾸 더 좁게 만드는 무덤이 해결하기 어려운 문제로 남아 있는 한, 가난하고 힘없는 사람의 무덤은 평수를 제한하고 돈 있고 힘 있는 사람은 넓은 땅을 차지해도 좋다는 논리는 정당화될 수 없는 일입니다.

힘이 있는 지도층이 솔선수범을 하지 않는 한 대중이 따를 리
없습니다. 공자도 젊었을 때의 생각과는 달리 이래서는 안 되겠다
는 생각에서 그런 법령을 만들고, 힘이 있는 사람도 다 그 법령에
따라 하게 했을지도 모릅니다.

아무튼 그것이 중도에서만의 일이었고, 그런 법령과 제도가 시
기에 맞는 좋은 제도라는 평을 들었던 것 또한 사실입니다. 이웃
한 모든 나라에서 그 제도를 본받고자 사람을 보내 살피고 돌아오
게 했으니까요.

이 국자고의 생각 또한 공자의 그 같은 생각과 일치하는 점이
있으므로 여기에 실은 것이 아닌가 싶습니다.

국자고의 주장은 이런 것입니다.

'장사지낸다는 장(葬)의 뜻은 감춘다는 장(藏)의 뜻과 같은 것
이다. 감춘다는 것은 사람들이 볼 수 없도록 하려는 것이다. 그
러므로 옷은 충분히 몸을 가리도록 하고 안널은 또 옷을 둘러싸
게 하며, 그 안널은 다시 바깥널로 둘러싸게 한 다음 흙으로 그
둘레를 덮는 것이다.

그런데 가리기 위한 본래의 뜻과는 달리 이 속에 사람이 묻혀
있소 하고 알리듯이 봉분을 만들고, 그 봉분 둘레에 또 나무를
심어 여기 사람을 묻은 무덤이 있다는 것을 멀리서도 알 수 있
게끔 만들고 있으니 어찌 잘하는 일이라 할 수 있겠는가?'
하는 뜻으로 말을 한 것입니다.

다시 말해 귀족이 됐든 평민이 됐든, 사람이 어디에 묻혀 있는
지를 모르게끔 하는 것이 이치에 맞는다는 뜻입니다."
"해마다 국토가 무덤으로 줄어들어 모든 나라의 공통된 심각한 문
제로 제기되고 있는데, 그것을 해결할 수 있는 방법은 과연 어떤
것일까요?"
"나도 가끔 그 문제를 심각하게 생각해 보곤 합니다. 중도에서 새

로운 법령을 만들어 봉분을 만들지 못하게 하고, 나무도 심지 못하게 한 공자가 지금 나타난다고 하면 과연 무슨 법령을 어떻게 만들 것인가 하고 생각도 해 봅니다.

역시 화장을 하고 그 재를 물에 띄워 보내는 것이 가장 좋은 방법이라고 생각됩니다."

"그럼 불교식이 좋다는 결론이 되겠군요?"

"불교식이라고 이름을 붙이는 것에 문제가 있어요. 나는 기독교인의 장례식에 가 본 적이 있는데, 그 때 목사가 관 위에 흙을 집어 던지며 하는 말이 재미있었어요.

'흙에서 왔으니 흙으로 돌아가라.'

하는 것이었습니다. 아담과 이브가 흙으로 만들어졌다는 창세기의 기록을 두고 하는 말이었겠지요.

나는 그 때 이런 생각을 했어요.

'사람은 무(無)에서 왔으니 무(無)로 돌아가라.'

라고 할 수는 없는 것일까 하고 말입니다.

불교에서 화장을 하는 것도 그 무(無)의 사상에서 나온 것임엔 틀림이 없겠으나, 불교신도도 자손이 있는 한 화장을 꺼리는 것이 실정입니다.

일본은 화장을 하게 되는데 그것은 일본이 불교의 나라라서 그런 건 아닙니다. 명치유신 이후에 국토보전을 위해 화장법을 강제로 시행했던 것입니다.

그 법을 처음 시행했을 당시, 배우자가 이미 죽고 무덤이 있을 경우는 그 무덤에 합장을 해도 좋다는 조항이 있었습니다. 그래서 귀족들이나 권력층 가운데는 자기 부모를 화장하지 않기 위해, 이미 죽은 다른 사람의 남편이나 아내인 것처럼 만들어 매장허가를 얻기도 했다는 것입니다.

결국 사람의 의식 문제입니다. 뭔가 눈에 보이는 것을 남기고 싶은 것이 속된 사람의 공통된 감정이니까요.

우상을 배격하는 것이 기독교인 것 같지만, 기독교도 우상숭배와 같은 길을 걸어오고 있습니다. 처음에는 십자가도 없었던 것이 뒤에 생겨났고, 성화(聖畫)니 하는 것도 우상과 크게 다를 것이 없지 않습니까? 눈에 보이는 것이 있어야 존경하는 마음이 생기고 절로 고개가 숙여지며, 경건한 마음으로 기도도 하게 되고 그러는 가운데 마음의 기쁨과 위로를 얻게 되는 것이 사람이고 보면 도리가 없는 거지요.

우상숭배라면 불교인 걸로 알지만 불교처럼 우상을 배격하는 철학을 가진 종교도 없다고 생각합니다. 그것이 공(空)의 사상이요, 무(無)의 사상이 아니겠어요? 그러나 거룩한 모습으로 불상을 만들어 놓고 그 앞에 머리를 숙여야만 부처님을 생각하게 되는 것이 사람이니까, 그 방편으로서 도리가 없는 거지요.

법령도 법령이지만, 그에 앞서서 죽은이의 영혼을 편안하게 해드리는 방법이 과연 무엇이겠는가 하는 의식개혁이 절대필요한 것입니다.

나는 어느 심령학자가 쓴 〈영계(靈界)의 비밀〉이란 책을 읽은 일이 있었어요. 거기에 보면 여러 가지 신비한 이야기가 많이 나오는데 나는 그 가운데서 육체와 영혼의 관계, 다시 말해 장례를 어떤 방법으로 하는 것이 가장 바람직한가 하는 문제와 결부되는 것에 이런 대목이 있었어요.

'사람이 죽으면 영혼은 육신을 빠져나오게 되는데 수양이 깊은 사람일수록 영혼이 빨리 육신을 벗어나게 된다. 그렇지 못한 사람은 육신이 썩고 난 다음에야 완전히 빠져나올 수 있다. 육신과 영혼의 중간체인 넋(魄)이란 것이 영혼과 육신을 끌어당기고 있기 때문이다.'
사람이 죽으면 빨리 썩는 것이 좋다고 공자가 말했다 하여 유자와

234

증자 사이에 말이 오간 것을 앞에서 보았지만, 심령학자가 전한 영계의 소식이 사실이라면 빨리 썩는 것이 좋다는 결론에 이른다고 볼 수 있습니다.

그러니 인위적으로 화장을 해서 육신을 무로 돌아가게 하는 것이, 영혼을 빨리 자유롭게 하는 길이 아니겠는가 하는 생각을 해보곤 합니다.

〈장자〉의 촉루(髑髏) 이야기가 생각납니다만, 육신이 우리 영혼의 한 구속체(拘束體)에 지나지 않는다고 생각하면 생명을 잃은 육신에 너무 애착을 갖는 것도 부질없는 망상에 지나지 않는 것으로 볼 수 있습니다.

수십 년 징역살이를 하다 풀려난 사람이 그 지긋지긋한 감옥살이를 동경하는 것과도 같은 것일 수도 있지요. 아무튼 무덤처럼 심각한 문제도 없을 것 같습니다.”

## 孔子之喪
공 자 지 상

“98장이 되겠는데, 앞서 51장을 설명할 때 〈가어〉에 있는 내용을 소개한 일이 있었지요? 여기서는 공자의 무덤을 어떻게 만들었느냐 하는 것만이 나와 있습니다.

공자의 장례를 모시게 되었을 때, 연나라 사람이 구경하러 와서 자하의 집에 묵고 있었습니다. 〈가어〉에는 자공이 말한 것으로 되어 있는데 여기에는 자하가 말한 것으로 되어 있습니다. 자하의 집에 묵고 있었으니 자하가 한 말일 수도 있고, 자공이 장례위원장같은 위치에 있었으니 자공의 말일 수도 있지요. 무덤에 대한 부분만은 〈가어〉보다 더 분명히 나와 있습니다.

자하가 이렇게 연나라 사람에게 말했습니다.

‘성인이 다른 사람을 장사지내는 것이라면 모르되, 보통사람인

우리가 성인의 장례를 모시는데 당신이 무엇을 구경하시겠다는 거요?'

하고 겸손한 말부터 하고 나서 그러나 모든 것은 공자의 뜻을 받들어 그대로 따른 것임을 말하고 있습니다.

'옛날 선생님께서 말씀하시기를 내 일찍이 무덤의 봉분을 보았는데 봉분을 대청처럼 높고 넓게 만든 것도 있고, 강둑처럼 위가 좁고 길게 만든 것도 있고, 하나라 집 지붕처럼 복판이 높고 사방이 낮게 된 것도 있고, 도끼처럼 위가 뾰족한 것도 있었는데, 나는 도끼처럼 된 것에 따르겠다고 하셨습니다. 흔히 말하는 말갈기봉분을 가리킨 것입니다. 지금 하루 사이에 널빤지를 세 번 옮겨 봉분을 끝냈는데. 다 선생님의 뜻을 받들어 행한 것입니다.'

봉분에 네 가지 방법이 있는 것을 말하고 있는데, 처음 말한 대청처럼 된 것이 가장 규모가 큰 것으로 볼 수 있고, 그 다음이 냇둑처럼 된 것이고, 그 다음이 지붕 모양으로 된 것이고, 가장 손쉬운 것이 도끼날처럼 위를 뾰족하게 만든 것으로 보입니다.

공자는 그 넷 가운데 가장 손 쉬운 도끼모양을 따랐는데, 그 당시 사람들이 말하는 말갈기봉분이 바로 도끼모양이라고 덧붙인 것으로 보아 그 모양이 어떠했는지를 짐작할 수 있을 것 같습니다. 널이 들어있는 구덩이가 생긴 대로 길쭉하게 흙을 모은 것으로 보아 좋을 것 같습니다.

삼참판(三斬板)이 무슨 뜻인지 좀 애매합니다. 세 번 널빤지를 끊었다는 것이 무엇을 말하는 것이냐 하는 거지요.

앞에서 공자 어머니 무덤의 봉분을 만들고 소나기가 와서 다시 봉분을 만들었다는 이야기를 했었습니다. 우리 상식으로는 이해가 가지 않는 이야기입니다. 우리나라의 지금처럼 공자 당시의 노나라에서는 떼란 것이 없어. 그냥 흙만 모아둔 것이 아니었던가 싶습니다.

그래서 떼를 심고 흙을 다지고 그 위에 또 떼를 심고 흙을 다지고 한 것이 아니라, 널빤지를 세우고 흙을 다진 다음 널빤지를 들어올려 다시 흙을 다지고 한 것으로 생각됩니다. 그렇게 널빤지를 세 번 세워 다진 것이 넉 자 높이였다는 이야기가 되겠지요. 그래서 여기에서 말한 끊었다 잘랐다 하는 것은, 널빤지가 벌어지지 않도록 당겨 맨 새끼줄을 자른 것으로 풀이하고 있습니다. 그래서 나는 널빤지를 옮겼다는 것으로 풀이했습니다.

아무튼 공자는 가장 검소한 방법으로 무덤을 만들도록 유언을 한 것으로 여겨집니다.”

# 제4편(第四篇) 단궁(篇弓) 하(下)

고 운 출 수　거 유 일 무 소 계
孤雲出岫, 去留一無所係.
"한 조각 고운(孤雲)이 산간에서 피어나와 가고 머무는데 조
금도 거리낌이 없다."

증 점　시 기 문 이 가
曾點. 侍其門而歌

"제4편인 단궁 하(下)의 제5장이 되겠습니다. 예를 지키려는 선비
의 정신과 특권을 누리려는 권력층과의 갈등 같은 것을 엿볼 수
있는 내용입니다.
　노나라 세도재상인 계무자(季武子)가 심한 병으로 누워있었을
때, 교고(嬌固)란 사람이 상주의 옷차림을 하고 문병을 갔습니다.
다른 사람 같았으면 상복을 밖에 벗어 두고 방으로 들어갔을 텐
데, 교고는 그 옷을 입은 채 들어갔습니다.
그리고 그 까닭을 이렇게 말한 것입니다.
　'선비는 임금이 계신 대궐로 들어갈 때만 상복을 벗게 되어 있
　는데 요즘은 그 예법이 점점 없어져 가고 있습니다.'

자기가 남들과는 달리 상복을 입고 들어온 것은 예를 지키기 위한 것일 뿐 다른 뜻은 없다는 것을 변명 겸 말하고, 대부로서 임금처럼 행세하는 계무자 자신의 방자함과 그런 그에게 아부하여 예에 벗어난 짓을 하는 무리들을 꾸짖은 것입니다.

계무자가 그의 그같은 말뜻을 모를 리 없습니다. 속으로는 그의 그런 태도가 미웠지만 그런 티를 낼 수도 없었으므로,

'예를 지켜 예대로 하는 것이 또한 좋지 않습니까? 군자는 작은 허물도 드러내 밝히는 것입니다.'

라고 했습니다.

그런 일이 있은 뒤 그 계무자가 죽었습니다.

이때 공자의 제자 증점(曾點)이 조상을 갔는데, 들어가 소리내 울지 않고 대문에 기대서서 노래를 불렀습니다.

이 제5장 역시 사실만을 적어 두었을 뿐, 누가 옳고 그른 것인지는 말하지 않았습니다.

상복은 좋은 옷이 아니라 하여 신하들이 임금이 계신 곳으로 들어갈 때는 입지 못하게 되어 있었습니다. 그러나 임금 이외의 경우는 상복을 입은 채 들어가게 되어 있었습니다.

그런데 계무자는 임금보다 더한 실권을 쥐고 나랏 일을 자기 마음대로 주무르고 있었으므로 모든 사람들이 그를 임금과 같이 떠받드는 버릇이 있었고, 계무자는 그것을 은근히 바라고 있었으니 그의 방자함과 그 방자함을 부추기는 무리들의 아부하는 모습은 갈수록 더해가고만 있었던 것입니다.

교고가 어떤 사람이었는지는 알 수 없으나, 계무자가 대답한 말로 미루어보아 상당히 덕망있는 선비나 벼슬아치였던 것 같습니다.

거기까지는 별로 문제될 것도 없는 일인데, 이번에는 뜻밖에 남의 초상집에 가서 곡을 하고 조문을 하는 것이 아니라 노래를 부

른 것입니다. 그것도 예를 무엇보다 소중히 여긴 공자의 제자가
말입니다."

"임금 앞에서 상복을 입는 것이 예가 아니라는 것은, 임금이 높아
서가 아니라 상복 자체에 문제가 있는 것으로 볼 수 있을 것 같습
니다. 임금 앞에서 입어 좋지 않은 것이라면, 다른 사람에게도 그
런 옷차림을 보이지 않는 것이 상대를 존경하는 뜻이 될 것 같습
니다. 그래서 특례라는 것이 위에서부터 차츰 내려오는 것 아니겠
습니까? 말하자면 민주화 과정이 될 수도 있고, 예출어정이란 말
처럼 좋은 것이 좋다는 생각에서 그런 것은 아닐까요?"

"아주 좋은 점을 지적하는군요. 그래서 그렇게 된 것이 사실일 겁
니다. 꼭 임금이 되겠다는 방자한 생각에서가 아니라, 임금이 싫
은 건 대신도 싫을 것이니 싫은 걸 보여 주지 않으려는 것은 아부
에서 나왔다기보다는 상대의 마음을 편하게 해 주려는 겸손한 생
각에서 나온 것이니, 양쪽 다 당연한 것으로 보는 것이 실정에 맞
는 생각이라는 거군요?"

"그렇습니다."

"방금 말한 대로 그런 인간의 공통된 심리가 결국 민주화를 낳게
된 것이라 볼 수도 있지요.

　예란 것의 폐단 또한 거기에 있다고 보아야 할 겁니다. 교고처
럼 형식적인 옛 예법을 따지다 보면 세상 살기가 더 까다로워질
수밖에 없으므로, 예가 자유의 한 속박물로 떨어지고 마는 것도
사실입니다.

　이 기록에는 그런 암시가 들어있다고 보아도 좋을 것입니다. 그
러나 이 당시의 계무자는 방자한 데가 많았습니다. 그런 그를 깨
우쳐 주기 위해 그의 비위를 거슬리는 짓을 서슴지 않은 교고의
선비다운 강직함이 더욱 돋보인다고 해야겠지요?"

"계무자는 어떤 사람입니까?"

"계무자는 이름을 숙(夙), 혹은 숙(宿)이라 했습니다. 그의 할아 버지 계문자(季文子)의 뒤를 이어 집권재상이 되었는데, 이 계문 자는 어진 재상이었습니다.

다른 귀족의 집은 부인은 말할 것도 없고 첩들까지도 비단옷을 입곤 했는데, 계문자는 여자들에게 비단옷을 입지 못하게 했습니 다. 다른 귀족들은 집에 기르는 말들에게 사람이 먹는 곡식을 먹 였는데, 계문자만은 곡식을 먹이지 못하게 했습니다. 백성을 사랑 하는 정치인은 그 자신의 생활이 자연 검소해질 수밖에 없는 일이 지요.

그가 진(晉)나라에 사신으로 가 있는 동안, 그의 권력을 앗으려 는 반대세력이 진나라에 뇌물을 바치고 그를 잡아둘 것을 청했습 니다. 물론 거짓으로 그의 죄를 들어 부탁한 거지요.

그러나 그가 청렴하고 검소한 사람이란 것이 널리 알려져 있었 으므로, 그 계획은 실행되지 않았습니다. 모함한 사람이 도리어 잡히고 만 거지요.

그것을 계기로 반대세력은 완전히 제거되고 그의 집권은 더욱 굳어진 것입니다. 그리고 정치도 잘 했습니다. 그 뒤를 이은 사람 이 계무자였는데, 할아버지의 배경으로 완전 독재체재를 누리고 있던 거지요. 한 집안이 오래 집권을 하고 있으면 이른바 권위주 의니 관록이니 하는 것이 붙게 되어, 부정과 비리와 부패가 쌓이 기 마련입니다. 그래서 권불십년(權不十年)이요, 세불삼세(勢不三 世)란 말이 생긴 겁니다. 할아버지 때 세도가 손자 때에는 무너지 고 만다는 뜻입니다.

계무자의 뒤를 이은 사람이 계평자(季平子)였는데, 교만이 극에 달한 그는자기 조상 제사에 천자의 제사에만 쓰이는 음악과 무용 을 사용했습니다.

그런 그를 보고 공자는 〈논어〉에서 이렇게 말했습니다.

'대부로서 천자의 예를 썼으니 그가 무슨 짓인들 못하랴?'

반역을 하고도 남을 거라는 뜻입니다. 공자의 말대로 그는 임금을 내쫓기에 이릅니다. 계무자의 방자함이 계평자로 이어진 것이지요. 교고가 말한 것도 그런 조짐을 두고 경고한 것이라 보아 좋을 것입니다."

"공자의 제자 증점이 초상집에 가서 노래를 불렀다는 것은 잘 믿어지지 않습니다. 그가 과연 어떤 사람이었기에 그같은 짓을 했을까요?"

"증점은 바로 증자의 아버지입니다. 자가 자석(子晳)이었으므로 보통 증석(曾晳)으로 불립니다. 〈가어〉에 나오는 72제자의 소개에 보면,

'그는 그 당시 예법과 가르침이 올바로 행해지지 않는 것을 미워했다.'

라고 나와 있습니다.

공자는 그런 그를 미치광(狂)스럽다고 하면서도, 사랑하고 높이 평가했습니다.

'완전무결한 사람을 얻지 못할 바엔 미치광스런 그에게 도를 전하리라.'

하고 말한 일까지 있습니다.

그가 벼슬같은 것에는 전혀 뜻이 없고, 자연만을 사랑하고 즐긴 내용이 〈논어〉에 실려 있습니다.

자로와 이 증석과 염유와 공서화, 네 사람이 공자를 모시고 있을 때였습니다. 공자는 한가한 때면 자주 제자들에게 그들의 뜻을 물어보곤 했는데, 이날은 이런 말을 했습니다.

'내가 나이 좀 많다고 해서 어려워하지 말라. 너희들은 늘 말하기를 나를 알아주는 사람이 없다고 하지 않았느냐? 만일 알아주는 사람이 있다면 장차 어떤 일을 하겠는지 말해 보라.'

　그래서 자로와 염유와 공서화 순서로 각각 자기 뜻을 말했는데 모두가 정치에 관한 포부를 말했습니다.

　마지막으로 증석에게 물었습니다.

　'점(點)아, 너는 무엇을 하겠느냐?'

　그러자 거문고를 타고 있던 증석은 거문고를 치워놓고 일어나 대답했습니다.

　'저는 세 사람과는 생각이 다릅니다.'

　'무슨 상관이 있느냐? 각각 자기 뜻을 말하는 것뿐인데 ……'

　그러자 증석은 이렇게 대답했습니다.

　'늦은 봄에 새 봄옷이 만들어지면, 어른 대여섯과 아이들 예닐곱을 데리고 함께 들놀이를 나가 앞내에서 목욕을 하고, 뒷산에서 바람이나 쏘이고 노래를 부르며 돌아오고 싶습니다.'

정말 공자의 제자답지 않은 대답을 한 것입니다.

　그러나 공자는 길게 한숨을 내쉬고는,

　'나도 너처럼 되고 싶다.'

하고 부러운 듯이 말했습니다.

　증석은 세상 사람들이 미치광스럽다고 했지만, 공자는 그런 그가 그렇게도 좋았던 것입니다. 그런 마음을 가지고 세상과 보조를 맞추려는 수양만 쌓으면 된다고 생각한 것입니다. 그러나 그는 끝내 그런 모습으로 평생을 마쳤고, 그의 아들인 증자는 아버지와는 너무도 대조적인 도덕군자가 되고 만 것입니다.

　여기 계무자의 초상에 가서 문을 기대서서 노래를 부른 것은 과연 어떤 생각에서였는지는 알 수 없으나, 겉에 드러난 것만으로는 미치광스럽다는 한마디로 풀이될 수 있을 것입니다.

　마치 임금인 것처럼 장례를 성대하고 화려하게 치르려 하는 것을 비웃은 건지, 고생스런 이 세상을 마치고 자유로운 영혼이 되어 갔는데 울기는 왜 울어 하는 뜻으로 그런 건지 모를 일입니다.

당시 공자가 좋아한 사람들 가운데는, 도교의 영향을 받아 초상 난 집에서 거문고를 타고 노래를 부르고 했다는 이야기가 전해지고 있으니까요. 다음에 그런 내용을 보게 될 것입니다."

## 제 쇠 이 왕 곡 지
## 齊衰而往哭之

"형식적인 예절을 잘 지키는 것으로 일반에게 알려져 있는 증자가, 뜻밖에도 그런 모습에서 벗어난 일을 한 것을 말하고 있습니다.

같은 공자의 제자이자 친한 친구였던 자장이 죽었습니다. 이때 증자는 그의 어머니의 3년상을 입고 있었는데, 자장의 초상에 달려가 소리 내 울었습니다.

부모의 상을 입고 있는 상주는 남의 조상을 하지 않게 되어 있는데, 상복을 입은 채 조상을 한 것입니다.

그러자 어떤 사람이 증자를 보고 말했습니다.

'복을 입고는 조상을 하지 않는다지 않는가?'

그러자 증자는 이렇게 대답했습니다.

'내가 어디 조상을 한 건가?'

이 대답이 그럴 듯합니다. 긴 설명이 필요치 않은 거지요. 다정한 친구의 죽음을 슬퍼한 것뿐이라는 대답이었던 겁니다.

이것이 바로 예출어정이란 거겠지요. 진심에서 우러나오는 감정을 따라 보통 때의 형식을 벗어난 행동은 형식적으로는 예에서 벗어난 것이 되지만, 실질적으로는 벗어난 것이 되지 않는다는 것이 되겠지요.

법조항에 따라 판결을 내리는 것이 판사가 지켜야 할 일이지만, 그 법조항만을 따르는 것이 옳지 못하다 싶을 때는 독자적인 판단에 의한 판결을 내릴 수 있는 것과 같은 이치라 볼 수 있지요. 예출어정이란 말과 마찬가지로 아니, 그 이상으로 법출어정(法出於

情)이란 말이 성립될 수 있지 않겠어요? 이때의 정은 실정(實情)이란 뜻이 더 강하겠지만…

증자의 그런 행동을 놓고 대개는 증자가 실수를 한 것으로 평해 왔습니다. 형식존중자들의 의견이지요. 그러나 이 기록을 남긴 사람의 본뜻은 그것이 아니었을 것 같습니다. 누구보다 예절을 소중히 여기는 증자도, 때로는 그것을 무시하기도 했다는 사실을 남겨둠으로써, 뒤의 사람들에게 무언가 생각하게 하는 객관적인 자료를 제공하려 했던 것으로 여겨집니다.

다시 말해 친구에 대한 우정이 형식적인 예를 뛰어넘을 수도 있다는 것을 보여준 것이라 할 수 있습니다.

"여기 어머니의 상이 있어 제최로 가서 울었다고 했는데, 어머니 상과 제최는 중복된 표현이 아닐까요?"

"문장을 읽는 눈이 날카롭군요. 중복된 감도 있습니다. 그러나 제최라는 것은 입고 상복을 말하는 것입니다. 어머니상을 입은 사람이 상복을 벗고도 갈 수 있다는 것을 전제할 때 그런 표현이 필요하겠지요."

"제최는 어떤 상복을 말합니까?"

"제최는 정확한 발음을 자최라고 해야 옳은 것이지만 보통 제최라고 합니다. 보통 죽은 사람에 대한 복을 다섯 가지로 나누는데, 첫째로 참최(斬衰), 다음이 여기서 말한 제최, 그 다음이 대공(大功), 소공(小功), 시마(緦麻)의 순서로 되어 있습니다.

참최와 제최는 다 같은 3년복인데, 참최는 죽은 사람이 남자인 경우에 입는 상복으로 상복 아랫도리를 꿰매지 않고 자른 그대로 두었다 하여 붙인 이름입니다. 최(衰)는 아랫도리를 말하고 참(斬)은 잘랐다는 뜻이니, 상복 아랫도리를 꿰매지 않고 잘린 채 있는 것을 말한 거지요. 참최는 베도 더 굵은 것으로 쓰게 되어 있었습니다.

다음 제최는 아랫도리를 꿰맨 것을 말합니다. 옷감도 약간 가는 것으로 쓴다고 합니다. 사실은 꼭 그런 것도 아니지만, 그리고 제최는 3년상 이외에도 입는 상복입니다. 즉 3년복이 아닌 기년복에도 제최복을 입게 되어 있었습니다. 기년복은 1년복을 말하는데 조부모, 삼촌, 형제 자매, 조카에 대한 복입니다."

"대공, 소공, 시마는 어떤 것입니까?"

"대공은 아홉 달, 소공은 다섯 달, 시마는 석 달입니다. 모두 상복 옷감을 두고 말하는 것으로 시마는 아주 고운 삼베를 가리킨 것이라 합니다. 옛날에는 누가 죽으면 그 친척이 어떤 복을 입어야 옳으냐 하는 것으로 시끌시끌하기도 했습니다. 결국 친등(親等)에 따라 차츰 기간이 짧아지고 상복도 고운 것을 입었다고 볼 수 있지요."

"장인 장모에 대해선 어떤 복을 입었나요?"

"석 달 시마복인 걸로 알고 있는데 잘은 모르겠군요."

"시부모에 대해서는요?"

"그야 물론 3년복이지요."

"약간의 차이는 두어야 하겠지만, 너무 지나친 것 같군요."

"나도 동감입니다. 그것이 단적인 부계사회의 남녀불평등의 표본일 수도 있지요. 여성들에게는 지난날의 여성에 대한 차별이 어떠했는가를 잘 말해 주는 제도라고 볼 수 있지요. 어때요? 오늘날에도 그런 제도 아래 있다고 생각하나요?"

"잘 모르겠어요."

"요즘은 호적법이 자주 논의되고 있는데, 호적법을 놓고 볼 때는 남녀평등이 동양보다 앞선 것처럼 알려져 있는 서양에서 오히려 불평등이 더한 것 같아요. 여자는 결혼을 하면 남편 성을 따르게 되어 있으니까. 하긴 일본도 그렇지만. 호적법상으로는 우리나라가 가장 남녀평등이 잘 되어 있지 않았던가 싶어요. 이제 여자 상

속권이나  여자 호주 제도만 인정되면 완전한 남녀평등이 되는 셈
이지요. 하기는 신라에서는 딸들이 왕위를 계승하곤 했지 않습니
까? 남녀평등의 뿌리는 우리가 깊다고 보아야겠지요."

"당나라의 측천무후(則天武后)는 아내로서 남편의 통치권을 계승
하지 않았습니까?

"남편의 통치권을 계승한 것이 아니라 시집의 통치권을 탈취한 거
지요."

"측천무후에 대한 이야기를 듣고 싶습니다."

"여권옹호의 입장에선 영웅이 될 수 있지만, 잔인한 점에서는 여
자의 본질을 말해 주는 것 같아 별로 추켜 세울 인물이 못 됩니
다."

"아무려면 어떻습니까? 3대여걸의 하나로 손꼽히는 그녀의 이야
기를 듣고 싶습니다."

"측천무후같은 여걸도 전통 앞에서는 꺾이고 말았다는 이야기를
들려 주고 싶군요. 여자가 남자보다 자기중심적이라는 것을 말해
주는 것이 될 수도 있고. 다 알다시피 측천무후는 당나라 고종의
후궁으로 왕후가 된 다음, 고종이 죽은 뒤 대권을 장악하고 천하
를 호령한 여자였습니다.

　아까 3대여걸이란 말을 했는데, 한나라 여태후와 청나라의 서태
후는 실권만을 쥐고 있었을 뿐 천자는 아니었습니다. 그러나 무후
는 천자로 행세를 했습니다. 3대여걸 가운데서도 가장 걸출하다고
볼 수 있지요.

　그녀는 어린 나이에 당태종의 궁중으로 들어온 한 궁녀에 지나
지 않았습니다. 당나라 초기는 불교의 전성기라서 당태종이 죽자
그의 혼백을 절에 모시고, 그를 모시던 모든 후궁들의 머리를 깎
고 여승을 만들어 그 절에서 명복을 빌게 했습니다.

　당고종의 왕후인 고후(高后)는 고종의 사랑을 받지 못하고 아기

도 낳지 못하는 여자였습니다. 그리하여 후궁에게 남편을 완전히 빼앗긴 상태에서 질투심에만 불이 붙어 있었습니다. 후궁들이 왕후를 인격적으로 무시했기 때문입니다. 그래서 복수의 방법을 생각하던 그녀에게 문득 좋은 생각이 떠올랐습니다.

'그렇다 ! 저 후궁들보다 월등히 아름다운 여자를 천자에게 바쳐, 내가 맛본 아픔을 그년들에게도 맛보게 해주자. '

말하자면 대리복수를 생각해낸 것입니다.

그러던 참에, 아버지 태종의 제사겸 불공을 드리러 절에 갔던 고종이 그 절에서 머리를 깎고 여승이 되어 있는 후궁들을 보다가, 나이어린 한 궁녀에게 깊은 관심을 보였다는 소식이 들려 왔습니다.

고황후는 그 날로 그 어린 후궁을 몰래 데려와서 머리가 자라기를 기다리며 친딸처럼 귀여워했습니다. 그 후궁이 바로 무후였습니다. 그 때 나이 열여덟 살이었다니 한창 꽃필 나이였지요.

그리고 그 무후를 고종에게 바쳤습니다. 무후의 사랑에 빠진 고종은 지금까지 사랑하던 후궁들을 헌신짝 버리듯 했습니다. 그녀들이 찬방에서 눈물로 지샌다는 말을 전해 들는 고황후는 대신 복수를 해 준 무후가 그렇게 대견해 보일 수가 없었습니다. 자기가 데려와 딸처럼 귀여워하며 지낸 무후가 친딸처럼 생각된 것입니다. 어딘가 여성으로서 결함이 있는 독특한 여자였던 것 같습니다.

무후도 고황후를 친어머니처럼 다정하게 대했기 때문에, 고황후는 낮이면 언제나 무후의 방에서 지내곤 했습니다
홀로 있는 친정어머니가 딸의 집에 드나드는 그런 꼴이었지요.

그러는 사이에 마침내 무후가 딸을 낳았습니다. 고황후는 정말 외손녀를 얻은 것처럼 기뻐하며 아기방을 무상출입하였습니다. 3대여걸들이 다 그런 잔인한 데가 있지만 무후는 더한 편이었습니

다.

　어느날 고황후가 아기를 보고 돌아가자마자, 무후는 제손으로 제가 낳은 딸을 목졸라 죽이고는 이불을 씌워둔 채 밖으로 나갔습니다.

　그러자 고황후가 질투심에서 무후의 아기를 죽인 것으로 판명이 되어, 고황후는 고종의 특명으로 옥에 갇히고 말았습니다.

　제가 죽인 딸을 끌어안고 눈물을 비오듯 흘리며 울부짖는 그녀의 애처러운 모습이 고종의 분노를 더욱 부채질한 거지요.

　그런 것도 모르는 고황후는 밥을 나르는 궁녀들을 보고,

　‘무후를 만나게 해 다오. 그녀만은 내가 억울하다는 것을 누구보다 잘 알고 있을 것이다.’

하며 사정사정했지만 들어줄 리 만무한 일이었습니다.

　고황후는 나중엔 제대로 얻어 먹지도 못하고 병들어 죽고 맙니다. 고황후가 빨리 죽어야만 정식황후로 들어앉을 수 있기 때문에 무후는 그런 잔인한 수법을 쓴 것입니다.

　이리하여 황후가 되고 아들을 낳은 무후는 남편 고종이 죽자 자기가 천자가 되고 말았습니다.

　그 당시에는 적인걸(狄仁傑)같은 위대한 정치가들이 있었지만, 그녀가 있는 동안은 감히 딴마음을 먹지 못했습니다. 그녀가 사람을 다루는 방법이 뛰어났고 정치에도 밝았기 때문입니다.

　그녀는 그녀의 죄를 성토하며 반란을 일으킨 반란군을 직접 나가서 토벌한 일도 있었는데, 그때 그녀의 죄악을 낱낱이 파헤친 격문이 아주 명문이었던 모양이었습니다. 그녀는 옆에 있는 대신들을 돌아보며.

　‘이런 인재를 초야에 버려두었으니, 이번 반란은 경들에게도 책임이 있소.’

하고 말했다는 것입니다.

　그런데 그녀는 남녀불평등에 대한 반발이랄까, 부계사회에 대한 도전이랄까, 약간 정신착란같은 생각을 하기에 이른 것입니다.

　시집인 이씨에게 통치권을 넘겨주지 않고, 자기의 친정인 무씨(武氏)에게 천자의 지위를 넘겨주려는 것이었습니다.

　그래서 자기가 낳은 태자와 작은아들을 멀리 귀양보내고 친정 조카를 데려와 태자를 삼으려는 것이었습니다. 모자의 정리같은 것은 전혀 마음에 없고 시집이냐, 친정이냐, 이씨냐, 무씨냐 하는 것에만 집착해 있었던 것입니다.

　그러나 그녀의 그런 잘못된 생각이 친정 조카의 영리한 대답에 금방 뒤집히고 맙니다. 어떤 대답이었을 것 같습니까?”

“글쎄요……?”

“정말 현명한 사람의 현명한 대답이었습니다. 태자의 자리가 싫다고 하면 당장 죄를 입게 될 판이니 사양할 수도 없는 일입니다. 웬 떡이냐 하고 넙죽 받아든다면 무후가 죽는 그날로 생명마저 위태로울 것이 뻔한 일입니다.

　영리한 친정조카는 이렇게 물었습니다.

‘미리 말씀드려 두고 싶은 일이 있사옵니다.’

‘무슨 말인가?’

‘백 년 뒤 고모님께서 세상을 버리시면 고모님의 위패를 어디에다 모셔야 하올지 몰라서 그러하옵니다.’

‘뭐라고? 위패라고?’

‘그러하옵니다. 신이 천자가 되면 신의 아버지, 어머니를 태묘에 모시는 것은 당연한 이야기입니다만, 천자가 고모를 위해 따로 사당을 지은 일은 일찍이 없었기에 드리는 말씀이옵니다.’

　순간 무후의 얼굴이 어두워졌습니다. 여지껏 생각한 것이 죽어서 제삿밥도 얻어 먹지 못할 궁리를 한 것밖에 안되었기 때문이었습니다.

역시 내가 낳은 자식밖에 없다는 생각이 든 거지요. 성이 이씨고 무씨고가 문제가 아니라, 씨는 이씨의 씨일 망정 내 피가 섞인 내 자식이 그래도 제일이란 생각이 든 것입니다.

그러나 귀양살이 보낸 태자는 이미 죽은 뒤였으므로 작은아들을 불러들여 태자를 삼았습니다.

이것이 내가 앞에서 말한, 아무리 영웅이요 독재자라도 전통을 깨는 일만은 하기 어렵다는 것입니다. 그런 것을 자기 혼자 생각만으로 단행하게 되었을 때, 뜻하지 않은 상황이 그 자신을 얽매고 만다는 이야기입니다.”

喪人無寶, 仁親以爲寶

"12장입니다. 좀 긴 내용입니다. 앞에서 태자 신생을 죽인 바 있는 진나라 헌공이 죽고 난 다음의 이야기입니다.

진헌공이 죽자 이웃한 진(秦)나라 목공(穆公)이, 망명해 있는 진헌공의 아들 중이(重耳)를 찾아가 조상을 하게 했습니다.

진목공의 부인은 진헌공의 딸이었습니다. 개인적으로 말하면 장인 초상에 처남을 찾아가 조상을 한 셈이지요.

그러나 나라와 나라 사이에는 그런 개인적인 정리보다는 국제적인 신의와 이해관계가 더 중요하게 작용할 수밖에 없습니다. 앞서 이야기한 대로 진헌공은 여희(驪姬)의 사랑에 빠져 그녀의 모략에 넘어가 착한 태자 신생(申生)을 죽이고, 여희의 몸에서 난 어린아들 해제(奚齊)를 태자로 세웠었는데, 헌공이 죽은 직후 반란이 일어나 여희의 일당은 떼죽음을 당하고, 나라는 주인 없는 혼란 상태로 빠져들고 말았습니다.

진목공의 부인 목희(穆姬)는 대단한 여자로, 친정에 대한 관심이 남달리 컸습니다. 그래서 진목공을 부추겨 헌공의 아들 가운데 누군가 한 사람을 도와 임금이 되게끔 하려 했습니다.

이때 대중의 신망이 높은 공자로서는 중이와 이오(夷吾) 두 사람뿐이었는데, 그 가운데 누구를 도와 임금이 되게 하는 것이 좋겠느냐 하는 것이 문제였습니다.

그래서 두 공자에게 각각 사신을 보내 조상을 하고, 그들의 사람됨을 살피는 한편, 그들로부터 장래 두 나라 관계에 대한 어떤 유리한 약속같은 것을 얻어내려 했던 것입니다.

우선 가까이 있는 이오에게 먼저 사신이 갔습니다. 이오는 사신을 반가이 맞이하고, 자기가 임금이 되게끔 도와 주면 그 보답으로 땅을 수백 리 떼어주겠다는 약속을 자청해하기까지 했습니다.

그런 다음에 중이에게로 사신이 찾아가 조상을 한 것입니다.

사신은 목공의 말을 이렇게 전했습니다.

'과인은 들으니 나라를 잃는 일도 항상 여기에 있고, 나라를 얻는 것도 항상 여기에 있다고 합니다. 공자가 비록 상중에 있기는 하나, 망명한 이대로 오래 있을 수는 없지 않습니까? 시기 또한 놓칠 수는 없는 일입니다. 큰일을 꾀하십시오.'

내가 도와줄테니 임금이 될 생각은 없느냐? 하는 뜻으로 한말입니다.

중이는 그의 최고참모 호언(狐堰)에게 말했습니다.

여기 구범(舅犯)이라고 적힌 것은 호언이 중이의 외삼촌이었고 자가 자범이었기 때문에 외삼촌 자범이란 말을 줄여 그렇게 부른 것입니다.

구범은 중이에게 이렇게 말했습니다.

'당신은 사양하시오. 나라를 잃고 어버이를 잃은 사람은 보배로 삼을 것이 아무것도 없고, 어버이를 생각하는 어진 마음만을 보배로 삼아야 합니다.

아버지가 죽은 것이 얼마나 애통한 일입니까? 어찌 아버지의 죽음을 틈타 이로운 일을 도모할 수 있습니까? 천하의 그 누가 그렇지 않다고 변명할 수 있겠습니까? 당신은 사양하시오.'

그래서 중이는 나와 그 사신에게 이렇게 말했습니다.

'임금께서 망명해 있는 이 사람을 고맙게 조문해 주셨습니다. 망명해 있는 몸으로 아버지가 죽었는데도 달려가 슬피 울 수가 없습니다. 임금께서 그런 이 사람을 염려해 주셨습니다. 아버지의 죽음이 얼마나 애통한 일입니까? 혹시라도 딴 생각을 갖고 임금의 의로운 조문을 욕되게 할 수 있겠습니까?'

그리고는 머리만 조아릴 뿐, 절을 하지 않고 소리내어 운 다음 일어나 다른 사사로운 부탁같은 것을 말하지 않았습니다.

진목공의 사신으로 온 자현(子顯)이란 사람이, 그가 본 대로 목공에게 보고를 했습니다. 그러자 목공은 이런 말을 했습니다.

'공자 중이는 어진 사람이로구나. 머리만 조아리고 절을 하지 않은 것은 임금이 될 생각이 없다는 것이다. 그러므로 절을 할 수가 없었던 것이다. 울기만 하고 일어난 것은 아버지에 대한 사랑 때문이었고, 일어난 뒤 사사로운 부탁을 하지 않은 것은 이익되는 일을 멀리했기 때문이다.'

그렇게 말한 진목공은, 중이를 권해 임금이 되도록 하려 했습니다. 그러나 여기는 없는 이야기지만,

'이웃 나라에 어진 임금이 있는 것은 조금도 우리에게 이로울 것이 없습니다. 또 싫다는 사람을 굳이 권해 임금으로 앉힌다 해도 얻을 것은 아무것도 없습니다. 이오는 우리에게 땅까지 준다 약속했으니, 그를 임금으로 들어앉게 도와 주는 것이 좋습니다.'

하고 신하들이 권하는 바람에 이오를 도와 임금이 되게 해 주었습니다. 이가 혜공(惠公)입니다.

그러나 혜공은 임금이 된 뒤에는 약속을 지키지 않았습니다. 임

금이 되고픈 욕심에서 거짓 약속을 하고는, 신하들과 백성들의 여론도 그렇고 땅이 아깝기도 했으므로 지킬 수 없었던 거지요.

뿐만 아니라 흉년이 들었을 때 목공에게 사정해 5만 섬의 곡식을 꾸어다 먹고는, 그 이듬해 거꾸로 저쪽은 흉년이 들고 이쪽은 풍년이 들었을 때 꾸어간 곡식을 갚아달라고 하자, 곡식을 갚기는커녕 그 기회를 타 국경을 쳐들어와 땅을 빼앗는 싸움까지 벌이고 맙니다. 그야말로 은혜를 원수로 갚는 거지요.

결국 혜공은 그 싸움에서 패해 포로가 되고 마는데, 다행히 목희의 도움으로 풀려나기는 했습니다. 그러나 계속 배은망덕한 짓만 안팎으로 계속하다가 끝내는 병들어 죽고, 그 뒤를 이어 중이가 들어와 임금이 됩니다. 12년 뒤의 일이지요.

구범이 중이에게 왕위를 사양하게 한 것은 이 혜공과의 권력싸움이 싫어서였습니다. 목적을 위해선 수단방법을 가리지 않는 그가 어떤 비겁한 방법으로 나올지 몰랐기 때문입니다.

이 중이가 5패의 한 사람인 진문공입니다. 여기 나와 있는 말은 그럴 듯한 말이지만 속은 딴판이었던 겁니다.

공자는 〈논어〉에서,

'진공문은 교활하고 떳떳하지가 못하다.'

고 평한 일이 있는데, 호언이 시킨 일이기는 하지만 교활한 일면을 엿볼 수 있기도 합니다."

## 賢夫人 敬姜
현 부 인 경 강

"다음은 노나라의 어진 부인이었던 경강(敬姜)의 이야기에서부터 시작되겠군요. 13장과 42장, 43장이 다 그녀에 관한 이야기가 되겠습니다. 먼저 12장은 그 때까지 행해지지 않던 방법을 경강이 처음 행함으로 인해, 그 뒤로 그를 본받아 옛날 방법이 새 방법으로 바뀌었음을 말한 것입니다.

맨 첫머리에 있는 유빈(帷殯)은 빈소에 휘장을 두른 것을 말합
니다. 즉 빈소에 휘장을 두른 채 우는 것은 옛날 제도가 아니었는
데, 경강이 그의 남편 목백(穆伯)이 죽었을 때 휘장을 두른 채 운
것에서부터 비롯되었다는 것입니다.

학자들 가운데는, 옛날 예를 지키지 않은 것을 잘못이라 하여
그 유래를 밝힌 것으로 풀이하는 사람도 있으나, 옛날 예법도 실
정에 맞게 바꿀 수 있음을 말하고 옛날 예를 자기 심정에 맞게끔
바꾼 경강을 칭찬한 것이라 볼 수 있을 것 같습니다.

경강은 남편인 목백이 일찍 죽자, 젊은 과부로서 남편의 죽음을
애통해 하는 모습이 남 보기에 그리 좋지 않을 것 같았으므로, 휘
장을 두른 채 그 안에서 혼자 조용히 운 것입니다.

자신의 슬퍼하는 모습을 과시하기 라도 하듯, 남이 보는 데서
우는 것보다 휘장을 두른 채 그 안에서 조용히 혼자 우는 것이 훨
씬 더 뜻이 있는 것처럼 보였으므로, 하나 둘 그를 본받기 시작해
서 모두가 그렇게 하기에 이른 것을 말한 것입니다.

다른 여자가 그랬으면 문제될 것도 없는 일이며 문제가 되었다
면 잘못된 것으로 결정이 났겠지만, 착한 부인으로 알려진 경강이
한 일이었으므로 문제를 삼기보다는 그를 본받게 되었음을 말한
것이라 볼 수 있습니다.

목백은 노나라 대신으로 그의 성은 공보(公父)였고, 이름을 정
(靖)이었습니다. 죽어서 시호를 계도자(季悼子)라 했으니, 계손씨
(季孫氏)의 종족이었음을 알 수 있습니다.

42장은 그 경강이 남편인 목백의 초상 때는 낮에만 소리내 울
뿐 밤에는 우는 소리가 나지 않았다고 나와 있습니다. 아예 울지
않은 건지 소리만 내지 않은 건지는 알 수 없으나, 남이 알게끔
밤에 우는 일은 없었던 겁니다.

그런데 아들인 문백(文伯)의 초상 때는 낮에도 울고 밤에도 울

었습니다. 남편이 죽었을 때는 젊은 과부의 몸이었지만 이때는 나이 든 어머니였기에 그렇게 한 것입니다.

남편이든 자식이든 상을 당하면 밤낮으로 울게 되어 있었고, 또 우는 것을 잘하는 것으로 알고 있었는데, 경강은 젊은 과부의 몸으로 밤에 소리내어 운다는 것이 여러 모로 좋지 않다고 여긴 때문이었겠지요.

이것을 두고 공자는 예를 아는 여자였다고 칭찬했습니다. 판에 박은 듯이 남이 하는 대로 따라 하는 것은, 예를 지키는 것은 될 수 있어도 예를 아는 것은 될 수 없습니다. 공자가 예를 안다고 칭찬한 것은, 예의 참뜻이 어디에 있는지를 알고 그 참뜻을 살려 실정에 맞게끔 융통성있게 행한 것을 말한 것입니다.

젊은 과부가 남편의 죽음을 슬퍼하는 것은 당연한 일입니다. 그런데 그것이 지나치면, 흔히 말해 죽은 사람을 위한 슬픔이 아니라 자기 신세를 슬퍼하는 것으로도 비칠 수 있는 일입니다. 더구나 밤에 운다는 것은 남편의 몸이 그리워 우는 것으로 여겨지기 쉽고, 또 흔히 말하는 청승스러운 것이 되어 자식들이나 가족들에게도 좋지 않은 느낌을 줄 수 있는 일이므로 그를 피한 것입니다. 그래서 공자는 예를 안 것이라고 칭찬한 것입니다.

예는 하나의 사회적인 약속입니다. 그 약속을 지키는 것이 규범이요, 누구나 당연한 것으로 알고 그렇게 행하고 있으면 그 때는 그것이 풍속, 관습이 됩니다. 풍속이니 관습이니 하는 것에는 옛날에 생겨난 예나 제도가 본래의 정신과는 어긋나는 폐단이나 악습을 낳아 놓은 것인데, 그냥 그것이 굳어서 된 것도 있습니다.

그것을 바로잡고 고쳐나가는 것이 예를 아는 것이 되겠지요. 공자는 그것을 두고 한 말이었을 겁니다.

다음은 43장입니다. 이 대목은 정말 경강의 남다른 점이 잘 나타나 있습니다. 앞에서는 경강이 아들 문백의 초상 때 밤낮으로

256

울었다고 했는데, 그것과는 별개의 이야기입니다.

문백은 어진 재상이란 평을 들었습니다. 어머니 경강은 과부의 몸으로 아들 문백을 가르치는 데 남다른 힘을 쏟았습니다 아들 문백에게 친구를 가려 사귀라고 타이르고, 어떤 친구가 좋은 친구인가를 가르쳐 주기도 했습니다. 그녀의 이야기는 〈열녀전〉에도 나와 있습니다.

그런데 아들 문백이 죽고 난 다음, 문백이 어머니가 기대한 만큼 또 어머니가 알고 있던 것 만큼 어진 재상이 아니었다는 것을 알고, 슬픔을 거두며 이렇게 말한 것입니다.

여기 거기상(據其牀)이란 말은 그 평상을 의지하고 있었다는 것이 되겠는데, 평상은 침대도 될 수 있고 의자도 될 수 있습니다. 그 말뜻은 거기에 기대앉았든 걸터앉았든, 평상시와 조금도 달라진 것이 없이 어머니로서의 위엄을 보이고 있는 것을 말한 것입니다. 울지 않았다는 것은 슬퍼하지 않았다는 뜻입니다.

울지도 않으며 평상에 걸터앉은 채 이렇게 말했습니다.

'나는 이자식을 기를 때, 그가 장차 어진 사람이 될 것으로 생각했었다. 또 그런 줄로 알고 있었다. 그래서 그가 벼슬에 오른 뒤에도 공실(公室)에 나가 살피거나 하지 않았었다. 그런데 지금 그가 죽고 나서 보니, 그의 많은 친구와 신하들 중 한 사람도 눈물을 흘리며 슬퍼하는 사람이 없었다. 그와는 달리 안식구들은 모두 너무 슬피 울어 목이 쉬고 말았다. 내 아들이 살았을 때 친구와 신하들을 제대로 예로써 대접하지 못했기 때문이 아니겠는가?'

여기서 공실(公室)은 나라집이란 말로 조정과 같은 뜻입니다. 내인(內人)은 글자 그대로 안사람이니 안식구니 하는 뜻으로 아내와 첩들을 통틀어 하는 말입니다.

식구들과 자손들에 대한 교훈을 남기기 위해 이같은 말을 했을 것이 틀림없을 겁니다.

아무튼 생각이 깊고 일처리가 빨랐으며, 하나하나를 이치에 맞고 효과 있게끔 행동한 현명하고 무서운 여자였던 것 같습니다."

일 호 구 삼 십 년
一狐裘三十年

"이번에는 거슬러 올라가 40장이 되겠습니다. 공자의 제자 가운데 그 당시 가장 훌륭한 제자였던 유자와 증자와의 의견이 늘 대립되어 있었음을 보여준 것이라 할 수 있는 내용입니다.

증자가 유자를 보고 말했습니다. 앞에서는 유자라고 했는데 여기서는 유약(有若)이라고 했습니다. (若)은 유자의 이름입니다. 이름을 쓰고, 혹은 자(字)를 쓰고, 혹은 선생님이란 뜻의 자(子)를 성(姓) 밑에 붙여 쓰곤 하는데, 그 표기 방법에 따라 누구에 의해 기록된 것이냐 하는 것이 늘 문제가 되곤 합니다. 여기서는 증자의 제자들이 쓴 것으로 보아야 되겠지요.

'안자(晏子)는 예를 안다 말할 수 있겠군. 그는 공경을 바탕으로 모든 일을 하고 있었으니까.'

안자는 제나라의 어진 재상으로 공자가 형처럼 존경했다는 안영(晏嬰)을 말합니다.

그러자 유약이 증자의 의견에 반대하며 이렇게 말했습니다.

'안자는 여우털가죽 외투를 30년씩이나 입었고, 재상으로 부모의 장례 때 제사음식을 싣고 가는 수레가 하나뿐이었고, 무덤이 다 되자 곧장 돌아오고 말았다. 임금의 장례 때는 수레 일곱을 쓰게 되어 있고, 대신의 경우는 다섯을 쓰게 되어 있는데도 한 수레만을 썼으니 안잔를 보고 어떻게 예를 알았다고 말할 수 있겠는가?'

그러자 증자는 다시 안자를 두둔해 이렇게 말했습니다.

'나라가 바로잡히지 못했을 때는, 어진 사람은 예에 정해져 있는 모든 것을 다 갖추는 것을 부끄러워한다고 했다. 나라가 사치에 빠져 있을 때는 윗사람이 검소한 모습을 아랫사람에게 보여 주어야 하고, 나라가 너무 검소한 것에 빠져 있을 때는 예를 갖추는 것을 아랫사람에게 보여 주어야 한다.'

앞에서 말했듯이 이 기록은 증자의 제자들이 한 것으로 보이는 만큼, 증자의 주장이 옳다는 생각에서 이 기록을 남긴 것으로 보아도 옳을 것 같습니다.

뒷날 학자들은 유자의 주장이 옳다 하고 있습니다. 집권층들이 무조건 옛 법대로 따르려는 보수적인 기풍을 장려했기 때문에, 어용학자들의 학문적 이론 또한 맹목적인 형식위주에 치우쳐 있었던 때문으로 볼 수 있습니다. 어찌 되었거나 이 기록을 남긴 사람은 증자의 편에서 쓴 것이 틀림없습니다.

보통 증자 하면, 고지식한 형식주의적 보수성이 강했던 사람으로 알기 쉬운데, 이 기록으로 볼 때 공자의 사상을 바로 이은 사람이 그였음을 알 수 있습니다."

"공자의 사상을 바로 이었다면 어떤 것을 말하는지요? 공자가 어떤 말을 어떻게 했는지 ……?"

"앞에서도 자주 말했듯이, 공자는 예의 참뜻을 늘 강조하곤 했습니다. 그 참뜻은, 예는 사치스런 형식을 억제하기 위해 만들어진 것인 만큼 예에 정해진 이상으로 하는 사치보다는, 그 이하로 하는 것이 예의 참뜻에 가깝다고 한 것입니다.

공자는 당시 권력층으로부터,

'공자는 입만 떼면 예악(禮樂)을 지키라고 한다.'

하는 평을 듣고 있었습니다.

그것은 곧 당시 권력층들이 예도 아닌 것을 예라고 하며 신분에 벗어난 사치만을 경쟁적으로 힘쓰고 있었기 때문에, 그 사치와 낭비를 금하는 한 방법으로 예니 악이니 하는 것을 강조했던 것입니다.

〈논어〉에도 같은 뜻의 말을 곳곳에서 하고 있는데 그 대표적인
것이 아마,

　'예가 사치해지면 그것은 신분에 벗어난 공손치 못한 것이 되
　고, 너무 검소하기만 하면 고루(固陋)한 것에 가까와진다. 그러
　나 공손치 못한 것보다야 고루한 것이 훨씬 낫다.'
라고 한 말일 것입니다.

　증자가 안자를 가리켜 예를 안다고 한 것은, 예의 근본정신이 사
치를 막는 것에 있고, 사치스런 당시의 사회풍조를 바로잡기 위해
재상으로 솔선해서 검소한 것을 보였으니, 그 또한 예가 바로 정
치와 불가분의 관계에 있는 것임을 안 때문이란 뜻으로 그렇게 말
한 것이라 생각됩니다."

"안자는 어떤 사람이었습니까?　공자가 말한 대로 검소하기에만
힘쓰는 고루한 사람은 아니었던가요?"

"공자는〈논어〉에서 그를 칭찬하면서 이런 말을 했습니다. 안자의
자(字)가 평중(平仲)이었으므로,

　'안평중은 남과 사귀기를 잘하는 사람이다. 아무리 오래 사귀어
　도 처음과 마찬가지로 상대를 공경한다.'
라고 했습니다.

　그는 고루한 것이 아니라 임기응변에 능한 정치가였습니다.

　무공(武功)을 내세워 대신들은 물론이요, 임금 앞에서까지 불손
한 말과 행동을 서슴지 않는 세 장군을 그들 스스로 목숨을 끊게
끔 만든 일도 있었고, 반란을 일으켜 형제들을 죽이고 임금이 된
초령왕(楚靈王)이 힘만 믿고 제나라를 업신여기고 있을 때, 사신
으로 초나라에 가서 초령왕을 굴복시킨 일도 있는 다재다능한 위
대한 인물이었습니다."

"세　장군을 자살하게 만든 것은 어떤 내용인가요?"

"그건 너무 긴 이야기라 자세히 말할 수는 없어요. 다만 그들 셋

은 결의형제를 맺고 한 날 죽기로 맹세한 사이였는데, 노나라 임금이 제나라에 찾아왔을 때, 안자가 10년마다 한 번 열린다는 천도(天桃) 복숭아 여섯 개를 두 임금상에 올려놓고, 그 복숭아의 내력을 과장해 이야기하며 이를 먹으면 불로장생한다는 전설이 있다고 자랑했습니다.

그리고 두 임금에게 들게 한 다음 만수무강을 빌었습니다.

그 다음엔 물론 두 나라 재상에게 각 한 개씩이 하사되었습니다. 그리고 남은 두 개를 누구에게 주느냐 하는 것이 문제였는데, 이때 안자는 스스로 가장 공이 크다고 하는 사람에게 내리라고 청을 합니다. 그 얄밉고 골칫덩어리인 세 사람이 자청하고 나설 것을 미리 알고, 계획적으로 두 개만 남도록 한 것입니다.

결국 먼저 자청한 두 사람만이 먹고 나중 말한 사람은 먹을 수가 없었습니다. 그가 전개강(田開疆)이란 장군이었는데 백전백승의 용장으로 그가 한 번 움직였다 하면 작은 이웃 나라들이 떨었고, 백성들은 그의 횡포에 시달리곤 했습니다.

안자는 그의 공이 누구보다도 크다는 것을 과장해 칭찬하고는, '그러나 안타깝게도 남은 것이 없으니 10년 뒤를 약속할 수밖에 없습니다.'
하고 화를 돋구어 놓았습니다.

전개강은 두 임금 앞에서 모욕을 당했다면서, 분을 못 참고 차고 있던 칼을 뽑아 제 목을 쳐서 죽고 맙니다.

그러자 먼저 먹은 두 장군은 그의 죽음이 자기들이 사양할 줄 모른 때문에 비롯된 것이며, 한날 죽기로 맹세를 한만큼 살아 남을 면목이 없다 하고 잇달아 자결하고 맙니다.

이것을 세상 사람들은 두 개의 복숭아로 세 장군을 죽였다 하여 이도살삼사(二桃殺三士)라는 제목으로 긴 이야기를 써서 남기기도 했습니다. 지금도 그들 세 장군의 무덤이 나란히 한 곳에 남아 있다 합니다."

"초령왕을 굴복시킨 것은 어떤 내용인가요?"

"안자가 제나라 재상으로 초령왕에게 친선방문을 갔을 때입니다. 무례하고 횡포하기로 이름난 초령왕은 안자에게 모욕을 줌으로써 초나라의 위엄을 보여 주려 했습니다.

  안자가 성문에 이르자 수문장이 문을 열어주지 않고 개구멍을 일러주며 그리로 들어오라는 것이었습니다. 처음부터 모욕을 주려고 계획했던 거지요. 특히 안자는 키가 130센치쯤 되는 작은 몸이었으므로 놀려준 것입니다.

  그러자 안자는 이렇게 말했습니다.

  '나는 초나라 도성이 사람 사는 곳인줄 알았더니 개만 사는 곳이었군. 그렇다면 돌아갈 수밖에 …….'

하고 돌아설 태도를 짓자 문을 열어주었다는 것입니다.

  그리고도 계속 그같이 계획적으로 모욕을 주곤 했으나, 같은 방법의 재치있는 말과 태도로 무사히 모면하게 됩니다.

  그리고 마침내 초령왕과 인사를 나누게 됩니다.

  초령왕은 역시 연구해 둔 그대로 말을 겁니다.

  '귀국엔 사람이 그렇게도 없소?'

  '제나라 도성에는 사람이 너무 많아 오가는 사람이 어깨를 부비고 서로 발을 밟을 지경이온데 어찌 사람이 없겠습니까?'

  '그렇다면 어찌하여 당신같은 작은 사람을 사신으로 보냈단 말이오?'

  외국 사신에 대한 이런 모욕이 또 어디에 있겠습니까? 그러나 안자는 남의 이야기하듯 대답했습니다.

  '저희 나라 임금께서 외국으로 사신을 보낼 때면, 일정한 규정에 따라 사람을 뽑기 때문이옵니다.'

  '그 규정이 어떤 것이오?'

‘큰 나라에 사신을 보낼 때는 키가 큰 사람을 고르고, 작은 나라로 보낼 때는 키가 작은 사람을 뽑아 보내게 되어 있습니다. 신의 키가 제나라 신하 가운데선 가장 작기 때문에 특별히 뽑히어 초나라로 오게 된 것입니다.’

초령왕은 상대를 아프게 하려고 던진 돌이 상대에 의해 자기를 때린 꼴이 되었으므로, 무안해서 얼굴이 붉어졌지만 속으로는 감탄해 마지 않았습니다.

그리고 조금 있노라니 포리가 죄인을 묶어 앞세우고, 초령왕이 있는 앞뜰로 지나갔습니다.

‘그 죄인이 무슨 죄를 지은 거냐?’

하고 초령왕이 물었습니다.

‘도둑질을 했습니다.’

‘어느 나라 사람이냐?’

‘제나라 사람이옵니다.’

‘그래.’

하고 안자를 보고 말했습니다.

‘제나라 사람은 도둑질을 잘 하오?’

이 말을 하기 위해 꾸민 연극이었던 겁니다.

그러나 안자는 미리 연구라도 해 둔 듯이 이렇게 대답했습니다.

‘신이 들으니 강남에 있는 귤을 강북에 옮겨 심으면 탱자로 변한다고 합니다. 그것은 풍토 때문입니다. 제나라 사람은 도둑질을 하는 일이 없는데, 초나라로 와 도둑질을 한 것으로 보아 초나라 풍토 때문은 아니었는지 의심스럽습니다.’

초령왕은 솔직한 데도 있던 모양으로,

‘애당초 당신을 모욕주려고 여러 날을 두고 생각한 것이, 결국은 당신에 의해 내가 당한 꼴이 되고 말았소. 깊이 사과하오. 과인의 잘못을 용서해 주시오. 당신 같은 신하를 둔 제나라 임

금이 부럽기만 하구려.’

하고 정중히 사과하고 경의를 표한 다음, 안자 앞에 과일 상을 내왔습니다.

그릇에는 방금 말한 귤이 하나 가득 담겨 있었습니다.

안자는 고맙다는 인사를 하고 귤을 껍질째 먹기 시작했습니다.

초령왕은 반갑다는 듯이 껄껄거리며,

‘아니, 제나라 사람은 귤을 먹을 줄 모르는 모양이구료? 껍질째 자시고 있으니…….’

안자는 공손히 대답했습니다.

‘어찌 모를 리가 있습니까?’

‘그럼 어째서?’

‘신은 들으니 임금이 주시는 과일은 껍질도 버리지 않는다 하옵니다. 대왕께서 껍질을 벗기라고 명하지 않으셨으니, 어찌 감히 벗겨 버릴 수 있겠습니까?’

거듭 받아치기만 했으므로 이번에는 치켜올린 것이 되기도 하고, 남을 비웃기만 하는 초왕의 경솔함과 무례함과 무식함을 꾸짖은 것이기도 합니다.

그러나 초령왕은 그말이 듣기에 몹시 흐뭇했습니다.

안자의 이 한번 방문으로 제나라를 얕보기만 했던 초령왕은 안자가 살아 있는 동안은 감히 침략할 마음을 갖지 못한 것입니다. 안자는 고지식한 도학자라기보다 제갈량같은 권모술수도 함께 쓸 줄 아는 위대한 인물이었습니다. 그러나 그 권모술수를 나쁜 목적으로 쓴 일이 없었으니 참으로 어진 재상이라 보아야 겠지요. 그의 검소한 생활 또한 깊고 먼 안목에서 솔선수범을 하게 한 것이 틀림없습니다. 증자가 그를 ‘예를 아는 사람’이라 칭찬한 것은 너무도 당연한 것입니다. 예는 그 정신이 중요한 것이지 그 형식이 중요한 것은 아니니까요.”

# 師必有名

"이번은 50장이 되겠는데, 사필유명(師必有名)이란 것이 핵심이 될 것 같습니다. 사는 군사란 뜻으로 군대를 출동시키는 데는 반드시 명분이 있어야 한다는 뜻입니다. 세상 모든 일이 명분이 서 있지 않으면 떳떳하게 움직일 수가 없는 법인데, 군대를 동원하여 남의 나라를 침범하면서 명분이 서 있지 않다면 그것은 침략자에 지나지 않는 것입니다. 그러나 비스마르크가 말했듯이 싸울 힘만 있으면 명분은 얼마든지 만들 수 있다고 했습니다.

일본이 중국을 침략할 때도 중국이 먼저 도발한 것처럼 왜곡을 하고, 참는 데도 한계가 있다는 말을 거듭하곤 했습니다. 그러나 그 말을 믿는 사람은 일본인 가운데도 한 사람도 없었을 것입니다.

역사왜곡이란 것이 늘 문제가 되곤 하지만, 우리들이 지금 알고 있는 모든 역사적 기록이란 대부분이 집권층의 편의에 따라 쓰여진 것이므로 그대로 믿을 수는 없는 것입니다. 그러기에 맹자도 말하기를,

'모든 기록을 글자 그대로 믿어 버린다면 차라리 없는 것만 못하다.'

라고 했습니다.

아무튼 여기는 사실대로 오나라가 진(陳)나라를 침략한 것으로 나와 있고, 침략군이란 언제나 포학하기 마련으로 참사(斬祀)를 하고 살려(殺厲)를 했습니다. 참사는 사당을 헐어 없앴다는 뜻으로도 해석될 수 있을 것 같은데, 주석에는 그 곳에 있는 나무를 벤 것으로 되어 있습니다. 작전상의 필요에서 그랬는지도 모르지요.

살려의 려(厲)는 전염병에 걸려 있는 사람을 말합니다. 치료해 주기도 어려운 일이요, 군대에게 전염될 위험마저 있으므로 침략군으로서는 그렇게 하고도 남을 일입니다.

일본군이 중일전쟁 때 남경에서 중국인을 학살한 것이 교과서 문제로까지 말썽을 빚곤 하지 않습니까? 침략자는 목적 자체가 침략에 있는만큼, 파괴와 학살쯤은 당연한 것으로 알고 있었을 것입니다.

항우(項羽)는 진(秦)나라의 항복한 군사 20만을 구덩이에 묻어 죽였고, 전국시대의 진(秦)나라 백기(白起)는 조(趙)나라의 항복한 군사 45만 명을 하룻밤 사이에 학살한 일도 있었습니다. 그 당시도 항복한 군사는 죽이지 않는 것으로 되어 있었지만 승리만이 목표였던 항우나 백기는 항복한 그들이 언제라도 적이 될 수 있다는 생각에서, 무장이 해제된 기회에 없애려 한 것입니다.

그렇게 해서라도 승리만 하면 그만이란 생각이었지만, 결국에는 항우도 백기도 제 명대로 살지 못하고 쫓기다가 자살을 하고 맙니다. 그것이 아마 자연의 이치요, 하늘의 벌이란 것일 겁니다.

오나라는 그렇게 해 두고는 국경 밖으로 물러나 있었습니다. 위엄을 보이고는 자진해 항복해 오기를 기다린 거지요.

다음에 나오는 태재비(太宰嚭)와 행인의(行人儀)는 사람이 서로 바뀐 것입니다. 즉 진나라 태재비가 아니라 진나라 행인의가 되어야 하고, 다음의 행인의는 태재비로 되어야 합니다.

행인(行人)은 벼슬로 외무장관에 해당하며, 태재도 벼슬로 총리대신이나 총무부장관같은 것에 해당됩니다.

진나라 외무장관인 의(儀)가 오나라 군중으로 임금의 특사로서 찾아갔습니다.

그러자 오나라 임금 부차(夫差)가 태재비를 보고 말했습니다. 이 태재비는 성이 백(伯)으로 보통 백비(伯嚭)라 합니다. 천하영웅이요 충신인 오자서(伍子胥)의 도움으로 출세를 했고, 몇 번 죽을 죄를 범해 죽게 된 것을 오자서가 살려 주었는데도 그 오자서를 배신하고 적과 내통하여, 오자서를 죽이고 오나라를 망치고 그 자신도 죽고 마는 전형적인 간신이었습니다.

부차는 태재비를 보고,

'이 행인의란 사람이 말을 잘 한다니 어찌 한 번 물어보지 않겠는가?'

하고, 행인의에게 물었습니다.

'군사란 반드시 명분이 있는 법인데, 사람들이 우리 군사를 보고 뭐라고 말하는가?'

그러자 행인의는 대답했습니다.

'옛날에는 남의 나라를 치는 군사도 사당의 나무를 베거나 병든 사람을 죽이거나, 머리가 반백인 사람을 포로로 하거나 하지는 않았습니다. 그런데 오나라 군사는 병들어 있는 사람을 죽였습니다. 그러니 병든 사람을 죽인 군사라 말하지 않겠습니까?'

그것이 사실인만큼 당연한 지적이었습니다. 오왕 부차도 그의 조리있는 대답과 당당한 태도에 놀랐을 것입니다.

'지금 과인이 진나라 땅을 되돌려 주고, 진나라 포로들을 돌려 보낸다면 그 때는 뭐라고 할 것인가?'

부차도 병든 사람을 죽인 것에 대해 양심의 가책을 받고 있었겠지요. 작은 진나라의 항복을 받기 위해 그런 불명예스러운 일을 한 것에 대해 뉘우치기도 했을 것입니다.

그러자 행인의는 이렇게 대답했습니다.

'임금께서 저희 나라 죄를 물으시고 또 불쌍히 여기시어 용서를 하신다면, 그 군사가 명분이 없는 군사일 수야 있겠습니까?'

결국 행인의의 당당한 태도와 조리있는 답변이 오왕 부차의 마음을 돌이켜 진나라를 무사하게 할 수 있었다는 내용입니다.

"아까 말씀하신 오자서와 백비와의 관계를 듣고 싶습니다. 오자서는 너무도 유명한 사람이 아닙니까? 그에 대한 이야기도 함께 들려 주셨으면 합니다."

"요즘은 〈손자병법〉이 유명하더군요. 〈손자병법〉을 쓴 손무자(孫武子)가 바로 오자서로 인해 세상에 나오게 되었고, 그가 오왕 합려(闔閭)에게 바친 병법책이 곧 〈손자병법〉 13편이었습니다.

그리고 〈손자병법〉이란 소설도 있고〈오자서〉라는 만화책도 나온 모양인데, 사실은 손자병법이란 것은 병법일 뿐 소설은 될 수 없는 거지요. 손자가 직접 전투에 가담한 것은 오자서를 도와 초나라를 무찔렀을 때 한 번뿐이었습니다.

오자서는 초나라 충신 오사(伍奢)의 작은아들 오운(伍員)으로, 아버지와 형이 초평왕(楚平王)에게 억울하게 죽자 원수를 갚기 위해 오나라로 망명해 와, 오나라의 재상이 되어 손무자의 도움으로 원수를 갚게 됩니다.

백비라는 사람은 초나라 충신 백주리(伯州犂)의 아들로, 역시 아버지가 억울하게 초평왕에게 죽자 오나라로 망명해 왔습니다. 오자서는 같은 처지로 찾아온 백비를 동지로 알고, 적극적으로 뒤를 밀어 태재라는 벼슬에까지 오르게 해 주었습니다.

그런데 이 백비가 오나라의 원수인 월나라에게 뇌물을 받고 포로로 잡혀와, 연금생활을 하고 있는 월왕 구천(句踐)을 본국으로 돌아가게끔 해 줍니다.

오자서는 이때서야 백비를 도와준 것을 후회합니다. 그가 그런 배은망덕한 짓을 하리라고는 생각지 못했던 거지요.

백비가 초나라와 싸울 때 크게 싸움에 패한 일이 있었고, 그 때 군법에 의해 당연히 죽게 되어 있었는데 손무자도 그 때,

'백비란 사람은 자기 이익만을 추구할 뿐, 의리를 모르는 사람이니 이번 기회에 죽게 내버려 두구려. 그를 살려 두었다가는

뒤에 크게 후회하는 일이 있을 걸세.'

하고 권했지만, 오자서는 그럴 리가 없다는 생각에서 그를 살려 주었습니다.

그 백비가 결국은 손무자의 말대로 적과 내통하여 월왕 구천을 본국으로 돌아가게 해 주고, 이를 한사코 반대한 오자서를 자살하게끔 만듭니다. 임금과 오자서를 이간시키고, 임금을 부추기고 오자서를 모함하여 부차의 명령으로 자결을 하게 한 것입니다.

그리하여 뒤에 부차도 월나라에 패해 죽고 오나라도 망한 끝에, 월왕 구천이 오나라 도성으로 들어와 오왕궁에서 축하의 인사를 받게 됩니다. 이때 백비는 그동안 구천을 도운 공이 있음을 믿고 자랑스러운 모습으로 나타났습니다.

그러나 월왕 구천은, 제 임금을 배신하고 적과 내통한 사람의 끝이 어떻다는 것을 보여 주겠다며 그를 죽이고 맙니다. 그리고 오자서의 원수를 갚아준다고 말하기를 했습니다.

자기가 아쉬울 때는 뇌물을 받는 간신이 필요하지만, 그것을 속으로 고마워할 리는 없습니다. 더구나 그를 자기 부하로 둘 수는 없는 일입니다. 언제 또 뇌물을 탐해 적과 내통할지 모르는 일이 아니겠어요? 교활하고 영리한 무리들은 눈앞에 닥친 이익에만 밝고 남을 속이는 재주만이 뛰어날 뿐, 높은 곳에서 내려다보고 먼 앞을 내다보는 그런 지혜와 눈이 없기 때문에, 스스로 무덤을 파면서 빠져드는 순간까지 모르고 있는 겁니다.

아첨하고 무조건 순종만 하는 부하를 심복으로 알고 있는 우두머리처럼 어리석은 사람은 없습니다. 스스로 사람의 장막 속에 들어앉아 우쭐거리다가 벼랑으로 굴러 떨어지고 마는 거지요. 오왕 부차처럼 말입니다."

목 욕 패 옥 칙 조
沐浴佩玉則兆

"55장이 되겠는데 재미있는 내용입니다. 위(衛)나라 대신인 석태중(石駘仲)이란 사람이 죽었습니다. 그에게는 정실에게서 낳은 아들은 없고 첩의 몸에서 낳은 아들만 여섯이 있었습니다. 그 가운데 누가 과연 뒤를 이을 만한지를 몰라 점을 치게 되었습니다.

그 점괘에 나타난 글이,

'목욕패옥즉조(沐浴佩玉則兆)'

라는 것이었습니다.

목(沐)은 머리를 감는 것이고, 욕(浴)은 몸을 씻는 것이고, 패옥은 구슬을 차는 것입니다. 조(兆)는 장차 어떨지를 알게 된다는 뜻으로 징조니 조짐이니 하는 것을 말합니다. 원 주석에는 길조(吉兆)의 뜻으로 풀이했는데, 그보다는 알게 된다는 뜻으로 보아야 할 것 같습니다.

그래서 모두 목욕을 하고 구슬을 차고 나오도록 시켰습니다. 다들 시킨 대로 따랐습니다. 그러나 뒤에 기자(祁子)라는 시호를 받은 석기자(石祁子)만이 그에 따르지 않으며,

'부모의 상을 당한 사람이 어떻게 목욕을 하고 구슬을 차고 할 수 있단 말인가?'

라고 말했습니다.

다른 다섯 아들들은 모두 아버지의 뒤를 이어 상속자가 되려는 생각만을 하고 있었는데, 석기자만은 상주로서의 도리를 지키려는 생각뿐이었음을 알 수 있습니다.

그래서 결국 석기자가 상속자로서 아버지의 벼슬을 이어받아 부귀를 누리게 되었다는 이야기인데, 결국 점괘가 기막히게 맞았다는 것이 됩니다.

그래서 이 소식을 들은 위나라 사람들이,

'거북이 아는 것이 있다.'

라고 했다는 것입니다."

“그럼 거북으로 점을 친 건가요?”

“그렇지요. 원래 점이라는 복(卜)은 거북점을 말합니다. 거북의 등 위에 무엇을 올려놓은 모습이 복(卜)입니다. 그리고 점(占)이란 글자도 복(卜) 밑에 입(口)이 붙어있지 않습니까? 그 거북이 전하는 말이 곧 점이란 뜻입니다.”

“지금은 거북점이란 것이 없지 않습니까? 대나무조각이나 엽전, 침대롱같은 것으로 점을 치지 않습니까?”

“주(周)나라 이전에는 거북점만이 있었고, 주나라 이후로 거북점과 함께 시초점(蓍草占)이라는 것이 있게 되었는데, 대나무가지로 점을 친다 하여 서(筮)라는 글자를 썼습니다. 아래 무(巫)는 무당이란 글자로 무당은 원래 예언을 하고 복을 빌고 재앙을 쫓고 하는 직업인으로, 무당은 신의 계시를 받아 말하곤 했는데, 대나무가지를 가지고 예언을 한다 하여 서(筮)란 글자가 생긴 겁니다.

시초(蓍草)란 신비로운 숙대로 아주 귀한 것이므로, 보통사람들은 시초 대신 대나무조각을 쓴 것입니다. 결국 주역점을 서(筮)라고 한 거지요.”

“거북점은 어떻게 치는 것이었나요?”

“점에 대해서 꽤 관심이 많은 모양이군요?”

“예언이란 것이 과연 가능한 것일까 하는 의심을 떨쳐버릴 수 없습니다. 박사님은 예언이 가능한 것으로 말씀하시지 않았습니까? 지금도 거북점 이야기가 나왔으므로……”

“자세한 것은 알려져 있지 않습니다. 전국시대 이후로는 거북점이 차츰 사라지기 시작한 것 같습니다. 거북이 귀한 것이라 누구나 가질 수 없고, 그 거북을 놓아둔 점실(占室)이란 것을 만들어두는 등 번거로웠기 때문이겠지요. 그리고 사람들도 차츰 점을 그다지 소중하게 여기지 않게 된 때문이었겠지요.”

“여기 점괘의 말이 나와 있는 것으로 보아, 주역과 같은 책이 있었던 모양 아닙니까?"

"물론이지요. 잘은 몰라도 큰 거북의 등판을 불 위에 얹어놓고 맨 꼭대기에 기름을 조금 부어 뜨겁게 하면, 그 기름이 끓어오르며 넘쳐 옆으로 흐르지 않겠어요? 등판 둘레에는 글자로 번호가 매겨져 있었으므로, 기름이 흘러내린 번호를 찾아 그 곳에 적혀 있는 글로써 운세를 판단했던 것으로 보입니다.

앞서 말한 공자 당시의 초령왕이 통일천하의 야심을 품고 거북점을 친 일이 기록에 있습니다. 그 때는 기름이 넘쳐흐르지를 않고 말라붙으며 등판이 벌어지고 말았습니다.

그러자 초령왕은 화가 나서 거북 등판을 바닥에 내동댕이치며,

'하늘도 괘씸하지! 그까짓 땅덩이가 뭐 그리 아까워서 나를 주지 않으려는 것인가?'

하고 하늘을 원망했다 합니다. 등판이 타서 벌어지는 것은 큰 화를 입게 된다는 것을 뜻하기 때문입니다.

결국 그 초령왕은 쫓겨다니다 굶어 죽고 맙니다. 점괘가 맞은 거라고도 볼 수 있지요.

그 밖에도 춘추시대 기록에는 임금들이 중요한 일을 결정할 때는 점을 치곤 했습니다. 앞에 이야기한 바 있는 진헌공도 여희란 여자를 부인으로 삼으려 했을 때 거북점을 쳤습니다.

점괘가 좋게 나올 리가 없지요. 그러자 이번에는 주역점을 치게 했습니다. 그 당시는 나라마다 점치는 일을 맡은 태사(太史)니, 태복(太卜)이니 하는 벼슬아치가 있었던 겁니다.

주역점 역시 좋게 나오지 않았습니다. 그러나 원래 점을 친 것이 신하들의 반대를 물리치는 구실로 삼기 위해, 혹시나 좋은 점괘가 나올 수도 있지 않을까 하는 기대에서였던 겁니다.

그래서 점괘에 나와 있는 말을 억지로 좋은 방향으로 뒤집어 풀이하며 신하들의 반대를 뿌리치고 여희를 부인으로 승격시켰던 것

입니다. 그래서 태자를 죽이고 나라가 거의 망할 지경에 이르게
되었던 것입니다.

주역의 점치는 방법에는 하나의 원칙이 있습니다. 옳지 못한
일은 좋고 나쁜 것을 묻지 못하게 되어 있습니다. 〈주역〉에 보면
정길(貞吉)이란 말이 많이 나옵니다. 바르고 좋다는 뜻입니다. 그
러나 바른 일일 경우만 좋다는 뜻으로 보아야 합니다.

〈주역〉 항괘(恒卦)에는,

'그 하는 일이 떳떳치 못하면, 부끄러운 꼴을 당할 수도 있다.'
하는 말이 나옵니다.

이 대목을 놓고 공자는 〈논어〉에서 이렇게 말했습니다.

'그런 일은 점을 칠 것도 없는 일이다.'

남을 해친다든가, 도둑질을 한다든가, 그 밖에 떳떳치 못한 일
을 하면서 그것의 성공 여부와 좋고 나쁜 것을 묻는다는 것은 사
실 우스운 일이지요."

진 자 거 사 어 위
## 陳子車死於衛

"56장도 55장과 같은 내용의 참됨과 지혜를 담은 것입니다.

제나라 대부인 진자거(陳子車)가 위(衛)나라에서 죽었습니다.
진씨(陳氏)는 제나라 실권을 잡은 사람들로, 그 세도가 임금을 누
를 정도였습니다.

그러자 자거의 아내와 가대부(家大夫)가 자거와 함께 누구누구
를 순장할 것인가를 결정해 두었습니다. 가대부는 가로(家老)와
같은 말로 가신(家臣)의 우두머리를 말합니다.

그러자 자거의 아우인 자항(子亢)이 곧 뒤미처 오게 되었습니
다. 자항은 자금(子禽)으로 써야 옳았을 텐데, 그의 이름인 항
(亢)을 자(字)로 알고 자항(子亢)이라고 쓴 것 같습니다. 〈논어〉

에는 진항(陳亢), 진자금(陳子禽), 자금(子禽)이라 하여 세 가지로 쓰이고 있습니다. 진자거의 친아우로 집안의 어른이요, 또 공자의 제자인 그였던 만큼 그의 승낙을 받을 필요가 있었겠지요. 두 사람은 자금을 보고 그들이 상의하여 결정한 것을 말했습니다.

'대감께서 객지에서 병환이 깊어 세상을 뜨신지라 그동안 제대로 병구완도 못 해드렸고, 또 땅속에 가서도 모실 사람이 없으니 몇몇 사람을 순장하기로 했습니다. 허락해 주십시오.'

공자는 일찍이 순장에 대해 이런 말을 했습니다.

'순장은 흙으로 사람처럼 만든 토용(土俑)을 쓴 데서 비롯되었다. 처음 토용을 만들어 사람과 함께 묻게 한 그 사람은, 생사람을 순장하게 한 장본인이나 다름없으므로, 그 죄로 인해 그 자손이 끊어지고 말았을 것이다.'

그런 공자의 가르침을 직접 받은 자금이 찬성할 리가 없습니다. 그러나 그것이 도덕적으로 나쁜 일이므로 허락할 수 없다고 하면 말을 잘 들을 것 같지도 않았으며, 도리어 형을 사랑하는 마음이 모자란다고 비난할 것이 뻔했던 겁니다.

그들 귀족이나 권력층들은 자기들 이외의 사람은 사람으로 생각지 않는 것이 보통이었기 때문입니다. 그래서 진자금은 이렇게 말했습니다.

'순장은 예가 아닙니다. 산 사람을 어떻게 묻는단 말입니까? 그러나 대감께서 병환이 깊어 돌아가셨고 병을 보살필 사람이 꼭 필요하다면, 아내되는 이와 심복인 가로보다 더 마땅한 사람이 어디 있겠습니까? 나로서는 가능하면 순장을 그만두고 싶습니다만, 정 부득이하다면 나는 두 분으로 하는 것이 가장 좋을 것 같습니다.'

과연 옳은 말이었습니다. 그렇게 남편을 위하고 주인을 위하는 정성이 지극하다면, 그들이 직접 따라가 모셔야 하지 않겠어요?

그러나 그들 자신은 죽기가 싫고, 남을 죽이는 것으로 그들의 충성을 나타내 보이려 한 것입니다.

자금의 지적에 더는 변명할 길이 없는지라, 결국 예가 아니라는 말을 따라 순장을 하지 않았습니다. 자신들이 죽을 것을 생각하니 순장이 예가 아니라는 것이 옳은 말처럼 들리기도 했겠지요.

이렇게 오랜 풍습에 젖어 있는 지배층들의 잘못된 생각을 바로 잡으려면 그것을 어려운 이치로 설명을 해서는 별 효과를 내지 못합니다. 그들의 하는 일을 돕는 척하며, 그들의 잘못된 생각의 결과가 그들 자신에게로 떨어지게끔 만들어야 비로소 정신을 차리게 됩니다.

그 좋은 보기로 가장 두드러진 것은 아마 서문표(西門豹)가 될 것입니다.”

“어떤 내용인지요?”

“서문표는 전국시대 초기의 위(魏)나라 무장이었는데, 업(鄴)이란 고을의 장관이 되어 갔습니다. 업이란 고을이 점점 황폐되어 간다는 보고를 들은 위문후(魏文侯)가 그를 특별히 뽑아 보냈던 겁니다.

업이란 고을은 황하 상류에 있는 큰 고을로, 다른 나라와 이웃한 국경지대였으므로 전략전술에 능한 무장이 항상 장관이 되어 가곤 했습니다. 그래서 행정에는 소홀했는지도 모르지요.

아무튼 서문표가 업 고을의 태수가 되어 부임해 온 뒤 고을을 순시하면서 보니, 옛날에 서 있던 집들이 무너지거나 비어 있고 논밭이 많이 묵어 있었습니다. 그래서 마을의 늙은이들을 불러 물어보았더니, 무당 등쌀에 그렇게 되었다는 것이었습니다. 그 내용은 이런 것이었습니다.

황하가 해마다 넘쳐 홍수피해를 입게 되는데, 그것은 황하를 다스리는 하백(河伯)이란 귀신의 노여움 때문이란 것입니다. 그것이

고을에 옛날부터 뿌리박고 있던 무당들의 말이었고, 백성들도 그렇게 믿고 있었습니다. 또 그 하백이란 귀신이 가장 좋아하는 것이 예쁜 처녀이므로, 그 하백의 마음을 달래기 위해서 해마다 늦은 봄에 어린 처녀를 그에게로 시집보내 주어야 한다는 것입니다. 그리고 늙은 무당의 제자인 젊은 무당들이 봄이면 마을을 누비고 다니며 시집보낼 처녀를 고르는 겁니다. 얼굴이 반반하면 곧 후보명부에 올려집니다. 그러면 부모들은 그것을 면하려고 뇌물을 줍니다. 결국 뇌물을 줄 형편이 못 되는 가난한 집 딸이 해마다 하백의 아내가 되어 물로 들어가야만 했습니다.

그리고 그 시집밑천과 잔치날 비용이라며 세금처럼 돈을 거두곤 하는데, 그 세금을 독촉하여 받아내기 위해 무당과 한통속이 되어 있는 건달패들이 폭력을 휘두르곤 하므로, 가난한 사람은 이중 삼중의 고통을 받아야만 했던 겁니다. 그래서 딸 있는 사람은 아예 다른 곳으로 이사를 가는 것이 보통이었고, 남아 있는 사람도 추렴이다 뭐다 해서 견딜 길이 없어 떠나고 만다는 것이었습니다.

그런데 그 고을에는 미풍양속을 선도할 목적으로 노인들을 중심으로 한 민간단체가 있었는데, 학식도 있고 덕망도 있는 노인 두 사람이 우두머리가 되어 고을 태수의 자문 역할을 하고 있었습니다. 그 노인들을 대로(大老)라 부르기도 하고 이로(二老)라 부르기도 하는데, 이들마저 무당과 건달과 한통이 되어 백성들을 못살게 구는 일에 협력하고 있었던 겁니다.

실정을 완전히 파악한 서문표는, 그 두 노인을 불러 말했습니다.

'내가 새로 부임해 와서 잘 모르니, 금년 봄 하백의 신부가 시집가는 날은 나도 참관을 하겠소. 미리 알려 어김이 없도록 해 주시오.'

긴 이야기는 줄이고, 그 날 강가 잔치마당에 이른 서문표는 '과연

하백의 마음에 들만한 신부인지 내가 먼저 보아야 하겠소.'
하고 신부를 데려오게 한 다음,

　'내가 보기에도 별로 예쁘지가 않은데 하백이 과연 좋아할는지
　모르겠군. 수고스럽지만 무당스승께서 직접 수궁(水宮)으로 들
　어가 하백의 의견을 물어보고 오시오.'

　그리고는 얼굴이 새파랗게 질려 있는 늙은 무당을 옆에 있는 무
사들을 시켜 번쩍 들어 물에 던져넣게 하고 말았습니다.

　그리고는 천연덕스럽게 머리를 숙이고 공손히 앉아, 무당스승이
돌아오기를 기다렸습니다. 돌아올 리가 없지요. 그러자,

　'여지껏 돌아오지 않을 리가 없는데, 너무 늙어서 그런 걸까?
　그럼 이번에는 젊은 무당을 다녀오게 하라!'
하고는 수제자로 보이는 젊은 무당을 물에 던져 넣었습니다.

　그리고는 아까와 같은 방법으로 기다리고 있다가는,

　'여자라서 그런 모양이니 이번엔 남자를 보내야 되겠군.'
하고는 대로라는 늙은이 가운데 이 폐습에 적극적으로 협력했을
것으로 보이는 노인을 물에 던져 넣고, 그 다음에는,

　'역시 늙은이라 그런 모양이니 이번에는 건장한 젊은 남자를 보
　내야겠군.'
하고는, 건달패의 우두머리로 보이는 사람을 물에 던져 넣고 말았
습니다.

　이렇게 되자, 돈푼이나 얻어먹는 재미로 앞잡이 노릇을 하던 건
달들이 일제히 머리를 조아리고 무서워 떨며, 무당의 꼬임에 빠져
그것이 죄가 되는 줄 알면서 심부름을 한 것뿐이니 용서해달라고
빌었습니다.

　이렇게 해서 남은 무당과 건달들로 하여금 제 입으로 죄를 자백
하게 만든 다음, 젊은 무당들을 모두 홀아비에게로 시집을 보내어
무당의 씨를 없애고 말았는데, 이 소문을 듣자 이미 떠난 백성들

이 옛 고향의 내 집을 찾고 내 땅을 찾아 모두 되돌아옴으로써, 고을이 금방 옛날과 같은 모습을 되찾게 되었다는 것입니다.

그리고 지리적으로 보아 업이란 고을은 홍수의 피해보다는 가뭄의 피해가 잦은 곳이었습니다. 그것을 무당들은 자기들 공으로 돌리며 어리석은 백성들을 못살게 굴며 어린 처녀의 목숨을 희생시키곤 했던 것입니다.

서문표는 상류에서 황하의 물을 끌어들여 높은 곳에 물을 대는 큰 역사를 일으켜 가뭄 피해를 막았는데, 그가 그때 만든 그 보가 지금도 그대로 남아 있다 합니다.

예나 지금이나 교활한 무리들은 저만 이로우면 무슨 짓이고 서슴지 않는 것이 세상이요, 사람입니다. 그것을 뜯어고치고 바로잡는 데는 무엇보다 강한 의지와 함께 그들로 하여금 잘못을 깨닫게 만드는 슬기가 필요합니다. 그것이 그들의 이익이 되지 않고 곧 자신들에게 해가 되어 돌아온다는 것을 알게 하는 것입니다.”

위 헌 공 반 어 위<br>衛獻公反於衛

“58장 역시 권력을 잡은 사람들은 눈앞에 것만 보지 말고 높은 곳에서 두루 살펴야 한다는 교훈을 내용으로 한 것입니다.

여기 나오는 위(衛)날 헌공(獻公)은 여기에 나와 있는 것처럼, 좀 모자란 임금이었습니다.

여기 출분(出奔)이란 것은 임금으로 있다가 제나라로 쫓겨난 것을 말합니다. 여기 위나라로 돌아왔다고 한 것은 쫓겨난 지 12년 만에 되돌아온 것을 말합니다. 그 때 성안에 들어오지도 않아서 그동안 객지에서 자기를 모시고 있던 신하들에게 미리 고을을 상으로 나눠 주려고 한 겁니다.

나라를 자기 개인의 것인 양 알고 있던 거지요. 그동안 고맙게 같이 고생한 부하들에게 마치 잔칫상의 과일이라도 나눠 주듯 하려고 한 것입니다.

그가 쫓겨나게 된 것도 바로 그런 마음 때문이었습니다.

헌공이 사랑하는 궁녀가 하나 있었는데, 이 궁녀가 다른 궁녀들과 함께 악관인 태사(太師) 조(曹)에게 거문고를 배우고 있었습니다.

그런데 그 궁녀는 남이 알지 못하게 임금의 사랑을 받고 있었으므로, 교만을 피우며 다른 궁녀들처럼 얌전히 거문고를 배우지 않았습니다. 앞을 못 보는 태사는 그런 눈치를 채지 못하고 그런 그녀의 종아리를 쳤습니다. 스승이 제자를 때리는 것은 당연한 일입니다.

그런데 헌공은 그녀의 하소연을 듣자 그 태사를 매를 때렸습니다. 임금의 체통을 잃은 거지요. 그녀의 매맞는 것이 애처로우면 거문고를 배우지 말게 하던가, 매를 때릴 수 없는 어떤 품계를 주어 때리지 못하도록 해 주어야 했을 일입니다. 공부시간에 까불며 말을 듣지 않다가 매를 맞은 학생이 있을 때, 아이의 아버지나 어머니가 학교로 찾아가 때린 선생의 멱살을 잡고 흔들어댄다면 그 체통이 뭐가 되겠습니까?

헌공의 경우는 그보다 훨씬 더 못난 짓을 한 겁니다. 태사 조는 말을 하지 않았을 뿐 그 원한을 잊을 수가 없었습니다.

그러던 어느날, 손임보(孫林父)라는 세도재상이었던 사람이 변방을 지키다 궁중으로 들어오게 되었습니다. 헌공과 손임보와는 숨은 원한이 있어서 손임보가 변방으로 나가 있게 되었는데, 그의 속마음을 의심한 헌공은, 그를 술대접하는 자리에서 그의 그런 마음을 경계하는 노래를 부르게 했습니다.

이 역시 철없는 짓이었지요. 태사 조는 전만 같아도 임금을 위해 그 노래를 소리내어 부르지는 않았을 것입니다. 그 노래를 들으면 손임보가 서둘러 반란을 일으킬 것이 뻔했기 때문입니다. 그러나 매맞은 원한이 있는지라, 마침 잘 되었다 하고 또렷한 목소리로 힘주어 불렀습니다. 임금이 이미 자기를 의심하고 있는 것을 안 손임보는 돌아가 즉시 반란을 일으키고 헌공을 내쫓고 말았던 것입니다.

헌공 대신 임금이 된 것이 상공(殤公)이었는데, 이 상공이 손임보를 제거하려 하다가 진나라로 달아난 손임보에 의해 진나라 군사의 포로가 되고, 대신 헌공이 또 임금이 돼어 들어오게 된 것입니다. 나라가 말이 아니었지요.

그 헌공이 나라로 들어오며 또 철없는 짓을 하려 한 것입니다. 이때 유장(柳莊)이란 신하가 말했습니다.

'모두가 나라를 지키기 위해 나라에 남아 있었다면 누가 임금의 수레를 몰며 임금을 따랐겠습니까? 또 모두가 임금을 따라다녔다면 누가 나라를 지킬 수 있었겠습니까? 임금께서 나라로 돌아오시면서, 나라를 나 개인의 것처럼 생각하는 것은 잘못하는 일이 아닐는지요?'

막상 성안에 들어갔을 때를 생각하니 유장의 말이 너무도 당연한 것으로 여겨졌습니다. 따라다닌 데 대한 고마움보다는 나라를 지키고 있던 대신들이 훨씬 더 소중하다는 것을 깨달은 거지요.

헌공은 모자라기는 했지만 어리석은 사람은 아니었던 것 같습니다. 태사 조를 때리려 했을 때도, 누가 옆에서 슬기로운 말로 말리기만 했더라면 그런 철부지같은 짓은 안했을 것입니다.

그래서 자신이 똑똑하다고 믿는 우두머리보다는 스스로 모자라다고 생각하는 우두머리가 실수가 적다는 것입니다.

아는 길도 물어간다든가, 돌다리도 두들겨 보고 건너라든가 하는 속담들이 다 그런 체험을 통해 생긴 것들이 아니겠어요?

사람이란 누구나 이 위헌공같은 실수를 범하기 마련입니다. 가까이 있는 사람을 더 생각하고 멀리 있는 사람을 잊기가 쉽습니다. 그래서 우두머리 되기가 어렵다는 것 아니겠어요?

그래서 대통령이 순시를 돌면 지나가는 길가만을 잘 보이게끔 야단법석을 떨곤 한 때도 많았지요. 또 대통령 자신도 굳이 어두운 구석을 살피고 싶은 마음이 없었기에 그런 결과를 가져오게도 되었겠지요.

이런 이야기가 있습니다. 조선조 선조(宣祖)임금이라면 훌륭한 임금임에 틀림없습니다. 임진왜란을 겪고 서울로 돌아왔을 때, 신하들이 대궐부터 세우려 하자 이를 못하게 말렸습니다.

'온 나라 사람들이 다 집이 없어 한데서 지내고 있는 마당에 나만이 편하게 지낼 수 있겠느냐?'
하고 임시숙소에서 지냈다는 것입니다.

그 선조 임금이, 어느해 몹시 날이 가물어 가뭄 피해가 늘어가고 있을 때,
'서울만이라도 비가 좀 왔으면 좋으련만…….'
하고 불볕 하늘을 내다보다 한숨을 지었다는 것입니다.

임금으로서 입밖에 내서는 안 될 말이기도 합니다. 대통령의 말과 서울 시장의 말이 같을 수가 없지요. 그러나 임금인 동시에 서울에 사는 사람이었기에, 서울만이라도 비가 왔으면 하고 바란 것이 숨김없는 솔직한 심정이었을 겁니다.

위헌공이 12년 망명생활을 끝내고 도성으로 들어오는 순간, 함께 고생한 사람들부터 생각한 것은 너무도 당연한 것일 수도 있습니다.

그러나 임금이란 위치를 놓고 생각할 때 그럴 수는 없는 일입니다. 그것이 유장의 생각이었습니다. 유장의 충고가 없어서 그대로 결정을 내렸다면, 며칠이 안 가서 그 약속이나 결정은 지켜지지 않고 말았을 것입니다.

그것이 〈논어〉에서 공자가 말한,

‘사람이 먼 생각이 없으면 반드시 가까운 근심을 갖게 된다
(人<sup>인</sup>無<sup>무</sup>遠<sup>원</sup>廬<sup>려</sup>, 必<sup>필</sup>有<sup>유</sup>近<sup>근</sup>憂<sup>우</sup>).’
라는 격언을 낳게 한 것입니다.”

陳<sup>진</sup>乾<sup>건</sup>昔<sup>석</sup>死<sup>사</sup>, 其<sup>기</sup>子<sup>자</sup>曰<sup>왈</sup>, 殉<sup>순</sup>葬<sup>장</sup>非<sup>비</sup>禮<sup>례</sup>也<sup>야</sup>.

“이 60장은 앞에서 말한 56장의 진자거(陳子車)와도 연관성이 있
는 내용 같습니다. 진간석(陳乾昔)이 어떤 사람인지는 자세히 알
수 없으나 역시 제나라의 세도가였던 것으로 짐작됩니다.

56장에서는 진자거가 죽자 아내와 가로가 순장을 하려 했으나
진자거의 친아우요, 공자의 제자인 진자금(陳子禽)이 예가 아니라
며 이를 못 하게 했었는데, 여기서는 진간석이 죽으며 직접 유언
을 했는데도 그 아들이 예가 아니라며 유언을 지키지 않았던 것입
니다.

원문대로 새기면 이렇습니다.

진간석이 심한 병으로 누워 있으면서 그 형제들을 모아놓고 그
아들 존기(尊己)에게 명령했습니다.

‘내가 죽거든 반드시 내 널을 크게 만들고, 내 두 비자(婢子)로
하여금 나를 껴안고 있게 하라.’

그리고 진간석이 죽었는데 그 아들은 말하기를,

‘순장을 하는 것은 예가 아니다. 하물며 또 널을 같이 하겠는
가?’

하고 끝내 두 비자를 죽게 하지 않았다는 것입니다.

앞에서 정명(正命)과 난명(亂命)의 이야기를 했었지요. 진문공
의 신하 위주(魏犨)가 싸움터로 떠날 때는 그가 죽거든 그가 사랑
하는 여희(如姬)라는 어린 첩을 시집보내어 주라고 유언을 했었
는데, 막상 집에서 죽게 되었을 때는 평소의 유언과는 달리 그 여

희를 함께 묻어 저승에 가서도 외롭지 않게 해달라고 유언을 했습니다.

그 때만 해도 공자보다 백 년쯤 전이라서 순장이 널리 행해지고 있을 때였습니다. 그런데도 그의 큰아들 위상(魏相)이 맑은 정신에서 한 명령은 바른 명령이요, 죽을 임시 정신없이 한 말은 어지러운 정신상태에서 한 난명(亂命)이므로 맑은 정신상태에서 한 정명(正命)을 따르는 것이 옳다고 고집하여, 끝내 그 여희를 순장하지 않고 좋은 곳으로 시집보내 주었다는 이야기와 함께, 그 여희 아버지의 영혼이 위상을 도와 싸움에 이기게끔 해 주었다는 이야기도 했었습니다.

핑계나 이유야 무엇이 되었든, 그것이 사람의 목숨을 소중히 여기는 마음에서 비롯된 것만은 틀림없습니다. 예가 아니란 말은 이치에 맞지 않는다는 뜻입니다. 즉 사람의 도리가 아니란 말입니다. 예의 근본정신은 자연의 이치와 사람의 도리에 맞게끔 하는 것입니다.

진자금이나 진존기는 다 그런 예의 근본정신에서 순장을 반대한 것입니다.”

“촉(屬)이란 글자는 촉(囑)과 같은 뜻으로 새기는 것이 좋지 않을까요?”

“그렇게도 볼 수 있어요. 형제들에게 부탁을 하고 아들에게 명령을 한 것으로 해도 됩니다. 그것이 더 옳을지도 모르지요. 원 주석에는 모은다는 합(合)의 뜻으로 나와 있습니다.”

“비자는 계집종을 말하지 않습니까? 천한 계집종을 같은 널에 나란히 있게 한다는 것이 못마땅해서 그랬던 것은 아닐까요?”

“하물며라고 한 말 가운데는 그런 뜻도 들어 있습니다. 그것부터가 맑은 정신으로 한 말이 아니었다는 뜻도 됩니다. 그것만이 못마땅하고 순장은 해도 괜찮다는 생각이었다면, 널 밖에 묻게 할 수도 있었겠지요. 계집종을 양옆에 끼고 있게 해달라고 한 것부터가 망녕기를 벗어나지 못한 때문이었겠지요?"

"그런 이상한 유언을 남겼다는 것도 이상하군요?"

"공자는 평생을 통해 경계해야 할 세 가지가 있다고 했습니다. 나이 어릴 때는 남녀의 관계를 경계하고, 한창 젊었을 때는 남과의 싸움을 경계하고, 늙으면 무엇을 얻고 싶어 하는 마음을 경계하라고 한 것입니다.

늙은이들은 이른바 노욕(老欲)이란 것이 생기기 마련입니다. 공자는 그것을 핏기(血氣)가 마른 때문이라고 했습니다. 자기 함으로 자기가 필요한 것을 얻거나 해결할 수 없으므로, 이른바 노후 생활의 안정을 위해서 재물에 대한 욕심이 생길 수밖에 없는 겁니다. 보험이니 저축이니 하는 것도 그래서 생긴 것 아닙니까?

여기 두 계집종으로 자기 양옆을 꼭 끼고 있게 해달라고 한 것도 아마 귀족들이 늙었을 때 흔히 그런다고 하는 말대로, 어린 계집종이 평소에 늙은 몸을 따스하게 덮혀주었던 때문이겠지요. 살았을 때의 의지하고 싶은 욕심이 죽은 뒤까지도 그러고 싶었을 것입니다. 6.25때 그런걸 보기도 하고 듣기도 했는데, 할머니들은 죽어서 입을 수의(壽衣)를 무엇보다 먼저 챙겨 이고 나선다는 겁니다. 사람은 늙으면 죽었을 때의 생각을 하지 않을 수 없습니다. 자기 중심적으로 세상을 살아온 귀족이나 권력층은, 자기 이외의 인권(人權)쯤 안중에도 있을 리 없으니, 죽어서도 살았을 때처럼 계속 그러고 싶은 욕심에서 사랑하던 사람과 시중들던 사람들을 함께 데리고 가고 싶었을 것입니다. 그것이 어리석고 속된 인간의 본능일 수도 있으며, 무엇이든 자기 뜻대로 되는 줄로 알고 있는 지배층들이 한결 더했겠지요."


물 상 동 왕 기
勿殤童汪踦

284

"63장은 형식적인 제도보다 본질이 더 중하다는 것을 말한 것이라 볼 수 있습니다.

노나라 군사가 제나라 군사와 낭(郎)이란 곳에서 싸웠을 때 일입니다. 노나라 소공(昭公)의 아들인 공숙우인(公叔寓人)이, 제나라 군사를 피해 성보(城保) 안으로 들어온 사람이 지팡이를 등 뒤로 돌려 짚고 길가에서 쉬고 있는 것을 보았습니다.

이에 크게 느낀 바 있어 그는 말했습니다.

'백성을 부리는 부역이 아무리 견디기 어렵게 힘들다 하더라도, 백성에게서 거둬들이는 세금이 아무리 무겁다 하더라도, 무슨 계책을 세워 적의 침략을 막아야 할 것이 아닌가? 그런데 높은 벼슬아치들은 아무 계책도 세우지 않고 있고, 뜻있는 선비들은 적과 싸워 죽으려 하지 않고 있다. 이러고서 어떻게 벼슬아치와 선비의 도리를 다한다 말할 수 있겠는가?

나는 이미 그것이 옳지 못함을 말하였으니 그대로 행할 수밖에 없다.'

하고 그 이웃에 사는 왕기(汪踦)라는 아이와 함께 나가 싸우다가 둘이 다 죽었다는 이야기입니다.

여기까지의 이야기는 배경을 설명한 것에 지나지 않습니다. 나랏일을 위해 죽은 왕기라는 소년의 장례를 어떻게 치르는 것이 옳으냐 하는 것이 문제가 되는 겁니다.

나이는 어리지만 어른보다 더 훌륭한 일을 하다 죽었으니, 그의 장례를 아이의 장례로 치르고 싶지 않은 것이 노나라 사람들의 생각이었습니다. 그러나 미성년인 아이의 장례를 어른과 같이 해서는 안 된다는 의견도 없지 않았습니다.

그래서 공자에게 물었습니다. 여기 상(殤)이란 글자는, 자기 명대로 살지 못했다는 뜻으로 쓰이는 글자입니다. 여기서는 어른이 되기 전의 죽음을 뜻한 것입니다.

　‘비록 나이는 어리지만 어른 장례로 치르고 싶은데 어떻겠습니까?’

하고 노나라 사람이 공자에게 물었습니다.

　그러자 공자는 이렇게 말했습니다.

　‘능히 방패와 창을 들고 나라를 지켰으니, 그를 어른과 같이 장례지내고 싶어 하는 것이 또한 당연한 일이 아닌가?’

　사람들이 나이에 상관하지 않고, 그가 한 일을 어른답게 여기고 있는 이상 그를 어른과 같은 장례로 치르려 하는 것은 너무도 당연한 일이니, 그대로 한다 해서 예에 어긋나지 않다는 것을 말한 것입니다.

　예출어정이란 말이 바로 이런 것을 두고 한 말이라 볼 수 있습니다.”

## 苛政猛於虎

가 정 맹 어 호

“이 76장은 유명한 내용입니다. 〈가어〉에도 같은 내용의 이야기가 실려 있습니다. 여기에는 부인이 무덤에서 운 것으로 되어 있는데, 〈가어〉에는 들에서 운 걸로 되어 있고, 여기는 공자가 자로를 시켜 물은 걸로 되어 있는데, 〈가어〉에는 자공을 시켜 물은 것으로 되어 있습니다.

　여기대로 말하면 이렇습니다.

　공자가 태산(泰山) 옆을 지나가는데 한 부인이 무덤가에서 슬피 울고 있었습니다.

　공자는 수레 위에서 가로막대를 잡고 머리를 숙인 채 듣고 있더니, 자로를 시켜 우는 이유를 묻게 했습니다. 〈가어〉에는 공자가,

　‘저 울음은 한결같이 걱정이 겹쳐 있는 것 같다.’

하고 자공을 시켜 사정을 물어보게 한 걸로 되어 있는데, 여기서

는 자로의 입을 통해 공자의 뜻이 전달된 것으로 나와 있습니다.

자로가 부인에게 물었습니다.

'당신 울음이 한결같이 걱정이 겹쳐 있는 것 같습니다.'

그러자 부인이 말했습니다.

'그렇습니다. 옛날 우리 시아버님이 호랑이에게 죽었고, 내 남편이 또 그렇게 죽었는데, 이제 내 아들이 또 호랑이에게 죽었습니다.'

여기에는 부인의 말을 듣고 공자가 말한 것으로 되어 있는데, 〈가어〉에는 자공이 묻고 나서 공자에게 보고한 것으로 되어 있습니다. 아무튼,

'그럼 왜 이곳을 떠나 다른 곳으로 가지 않습니까?'

하고 물었더니, 부인의 대답이,

'이곳에는 사람을 못살게 구는 까다로운 정치가 없거든요.'

라는 것이었습니다.

이 말을 들은 공자는 제자들을 보고 일렀습니다.

'너희들 잘 기억해 두어라. 까다로운 정치가 호랑이보다 더 무섭다는 것을.'

까다로운 정치가 백성들에게는 호랑이보다 더 무섭다는 것을 직접 겪어 본 소박한 부인의 입을 통해 실증했다는 것에 깊은 뜻이 들어있는 겁니다. 정치인들이나 관리들이 깊이 반성해야 할 하나의 좌우명(座右銘)으로 삼았으면 싶은 내용이라 볼 수 있습니다."

"〈가어〉의 내용과 〈예기〉의 내용을 비교해 말씀하시는데, 〈가어〉는 어떤 책입니까?"

"〈가어〉의 정확한 이름은 〈공씨가어(孔氏家語)〉입니다. 뒤에는 〈공자가어(孔子家語)〉라고 합니다. 삼국시대의 유명한 학자였던 왕숙(王肅)이란 사람이 〈가어〉 주석을 한 것으로 되어 있는데, 그의 서문에 보면 공자의 22세손인 공맹(孔猛)이란 사람의 집에 이

책이 전해지고 있어 이를 얻어 보게 된 것으로 되어 있습니다.

그리고 후서(後序)라는 것을 보면 이렇게 적고 있습니다.

"… 제자들이 그 바르고 참되며 중요한 것들을 따로 뽑아내어 〈논어〉를 만들고, 그 나머지는 모두 한데 묶어 〈공자가어〉라 이름했다. … 내용 가운데 가끔 번거롭기만 하고 중요치 않은 것이 있는 것은, 72제자들이 각각 기록을 하면서 자기 나름대로 윤색을 하기도 했고, 그들의 능력에 우열이 있었던 때문이다… '

라고 했습니다.

〈예기〉에 있는 내용의 상당부분이 〈가어〉에 나와 있는데, 〈예기〉보다는 다듬어진 듯한 느낌이 듭니다.

우선 방금 이야기한 76장만 보더라도 호랑이에게 물려간 아들의 죽음을 슬퍼하며 울었다면, 무덤보다는 들이라고 한 것이 실정에 맞는 말일 것입니다. 호랑이가 물어 갔으면 시체도 없다고 보아야 옳은 일이니까요.

그리고 제자를 시켜서 물었으면 보고를 듣고 말을 했을 터인데, 앞에서는 자로를 시켜 물은 것으로 되어 있고, 뒤에는 부인의 말을 공자가 또 직접 받은 것으로 되어 있으니, 〈예기〉의 문장은 앞뒤가 잘 맞지 않는다고 보아야 할 것입니다.

〈예기〉에 대해서도 뒤의 사람들이 첨삭한 것으로 보고 있지만, 이 〈가어〉에 대해서도 뒤의 사람이 창작하듯 만든 것으로 보는 사람도 없지 않습니다. 부분적으로 고치고 보태고 한 것은 있을 수 있는 일이지만, 한두 개의 보기만을 가지고 전체를 거짓이라고 하는 것은 남다른 주장이나 의견으로 자기를 돋보이게 하려는 얕은 생각 때문인 것으로 볼 수도 있을 것입니다."

연 릉 계 자
延陵季子

"79장은 공자와 같은 때 사람인 오(吳)나라 공자 계찰(季札)이 그 아들의 장례 치른 것을 내용으로 담고 있는데, 공자가 그것을 보고 칭찬했다는 것입니다. 이 계찰은 오나라 왕 수몽(壽夢)의 막내 아들로, 성덕(聖德)이 있다 하여 수몽이 큰 아들을 제쳐두고 막내 아들인 그를 태자로 삼으려 하자. 이를 피해 연릉(延陵)으로 가 숨어 살았기 때문에 연릉계자(延陵季子)로 불리우게 된 것입니다.

이 연릉계자는 견문을 넓히기 위해 각국을 돌아다니곤 했는데, 특히 음악에 조예가 깊어 각 나라가 보존하고 있는 악곡을 듣고는 그 악곡의 유래와 주인공을 알아맞히곤 했으므로, 성인(聖人)이란 평을 들었던 것으로 전해지고 있습니다.

그런 그가 제나라에 사신으로 갔다가 돌아오던 도중, 그 아들이 갑자기 죽는 바람에 영(嬴)이란 고을과 박(博)이란 고을 중간지점에서 장사를 지내게 되었습니다. 이 영과 박은 제나라 땅입니다.

공자는 그때 제나라에 있었던 모양으로

'연릉계자는 오나라에서 예를 잘 아는 사람으로 알려져 있다.'

하고 과연 그가 아들의 장례를 어떻게 치르는지 가 보았다는 것입니다. 제자들을 시켜 보고 오게 한 것일지도 모릅니다.

그랬더니 그 무덤의 깊이는 샘물이 비치지 않을 정도의 적당한 깊이였고, 그때 입고 있던 옷 그대로 염을 했을 뿐 따로 옷을 만들거나 하지도 않았습니다.

그리고 묻고 나서 봉분을 했는데 봉분의 넓이와 둘레가 구덩이를 겨우 가릴 정도였고, 그 높이는 팔꿈치로 기댈 만한 높이였습니다. 여기 은(隱)이란 글자는 의지한다는 뜻입니다. 〈가어〉에는 은이란 글자 위에 팔꿈치(肘)란 글자가 더 있습니다. 〈가어〉의 표현이 더 정확하다고 보아야겠지요.

봉분이 다 끝나자 연릉계자는 왼쪽 어깨를 드러내고, 오른쪽으로 봉분을 돌며 이렇게 세 번 외쳐 불렀습니다.

‘뼈와 살이 다시 흙으로 돌아갔으니 정해진 명(命)일 것이다. 너의 영혼이야 어디인들 가지 못하겠니? 어디인들 가지 못하겠니?’

그리고는 가 버린 것입니다.

공자는 이를 가리켜,

‘연릉계자가 한 모든 것이 예에 맞는 것 같구나.’

하고 말했다는 것입니다.

앞에서도 늘 말해 왔지만 공자가 예에 맞다고 한 것은 이치에 맞는다는 뜻입니다. 최소한의 검소한 방법으로 아들의 장례를 마친 것이라든지, 일찍 죽을 운명으로 태어나 젊은 뼈와 살은 땅으로 돌아가고 말았지만 너의 영혼만은 자유롭게 되었다는 그 말 가운데, 연릉계자다운 인생관과 철학이 들어 있는 것을 알 수 있기에 한 말이었을 것 같습니다.”

“뼈와 살이 다시 흙으로 돌아간다고 한 말은 기독교 창세기에 말한, 흙으로 사람을 만들었다는 것과 같은 생각이라 볼 수 있겠군요?”

“그것이 아마 공통된 생각이었겠지요. 아버지와 어머니 사이에 자식이 생겨나듯, 하늘과 땅 사이에 사람이 생겨난 건 당연한 것이 아니겠어요? 그렇다면 어머니의 살과 같은 흙이 육신의 재료일 수밖에 없고, 아버지의 정기가 더해짐으로 해서 완전한 자식이 태어나듯, 하느님의 입김이 흙속에 들어옴으로 해서 인간이 생겨난 것으로 상상한다는 것은 너무도 소박하면서 또 당연한 이치이기도 하지요.

이건 다른 이야기이긴 하지만, 이스라엘 민족과 우리 동양 민족과는 닮은 데가 많아요. 특히 바빌론과 중국과는 문화적으로 뿌리를 같이 하고 있는 것 같기도 합니다. 이른바 60진법이란 것이 지금은 시계의 경우만 사용되고 있지만, 중국에선 이른바 육갑(六

甲)이란 것이 60진법으로 연월일시(年月日時)가 지금도 음양가
(陰陽家)에 의해 그대로 쓰여지고 있지 않습니까? 사주(四柱)라
든가, 육효점(六爻占)이라든가는 5천 년 전통을 그대로 이어오고
있습니다. 예수의 탄생을 알고 찾아온 것도 동방박사들이 아닙니
까?"

## 仲尼之畜狗死

"86장은 좀 색다른 내용입니다. 공자의 집에서 기르던 개가 죽었
을 때, 자공을 시켜 묻게 하면서 공자가 한 말이 담겨 있는 내용
입니다.
　'나는 들으니 떨어진 장막을 버리지 않는 것은 말을 묻을 때 쓰
　기 위한 것이요, 떨어진 일산(日傘)을 버리지 않는 것은 개를 묻
　을 때 쓰기 위해서라고 한다. 나는 가난해서 일산이 없다. 그러
　므로 개를 묻을 때 내 자리를 덮어 주어, 그 머리가 흙속에 직접
　묻히는 일이 없도록 해라.'
하고 일렀다는 것입니다.
　짐승이란 뜻의 가축(家畜)의 경우는 축이라고 읽는데, 기른다는
뜻일 경우는 휵(畜)이라고 읽습니다. 즉 휵구(畜狗)로 읽습니다.
그러나 지금은 한자음을 제대로 읽을 수가 없습니다. 그 대표적인
것이 시자(使者)입니다. 하여금이라고 읽을 때는 사(使)로 읽고,
심부름이란 뜻으로 읽을 때는 시(使)로 읽게 되어 있습니다. 우리
어릴 때만 해도 시자(使子)라고 배웠는데 지금은 모두 사자라고
하지 않습니까? 역시 말이란 사회적인 약속이니까 대중을 따를
수밖에 없지요."
"개를 묻을 때, 자리를 주어 덮게 한 것이 별로 색다를 것도 없지
않습니까?"

"바로 그 점입니다. 별 것도 아닌 것을 제자들이 여기 기록해 두었다는 것이 색다른 것입니다. 그 이유가 과연 어디에 있을까요? 장막이니 일산이니 하는 것은 떨어져 버리게 된 것을 두고 한 말인데, 공자는 아직 쓰고 있는 자리를 준 때문이었을까요? 아니면 그냥 구덩이에 묻는 것이 보통인데 공자는 집에 기르던 개를 차마 그냥 묻을 수가 없어 자리를 주며, 그 핑계로 장막이니 일산이니 하는 말을 보기로 든 것일까요? 심부름하는 아이들이나 하인들을 시켜 묻게 해도 될 것을, 굳이 사랑하는 제자 자공을 시켰다는 것도 특별하다 할 수 있습니다. 짐승에 대한 성인의 사랑이 남다르다는 것을 말한 것일까요?

바로 다음 장에는 임금이 타고 다니는 말이 죽으면, 떨어진 장막이 아닌 새 장막으로 싸서 묻는다는 것을 적고 있습니다. 결국 〈예기〉의 내용은 제자들이 듣고 보고 한 것을 있는 그대로 다 실어 둔 것이라고 보는 것이 옳을 것 같습니다.

그래서 기록 자체를 의심스럽게 보는 경우도 많고, 차라리 없었으면 좋았을 것을 하고 말해지는 내용도 많습니다. 그러나 그런 점에서 더 자료의 진실성을 인정할 수도 있는 것입니다.

〈논어〉 향당편(鄕黨篇)에 보면, 나라의 마구간이 불에 탔을 때 그 때 대신으로 있던 공자가 나오다가 그 사실을 알고,

'사람이 다치지는 않았느냐?'

하고, 말에 대해서는 묻지 않았다고 실려 있습니다.

마구간이면 먼저 머리에 떠오르는 것이 말일 터인데, 말에 대해서는 묻지 않고 사람이 다치지나 않았느냐고 물은 것은, 사람의 목숨보다 임금의 말을 더 소중히 여기는 대궐 안이었기 때문이라고 풀이하기도 하고, 아무리 사람이 중하다 해도 말의 안부에 대해서도 무관심할 수 없는 것이 성인의 마음일진데 그럴 리가 만무하다는 생각 아래,

‘상인호불문마(喪人乎不問馬)’라는 것을,

‘사람이 상했느냐 하고 말은 묻지 않았다.’

라고 볼 것이 아니라 불(不)을 부(否)와 같은 뜻으로도 쓰는 만큼, ‘상인호부(喪人乎否)아 하고 문마(問馬)러시다’로 읽어야 옳다고도 합니다.

어떻게 풀이하느냐 하는 문제는 그만두더라도, 당시 제자들의 공자에 대한 관심이 얼마나 대단했는가를 알 수 있는 증거로 볼 수 있습니다.

공자가 〈논어〉에서 이런 말을 했습니다.

‘온종일 배불리 먹고 마음을 쓰는 일이 없다면 그보다 곤란한 일은 없다. 장기와 바둑을 두는 사람이 있지 않으냐? 가만히 먹고 놀 바엔 장기 바둑이라도 두는 것이 오히려 착한 일이라 할 수 있다.’

그래서 뒷날 선비들은, 학문은 게을리하고 장기와 바둑같은 놀이에 열중하며 공자의 이 말을 핑계로 삼곤 했습니다.

그래서 성인의 말이라고 덮어놓고 다 실어둔 것을 탓하는 학자도 없지 않았습니다. 그러나 공자는 모든 사람을 도학자로 만들겠다는 생각으로 그런 것은 아닙니다. 빈둥빈둥 놀게 되면 자연 나쁜 길로 빠지기 쉬우니, 참된 공부를 하지 않을 바엔, 장기 바둑의 수를 배우는 수준높은 취미에 열중하는 것이 바람직하다는 뜻에서 한 말이었을 겁니다. 그것이 또 교육적으로도 효과있는 말임에 틀림없습니다.

여기서 기르던 개를 사랑하는 제자를 시켜 묻게 하면서, 자기가 깔던 자리를 주어 덮게 했다는 것에 대해서도, 이를 적어 둔 제자로서는 무엇인가 배울 점이 있다는 생각에서 참고로 적어 둔 것임에 틀림없다고 보아야 할 것입니다.”

양 문 지 개 부 사
## 陽門之介夫死

"89장의 내용은 정치를 하고 나라를 다스리는 사람들이 명심해야 할 내용이라 말할 수 있습니다.

송나라 양문(陽門)을 지키는 개부(介夫)가 죽었습니다. 개부는 갑옷 입은 사나이란 뜻으로 갑사(甲士)와 같은 뜻입니다.

그런데 성문을 지키는 말단 병사에 지나지 않는 그의 빈소에, 사성(司城)벼슬에 있는 자한(子罕)이란 대신이 찾아와 조상을 하며 슬픈 목소리로 울었습니다. 어떻게 죽은 것인지는 알 수 없으나, 직무에 충실하다 죽은 그의 죽음을 아까워했던 것만은 틀림없는 일입니다.

이때 진(晉)나라 첩자로 송나라로 들어와 송나라의 실정을 탐지하던 사람이 이 광경을 직접 보게 된 것입니다. 이 밀정 또한 생각이 깊고 눈이 높았던 모양입니다.

그는 돌아와 이렇게 보고했습니다.

'양문의 갑사가 죽었는데 대신인 자한이 조상을 와서 슬피 울었고, 그것을 보는 백성들이 모두 흐뭇해했습니다. 아마 송나라를 치는 것은 옳지 않을 것 같습니다.'

나라를 다스리는 대신과 나라를 위해 성문을 지키는 군사와 나라를 지킬 백성들이 한마음으로 뭉쳐 있는 한, 그 나라를 쳐서 이기기란 매우 어려운 일이란 것을 알고 한 말입니다.

이 말을 전해 듣고 공자는 이렇게 말했습니다.

'참으로 훌륭하구나, 남의 나라를 엿보는 일이여! 〈시경〉에서도 말했다. 백성들이 어려움이 있으면 급히 달려가 도와준다고 말이다. 나라에서 백성들을 그렇게 대한다면, 진나라뿐이 아니라 천하의 그 어느 나라인들 능히 당해 낼 수 있겠는가?'

　나라가 크든 작든, 백성이 많든 적든, 위아래가 한마음으로 뭉쳐 있는 한 그 나라와 그 백성은 누구도 감히 업신여길 수가 없습니다.

　우리나라가 임진왜란과 병자호란과 한말의 침략을 당한 것은, 국론이 분열되어 있고 정부와 민중이 서로 등을 돌리고 있었기 때문이었습니다.

　말로만 나라의 근본은 백성이라고 했을 뿐, 대신과 수령들은 백성을 한낱 자기들의 부귀영화를 위한 희생물로밖에는 생각지 않았던 것입니다.

　옛날이라고 달랐을리 없습니다. 그런데 송나라의 실권자인 자한만은 그렇지 않았던 것입니다. 말단 병사 하나하나가 자기 맡은 바 임무에 충실할 때 비로소 나라가 튼튼한 자리에 서 있을 수 있다는 것을 알았고, 그러는 그들 하나하나가 소중하고 고맙게 여겨졌기 때문에 그의 빈소를 찾아가 진심으로 슬피 운 것입니다.

　그 울음이 꾸민 거짓이 아니었고, 자한이기에 그런 슬픈 울음을 울 수 있다는 것을 백성들이 믿고 있는 터였으므로, 그것을 직접 보고 들은 백성들은 모두 기뻐했던 것입니다.

　우리는 선거 기간 동안 뉘집에 초상이 나면, 각당의 입후자들이 보낸 화환도 보게 되고 부의도 보게 됩니다. 그러나 선거가 끝나면 그뿐입니다. 표를 얻기 위한 인기발언이나 선심같은 것은 사실상 있으나마나입니다. 현명한 유권자들은 오히려 거부감마저 느낍니다.

　오왕(吳王) 부차(夫差)와, 월왕(越王) 구천(句踐)은 서로가 전쟁의 승리를 목표로 하고 있을 때는 병사와 백성들의 죽음이나 어려움을 위문하고 보살펴 주곤 했습니다. 그래서 그 군사와 백성들의 힘을 빌어 승리를 거두고 원수도 갚을 수 있었습니다.

　그러나 일단 성공을 하고 난 다음에는 군사나 백성들은 말할 것도 없고, 충신들마저 귀찮은 존재로 여기고 멀리하고 죽이곤 했습니다.

　결국은 군사와 백성들의 이탈로 오나라도 월나라도 모래 위의 누각처럼 무너지고 말았습니다. 일시적인 가면이 아닌 진정에서 우러나오는 한결같은 말과 행동만이 대중의 지지를 얻게 된다는 것을 역사는 말해 주고 있습니다.

　이 자한은 그런 사람의 하나였다고 보아도 좋을 것 같습니다.”


# 原壤, 其母死
원양　기모사

“91장이 되겠는데 재미있는 내용입니다. 공자의 옛 친구 중에 원양(原壤)이란 사람이 있었는데 그의 어머니가 죽었습니다. 집이 몹시 가난해서 널마저 쓰기 어려운 형편이었던 것 같습니다.

　그러자 공자가 그에게 이미 만들어져 있는 널을 보내 주었습니다. 〈가어〉에는 제자들이 공자에게 그러지 말라고 청한 내용이 들어 있습니다. 그런 미치광이 같은 사람을 친구로 생각하는 것부터가 잘못이라는 것이었습니다.

　그러나 공자는 알지 못하는 남남 사이라도 형편이 어려우면 도와주는 법인데, 어렸을 때부터의 친구인 그가 어머니의 상을 당했는데 내 어찌 모른 체할 수 있느냐 하면서 널을 보내 주며 함께 조상을 갔던 것입니다.

　여기 목곽(沐槨)의 목(沐)은 깨끗이 다듬었다는 뜻입니다. 대개 바깥 널은 돈이 있는 사람이 쓰는 것이므로 미리 만들어 파는 사람이 있었을 것입니다. 그 널을 가지고 제자들과 함께 조상을 간 거겠지요.

　그랬더니 원양이란 사람이 그 널 위로 올라가 노래를 부른 것입니다. 잘은 알 수 없으나 앞에서도 잠시 언급했듯이, 원양은 도교 계통의 영향을 받은 사람으로 삶과 죽음에 대한 생각이 보통사람과 전혀 달랐던 거겠지요. 삶을 고통의 세계로 보고, 죽음을 영혼의 해방으로 보고 있었던 건지도 모를 일입니다. 영생을 믿는 종교인들이 울음 대신 찬송가를 부르고 염불을 하는 것도 다 그런 믿음에 따른 것이 아니겠습니까? 원양은 널 위에서,

　‘내가 내 생각을 노랫소리에 부쳐 읊은 지도 오래구나. ’

하고 이런 노래를 부른 겁니다. 어쩌면 널나무의 무늬가 아름답고 촉감이 부드러운 것을 보고, 어렸을 때의 어머니에 대한 사랑을 되새긴 것일지도 모르는 일입니다.

　‘살쾡이 머리처럼 알록달록하고, 여자의 손을 잡은 것처럼 정다
　　웁구나. ’

하고 노래를 부른 겁니다. 공자의 우정과 어머니에 대한 사랑이, 보내 온 널의 아름다운 무늬와 매끄러운 촉감과 융합된 감정의 소박한 노래였다고도 볼 수 있습니다.

　상주란 사람이 그 모양이니 조상간 사람인들 무슨 도리가 있었겠습니까? 공자는 조상도 제대로 하지 못하고, 못 본 척 못 들은 척하고 지나치고 말았습니다.

　그러자 따라갔던 제자들이 공자를 보고,

　‘선생님께서는 저런 미치광이와 절교를 하실 수 없습니까? ’

하고 물었습니다.

　제자들로서는 공자에게 그런 친구가 있다는 것이 부끄럽게 여겨지기도 했겠지요.

　그러자 공자는 이렇게 말했습니다.

　‘나는 들었다. 친척은 그가 설사 못마땅한 일을 하더라도 친척의 정을 저버려서는 안 되며, 옛친구는 그가 설사 못마땅한 일

을 하더라도 친구의 정을 저버려서는 안 된다고 말이다. '

공자의 대답은 이러했지만 속마음은 달랐던 것 같습니다. 다시 말해 원양의 그런 모습에서 어떤 신선감같은 것을 느끼고 있었을 것으로 짐작됩니다.

앞에서도 말했었지만, 공자는 완전무결한 사람이 없을 바엔 차라리 미치광이에게 내 가르침을 전하겠다고 말하기도 했고, 제자들과 흉허물 없는 정담을 나눌 때 다른 제자들은 다 나라를 다스리고 임금을 돕고 하는 포부를 말하고 있었는데, 유독 증석(曾晳)만이 그런 것과는 너무도 거리가 멀게 늙은이 젊은이 어린이가 함께 어울려 화창한 봄날 내와 산으로 나가 마냥 자연 속에서 하루를 즐겁게 보내고 돌아오고 싶다는 말을 했을 때, 공자는 길게 한숨을 내쉬며,

'나도 네 마음과 같다. '
하고 감탄을 한 것만 보아도 알 수 있는 일입니다.

공자도 하늘과 땅이라는 대자연 속에서 속세를 잊은 듯이 살고도 싶었던 것입니다. 그러나 사람으로 태어나 사람으로서의 의무를 저버릴 수 없다는 사명감으로 평생을 힘겹고 바쁘게 살았던 것입니다.

〈논어〉에도 원양에 대한 이야기가 꼭 한 곳 나옵니다.

공자가 밖에 나갔다가 돌아오니, 원양이 공자 돌아오기를 기다리며 점잖치 못한 모양을 하고 있었던 모양입니다. 이사(夷竢)라고 했는데 이(夷)의 뜻은 크다 편하다 하는 뜻이므로, 제 집에 있는 것처럼 두 다리를 쭉 뻗고 기대 앉아 기다리고 있었던 것인지도 모릅니다.

그러자 공자는,

'어려서도 얌전치가 못하고, 어른이 되어서도 아무 한 일이 없고 늙어서도 죽지 않고 있으니, 이것이 바로 세상을 해치는 도

적(賊)이란 것이다.'

하고 짚고 있던 지팡이로 그의 쭉 뻗은 종아리를 툭툭 쳤다고 나와 있습니다.

이 〈논어〉의 기록만 보아도, 공자와 원양 둘 사이에만 서로 통하는 깊은 우정이 있었음을 알 수 있습니다."

"집여수지권연(執女手之拳然)을, 여자 손의 주먹을 잡은 것 같다고 새길 수는 없습니까?"

"그렇게 볼 수도 있지요. 그게 더 좋은 것일지도 몰라요. 그러나 위에 반연(班然)이란 것과 권연(拳然)이란 것을 같은 형용사로 보아야 한다는 문장법에 어려움이 있지요. 〈가어〉에는 권(卷)으로 되어 있습니다. 음이 같으면 흔히 통용을 했기 때문에 정답다는 뜻의 권연(拳然)으로 볼 수 있는 겁니다. 그래서 여자의 보드라운 손을 잡았을 때의 그 어떤 형용하기 어려운 흐뭇함을 회상하는 형용사 같은 것으로 보는 것이 좋을 것 같습니다."

조 문 자 여 숙 예 관 호 구 원
## 趙文子與叔譽觀乎九原

"오늘은 92장부터군요. 좀 긴 내용입니다. 역사적 인물을 놓고 평하기란 어려운 일입니다. 정확히 알고 정확히 평하는 사람은 그 역사관이 자기의 인생관이 되기도 하므로 역사적 인물에 대한 평가란 그만큼 중요한 일이기도 합니다.

맹자는 이런 말을 했습니다.

'한 고을의 훌륭한 선비는 한 고을의 훌륭한 선비와 벗을 할 수 있고, 한 나라의 훌륭한 선비는 한 나라의 훌륭한 선비와 벗을 할 수 있으며, 천하의 훌륭한 선비라야 천하의 훌륭한 선비와 벗할 수 있다. 그러나 내가 살고 있는 이 세상에서 벗할 만한 사람이 없을 때는 옛사람 가운데서 벗을 찾는다.'

여기 나온 내용이 바로 옛날 사람 가운데서 자기 벗을 찾고 스승을 찾고 한 것이라 볼 수 있습니다.

조문자와 숙예(叔譽)는 모두 당대의 첫손 꼽히는 어진 사람이었고 또 지혜로운 사람이었습니다. 여기에서는 그들 둘의 대화를 통해 인물이 평해지고, 그 평을 통해 문자가 더 훌륭했다는 것을 말한 것이라 볼 수 있습니다.

두 사람이 구원(九原)이란 곳으로 구경을 갔습니다. 구원은 경치좋은 곳으로 그 곳에는 옛날 어진 재상과 대신들의 무덤이 있었다고 합니다.

그 무덤들을 바라보며 문자가 숙예에게 말했습니다.

'죽은 사람이 다시 살아나 일을 할 수 있다고 한다면, 나는 저들 가운데서 누구를 데리고 돌아가는 것이 좋겠소?'

숙예는,

'양처보(陽處父)가 좋겠지요.'

라고 대답했습니다.

양처보는 진양공(晉襄公)의 스승으로 문무를 겸한 충실한 사람이었습니다. 그러나 남의 손에 죽고 말았습니다.

그러자 문자는 이렇게 말했습니다.

'그는 혼자 여러 가지 일을 맡아 하다가 자기 명대로 살지 못하고 죽었으니, 그의 지혜는 칭찬할 만한 것이 못 됩니다.'

'그럼 구범(舅犯)이 좋겠지요.'

구범은 진문공의 외삼촌 호언(狐偃)을 말합니다. 진문공의 오른팔 노릇을 하며 패천하의 공을 이룩한 모사였습니다.

'구범은 이로운 것만을 생각했을 뿐, 임금은 돌아보지 않은 사람이니 그의 어짐은 칭찬할 만한 것이 되지 못합니다.'

그러자 숙예가 물었겠지요. 여기는 그렇게 나와 있지 않지만.

'그럼 누구를 염두에 두고 있습니까?'

하고 말입니다.

그러자 조문자는 이렇게 말했습니다.

'나는 수무자(隨武子)를 본받고 싶어요. 그는 임금을 이롭게 하면서도 그 자신을 잊은 일이 없고, 자기 몸을 위해 꾀하면서도 친구를 해치거나 돌보지 않은 일은 없었으니까.'

두 사람이 주고 받은 이야기를 듣고 진나라 지식인들은 모두 문자가 사람을 올바로 알고 평했다고 칭찬했다는 것입니다.

그런 인물평을 한 문자는 과연 어떤 사람이었나 하는 것을 다음에 이렇게 적고 있습니다.

기중퇴연(其中退然)은 그 속마음과 몸가짐이 뒤로 물러서듯 늘 남에게 양보하고 겸손한 태도를 잃지 않았다는 뜻입니다.

그래서 몸가짐은 마치 옷을 이기지 못하는 것처럼 했고, 말은 소리를 제대로 낼 수 없는 것처럼 깊이 생각하고 조심스럽게 했다는 것입니다.

그리고 그의 천거로 진나라에서 쓰인 사람 가운데는 창고지기 같은 말단 관리가 70여 집이나 되었는데, 살아 있는 동안 그들로부터 뇌물을 받은 일도 없고 이익이 개재되어 있는 일을 부탁한 일도 없었으며, 죽을 때 자기 아들을 그들에게 잘 보아 달라고 부탁한 일도 없었다는 것입니다."

"조문자가 어떤 사람이었는지, 자세한 이야기를 듣고 싶습니다."

"조문자는 이름이 무(武)였습니다. 문자는 죽은 뒤의 시호였지요. 그에 대한 자세한 이야기는 소설을 꾸밀 만한 긴 내용입니다.

내가 재미있게 읽은 내용인데, 굵은 줄거리만을 추리면 대충 이런 것입니다.

앞에서도 말한 바 있는 진문공의 최고참모로 방금 말한 호언과 조최(趙衰) 두 사람을 꼽는데, 호언보다는 조최가 더 훌륭했습니다. 그 조최의 아들 조순(趙盾)이 또 어진 재상으로 진나라를 혼

자 힘겹게 이끌어가고 있었는데, 진영공(晋靈公)이란 포학한 임금
과 도안가(屠岸賈)라는 간신에 의해 여러 차례 죽을 고비를 넘기
다가, 마침내 진영공이 조순의 일족이요 심복인 조천(趙穿)의 손
에 의해 죽고 국외로 망명중에 있던 조순이 되돌아와 나라를 바로
잡게 됩니다.

　이때 죄를 물어 도안가를 죽여야 한다고 하는 여론이 있었는데,
조순이 굳이 이를 말려 죽이지 않고 살려 주었습니다.

　그러나 이 도안가가 교활하고 잔인하고 탐욕스런 본성을 버리지
못하고 경공(景公)의 심복이 된 다음, 영공을 죽였다는 죄를 들어
조순의 자손을 몰살하고 맙니다. 영공을 부추겨 포악한 짓을 하게
한 죄를 물어 죽여 마땅한 것을 살려 주었기 때문에 그에게 억울
한 복수를 당한 거지요.

　조순의 아들 조삭(趙朔)의 부인은 공주였는데, 공주는 궁중으로
피해 난을 모면했으며 조삭이 죽을 때 임신중이었습니다.

　조삭은 죽을 때 이런 유언을 했습니다.

　'공주의 몸에서 딸이 태어나거든 이름을 문(文)이라 하고, 다행
히 아들이 태어나거든 이름을 무(武)라 해라. 무(武)가 아니면
원수를 갚을 수 없기 때문이다. '

　그런데 다행히 아들이 태어났습니다. 그래서 이름을 무라 했
는데 그 아기가 바로 조문자였습니다. "

"공주의 몸에서 난 아들이라 해도 무사할 수는 없었을텐데요 ?
사건이 다시 뒤집힌 것이었나요 ? "

"그게 아니라 처음에는 딸을 낳았다고 속이고 뒤이어 그 딸이
죽었다고 속인 다음, 조삭의 가신이요 심복이었던 공손저구(公
孫杵臼)와 정영(程嬰)의 손으로 넘어가 무사히 자라게 됩니다.

　간악한 도안가는 공주가 낳은 딸이 죽었다는 말을 믿지 않았
습니다. 아들이 틀림없다고 생각하고 어딘가에 숨어서 자라고

있을 것으로 알았습니다. 그리고 전권을 쥐고 사구(司寇)라는 법무장관의 지위까지 겸하고 있으면서 전국에 포고령을 내렸습니다.

'역적 조삭의 아들이 어디에 있는지를 알아 관에 고하는 사람에게는 천금의 상을 주고, 알고 말하지 않거나 숨겨준 사람은 역적과 같은 죄로 다스린다.'

그래서 정영은 공손저구와 이런 상의를 했습니다.

'내게 조무와 나이가 비슷한 아들이 있다. 내가 성 밖 산 속에서 내 자식을 데리고 숨어 사는 것처럼 하고 있을 것이니 그대가 도안가에게 밀고하게. 그러면 내 자식이 대신 죽음으로써 조무를 안심하고 키울 수 있지 않겠는가?'

결국은 공손저구가 정영의 아들을 데리고 숨어 있고 정영이 주인과 동지를 배반한 것처럼 밀고를 하게 되고, 도안가는 직접 군대를 이끌고 산속으로 들어가 공손저구가 있는 집을 포위하고, 벽과 벽 사이를 교묘하게 꾸민 방안에서 비단옷과 포대기 속에 싸인 정영의 아들을 조삭의 아들로 알고 공손저구와 함께 현장에서 죽이고 맙니다.

천금 상을 받은 정영은 도안가의 허락을 얻어, 그 돈으로 죽은 채 버려져 있는 조삭 일가의 시체를 거두어 조순의 무덤 옆에 묻은 다음,

'돈이 탐이 나고 또 죽는 것이 두려워 주인과 동지를 배반한 내가 무슨 면목으로 떳떳이 남을 대할 수 있겠는가?'

하며 조무를 데리고 다른 곳으로 가 살게 됩니다. 도안가는 원수의 씨가 완전히 없어진 걸로 알고 있었고, 다른 어느 누구도 정영의 아들이 조무일 것이라고는 꿈에도 생각지 못했습니다.

그리고 다음 임금인 여공(厲公)이 죽고, 외국에서 태어난 도공(悼公)이 열네 살 어린 나이로 들어와 임금이 되었습니다.

이 도공 또한 훌륭한 임금으로, 이때 열다섯 살 된 조무가 살아 있는 것을 알고, 15년 전의 사건을 다시 뒤집어 조순과 조삭의 억울함을 풀어주고 도안가를 반역으로 다스리게 됩니다.

그래서 조무는 도안가의 머리를 베어 조삭의 무덤 앞에 제사를 지내고 열다섯 살 나이로 대신의 지위에 올랐습니다. 그리고 그런 그였던만큼 천한 계급 가운데서 인재를 뽑아 등용하기도 하고 청렴결백하게 정치를 했던 것입니다.”

“수무자는 어떤 사람이었습니까?”

“수무자는 사회(士會)란 사람입니다. 진나라 경공 때인가 그 전후인가, 사방에서 도둑이 극성을 부린 적이 있었습니다. 요즘도 범죄가 날이 갈수록 늘어나고 포악해지는데다 나이가 어려지는 경향이 있어 뜻있는 사람들의 마음을 아프게 하고 있는데, 그에 대한 정책이나 대책이 근본적인 것이 되지 못하고 있으므로 더욱 안타깝습니다.

예나 지금이나 도둑 다스리는 것은 수사 당국이 아니겠습니까? 지키는 사람 열이 도둑 하나를 막지 못한다는 말은 영원한 진리일지도 모릅니다. 그 때도 아무리 비상방범대책을 세워도 도둑은 더욱 극성을 부렸습니다.

그럴 때 도둑 잡는 데는 귀신이란 말을 듣는 사람이 나타났습니다. 사람의 눈빛만 보면 도둑인지 아닌지를 알아내는 기막힌 재주를 가지고 있는 겁니다. 길가에 서 있다가 길가는 사람을 가리키며 도둑이라고 말하면 어김이 없는 것입니다.

임금은 손오공의 여의봉이라도 얻은 듯이 그에게 높은 벼슬을 내리고, 날마다 그런 식으로 도둑을 잡아들이곤 했습니다. 요즘도 그런 수사관이 있다면 아마 대단한 대우를 받겠지요?

이때 어느 한 지혜로운 원로대신이 임금을 보고 말했습니다.

‘도둑은 마음으로 다스려야 합니다. 그가 아무리 도둑을 잘 잡는다 하더라도 뒤를 이어 생겨나는 도둑을 미리 막지는 못합니다. 머지 않아 그는 도둑에 의해 죽고 말 것입니다. 그 한 사람이 도둑 천 명을 어떻게 당할 수 있겠습니까?'

아니나 다를까 한 달이 못 되어 그 수사관은 도둑의 칼에 찔려 죽고 말았습니다.

그제야 임금은 앞서 말한 원로대신을 불러 물었습니다.

'그대의 말이 과연 맞았소. 그대가 앞서 말한, 도둑을 마음으로 다스린다는 것은 어떻게 하는 거요?'

'도둑질을 부끄러운 것인 줄 알게 하는 것이 마음으로 다스리는 것입니다. 백성들이 도둑을 잡아들이는 사람이 백성들의 재물을 도둑질한다고 알고 있는 한, 도둑질을 부끄러워할 사람은 그리 없습니다.'

'그럼 탐관오리를 모조리 쫓아내란 말이오?'

'그게 어디 쉬운 일입니까? 탐관오리를 다스리는 방법도 역시 마음으로 해야 합니다.'

'어떻게 말이오?'

'제일 먼저 청렴결백하고 덕망이 높은 사람을 재상에 임명하십시오. 그러면 그 하나만으로 모든 벼슬아치들은 깨끗한 마음으로 일을 바르게 처리할 것입니다. 뿐만 아니라 도둑들도 곧 자신들의 하는 일이 옳지 못한 부끄러운 일임을 알게 되고, 그 동안 도둑질을 몰래 도와 주며 재물을 챙기던 탐관오리들이 감히 그들과의 관계를 계속할 수 없게 되므로, 자연히 다른 살 길을 찾게 될 것입니다.'

'그럼 누가 가장 적합할 것 같소?'

'평생을 깨끗하게 살고 공정하게 나라 일을 처리한 것으로 널리 알려진 사람으로는 사회(士會)밖에 없습니다. 그를 재상으로 임명하십시오. 그러면 오래지 않아 도둑은 차츰 줄어들게 될 것입

니다.'

임금은 그가 권하는 대로 벼슬에서 물러난 지 이미 오래인 사회를 다시 재상으로 등용했습니다. 그리고 석 달이 지나자 도둑은 자취를 감추고 말았다는 것입니다.

사회가 수(隨)라는 고을을 식읍으로 갖고 있고, 그가 죽은 뒤 시호를 무자라 했으므로 수무자라고 부르게 된 것입니다.

얼른 듣기에 세상 물정에 어두운 사람들이 꾸며낸 이야기처럼 여겨지기도 하지만, 그것을 세상 물정에 어두운 것처럼 받아들이는 우리에게 문제가 있는 것입니다. 민간인인 우리가 그런 생각을 갖고 있으니, 정치를 하는 사람과 권력을 잡은 사람이야 더 말할 것도 없는 일이지요.

저의 사회를 구현하느니, 정직한 사람이 잘 사는 세상을 만드느니 하고 말은 그럴 듯하게 하지만, 그것을 그대로 믿는 사람이 없다면 무슨 소용이 있겠습니까?

정당과 파벌은 상대방의 비리와 부정을 들추어내는 일에만 열심일 뿐, 그런 그들이 과연 그런 주장을 할 자격이 있느냐 하고 상대방이 거부감을 갖게 된다면, 그 역시 국민들에게는 신선하게 느껴질 수 없지 않겠어요?

정치나 권력의 속성이 원래 그런 것이니까. 학자와 언론인과 국민들이 말뿐인 그들을 감시하고 바로잡을 수 있어야 합니다. 그래야 바로 참다운 민주주의가 될 수 있고, 그런 여건이 성숙되어 있어야만 도둑 없는 세상이 될 것입니다."

## 成人有其兄死

"92장에서 사회(士會)의 이야기를 했었는데, 이 94장에서는 공자의 제자 자고(子皐)의 이야기가 나옵니다. 나라나 고을을 다스리는 우두머리 한 사람이 그 밑에 있는 백성들에게 얼마나 큰 정신적인 영향을 주느냐 하는 것을 말해 준 이야기라 볼 수 있습니다.

여기 말한 성인(成人)은, 성(成)이란 고을에 사는 어느 사람이란 뜻입니다. 그는 형이 죽었는데도 상복을 입지 않았습니다. 최(衰)는 앞에서 설명했듯 아랫도리를 꿰맨 상복을 말합니다. 형이 죽으면 아우는 이 최복을 입고 1년을 지내게 되어 있었는데, 이 사람은 아예 상복조차 입지 않았으니 슬픈 마음은 고사하고 그런 형식 따위는 귀찮다는 생각이 든 거겠지요.

그러다가 공자의 제자 자고가 그 고을 장관이 되어 부임해 온다는 말을 듣고는 입지 않던 상복을 새로 만들어 입었습니다.

그 당시도 형이 죽었을 때는 1년 복을 입는 것이 보통이었던 것 같습니다. 그의 그런 것을 보고 같은 고을의 한 사람이 이런 익살스런 조롱을 했습니다.

'누에는 실을 뽑아 집을 짓고, 게는 광주리를 갖고 있으며, 벌은 갓을 쓰고 있고 매미는 갓끈을 갖고 있는데, 죽은 건 형인데 자고를 위해 복을 입는구나.'

앞에서 사회가 재상이 되자, 그의 청렴결백하고 공평무사했던 지난 날의 관록이, 도둑질을 부끄럼없이 해 오던 탐관오리와 도둑들의 마음에 부끄러움을 느끼게 만들어 잘못을 스스로 깨닫고 버릇을 고치게끔 해 주었듯이, 부모에 대한 효성이 지극하기로 이름이 나 있는 자고가 부임해 온다는 말을 듣자, 자신의 형에 대한 무관심한 태도에 부끄러움을 느끼고 스스로 잘못을 깨닫고 고쳤던 것입니다.

또 그때의 익살스런 조롱도 재미있다 하겠습니다. 동물들이 다 타고난 모습을 지니고 있듯이, 사람에게는 부모형제에 대한 애정이란 것이 있고 그 애정에 대한 표시로 부모나 형제가 죽으면 복을 입게 된 것인데, 그는 엉뚱하게도 죽은 형을 위해 복을 입는 것이 아니라, 새로 부임해 오는 장관을 위해 복을 입게 되었으니 우습기 그지없다는 뜻으로 조롱한 것입니다.

공자도 〈논어〉에서 이런 말을 한 일이 있습니다.

'옛날에 공부하는 사람은 자기를 위한 공부를 했는데, 요즘 공부하는 사람은 남을 위해 공부를 하고 있다.'

이 말은 자기 수양을 위한 참공부를 하지 않고, 시험에 합격해서 출세를 하기 위한 공부에만 힘쓰고 있다는 것을 말한 것입니다. 즉 권력 잡은 사람들이 필요로 하는 공부를 한다는 뜻입니다.

자기 마음에서 우러나오는 행동이 아니고 남에게 잘 보이기 위해 마지못해 하는 행동은, 모두가 자주성을 잃은 남을 위한 행동이라 볼 수 있습니다. 그래서 남이 보지 않는 곳이나 남이 보지 않을 때는, 법이 금하는 일이나 남에게 해가 되는 일도 양심의 가책 없이 하곤 하는 겁니다.

자각과 자성, 자발적인 협조와 공존공생의 정신개혁이 되어 있지 않는 한, 생존 경쟁이 치열한 국제 사회와 산업 사회에서 즐겁고 편안하게 살기란 그림의 떡이나 다를 것이 없는 일입니다."

<sup>악 정 자 춘 지 모 사</sup>
## 樂正子春之母死

"이번은 95장입니다. 앞에서도 나온 바 있는 증자의 제자 악정자춘(樂正子春)의 어머니가 죽었습니다. 악정자춘은 닷새 동안을 아무것도 먹지 않았습니다. 예법에는 사흘이 넘도록 먹지 않는 것은 옳지 않다고 되어 있는데도, 어머니에 대한 애정과 슬픔으로 닷새 동안이나 아무것도 먹을 수가 없었다는 것이 되겠지요.

그러나 그렇게 닷새 동안 아무것도 먹지 않던 그가 이렇게 말을 한 겁니다. 여기 있는 정(情)은 마음에 있는 그대로의 숨김없는 것을 말한 것입니다. 〈대학〉에는 남을 속이거나 거짓말을 하거나 하는 사람을 무정자(無情者)라고 했습니다. 참됨이 없는 사람이란 뜻입니다.

'나는 내가 한 일에 대해서 후회한다. 우리 어머니에 대한 일에서부터 나의 참됨을 그대로 행할 수 없다면, 내가 어디에서 내 참된 마음을 그대로 행동에 옮길 수 있겠는가?'

악정자춘은 예에 규정된 사흘에서 이틀이 넘도록 먹지 않은 것을 후회한 것입니다. 먹으려 해도 먹을 수 없어서 먹지 않는 것이 원래의 뜻입니다. 먹지 말라고 한 것도 아닙니다. 밥을 먹거나 기름진 음식을 먹으면 체하거나 거북할 것이므로, 소화가 잘 되고 억지로라도 먹을 수 있는 미음이나 죽을 먹도록 한 것이 본래의 뜻입니다.

그러나 효자들은 슬픔이 지나쳐 죽이나 미음조차 넘어가지를 않아 못 먹는 것입니다. 그러나 계속 그러면 병이 나거나 죽을 수도 있는 일이므로, 사흘이 지나면 억지로라도 먹도록 해야 한다고 예는 말하고 있는 것입니다.

그러나 아무리 예에서 그렇게 말했더라도 먹고 싶지 않고 넘어가지 않으면 먹을 수 없는 것이 아니겠어요?

악정자춘이 후회했다는 것은 과연 어떤 것이었을까요? 먹고 싶은 것을 먹고 싶지 않은 척하며 굶고 있던 것을 말한 것일까요? 그것은 아니었을 겁니다. 먹고 싶은 생각은 없어도 먹으려 하면 먹을 수도 있는 것이었는데, 먹지 않은 것을 말한 것입니다. 효자도 사흘이 지나면 먹게 되어 있는데, 자기는 좀 더 안 먹고 버티어 보겠다는 잠재심리가 그렇게 만들었을 겁니다.

악정자춘이기에 그 때의 심리 상태를 분석해 깨닫게 된 것입니다. 과연 입에 넣어도 넘어갈 수 없는 그런 상태였던가 하고 되새겨 보았겠지요. 그 결과 그것이 아니었음을 깨달은 겁니다. 그렇다면 그것은 착하게 보이기 위한 거짓이나 크게 다를 바가 없는 일입니다. 먹고 싶은 것을 억지로 먹지 않으며, 몰래 먹는 그런 위선(僞善)과는 하늘과 땅처럼 차이가 있는 일이지만, 남보다 좀 더 잘 해보겠다는 경쟁심 같은 것이 전혀 없지 않았음을 깨달은 것입니다.

정신수양에 뜻을 둔 우리들로서는, 이 악정자춘의 뉘우침이 과연 어떤 것이었는지 깊이 새겨볼 필요가 있을 것 같습니다.

정치인들을 보기로 들어 무엇하지만, 가람 이병기(李秉岐) 선생은 해방 후 강단에서 학생들을 보고 자주 이런 말을 했습니다.

'정치인들은 대개가 마음에도 없는 말을 많이 하고 있다. 자기가 하려고 했던 말을 다른 사람이 먼저 하면, 그 말에 대해 찬성 발언을 하는 것이 아니라 반대 의견을 말한다. 왜 그런가? 남의 의견을 따르는 것보다는 이를 반대하는 것이 자기 존재를 돋보이게 할 수 있다는 생각에서이다.

그래서 나는 그 친구를 보고 물었다. 자네가 늘 생각하던 것과는 정 반대의 주장을 하고 나섰으니 어찌 된 일이냐고. 그러면 그는 당연한 것처럼 이렇게 말하고 있다. 그런 것이 바로 정치라고,

그런 사람들이 정치인으로 자처를 하고 있으니, 해방을 맞은 이 나라가 아직도 이 꼴이 아닌가?'

라는 것이 가람 선생이 늘 하던 말이었어요. 그런 정치인들에게 악정자춘의 이 말을 약으로 들려 주었으면 하는 생각도 없지 않군요.

정치인뿐아니라 우리 자신도 사실은 자기도 모르는 사이에 거짓말을 밥먹듯 하고 있습니다. 누군가 그런 말을 하더군요. 이 세상에서 가장 거짓말을 많이 하는 사람이 학생을 가르치는 선생과 목사들일 거라고요.

왜 그러냐고 물었더니, 그의 대답은 이런 것이었어요.

‘자기는 하지 못하는 일을 학생들보고 하라고 하니, 그것은 곧 자기는 그렇게 하고 있다는 거짓말을 날마다 되풀이하는 것이 되고, 하늘나라를 잘 알지도 못하면서 가보고 온 듯이 설교를 해서 감명을 주어야 되니, 학교 선생과 같은 거짓말을 되풀이하는 것이 목사가 아니고 무엇인가?’

아마 악정자춘 같은 사람이라면 그런 평도 할 수 있겠지요.”

세 한 위 지 사 시
## 歲旱爲之徙市

“다음 장인 96장은 어리석은 임금과 이치를 아는 신하와의 대화를 내용으로 하고 있습니다.

날이 몹시 가물자 노나라 임금 목공(穆公)이 예를 잘 알고, 세상 이치에 밝은 현자(縣子)를 불러서 이렇게 물었습니다.

‘하늘이 오래도록 비를 내리지 않으니 하늘을 우러러보기만 하는 목곱사등이에게 책임을 물어 학대를 할까 하는데 어떻겠소?’

여기 폭왕(暴尪)의 폭(暴)은 못살게 군다는 뜻이고, 왕(尪)은 목이 뒤로 굽어 하늘만 쳐다보고 다니는 곱사등이를 말한 것이라 합니다.

그 당시 미신에는 하늘이 자기를 우러러보기만 하는 갸륵한 백성의 눈과 코로 빗물이 들어가는 것이 안타까워 차마 비를 내리지 않는다는 말이 있었으므로, 하늘이 그토록 염려하고 기특해하는 그들을 학대하게 되면 지나친 염려가 도리어 그를 불행하게 만들었다는 생각에서, 하늘이 비를 내릴 것이 아니냐 하는 나름대로의 깊은 생각에서였을지도 모릅니다.

이 노목공은 단궁 상편 78장에서도 현자에게 물은 일이 있는데, 약간 모자란 듯하고 소박하고 순진한 임금이었던 것 같습니다.

〈맹자〉에도 그 노목공의 이야기가 나옵니다. 공자의 손자 자사를 존경하면서도 존경하는 도리를 알지 못해 도리어 자사를 괴롭혔다는 것입니다. 왜냐하면 목공이 직접 사신을 시켜 하사품을 줄곧 보내 주었기 때문입니다.

그러면 그 때마다 일일이 자리를 펴고, 사신을 맞아 절을 하고 은혜에 감사하는 인사의 말을 올려야 하기 때문입니다. 말단 관리를 시켜 생활에 필요한 물건들은 때맞추어 공급하면 될 것을, 직접 성의를 표시하느라 받는 사람을 귀찮게 하는 결과를 가져온 것입니다.

그래서 같은 일이 거듭되자, 자사는 하사품을 거절하고 사신을 돌려보냈다고 합니다.

농담삼아 장난삼아 만들어낸 미신을 믿고 그런 생각을 하기에 이르렀으니, 임금으로서는 너무 모자란 편이라 볼 수밖에 없겠지요. 그러나 날이 너무 가물어 민심이 흉흉해져 있었으므로, 물에 빠진 사람 지푸라기라도 잡는 심정에서 그랬을지도 모릅니다.

우리 어릴 때만 해도 날이 몹시 가물면 부녀자들이 떼를 지어 삽과 괭이를 들고 남의 무덤을 파헤치곤 했습니다. 하늘이 정해 놓은 명당 자리에 묘를 썼기 때문에 하늘과 산신령이 노해서 비를 내리지 않는다고 생각했기 때문입니다.

풍수설에 대한 미신을 거의 절대적으로 믿고 있던 옛날에는 곳곳에 이름난 명당자리가 전설로 전해지고 있었고, 그 곳에 조상의 뼈를 묻기만 하면 당대에 만석꾼이 되느니, 정승이 나느니 하는 묘자리가 전해지곤 했습니다.

그래서 날이 가물면 혹시나 하는 생각에서 부녀자들이 몰려가 그 곳을 파헤치곤 했는데, 언제 누가 그 곳에 몰래 뼈를 묻었는지 잔디만 무성해 있는 곳에서 뼈가 나오곤 했던 것입니다.

미신의 해독과 폐가 얼마나 큰 것인지를 절감하게 하는 사건이 아닐 수 없습니다.

해방 몇 해 전인가는 시골 마을 어귀에 디딜방아를 거꾸로 세워 두는 일이 유행처럼 번진 적이 있었습니다. 무서운 병이 유행할 것이라는 풍설과 함께 그 병을 퍼뜨리는 귀신을 물리치는 방법으로 그렇게 한 것입니다.

역시 부녀자들이 밤중에 남의 집 디딜방아를 떼어 들고, 장례 모시듯 울며 따라가 마을 어귀 적당한 곳에 묻어 세우곤 한 것입니다.

아마 노목공 당시에도 별의별 소리가 다 들렸을 것입니다. 노목공이 현자에게 한 말도 민간에서부터 시작되어 임금의 귀로까지 들어간 것일지도 모릅니다.

현자는 이렇게 대답했습니다.

'하늘이 비를 내리지 않는데, 불행한 병을 지닌 사람을 학대한다는 것은 이치에 맞지 않는 일이 아니겠습니까?'

그러자 임금은 또 이렇게 물었습니다.

'그럼 무당을 학대하는 것이 어떻겠소?'

무당은 하늘과 귀신과 잘 통하므로, 그 무당을 인질로 잡고 하늘을 위협하겠다는 생각이라 말할 수 있을 것 같습니다.

앞에서 무당이 어리석은 백성들을 속여 홍수의 피해를 미리 막기 위해, 하백(河伯)에게 예쁜 처녀를 해마다 시집보낸 이야기를 했었지요. 그당시는 무당들의 그런 속임수가 잘 통하던 시대였으므로, 돈 많은 집 아기를 유괴하여 돈을 받아내려는 유괴범처럼, 무당을 유괴하여 하늘로부터 비를 얻어내겠다고 한 것인데, 좀 엉뚱하면서도 재미있는 생각이라 여겨집니다.

서문표가 무당을 물에 던져 넣고 하백에게 직접 물어보고 오라고 시켰듯이, 그렇게 하느님과 산신령이 너를 보호하고 있다면 비를 내려 너를 풀려나게 해달라고 빌어 보아라 하고 매라도 친다면, 무당의 방자한 속임수에 대한 한 징벌로 그럴 듯한 방법일 수도 있었을 것입니다. 그러나 목공은 무당이 정말로 하늘의 총애를 받고 있는 줄로 알고 그런 생각을 했던 겁니다.

그러자 현자는 또 이렇게 대답했습니다.

'하늘이 비를 내리지 않는데, 어리석은 여자에게 기대를 걸고 비오기를 바라는 것은 너무 이치에 맞지 않는 일이 아닙니까?'

여기서 이소(已疏)의 이(已)는 너무 지나치다는 뜻이고, 소(疏)는 생각이 엉성하다는 뜻으로 이치에 어두운 것을 말한 것입니다.

그러자 임금은 저자(市)를 옮기는 것이 어떠냐고 물었습니다. 해방 전까지만 해도 날이 몹시 가물면 장터를 옮기는 일은 종종 있었습니다. 그 까닭이 무엇인지도 모르고 그랬던 것인데, 그 유래가 오래되었다는 것을 이 기록으로 알 수 있을 것 같습니다.

그러자 현자는 이렇게 대답했습니다.

'천자가 죽으면 저자를 골목으로 이레 동안을 옮기고 제후가 죽으면 사흘 동안을 옮깁니다. 가뭄을 위해 저자를 옮기는 것은 나쁠 거야 없겠지요.'

저자를 옮기는 것은 임금이 죽었을 때 으레 하게 되어 있었습니다. 개인의 집에 초상이 났을 때, 그집이 장사하는 집이라면 가게 문을 닫게 되지 않겠습니까? 그와 같은 이치로, 국상이 났으니 백성들이 옛날처럼 장사를 할 정황이 없다는 것을 보여 주기 위해 이른바 철시(撤市)를 한 것입니다. 그러나 하루도 없어서는 안 될 생활필수품만은 매매가 이루어져야 하므로 골목에서 물건을 사고 팔고 했던 것입니다. 여기에 항시(巷市)라는 것이 골목에서 임시로 사고 팔고 하는 것을 말한 것입니다.

현자가 시장 옮기는 것을 찬성한 데는 몇 가지 이유가 있었을 것입니다. 첫째는 사람을 해치는 일이 아니었기 때문일 것이고, 둘째는 날이 가무는 것은 임금이 정치를 잘못한 탓일지도 모르니,

314

임금을 갈아치운다는 뜻에서 국상이 났을 때와 같이 장터를 옮기는 것은 임금이 자기 잘못을 사과한다는 뜻이 되기 때문이었을 것입니다.

결국 여기 담긴 내용은, 자연의 재앙은 다른 데서 그 원인을 찾을 것이 아니라 나라를 다스리는 사람에게서 찾아야 하며, 그 결과에 대한 책임을 남에게 돌리지 말고, 최고 권력자인 임금이 스스로 그 책임을 지려는 마음가짐이 중요하다는 것을 말한 것이라 볼 수 있을 것 같습니다."

魯人之祔也, 合之, 善夫.

"끝장인 97장은 합장에 대한 공자의 말입니다. 〈가어〉에 보면 이 말은 공자가 그 어머니를 아버지와 합장을 할 때 한 말입니다. 즉
　'위나라 사람은 합장을 할 때 사이를 떨어져 있게 하고, 노나라
　사람은 마주 붙게 하고 있는데, 노나라 사람처럼 마주 붙게끔
　널을 놓는 것이 좋다.'
라고 한 것입니다.

우리나라에서도 여기 말한 대로 합장을 할 때면 널을 붙여 두게 됩니다.

부(祔)는 합장의 뜻으로 쓰이는 글자입니다. 여기서 참고로 말하고 싶은 것은 남편과 아내를 한 무덤 속에 묻는 것을 합장이라고 하는데, 아내를 왼쪽에 두는 것이 원칙으로 되어 있습니다.

그런데 그 왼쪽이란 것이 생각하기에 따라 정반대로 되기도 합니다. 묻혀 있는 사람의 왼쪽이냐, 아니면 정면 즉 위에서 바라보고 있는 사람의 왼쪽이냐 하는 문제가 당연히 생겨나게 됩니다.

나도 합장하는 것을 여러 번 보았는데 늘 말썽이 일곤 합니다. 옛날 빗돌을 보면, 먼저 남편 되는 사람의 벼슬과 본관과 성과 이

름을 쓰고, 그 밑에 무덤이란 글자를 붙이게 되어 있고, 그리고 그 아래 부인의 본관과 성씨를 쓴 다음 부좌(祔左)라고 씌어 있습니다. 그러므로 그 왼쪽이 앞에서 보는 사람의 왼쪽인 것으로 생각하기가 쉽습니다.

그러나 그것이 아닙니다. 앞에 서서 바라보는 사람의 오른쪽을 말합니다. 그래서 혼동을 가져오기 쉽습니다. 언젠가는 내가 살던 마을의 친구 어머니의 장례에 따라가 본 적이 있었는데, 상여가 오기 전에 벌써 일꾼들이 일을 다 끝내고 기다리고 있더군요. 벌써 20여 년 전에 쓴 아버지의 무덤에 합장을 하게 되어 있었는데, 방금 말한 대로 앞에서 바라보는 사람의 왼쪽을 반을 딱 잘라 파 두고 있었습니다.

아마 상주가 그렇게 시켰던 모양으로, 아무도 잘못을 말하는 사람이 없었습니다. 나 역시 말하지 않았습니다. 그게 꼭 지켜야 할 중대한 일도 아닐 뿐더러, 일을 다시 한다는 것이 시간으로 보아 어렵게 되어 있었기 때문입니다. 아무래도 상관이야 없는 일이지만 이왕이면 바로 알고 쓰는 것이 좋겠기에 참고로 말해 둡니다.”
“언젠가 텔레비젼에 나왔었는데, 무덤을 지하실처럼 생긴 곳에 꾸미고 아파트처럼 여러 층 여러 칸을 만들어, 대대로 한 곳에 차례로 모셔두더군요. 앞서도 국토이용에 대한 논란이 있었습니다만 그런 방법도 좋은 것 같은데, 박사님 생각은 어떠신지요?”
“나도 텔레비젼에서 그걸 본 적이 있어요. 그것도 한 좋은 방법일 수 있겠다 싶었습니다. 그때 기자의 이야기로는, 프랑스에서는 먼저 죽은이를 맨 밑에 깊숙이 묻고 그 위에 차례로 올려놓는다고 하더군요. 예니 법이니 하는 것이 다 필요에 따라 생기고 바뀌고 없어지고 하는 것인데, 먼 앞을 내다보고 권력있고 돈있고 한 사람들이 솔선해서 국토이용의 관점에서 화장을 한다든가, 장지를 좁게 쓴다든가 어떤 법을 만들든가 하지 않고, 그 자신은 조상의

장지를 왕릉처럼 꾸미고는 일반 서민들에게만 6평을 3평으로 제한
한다든가 하기 때문에 문제가 있는 거지요.”

# 제5편(第五篇) 왕제(王制)


총 욕 불 경　　 한 간 정 전 화 개 화 락
寵辱不驚, 閑看庭前花開花落.
"총욕(寵辱)에 마음쓰지 않고 한가로이 정원의 꽃이 피고 지
는 것을 바라본다."


"이 왕제(王制)란 편은, 한(漢)나라 문제(文帝)가 학자들에게 명령
하여 만들었다고 합니다.

　왕(王)은 하(夏)·은(殷)·주(周) 3대의 왕을 가리킨 것이라 볼
수 있고, 제(制)는 제도란 뜻입니다. 그러나 주(周)나라 때의 제도
가 바탕이 되어 있을 수밖에 없습니다.

　〈맹자〉에 보면 위나라의 북궁의(北宮錡)란 사람이 맹자에게 주
나라의 제도에 대해 물은 일이 있었습니다.

이때 맹자는 이런 말을 합니다.

　'그 기록들이 지금은 전해져 있지 않다. 제후들이 이 기록이 자
기들에게 해를 끼치게 된다고 모두 없애버렸기 때문이다. 그러
나 나는 일찍이 스승으로부터 대충 들어서 알고 있다.'

하고 꽤 긴 내용을 구체적으로 말하고 있습니다. 그것이 이편에

있는 것과 거의 일치합니다.

맹자의 말로 미루어 그 당시에도 기록이 전해져 있지 않았음을 알 수 있고, 그 뒤 백년의 세월이 흐르는 동안 많은 병화(兵火)와 진시황의 분서(焚書) 사건들이 잇달아 생겨나고 있었으니, 올바른 기록이 남아 있기 어려운 일입니다.

그래서 한문제가 태학의 박사들에게 명령하여 각 기록들을 참고로 이편을 만들게 했다는 것입니다."

## 王者之制祿爵
왕 자 지 제 녹 작

"오늘에는 별로 관심의 대상이 될 수 없는 내용들이지만, 옛날 문헌을 대할 때 참고로 알아 두는 것도 도움이 될 수 있는 일이므로 그런 부분만을 더듬어 보기로 합니다.

제1장은 이른바 작녹(爵祿)이란 것으로 가장 오래 지속되어 온 봉건사회의 대표적인 유물이기도 했습니다.

특히 여기 나오는 다섯 등급의 귀족 명칭은 우리나라의 친일파들에게도 주어진 일이 있었습니다. 일본은 명치유신 이후 천황을 천자와 같은 위치로 끌어올리고, 그 밑에 여기 나오는 다섯 등급의 귀족 칭호를 귀족과 공신들에게 주고 거기에 대한 일정한 보수를 주기도 했었습니다. 바로 여기 나오는 내용의 제도를 흉내 낸 것이었지요.

그리고 우리나라를 합병한 후, 왕의 친인척과 매국노들에 대한 회유책으로 귀족 칭호와 함께 엄청난 돈을 안겨 주었을 뿐 아니라, 그들에게 그만한 사회적 지위를 인정하게 하는 수법도 썼었습니다.

해방 후 반민특위(反民特委)의 제1급 반민족 범인으로 체포된 사람 가운데도, 일본 천황에게 후작(侯爵)을 받은 바 있는 사람도 끼어 있었습니다.

그중 한 사람은 그 후작이란 직위를 상식 이상으로 잘 활용했던 것으로 유명합니다. 그가 사는 근처에는 경찰이고, 헌병이고, 세무서의 직원이고 주민을 괴롭히는 일을 하지 못했다 합니다. 나타났다는 연락만 받으면 직접 굵직한 지팡이를 들고 나와 무작정 두들겨 팼다는 것입니다.

‘네놈들이 여기가 어딘 줄 알고 감히 나타났느냐? 내가 후작 아무개다！’

하고 호통을 치는 바람에, 걸음아 날 살려라 하고 도망치기에 바빴고, 그 뒤로는 서로가 몸조심하며 그 근처에는 아예 발도 들여놓지 않았다는 것입니다.

그래서 그 근처 마을에서는 집집마다 술을 마음놓고 빚어 먹을 수도 있었다 합니다. 그들에게 그만한 권위를 인정해 주는 어떤 비밀지령이 내려져 있었기에 그럴 수 있었겠지요！

그가 반민특위에 잡혀 와서도 항상 큰소리를 쳤다는 겁니다.

‘나는 친일을 했을 망정 우리 나라 백성을 보호해 준 사람이다. 나를 잡아온 너희들은 무얼 했느냐? 보이지 않게 남이 모르는 곳에서 왜놈들에게 아부하며 그들 앞잡이가 못 되어서 안달을 한 사람도 있다는 것을 나는 알고 있다.’

그리고는 비위가 거슬린다는 듯이 침을 탁탁 뱉곤 했다는 것입니다.

반민특위가 끝내 유명무실해지고 해체되고 만 것도, 죄인을 다스리는 사람이 죄인을 떳떳하게 꾸짖고 벌을 주고 할 수 없는 처지에 있었기 때문이라고도 말할 수 있습니다.

불과 반 세기 전에도 귀족이 그런 특권을 누리고 있었으니, 옛날에는 과연 어떠했을지 짐작하고도 남을 일입니다.

일본 군벌들이 중일전쟁을 일으킨 다음, 당초 예상과는 달리 장기전으로 치달으며 해결의 실마리를 찾지 못하자 명예롭게 물러나기 위한 한 방법으로, 이른바 고노에(近衛) 3원칙이란 것을 내놓은 일이 있었습니다. 그 고노에가 총리대신으로 등장하게 된 것은 그가 공작(公爵)이란 귀족이었기 때문입니다. 군벌들도 그 공작이란 이름 앞에는 머리를 숙여야 했기 때문입니다.

조선 총독 미나미(南次郎)가 창씨개명으로 동화정책을 펴려 했을 때, 이에 정면으로 반대하고 나선 것도 친일파 귀족들이었습니다. 아무리 나라를 빼앗겼을 망정 조상의 성까지 빼앗길 수는 없다는 생각에서였습니다.

그래서 총독도 하는 수 없이 창씨를 하기 싫은 사람은 하지 않아도 된다는 조항을 넣게 된 것입니다. 나도 그 덕에 그 조항을 들어 끝내 창씨를 면할 수도 있었는데. 지난 날 애국운동을 한 사람들은 거의가 다 창씨를 해야만 목숨을 부지할 형편이었지만. 창씨를 안 하고도 살 수 있는 사람은 친일 귀족이든가 나처럼 존재가 없는 사람뿐이었습니다.

나라는 빼앗겼어도 조상만은 팔지 않았다고 큰소리칠 수 있는 것도 그들 친일귀족들이었습니다. 변절한 애국자들로서는 대답할 말이 마땅치 않았을 겁니다. 만해 한용운같은 이는 창씨한 지난날의 동지나 명사들과는 인사도 주고 받지 않고, 찾아온 사람을 문안에 들어서지도 못하게 했다지 않습니까? 옛글에도 있듯이,

‘처음에는 누구나 다 바른 일을 할 수 있지만, 그 끝을 맺는 사람은 드물다.’

라는 것이 진리임에 틀림없습니다.

작(爵)을 벼슬이라고 새기는데 정승이니 판서니 하는 그런 벼슬과는 다릅니다. 계급을 말합니다. 계급과 직책이 깊은 관계에 있는 것은 사실이나 같은 것은 아닙니다. 정일품(正一品)이니 종이품(從二品)이니 하는 것은 품계(品階)이고, 영의정이니 이조판

서니 하는 것은 직책입니다. 요즘도 이사관이니 사무관이니 하는 것과, 그 사람이 어떤 직책을 갖느냐 하는 것과는 별개라고 하겠습니다. 다시 말해 이름만이 달라졌을 뿐. 지금도 성격 면에서는 옛날 제도에서 완전히 벗어나지 못하고 있는 겁니다.

　녹(祿)은 물질적인 보수를 말하는 것입니다. 형식과 방법이 다를 뿐 오늘날의 연봉, 월급과 조금도 다를 것이 없겠지요.

　천자의 직속 귀족으로 다섯 등급이 있는데 그것이 여기서 말한 공(公), 후(後), 백(伯), 자(子), 남(男)입니다. 〈맹자〉에서 맹자는 천자를 한 등급으로 하고, 그 아래 네 등급을 말했는데 자(子)와 남(男)은 이름만이 다를 뿐, 그들이 갖는 지위는 같은 것으로 되어 있습니다. 여기 있는 것을 옳다고 하고 맹자의 말대로 한다면 6등급이 되어야겠지요.

　다음 제후의 상대부(諸侯之上大夫)라 하고, 아래에 경(卿) 하대부(下大夫), 상사(上士), 중사(中士), 하사(下士), 모두 다섯 등급이라고 한 것은 글자가 잘못 된 것이 아닌가 싶습니다. 상대부란 세 글자가 제작록(制爵祿)이란 글자가 아니었던가 여겨집니다.

　〈맹자〉에는 임금(君)이 한 등급이고 그 아래 경(卿), 대부, 상사, 중사, 하사 이렇게 모두 여섯 등급인 것으로 되어 있습니다.

　조선 시대의 3정승 6판서란 것도 3공(公) 6경(卿), 3경 6대부제를 따른 것이라 볼 수 있습니다. 여기에는 3공 9경으로 나와 있습니다만 계급의 형식은 같다 하겠습니다.

## 天子之田方千里

"제2장은 계급에 따라 녹을 말한 것이라 볼 수 있습니다. 그것은 곧 영토를 말하는 것이기도 하지만, 그 영토가 경작이 가능한 논밭의 넓이를 내용으로 하고 있기 때문입니다.

즉 천자의 영토는 그 밭의 넓이가 사방 천 리(里)이고, 공(公)과 후(侯)는 그 영토 안의 밭의 넓이가 사방 백리이며, 백(伯)의 경우는 사방이 70리이고, 자(子)와 남(男)은 사방이 50리이며, 50리가 차지 않는 작은 영토를 가지고 있는 귀족은 직접 천자를 대면할 수 없고, 가까운 큰 제후의 나라에 붙어 있게 되므로 이를 부용(附庸)이라 부른다는 것입니다. 춘추시대까지만 해도 이 부용에 해당하는 작은 성을 가진 영주들이 많이 있었는데, 대개는 큰 나라에 먹히거나 세력을 키워 제후가 되기도 했습니다. 명자가 추(鄒)나라 사람이었는데, 추나라는 노나라의 부용국인 주(邾)나라의 후신입니다.

여기서 알아 두어야 할 것은 사방이란 뜻의 방(方)의 개념입니다. 천자의 땅이 천리이고 제후의 땅이 백리라면 10대 1의 비율로 생각하기 쉬운데, 사실은 100대 1을 말하는 것입니다.

다시 말해 천평방리(千平方里)가 아니라 천리평방(千里平方)을 말한 것이며, 백평방리가 아니라 백리평방을 말하는 것입니다. 그러니까 사방천리면 백만 평방 리가 되고, 사방 백리면 만 평방 리가 되는 거지요.

그러니까 백작의 영토 사방 70리는 4천9백 평방 리가 되므로, 공작이나 후작의 반이 좀 못 되는 영토이며, 자작과 남작의 사방 50리는 2천5백 평방리로 공후의 4분의 1밖에 안 되는 겁니다.

천자의 조정에서 일하는 귀족들에는 곧(公)과 경(卿)과 대부(大夫)의 세 등급을 두는데, 공은 제후의 공후(公侯)와 같은 녹을 받고, 경은 백작인 제후와 같은 녹을 받고, 대부는 자남(子男)과 같은 녹을 받고, 원사(元士)는 부용(附庸)과 같은 녹을 받는다는 것입니다.

영지(領地)나 식읍(食邑)인 경우는 거기에 견주어 받게 되고, 곡식으로 받을 때는 그 넓이의 식읍에서 거둬들이는 세금과 맞먹는 양을 준다는 이야기가 되겠는데, 천자를 제외한 공과 경과 대부의 녹은 2분의 1씩 적어진다는 이야기가 되겠습니다. 오늘의 대통령과 국무총리와 장관과 국장의 봉급을 놓고 비교해 볼 때, 상당한 거리가 있었던 것으로 여겨지기도 합니다.

그러나 그렇게 간단하게만 생각할 수도 없는 일입니다. 천자와 큰 제후의 영토는 100대 1의 비율이지만, 천자는 그 100을 가지고, 다음 7장에 나오는 3공과 9경과 27대부와 81원사의 녹을 주어야 하기 때문에 계산은 복잡해지고 맙니다. 제후들의 경우도 나라에 따라 많고 적은 벼슬아치들이 영토 안에서 거둬들이는 세금으로 먹고 쓰고 해야 할 것이므로 계산은 복잡해지고 맙니다. 다음에 나오긴 합니다만.

그러니까 땅에서 나는 곡식은 더 늘지 않고 사치와 낭비는 날로 더해만 가는 추세에 있었으므로, 그런 제도들이 처음 만들 당시와는 상황이 점점 달라져서 힘있는 사람과 권력잡은 사람들이 수입을 늘리기 위해 착취와 수탈의 방법을 쓰기에 이르고, 힘있는 나라는 약한 나라를 쳐서 영토를 확장하고 백성들은 그들의 사욕을 채워 주는 도구로 끌려가 죽곤 했던 것입니다.

그러기에 맹자도

'춘추시대에는 의로운 전쟁은 하나도 없었다.'

라고 했고, 공자도 사랑하는 제자 염구가 세도재상의 총재로 있으면서 백성들로부터 세금을 더 거둬들이는 방법을 쓰는 것을 알고 그가 찾아왔을 때,

'애들아, 저 염구는 나의 제자라 말할 수 없다. 북을 울려 그의 죄를 세상에 알려라 ! '

하고 꾸짖었던 것입니다.

그리고 그런 공자의 꾸짖는 그 이유로써 이런 설명이 먼저 실려 있는 겁니다.

‘세도재상 계씨는 작은 노나라의 대신으로 천자를 도와 3공의 우두머리로 있는 주공(周公)보다도 훨씬 풍족한 생활을 하고 있는데, 염구가 또 백성들로부터 더 거두어 보태주자…’
라고 염구의 잘못된 생각과 행동을 밝혀둔 것입니다.

맹자도 옛날 제도를 이야기하며, 그 정도는 되어야 그 직책을 수행할 수 있고, 먹고 살 수 있기 때문에 그렇게 정한 것이라고 덧붙이고 있습니다.

결국 사치와 낭비가 착취와 수탈을 가져오게 되고, 그것만으로는 한계가 있으므로 영토 확장을 위한 침략전쟁을 하기에 이르렀으니, 옛날 제도로 되돌아가 전쟁이 없고 수탈이 없는 평화롭고 검소한 생활로 돌아가야 한다고 외쳤습니다.

그러므로 그런 주장을 하는 맹자를 존경하면서도, 그 주장대로 따라 하는 임금은 없었던 것입니다.”

## 農田百畝
농 전 백 묘

“3장에는 농업경제를 바탕으로 하고 있던 당시의 농경지 분배제도와 소유권 경작권 납세의무 같은 것을 규정하고, 그것을 바탕으로 관리들의 봉급이 정해졌음을 보여 주고 있습니다.

맹자가 그 당시 임금들에게 이 제도를 시행하라고 그토록 권고했으나, 시행한 나라는 한 고을의 크기밖에 안 되는 등(騰)이란 작은 나라뿐이었습니다.

그 때는 이미 상업경제가 발달한 단계였고, 미개척지를 개척하여 농업이민까지 하고 있었으므로 토지개혁을 하기가 어려운 단계였으며, 국제무역에 종사하는 사람을 중심으로 황금만능의 풍조가 만연되어 빈부의 격차는 날이 갈수록 심해지고 있었습니다.

그러므로 뜻있는 사람들은 옛날로 되돌아가야 한다며 원시시대의 농경사회를 이상으로 신농씨도(神農氏道)란 것을 만들기도 했고, 그런 계통의 선비들은 맹자의 권고로 토지개혁을 실시한 등나라를 이상의 땅으로 동경하며, 이민을 오기까지 했다는 내용이 〈맹자〉에 실려 있습니다.

문명이니 문화니 하는 것이 그 본래의 뜻과는 거리가 먼 물질적인 향락과 정신적인 퇴폐를 조장하고 있었으므로, 뜻있는 학자들은 빈부의 격차가 적고 정신적 타락을 막을 수 있는 방법은 농경시대로 되돌아가 자급자족의 검소한 생활에 만족할 수 있는 사회적 여건이 필요하다는 것을 절실히 느꼈을 것입니다.

20세기 과학이 인류를 행복하게 만들기보다는 스스로 무덤을 파고 있는 듯한 위험하고 불안한 길로 치닫고 있는 것을 볼 때, 문명과 문화의 참뜻이 과연 어디에 있는지 되묻지 않을 수 없는 막바지에 이른 느낌마저 주고 있지 않습니까? 산업재해, 공해, 교통사고, 대형참사 등의 불안 속에서의 비지성적이고 비이성적인 문명이니 문화니 하는 것들의 부작용을 직접 체험하고 있는 우리들로서는, 3천 년전 옛날의 이때가 더 인류를 위해 행복한 시기가 아니었던가 하는 느낌을 갖게 하고도 남는다고 보아야 할 것입니다.

원문을 보시지요.

제농전백묘(制農田百畝)는, 농사 짓는 밭은 백 묘(畝)를 단위로 만들어졌다는 뜻입니다. 이것이 맹자가 말한 정전법(井田法)이 되겠습니다. 땅은 넓고 사람은 적었던 옛날에는 밭(田)이란 글자의 모양이 말해 주듯, 네모 반듯하게 줄을 긋고 그것을 또 십(十)자로 그어, 똑같은 모양으로 네모나게 구분한 것이 밭이었습니다. 요즘처럼 경지정리를 하지 않더라도 그런 밭을 만들 수 있는 것입니다. 그 밭 아홉을 합친 것이 정전(井田)입니다. 9백 묘의 큰밭을 우물정(井)자 모양으로 줄을 그어 그 밭을 아홉 개로 만들기 때문에 생긴 이름입니다.

맹자의 설명에 따르면, 둘레의 백 묘밭을 여덟 농가가 하나씩 차지하여 농사를 짓고. 한가운데 있는 백 묘밭을 공전(公田)이라 하여 여덟 농가가 공동으로 농사를 지어, 그 공전에서 나온 곡식을 나라에 세금으로 바치는 겁니다. 즉 8분의 1에 해당하는 세금을 현물이 아닌 노력으로 현물화해서 바치는 것입니다. 원천과세와도 비슷한 것이지만, 자기 밭에서 난 곡식이 아니란 점이 다르다고 볼 수 있겠지요.

나라의 땅을 얻어 농사를 짓고, 그 땅에 대한 임차료로 지주의 땅을 공동으로 농사지어 세금 대신으로 바치는 제도였습니다.

다음 백묘지분(百畝之分)이란 것이 약간 문제가 있습니다. 분(分)을 땅의 좋고 나쁜 등급으로 보는 것이 보통입니다. 같은 들, 같은 정전 안에 그런 등급이 있을 리 없고, 그렇게 쉽게 결정할 수 있는 문제도 아닐 것 같습니다.

내 생각으로는 식구가 많은 사람은 같은 땅에서 더 많은 노력을 쏟아넣어 많은 수확을 얻어낼 수도 있는 것이므로, 등분으로 보지 말고 단순히 나눠준다는 뜻으로 보아도 좋을 것 같습니다. 사실 백 묘의 땅이면 지금의 3천 평에 해당하는 상당한 넓이이므로, 힘이 모자란 사람은 윤작(輪作) 형식으로 그 반이나 3분의 2정도를 경작했을지도 모르는 일입니다.

그러므로 식구가 많은 사람에게는 기름진 땅을 주고 그렇지 못한 사람에게는 그만 못한 땅을 준다는 것이 퍽 이상적으로 보이기는 하나, 행정면에서나 기술면에서 불평없이 시행될 수는 없는 일입니다.

아무튼 그 백 묘의 땅에서 거둔 곡식으로. 제일 많은 9명의 식구와 제일 작은 5명의 식구가 먹고 산 겁니다.

다음에 서인재관자(庶人在官者)는 계급이 없는 일반 백성으로,

관에서 일을 보는 사람을 가리킨 것입니다. 제일 낮은 계급의 하사(下士)를 계장(係長)으로 본다면 말단에 있는 평직원인 고용인을 말한 것이라 볼 수 있습니다.

그들에게는 그들의 가족수에 따라 농부들과 같은 생활을 할 수 있는 정도의 봉급을 준 것으로도 볼 수 있는데. 그럴 경우는 직능급이 아니라 가족수당제에 해당한다 볼 수 있겠지요.

또 그와는 달리 그들에게도 연공이라든가. 위아래 구분이 있을 수밖에 없으므로 9에서 5까지의 봉급의 차액이 있었음을 말한 것이라고도 볼 수 있습니다. 즉 이로써 차등을 삼았다는 것이 9에서 5까지의 차등을 두었다는 뜻입니다.

그런데 하사(下士)에게만은 역시 상농부의 9명에 해당하는 녹만을 주고 있었다는 점이 약간 뜻밖인 듯한 느낌을 줍니다. 비록 하사가 직책으로는 가장 아랫 관리이기는 하지만 평직원과는 달라야 할 터인데, 그 밑에서 일하는 서민재관자의 고참과 같은 녹을 받았다는 것이 특별한 뜻이 있는 것으로 여겨집니다. 다시 말해 하사의 계급에 있는 사람은 평민과 같은 생활을 하고 있었다고 보아지는 겁니다. 〈맹자〉에는,

'제후들의 하사는 큰 나라든 작은 나라든 서인재관자와 그 녹이 같다.'라고 되어 있습니다.

그리고 중사에서 대부까지 차례로 아랫 계급보다 두 배의 녹을 받는 것은 큰 나라나 작은 나라나 모두 마찬가지였으나, 재상인 경(卿)의 경우만은 작은 나라는 대부의 두 배를 받고, 큰 나라는 네 배를 받고, 중간 나라는 세 배를 받는 차이점을 두고 있으며. 임금은 경의 열 배를 받는 것으로 되어 있습니다.

만일 이것을 글자 그대로 풀이한다면, 오늘날과 같이 임금도 봉급을 타서 생활한 것으로 보아야 하겠지요. 대통령이 국무총리보다 열 배나 많은 봉급을 받는다면 숫자상으로는 거부감을 줄 수도

있지만, 실질적으로 그 정도는 되어야 할 것으로도 여겨집니다.”

古者, 公田藉而不稅.

“이번은 20장입니다. 여기 말한 옛날(古者)은 맹자도 늘 말한, 어진 임금이 천하를 통치하던 그 옛날의 뜻입니다. 즉 정전제도가 처음 정착되어 있을 당시를 말한 것이라 볼 수 있지요.

공전자이불세(公田藉而不稅)는 앞에 말한 대로 공전의 수확에만 의지하고, 각 농가가 지은 사전(私田)에 대해서는 일체 세금을 받지 않았다는 것입니다.

시전이불세(市廛而不稅)는 시장에서는 가게에 대한 세금만을 받을 뿐, 물건에 대한 세금이라든가 그 밖의 어떤 세금도 받지 않는다는 뜻입니다.

관기이부정(關機而不征)은 관문(關門)이나 검문소 같은 곳에서는, 수상한 사람에 대한 검문과 물품에 대한 검색만을 할 뿐 보통 사람이나 물건에 대한 통과세나 물품세 같은 것을 받지 않는다는 뜻입니다. 정(征)은 강제나 강요의 부당한 행위를 뜻한 것입니다. 결국 세금을 받지 않는다는 말입니다.

임록은 숲을 통틀어하는 말이고, 천택은 고기를 잡을 수 있는 물을 통틀어하는 말입니다. 때를 맞추어 들어가되 금하지 않는다는 것은, 적당한 시기를 정해 모든 백성들이 들어가 나무를 베고 고기를 잡고 할 수 있게 한다는 것입니다.

맹자는 여기에 있는 것과 같은 내용을 이렇게 말하고 있습니다.

‘때를 가려 도끼를 가지고 숲으로 들어가게 하면 재목을 이루다 쓸 수 없고, 그물눈이 작은 그물을 웅덩이나 못에 들여보내지 않으면 고기를 이루 다 먹을 수 없다.’

결국 자란 나무만을 적당히 베게 하고 굵은 고기만을 잡게 한다는 내용입니다.

규전(圭田)은 제사를 받드는 벼슬아치들에게 똑같이 나눠 주는 50묘의 밭을 말하는데  이 규전에는 세금을 받지 않는다는 것입니다.

백성의 힘을 쓴다는 것은 부역을 말합니다. 여기서는 부역일수는 한 해에 많아도 사흘을 넘지 못한다는 것입니다. 전리(田里)는 밭과 사는 마을의 집터를 말하는 것으로, 개인소유가 아니므로 팔지 못하는 것입니다. 보통 죽(粥)으로 읽는 글자를 판다(賣)는 뜻으로 쓰일 때는 육(鬻)으로 읽습니다.

묘지불청(墓地不請)이란 말은 설명이 필요할 것 같습니다. 모든 땅이 나라의 것이므로, 어느 곳을 무덤으로 쓰고 싶으니 달라고 청하지 못한다는 뜻입니다. 그러니까 공동묘지 같은 것이 있어 죽으면 빈 곳에 묻게 되어 있을 뿐, 나에게 어느 곳을 달라고 미리 청할 수 없다는 것입니다.

사공(司空)은 나라의 땅을 다스리는 대신을 말합니다. 집도(執度)는 자(尺)를 잡는다는 뜻입니다. 다시 말해 땅을 측량하여 적당한 곳에 백성들을 살게 만든다는 것으로  지형과 기후와 풍토에 맞게끔 일을 일으키고, 거기에 필요한 인원을 동원할 때는 먼 곳에 있는 사람과 가까운 곳에 있는 사람을 잘 구분하여 공평하게 일을 시킨다는 내용입니다.

그리고 맨 끝에 백성들을 부리는 기본방침을 이렇게 말하고 있습니다.

   '일은 늙은이도 할 수 있게끔 수월하게 맡겨야 하고, 그들에게는 장정들이 먹는 양을 먹여야 한다.'
이것은 그야말로 백성을 자식처럼 아끼고 사랑하는 데서 나온 것이라 볼 수 있습니다.

오늘날에도 사람을 무슨 기계처럼 마구 부리고, 오랜 시간 힘드

는 일을 시킬 경우 여기 말한 이 두 가지 말이 지닌 뜻을 기업인
들이 조금이라도 생각에 두고 있다면, 산업사회의 부조리는 근원
적으로 막을 수 있을 것으로 생각됩니다.”

범 거 민 재<br>凡居民材

“21장은 앞에 이어 역시 강조되고 있는 것이 철저한 조사와 세분
한 계획에 따라 백성들에게 불편을 주는 일이 없도록 하라는 내용
입니다. 요즘 흔히 말하는 편이한 탁상행정이나 일괄처리 같은 일
이 있어서는 안 된다는 것을 말한 것이라 볼 수 있습니다. 같은
서울에 살고 있으면서 첨단과학의 방송매체들이 소상히 비쳐 주
는데도 실정을 모르는 관료위주의 행정이란 비평을 듣고 하는 마
당이니, 옛날의 어진 임금이나 벼슬아치들이 그들 백성 하나하나
에 일일이 손이 미치게끔 한다는 것은 거의 불가능한 일이었을 겁
니다.

그러므로 백성들 스스로가 스스로 살길을 찾아 편안히 살 수 있
게끔 간섭을 하지 않는 것이 가장 잘하는 정치란 말이 나오게도
된 것입니다. 그러나 간섭은 하지 않으면서 스스로 바른 길을 찾
아 힘쓰게끔 만드는 것이야말로 간섭하는 정치보다 훨씬 더 어려
운 것임에 틀림없습니다.

여기 나와 있는 내용들이 바로 그런 것들입니다.

범거민재(凡居民材)의 거(居)는 공급한다는 뜻과 비축한다는 뜻
을 가지고 있습니다. 생산과 소비의 유통구조의 일체를 말한 것이
라 볼 수 있습니다. 민재는 백성들이 필요로 하는 재료란 뜻으로
생활필수품을 말한 것입니다.

생활필수품의 생산과 비축과 공급과 유통과 소비의 원활한 소
통을 위해서는, 기후와 지형과 풍토와 풍습과 전통같은 서로 다른

점을 면밀히 검토한 뒤에 순리적으로 해야 한다는 것을 말하고 있습니다.

하늘과 땅의 춥고 따뜻함과 건조하고 습한 것은 기후를 말한 것이고  넓은 골짜기, 큰 내는 지형을 말한 것입니다. 즉 기후와 지형에 따라 제도가 달라질 수밖에 없으므로 거기에 맞게끔 이끌어 나가야 한다는 것입니다.

그리고 그런 기후와 지형 안에 사는 백성들은 그 기후와 지형에 따라 풍속도 다를 수밖에 없다는 것입니다. 그런 것을 모르고 자기 중심의 좁은 생각과 얕은 눈으로 좋고 나쁜 것을 단정해서는 안 된다는 뜻이 담겨 있습니다. 동양과 서양은 정반대인 경우가 아주 많다고 말할 수 있는데  서로 상대를 야만이라고 한다면 어찌 되겠습니까?

기후와 지형과 풍토에 따라, 강하고 부드럽고  가볍고 무겁고, 느리고 빠르고 한 성격이나 성질의 차이도 자연 있을 수밖에 없습니다.

그들이 먹는 음식도 다를 수밖에 없으며, 각각 좋아하는 맛도 틀릴 수밖에 없습니다. 그들이 쓰는 기계도 다를 수밖에 없고, 그들이 입는 옷도 틀릴 수밖에 없습니다.

그러므로 그들에게 맞는 교육을 올바르게 펴는 데 힘쓸 뿐, 그들의 풍속을 뜯어 고치거나 바꾸거나 해서도 안 되며, 그들이 현재 하고 있는 정치를 차질없이 시행할 수 있게끔 이끌어줄 뿐, 그들이 옳다고 생각하는 것을 달리 고치거나 해서는 안 된다는 것입니다. 중국같은 큰 땅만이 꼭 그런 것은 아닙니다. 좁은 우리 나라에도 지방마다 특색이 따로 있고, 성격의 차이나 풍속에서 그들이 좋아하는 것들이 있기 마련입니다. 그런 것을 모르고 정치를 해서는 안 된다는 이야기가 되겠습니다.

앞에서 말한 원칙에서 전세계를 놓고 바라보며 한 이야기가 뒷

332

부분입니다.

'중국과 사방 오랑캐 다섯 지방 백성들은 다 그 지방의 특유한 성격을 지니고 있으므로 그것을 억지로 바꾸도록 할 수는 없는 것이다.'

라고 하고,

'동쪽 지방을 가리켜 이(夷)라고 한다. 그들은 머리털을 풀어 헤치고 몸에는 먹실로 무늬를 그려 두며, 익히지 않은 음식을 먹는 사람도 있다.'

'남쪽 지방을 가리켜 만(蠻)이라고 하며 날것을 먹기도 한다.'

여기 조제교지(彫題交趾)라고 한 조제는 이마나 몸에 무슨 뜻을 지닌 그림을 새겨둔다는 뜻으로 앞의 문신(文身)과 같은 것이나 보다 뜻이 강한 것으로 볼 수 있습니다. 교지는 발가락을 사귄다는 뜻인데 양쪽 엄지발가락이 안으로 향하게끔 만든 것을 말한 것이라 볼 수 있습니다. 지금 월남지방을 교지(交趾)라고 부른 것도 그런 데에서 붙여진 이름일 것입니다. 그들 중에도 날음식을 먹는 사람이 많다는 것입니다. 열대지방이니 더욱 그럴 수밖에 없지요.

'서쪽 지방을 융(戎)이라고 한다. 머리를 풀어 헤치고 가죽으로 옷을 해 입으며, 곡식을 먹지 않는 사람도 있다.'

즉 유목민족을 가리켜 한 말입니다.

'북쪽 지방을 적(狄)이라고 한다. 그들은 새의 깃털로 옷을 만들어 입고 굴에서 살며 곡식을 먹지 않는 사람도 있다.'

이렇게 이른바 동이(東夷)와 남만(南蠻)과 서융(西戎)과 북적(北狄)의 특성을 말한 다음, 중국과 사방 오랑캐들은 다 그들 나름대로의 편안히 사는 곳에 있고 입에 맞는 음식이 있으며, 몸에 맞는 옷이 있고 편하게 쓰는 기구들을 갖추고 있다고 말했습니다.

그러니 그들 나름의 독립된 민족과 국가로서 볼 뿐, 다른 어떤 간섭이나 개혁 같은것을 시도하는 것은 옳은 일이 될 수 없다는 것입니다. 그들 스스로 중국의 문화를 배우고 생활양식을 고쳐 나가게 편의를 제공하는 정도로 해 두라는 이야기라 볼 수 있습니다.

또 그런 주변의 이민족과의 평화적인 협조관계를 유지하기 위해 가장 필요한 것이 언어소통임을 지적하고, 말만 서로 통할 수 있으면 서로 다른 풍속과 오해하고 오해받기 쉬운 것들을 다 해소할 수 있다는 것을 다음에 말하고 있는 겁니다. 즉,

'다섯 지방의 백성들은 언어가 통하지 않고 좋아하고 바라고 원하는 것이 같지 않으므로, 그들의 뜻을 통하게 하고 그들의 바라는 것을 전달할 수 있게 해야 한다. 그래서 동쪽 언어의 통역을 기(寄)라 하고, 남쪽을 상(象)이라 하고. 서쪽을 적제(狄鞮)라 하고, 북쪽을 역(譯)이라 한다.'

하고 각 지방의 전문통역의 이름을 밝히고 있습니다.

남쪽의 통역관을 코끼리(象)라 말한 것은 그곳의 특산물인 코끼리를 따서 붙인 이름일 것이며, 서쪽 통역관을 제(鞮)라고 한 것은 그곳의 특산인 장식이 없는 가죽신(鞮)을 딴 것이라 볼 수 있습니다. 그리고 북쪽의 통역관을 역(譯)이라고 한 것은, 북방민족의 침략을 자주 받고 있던 관계로 그쪽의 통역관이 제일 많았던 때문이라고 볼 수 있습니다. 즉 통역관하면 거의가 북쪽 통역관이었으므로 뒤에 역(譯)으로 굳어버린 것이라 볼 수 있습니다. 그럼 동쪽의 기(寄)는 어떻게 생긴 이름일까요? 내 생각으로는 동쪽과는 가장 가까운 사이였고 문화적으로 공통된 점이 있었으므로, 동쪽사람으로 중국에 와서 머물러 살고 있는 사람을 말한 것이라 볼 수 있습니다. 즉 기(寄)는 기탁(寄託)이니, 기식(寄食)이니 하는 뜻이 되기 때문입니다.

그리고 끝으로 다시 정치하는 방법과 원칙을 다음과 같이 총괄

하고 있습니다.

'무릇 백성을 살게 하는 것은, 땅을 측량하여 고을(邑)을 만들고 땅을 나눠주어 백성을 살게 한다. 그 땅의 고을과 백성의 사는 것은, 반드시 그 서로의 관계를 참작하여 서로 맞게끔 해야만 한다.

묵은 땅이 없게 하고 놀고 먹는 백성이 없도록 하며, 철을 따라 제 때에 먹고 때에 맞게끔 일을 하게 하면, 백성들은 다 각자 자기 사는 곳을 편하게 여기고 일하는 것을 즐거워 하며 공을 세우려고 서로 힘쓰게 된다. 그리하여 임금을 존경하고 윗사람과 가까워지게 되면 그 때 비로소 학교를 세우고 교육을 실시해야 한다.'

더 설명이 필요치 않은 간단하고 명확한 내용들이 고전답게 잘 짜여진 부분이 아닌가 생각됩니다.

참고로 알아두어서 좋은 부분이 많지만 이 정도로 해 두기로 합시다."

소설 **예 기**(상)
## 하늘이 비를 내리지 않는데

＊
초판 인쇄일 • 2006년 10월 4일
초판 발행일 • 2006년 10월 9일
＊
지은이 • 김영수
펴낸이 • 김동구
펴낸곳 • 명문당 (1926. 10. 1 창립)
서울특별시 종로구 안국동 17~8
대체:010041-31-001194
전화: (영)733-3039, 734-4798
(편) 733-4748 FAX: 734-9209
＊
Homepage: www.myungmundang.net
E-mail: mmdbook1@kornet.net
등록 1977. 11. 19. 제1~148호
＊
ISBN 89-7270-825-9 04820
ISBN 89-7270-062-2(전3권)
낙장이나 파본은 교환해 드립니다.
＊
값 9,500원